U0080984

實驗室系列

學長與學弟

下冊

Arales 著

番外篇

目次

學妹的疑惑

「……腰好痛……」

今天的學長不太離開座位，無精打采，嘴裡一直喃喃自語碎碎唸著腰好痛。

「學長，你腰痛？」聽著也許很可憐的學長唉唉叫了老半天，學妹C子忍不住問了問。

真詭異，又不是老頭子……

「……嗯，很痛。」

「為什麼會腰痛，你昨天晚上是做了什麼所以腰痛啊？」

嗚唔嗯……

「……沒有啊，我就只是睡覺而已……」

沒錯……明明什麼都沒做……做的是那個對他毛手毛腳的傢伙……

「哼嗯~只是睡覺會這樣!?學長你該不會是夢遊自己不知道吧？不然腰怎麼會痛成這樣，太奇怪了！」

……我夢遊？是有人莫名奇妙的夢遊到我床上吧！

「……不知道。總之，在腰恢復正常以前我一點都不想動……」

「嗯嗯，是有多痛？」學妹A子好奇的湊過來問道。

「……從腰一路痛到腳板底……說不定我是椎間盤突出才會這麼痛吧……」

「少來，才不會呢！學長的意思就是痛到腰部以下都廢了？」

「差不多吧……我不要動……」

「那好吧，我們等等要去買晚餐，學長想吃什麼，我們幫你買回來。」學妹A子看著學長搖搖頭，認命的拿出紙條，打算開始記下學長要吃的東西。

「鹽酥雞跟加酸梅粉的薯條就好了，謝謝，錢回來再跟我拿吧。」

看著學長小感動的開心模樣，燃起了學妹們的服務精神。

「真的這麼難過的話，要不要我們幫你按摩一下？馬一馬應該會好很多吧？」學妹G子如此這般的認真考量著。

「喔喔，可以的話當然是最好，謝謝啦學妹！」

當學長正打算享受久違的，眾學妹的服務時，上完課的學弟拿著原文書和筆記，翩然的回到實驗室。

「……？怎麼大家都聚在一起？是發生什麼事了嗎？」

把原文書放回桌上，帶著疑惑好奇笑容的學弟，很自然的湊了過來。

「啊！學弟！你回來的正好！學長說他腰痛，我們才正想幫他馬一節，既然你在的話就拜託你了！」

學姐們，或是稱呼為學妹的女人們歡欣鼓舞的圍繞著學弟，有著看到大師或是達人等級者出現的感覺。

「……為什麼學弟在的話就要拜託學弟？女孩子給我按摩比較好吧……」

「討厭，學長在說什麼呀，你都不知道，學弟可是實驗室馬殺雞的第一把交椅呦！我們都有拜託他按摩過，超舒服的，拜託他的話絕～對會舒服到沒問題的！」

學妹們信誓旦旦的以真心掛保證，學長卻有吶喊的衝動。

——就是拜託他才有問題!!

「啊，原來如此，我明白了，那就交給我吧。」學弟面帶微笑的朝眼前的眾人點頭承諾。

學姐們則豪邁開心加放心的，大力的拍了拍學弟的肩膀。

「嗯，學長就交給你了呦，你可要好好的服務一下呀！那我們走囉，學弟有要買什麼嗎？」

「沒有，學姐慢走啊。」

什麼慢走！明明我就是當事人為什麼都跳過我的意見！

就在錯愕之後正打算抗議的那個時間縫隙，實驗室的女性們已經走的一乾二淨，學長不敢置信的眨眨眼，望著空空的室內。

僵硬的抬頭看向那個離他不遠的學弟，臉上的微笑根本就燦爛錯了時機。

「那麼，親愛的學長，你是哪裡比較不舒服呢？」

小山豬的心情

X年X月X日，今天的天氣正好，沒什麼風，在我還小的時候對我很好，但吃掉我父母等我長大大概也會吃掉我的二足直立生物似乎很怕冷。

他們身上總是很多顏色，說實話，真是沒有美感，還是我的有品味。

今天來了三個訪客，比村子裡的人都好看，看起來不像是會殺掉我的樣子，而且有可能會給我東西吃。

他們住在村長家，進去很久之後，他們之中笑起來比較像小朋友，皮膚白白的那個先出來，拿了咬起來脆脆黏黏而且很甜很甜的食物給我，還輕輕抓著我的背，摸呀摸的，感覺很舒服，所以我就小小的跟他玩了一下，其實他比我還開心。

怪人一個。

沒多久就走出來另一個人，看起來還挺親和的，他的笑容有種看到溪面波光輕輕隨風掠動的感覺，水亮的眼睛看起來很安靜，眼神是雖然覺得我很可愛但沒什麼興趣的意思，可是他卻又蹲下來，很溫柔的摸著我的背，讓我好想睡。

我還挺喜歡他的，可是他對我完全沒興趣，一下子就把給我食物的那個人帶走了，就把我這麼一小隻留在原地，當我發現他們兩個真的不打算理我的時候，他們已經走遠了。

我很不開心，亂吵亂鬧的發洩了一下，沒多久，我就看到了第三個人。

他是裡面長的最好看的吧，笑容也是，有種暖暖的感覺，又有種小朋友想惡作劇的那種調調，總之他的笑容很複雜，實在不是一隻豬能理解的，可是我看村裡的人們一定也不懂，因為他們都對著他傻笑，臉上的感覺就像是喝了點小酒那樣很開心。

真的很奇怪。

然後他看到了我，眼神裡是很有趣很好玩的感覺，雖然沒什麼惡意，笑的也很溫柔，可是不知道為什麼，我卻很想跑掉躲起來。

他也像他同伴那樣，蹲下來，摸著我的毛，我覺得很舒服，而他似乎也很享受摸著我的感覺，帶著笑的眼角微微的眯起了一些。

「……你還真小……」

廢話！我是小山豬，等我長大了野放在路邊，包你看到我就想跑！

「活動量大的動物肉質都不錯，可是大山豬的肉實在硬了點……說不定像你這麼小的口感反而剛好……？」

咦咦咦咦咦～！你你你你怎麼好端端的眼神不動突然就開始說要吃我啊～!?我不好吃不好吃不好吃啦～～～！

他兩隻手抓著我，力道不小，我拚命掙扎，他力道也不增加，像是為了好玩，可是感覺好可怕，所以我就拚命叫拚命叫，他也很隨性的放開手任我跑掉，然後我就躲在很遠很遠的地方，看著他，心有餘悸。

真的好可怕，他說要吃我的意思應該是真的，可是還笑的那麼溫柔，還故意整我……嗚嗚嗚……好可怕……對、對了，這一定就是收音機裡面新聞常說的變態！那種很奇怪很奇怪很壞很壞的神祕的人！

然後我再也不敢靠近他們了，因為後來他們一直都一起行動，就算好奇我也不想再被那個變態欺負。

可是，那天晚上很晚很晚的時候，缺了一點點的月亮又有一點點被村西的樹給遮住了一點點，那個給我東西吃的那個人，拿了一堆很重很重，看起來應該是金屬的物品，心情很不好的坐在大木墩的椅子上。

那個變態晚餐後進到屋子裡就沒出來過，想想沒問題，於是我就走了過去，哼了兩聲，那個心情不好看向我的人，晶亮亮的眼神有些哀怨。

「你說，那個人是壞人對不對？」

壞人？誰？有變態我是知道啦……不過變態好像也是壞人的一種……

有些涼涼的手搔著我的背，適中的力道很舒服，讓我又靠過去了點。

「幹麻那麼死心眼，冷靜點多想想不是比較好嗎……」

嗯嗯……雖然完全不懂你在說什麼……可是別人的事，應該是別人的事吧，為什麼是你一臉哀怨的樣子？

「……他們兩個這樣我要什麼時候才能回去啊……」

回去？喔……原來如此，是沒地方睡覺呀，可是那跟什麼時候有什麼關係？雖然很想同情你，可是你好大一隻，我的小地方塞不下你耶……

然後那個哀怨的人，看著月亮悠悠長長的嘆了口氣。

朋友們

有道是，物以類聚。

什麼樣的人交什麼樣的朋友，如果是損友，愉快之餘，通常把自己推入火坑的八卦者，通常就是他們。

誰人無損友，學長有，學弟也有，差別也不過就是比例上的不同，或者是，誰更惡劣的究極一點。

✤ ✤ ✤ ✤ ✤

「喂？是我。」

「啊，是你啊，怎麼，閒到發慌打過來，今晚我很忙，可沒空陪你。」

「欸欸，我什麼都還沒說，你就一個人全包了，我是來跟你講件八卦事的。」

「喔？什麼八卦讓你特地打過來？說來聽聽？」

「某個考上研究所的變態正在追他實驗室的學長，而且那個學長不是圈內人，是個超級正常的有錢人。」

「喔喔，他還真是喜歡找難度高的，實驗室學長是吧，長得如何？」

「帥哥，個性正向的聰明人，品味良好，也許會出乎意外的死心眼。」

「有意思，也許死心眼的聰明人，還是實驗室的學長？」

「是不服輸的聰明人。」

「呵呵呵……所以呢？現在的情況如何？」

「我之前約他出來吃午餐的時候，看起來有些困惑，連他自己都搞不懂到底追到了沒有，哈哈哈……你真該看看他的樣子！雖然大部分的時候都還是那個死樣子啦！不過真是難得一見！」

「呼呼……他那個學長也挺厲害的嘛……賭學長勝，那小子會定下來，兩年以上，一萬。」

「嗯嗯……學長勝，兩年……一、一萬⁉欸欸欸！你你你瘋了嗎？一萬耶！你就算發自真心的想看他遭報應，也不用下那麼大吧⁉」

「喂，組頭，老子想下一萬你管得了這麼多嗎？還是你有意思告訴我現在的盤面？」

「……我們真的是朋友嗎……賭再兩個月的，七個，半年內的，三個，一年有望，也許會真動心，兩個，賭學長勝兩年以上的，一個，老方法，以最逼近答案的人為贏家……我不想告訴你賠率是多少。」

「我們是損友兼砲友，親愛的，所以一年是到他畢業，兩年的話有點久……」

「……其實沒有意外的話，照這賭法，等他畢業時一樣可以知道答案。」

「也是，賭了！不改初衷。」
「你真狠……好吧，我去找下一個，全部出來了會把下注名單寄給你。」
「OK，就先這樣吧。」
「掰啦！」
下了重注的人，第二天就摸去了實驗室，下重注一萬嚇人的樂趣其實大於實質的獲利……但不可否認的，能讓那個說實話混蛋懶散、而且說不定意外遲鈍的傢伙感到困惑，損友口中的有錢人學長搞不好精明得超乎想像，難保不會來個大爆冷門。
他到實驗室的時候，很好運的只有那個學長在，畢竟情報無誤的話，這間實驗室除了老師外就只有兩名男性。
而且這種氣質的帥哥坐在那裡實在很好認……適度的自尊，微笑，氣質如光躍動，一看就知道與貧窮絕緣卻不令人討厭，適合開玩笑的對象，自制力高，也許有些潔癖。
那個學長轉頭看向他，微微一笑，看起來有些心機的了然一笑讓人覺得很可愛，的確是別有風情……只是那一瞬間眼裡閃過更多的東西。
「什麼事？我想你是來找我的，而那傢伙兩三個小時內都不會回來，還是你想換個地方？」
「這麼確定我是來找你的？」只看一下就能知道是找誰，讓他心裡暗暗吃驚。
「首先，你不是一個習慣走進實驗室的人，第二，你打開門的時候是先確認誰不在而不是誰在，最後，我們這裡，我想除了他之外不會有這麼無聊的朋友了。」

學長一邊說著，一邊笑笑的站起來，用紙杯倒了杯熱開水給進門的客人，對方臉上驚訝嘆息的表情讓學長覺得很有趣。

「唉呀呀……」

「怎麼？」學長從微波爐裡拿出學弟替他準備的甜奶茶，甜膩醉人的奶茶香，隨著加熱後的溫度，柔軟的飄散在原本應該顯得冷硬的實驗室裡。

「其實你是個超乎想像的狠角色嘛……那他到底是怎麼得手的？你是喜歡他的對吧？」

學長臉上微微一紅，習慣性移開視線的動作裡有著嫵媚動人的神韻。

「……我想，應該不脫你們知道的手法吧，只是也許花了比以往還多的時間，讓那個玩心過重的笨蛋稍稍思考了以前沒想過的事……也許，差別只是這樣，或者，是我所保持的距離讓他沒有獲得的感覺，所以，才會感到困惑，然後，因為思考而更困惑。」

訪客看著學長的表情，想起友人對學弟的形容，微笑不由自主的浮上嘴角……姑且不管是賭對還是賭錯，是人都還是希望自己的朋友能找個真心的對象，幸福性福。

「你知道嗎，我們開了一個賭局，而我認為他是喜歡你的，也許他沒有意識到，但也許是你期望的那種，所以我在你身上下了注，現在，讓人崇敬的學長大人，你需要什麼幫助呢？」

「下了注……很好，這是詐賭吧，所以你下了多少？」

「小本生意小賭娛興，我下得最多，一萬。」

「……還真少，可以加注嗎？」

「可以是可以……怎麼？」

「加注一百萬，跟組頭說我要抽成，或者……」

眼前的大爺輕鬆說出一百萬，把所有聚賭的人都買了說不定還沒這麼多……微笑的表情讓聽到的人冒著冷汗，卻又覺得事情有趣的緊，不當幫凶實在可惜。

「或者？」

「為我提供情報？保證能讓你們這些無聊人看到難得一見的東西。」

一場好戲換一群幫凶，學弟還是很久之後才知道，賣了他的損友不是一個……而是全部。

然後換成學弟下手報復，即使心中感謝……但損友的生態就是這樣。

✤ ✤ ✤ ✤ ✤

相對於學弟壓倒性的損友比例，學長的朋友就顯得正常的多，是有如常態分布鐘形曲線那樣的範圍廣闊。

嚴格來說，學長並不是那麼介意學弟認識他的朋友，反倒是學弟不太樂意讓自己的朋友，常在學長的視線範圍內出現。曾經學長問過為什麼……因為他覺得那些人其實還挺有趣的。

學弟只是皺著眉頭移開視線，還小小的嘆了口氣。

……官方說法是，那些人太過唯恐天下不亂，擔心他被整或是自己被抓到把柄後遭人報復。

而根據內線消息……當然是來自那些人，學弟其實潛意識的不想讓學長知道過去的事，例如以前交往的對象，幹過的壞事，不小心幹過的蠢事（是人就會有幹蠢事的時候）……

更重要的，學弟還挺擔心他們帶壞學長的，而損友們則是為此咋舌——明明就是最大的汙染源還在嫌別人高污染。

學長則是為此笑的很開心，學弟隱藏得很好的佔有慾，總是出乎意外的可愛……很難說他自己究竟有沒有意識到，但這樣的表現其實是溫柔的，既不會令人感到窒息，也會有被在乎的感覺。雖然那個繞了太多轉的心思對其他人來說，也許只是無法理解的距離。

但理解之後就不是那麼的複雜，至少學長自己是很喜歡學弟這樣的個性。

所以他其實還滿想將學弟介紹給自己的朋友，另一方面，則是發現他變化的朋友死咬著他問問題，讓他想不說都不行。

人嘛……或多或少都有些八卦的素質，說了之後只會更想知道，這個能讓人破除世俗成見、令友人做出選擇的傢伙究竟是個怎樣的人。

學長的朋友之中，第一個看到學弟的人其實是阿元。那天他送標本來學校，於是就順便去了趟友人的實驗室，心想只是看看……半個月前參加國中同學會唯一的收穫，就是發現死黨的新對象是個男人。

阿元想看看這個讓學長成為同志入門者的人，是個怎樣的人。

淡淡的聊了幾句，那人看起來從不想太多的個性是天生玩家的料，雖然有點擔心，但說不定這種聰明過了頭的笨蛋剛好很適合自己的朋友，與其好心做壞事，阿元覺得還是要多看看比較準。

所以他把感想收在心裡，誰也沒講，直到第二個看過學弟的小汪老樣子的推開他家公寓的門，有些激動的問著他，阿元才勉為其難而且超不耐煩的有問有答。

「你是白痴嗎？要到什麼時候才會記得關我家的門？」

「那個不重要啦！我問你，明明他就在跟一個爛人交往，你怎麼連個表示都沒有⁉也不早點跟我講！」

「你是三姑六婆嗎？人家的私事你管個洨⁉你又知道那是爛人？嗯？對我而言你才是爛人，同樣是笨蛋他比你好上一百倍！」

「你你你你……喵的！你居然拿我去比還比得比較爛！有沒有搞錯！怎麼會不知道！聽起來他就是爛人！爛人！」

「他有腳踏N條船嗎？啊？你認識他嗎？他是你朋友嗎？跟他談戀愛的人是你嗎？都不是你囉唆個什麼！放開我的衣服！出去！」

「冷血戀屍癖！沒人性！那個是你朋友不是路人！我就是擔心不行嗎？因為我是他朋友！」

「多管閒事，他們兩個不會有事的。」

推開還沒冷靜下來的小汪，阿元整了整T袖的領口，萬年寒冰的陰冷口氣卻相當的確實。

「……你知道了什麼？」

「什麼都不知道，回去，攝影師大爺你也許很閒，但是我很忙，這麼不相信我就帶著你哥去看看，他的答案一定跟我的一樣。」

所以第三個看到的人是哥哥，跟兩個人都聊了兩句，就直接了當的把自家弟弟給拖走，一樣叫他別多事。

於是，不甘心的小汪也開了個賭盤，而隨著學長跟學弟出雙入對的增加活動範圍，加入這個賭盤的人也越來越多，比起學弟的損友用錢賭輸贏，這邊就溫和的多——輸的人請贏的人以及當事人吃頓飯就好，地點跟請客的方法是被請的人決定，免得大家都投靠到人多的那邊當不負責任的分母。

但是不甘心歸不甘心，小汪還是得承認自家老哥跟阿元的看法是對的，那傢伙其實真的沒他想的那麼差……所以這次他們從美國回來的時候，也是該請客的時候了吧……

其實出這種錢還挺樂意的，只是希望那兩個不知何時知道消息的傢伙，下手能客氣一點，他最近剛買了新鏡頭窮到骨子裡了呀……

業務員

有作生意的地方就會有業務員，而一種米養百樣人，業務員也是有很多種……相信大家或多或少也是有碰過，兩種或是兩種以上的業務員。

而實驗室，也是個需要業務員的地方，或許應該說，非常需要。這種需要與供給的依存關系，對於彼此來說都是非常重要的。因為科學是一門很砸錢的工作，做實驗很燒錢，而廠商跟業務想賺錢，通常一旦確定開始做生意，接洽的業務也就大致確定下來很久都不會換。

而如今，有些後知後覺的學弟發現某耗材的廠商業務換了個人，從原來和善有趣的中年人換成了一個年輕的業務，還是能讓學姐們以及同學，為之興奮八卦感到有趣的那種年輕男人。

為什麼知道？因為現在實驗室的學姐與同學，正跟隔壁實驗室的學姐愉快的討論著，今天下午就會出現的那個，聽說架勢非凡的美男子，究竟是怎樣怎樣又怎樣……然後大大方方的延伸比較起，各自實驗室裡的男性們的特色技能個性長相體格身材收入習慣能力……簡直就像在做品種評比大會那樣的專業嚴謹，像是壹周刊那樣專業地超乎水準。

……我又不是種馬，再怎麼說也是非賣品。

學弟雖然在心裡碎碎唸，但經過自家母親的範例之後，他很清楚一群女人聚在一起聊到這種程度的時候，千萬別去打擾抗議比較好，可是音量越來越放肆的對談聲想不聽都不行。

「啊～什麼？真的嗎真的嗎？那時候發生那件事我們都很擔心呀……果然是爛人！」

那有，學姐，我根本從沒看你擔心過。

「哎哎，最重要的是……」

喔喔，真是高深的見解，可是我覺得對學姐你來說畢業應該更重要吧……

「咦咦？是這樣的嗎？可是我覺得……」

我覺得你們也許應該再小聲一點。

「哎呀！所以我說嘛！就因為你們實驗室的男生水準太高，你們根本見怪不怪，一般水準的根本看不入眼，那種虛心的假貨爛男人跟真品比又太容易被識破，根本沒得比！啊啊～真～好～為什麼你們實驗室的男生品質這麼好呢⁉而且還都沒有女朋友！為什麼為什麼～～～如果實驗室有這種人在，至少每天來實驗室的心情會更好呀！」

從切片室回到實驗室的學長，正好趕上了鄰居訪客的長吁短嘆，帶著疑問把東西放在桌上，轉頭詢問應該一直都在實驗室的學弟究竟是怎麼回事。

「親愛的學長，你看不出來？」

於是學長一邊活動著僵硬的手肘和肩膀，一邊傾著頭想了又想。

「我進來的時候只聽到吶喊聲，這樣就看得出來的話我去徵信社工作會比較好吧？」

「那麼，根據學長以往的經驗，你覺得她們聚在一起會討論什麼？」

「討論男人。」

「正解。」

點點頭，嘆口氣，學長在位置上坐下，整理東西。

「原來如此，所以今天那個業務員要來？」

「沒錯，我已經聽了一整個下午……你有任何感想嗎？」

「你希望我有什麼感想？對那個你沒看過的業務員？」

「他是那麼強的催化劑嗎？可以讓隔壁的學姐跑來吶喊，泡在這裡，而現在，我得要去泡茶了，來自學姐們剛剛的請求。」

「慢走啊慢走……」

學長懶懶的聲音飄飄搖搖，學弟微微的低笑著走向櫃子拿出茶具茶葉，用熱水沖洗溫暖茶壺茶杯，熟練流暢的泡了一大壺茶，那清雅微甜的味道悠然的逸散在實驗室裡，讓原本聊天聊過頭的女性們在溫柔的味道裡漸趨平靜。

而當那個傳說中的業務員進到實驗室的時候，正是學弟在為大家倒茶的時候，甫抬頭就看到一個提著公事包的人走進來，在略微呆滯後很快便意識到大概就是這個人……業務員看到他的時候則有些驚愕，學弟認為也許是對方因為看到不認識的人，以為走錯實驗室所致，於是習慣性的露出那種能讓人放鬆戒心的微笑，而對方也的確在注視他之後回以微笑，放下東西。

先開口的是學姐們。

「哎呀，學弟，這就是我們說的那個業務員，他都沒看過你，還以為走錯實驗室了！」

「哈哈，沒錯，我還在想什麼時候多了一個我沒看過的美人。」

業務員爽朗自然的接口，從公事包裡拿出收據、以流暢圓潤的動作掏出筆，將簽收單遞給在場的人，但不只是抱著壺的學弟，在場的學姐們也無人接過他的單子。

本來想找業務員討論新產品，拿著茶杯離開位置的學長，則開始認真思考他是不是聽錯了什麼。

美、美人？

在大家驚愕之間（包含學弟），業務員轉而將單子拿給稍遠的實驗室助理簽收，實驗室的人們驚疑的看著學弟，而渡過驚愕的學弟則是掛著笑容、細細的瞇起眼打量著那個業務員，實質上半笑不笑的表情看來頗詭異。

簽完單子回頭的業務員，看到的就是這副景象，臉上隨之浮現了興味、了然、而且無畏的笑容，嘲諷睥睨的氣質氣勢，隨著微笑的動作一絲一絲的流散進空氣裡。

「怎麼？有事？」

「沒有，我們只是……在思考……關於你剛剛對於形容詞的，使用方法。」

隔壁實驗室的學姐小心謹慎的措詞遣字，生怕其實只是一場誤會。

業務員聽到之後愉快異常，輕緩頷首。

「以為聽錯了？不，你們沒聽錯，而且……」在眾人瞠大眼睛環視的狀態下，業務員泰然自若的伸出手，以手背撫摩學弟的臉，完全無視學弟微笑裡隱藏的殺意，露出滿意的微笑。

「我還挺中意你的，雖然今天是第一次見面吧？」

什、什麼意思!?

腦袋運轉速度跟不上劇情變化的女性們，一邊壓抑破口而出的聲音，一邊隱隱發出吸氣聲，而學長則是努力壓抑自己把型錄往業務員身上砸的衝動。

學弟的微笑燦爛優雅如昔，只是多了濃厚的殺氣，讓一旁的人都能感受到汗毛倒豎的寒意與壓迫感，若是一般人，與之正面對視說不定會被嚇得雙腿發軟。

可惜眼前的不是一般人，放肆的目光隨著手指動作，輕柔移動，在學弟肌理勻俑的頸肩若有若無的撫弄。

「那真遺憾，我對你完全無法產生興趣，水準太差，我討厭便宜貨。」

「咦咦咦咦！學、學弟!?你你你你知道你在說什麼嗎？那個、妳們！妳們都不說點話的嗎？妳們學弟被人騷擾了，結果還說出奇怪的話!?妳們多少也以學長姐的身分說個話啊！」

知道學弟真實性向的人們無言以對，業務員在略微一怔後非常歡快的笑了，收回的手在唇邊輕觸，眼神裡閃爍著獵人的光芒，令人窒息的魅力渾然天成。

「有趣，我喜歡，至於評價就先保留吧，你會知道我是什麼的。」

學弟斜睨的目光裡滿是不屑的挑釁，動作輕巧流暢的放下手中的茶壺，接過學長手中的空杯，白皙漂亮的手和雪白的磁器在半空中劃出漂亮的弧形。

「爛貨，根據折舊率，很快就會報廢了的東西。」

低沉的美聲平靜如常的說出極端的形容詞，讓忍耐著衝動的學長，心中痛快不已，一邊聽著一邊再次接過學弟倒好的紅茶，開始慢慢冷靜的看著眼前具有強力支配感的業務員，暗暗懷疑這種人怎麼有辦法去跑業務。

學姐們聽的也很痛快，不過大概是人都會有相似的疑惑吧……

「怎麼會有你這種業務啊!?」

「哼嗯……商譽誠信貨到迅速，我的個性喜好與妳們享受到的服務，有任何衝突嗎？我看妳們以往對我還挺滿意的嘛……」

面對充滿暗示性的調侃，比較不常受到鍛鍊的隔壁實驗室學姐，刷的一下紅透了臉，但是破表的正義感和不甘心讓她依舊能力抗強敵。

「你確定你是在服務？你這是在騷擾！騷擾！」

而面對隔壁實驗室學姐的質疑與抗議，業務員拿起公事包的的表情充滿了諷刺。

「我服務的對象一直是付錢的人，而你，是對我的行為有所期待嗎？」

漲紅的顏色延伸到脖子，勇敢的配角啞口無言，而學長，放下了杯子，不鬆不緊的輕輕開口。

「本來想找你討論一下新產品的事，而現在，我會想去找別家……同樣的東西，我們未必只能跟你買，嗯？」

「沒有人會跟錢過不去，尤其當它是消耗品的時候，而如果你拒絕……我會很高興有了常來的藉口——尤其，你們現在的表情看起來真是種享受。」

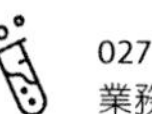

眾人飽含受挫與壓抑的表情，對惡質者而言是相當美味的點心，而唯一不曾在表情上有所動搖的主菜笑容無懈可擊，高漲的氣勢與自信、完全無視他口頭上的挑釁，讓受到影響的人們又重新恢復冷靜。

真是太有擊沉的價值了。

提起公事包離開，業務員想起臨去時交換的眼神，比起一個簽名所拿到的業績，那個眼神更有獲得的價值。

「學弟？」

「什麼事？」一如以往的聲音平靜優雅，只有熟人才知道其實太過優雅了一點。

坐在位子上發出疑問的學姐B子，很小心的瞄著學弟的臉色。

「你不生氣嗎？我剛剛幾乎以為你會現場格殺他……」

「學姐覺得呢？你也不想想毀屍滅跡多麻煩……」

學弟的語氣懶散悠閒，左手拿起水杯，像是在品酒般，喝水的表情裡已經全然不見方才的殺氣，彷彿在思索什麼的模樣更見驚悚。

怒極反笑……

學姐閃過學弟的領域，走到正在以怒氣快速輸入的學長身邊，扯了扯袖子。

「欸欸……學長你也冷靜一點，說些什麼，不要理那個業務員就好啦！很多東西還真的只有那家在賣，生意還是要做的欸……」

「學妹，放心，學弟喜歡活的，絕對不會出事。」

學長停下動作、輕輕抬眼，不是很真心的以燦爛地微笑，安撫真的有在害怕的學妹。

「……學長，這不是重點。」

最近開始覺得自己說不定有偉人素質的G子，力持冷靜的訂正著。

「不然呢？難不成你能阻止他？」

學長嘆了口氣，關上螢幕，揉著額角，暗暗指了指。

眾人看著學弟的側面背影，無法言語，姑且不管是否有仇必報錙銖必較，以學弟禮尚往來的個性是絕對會做些什麼。

女性們轉念想了想，看向喝著甜奶茶的學長。

「話說回來，學長，有人要對學弟下手，你不生氣？」

「生氣缺乏建設性，更何況……」看著轉頭微微看向他的學弟，學長自信卻柔和的笑了。「留不住的，也就不用留了，人生不是那麼麻煩的事……你說對吧，學弟？」

「不要隨便休了我，很受傷的。」帶笑的聲音裡有著釋然鬆懈，是真實平靜的聲音，柔和如絲的傳遞著，被信任是何其美好的一件事。

氣氛轉和是件好事，可實在是閃得在場女性受不了。

「拜託……」

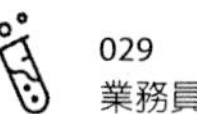

然後兩人不約而同的以略為疑惑的眼神，轉頭詢問，女性們在心裡暗暗嘆息，放棄了說明，決定去詢問另一個問題。

「所以你們現在是打算怎麼辦？」E子探頭輕輕詢問，問得委婉，因為沒有人真的認為這兩人放棄了。

學長看著學弟，眼裡也有些好奇，那種期待看到受害者的眼神讓學弟輕輕柔柔的笑了。

「他不是說要吃了我？既然如此，總會送上門的。」

✤ ✤ ✤ ✤ ✤

漂亮、料子上佳而且剪裁得宜的西裝，極具個性與獨特性的領帶、襯衫，較為骨感卻瘦長得充滿力道的手指，乾淨、甚至可以說是漂亮的。修剪得有些短的頭髮看起來很精神，很適合所有者那融入至呼吸與血肉裡的自信與傲氣，很隱約、而且內斂——但不是那麼的收斂，那個業務員連笑容都有著從上而下的俯視感。

這樣的人做業務，不是極好就是極差——人們往往相信那些能提共他們信心的專業人士，而究竟有多專業在掏出錢的當下，往往已經不是那麼的重要了。

而在他們眼裡傲慢放肆的業務員，在他上司的眼裡是屬於前者，搶眼的氣質氣勢與衣著品味，站在那裡就無法不被重視，如果說做業務就是推銷生意跟搶生意，那麼這傢伙的確是把業務範圍當成攻城掠地的遊戲在玩，而且玩的非常好。

只要能賺錢，很多很多的錢，員工的性喜好究竟是男還是女，對老闆來說是一點都不重要。

於是，一個禮拜後的同一天，這樣的一個業務員再次如風般的到訪同樣的實驗室，不同的是不再有人為他大肆聚集，看好戲的心情卻充斥在每個人腦海裡。

唯有學長有些擔心，因為學弟這禮拜其實出乎意外的忙碌，究竟還有沒有心力應付麻煩人士還是個問題……學長在心裡暗暗祈禱學弟在業務員走之前千萬別回來……

而既然這是個故事，所有的事與願違就是最常發生的事……當學弟氣息冷冽的拿著東西走進實驗室時，業務員剛好把簽完的單子收進公事包。

看到人，業務員面帶微笑的走了過去，擋在學弟的前面，讓學弟一心二用的目光回神、集中，如自己所願的注視著自己。

「閃開。」

學弟略為仰首，立定在擋路者的面前，眼神裡滿滿的都是不耐煩，聲音更顯冷徹刺骨。

「把今晚給我，修正你的措詞，然後，也許我會考慮留條路給你。」

「離開我的視線，改善你的態度，然後，也許我會考慮讓你死得乾脆點。」

完全消失了耐心的學弟，將手中的藥品往業務員的身上推去，然後如願看到業務員因為避開東西而收回不規矩的手、移動了位置，冷哼一聲就迅速跨過業務員的身邊。

學弟冷笑著把東西放在實驗台上，調整矽膠手套，流利快速的整理安排了藥品等等東西的位置，確認著，然後發現業務員還站在旁邊。

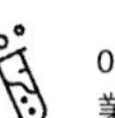

學弟用眼神斜睨質問不速之客，剛才對方挫敗時難看的臉色已經恢復正常，站的不近不遠……

學弟缺乏跟業務員說話的動力與意願，於是決定置之不理……一把拉過椅子，坐下、調整pipetman[1]的刻度，從液態氮裡取出sample……藥品加到一半的時候，一雙手纏上了學弟的身體，無視時間、地點、與旁人，甚至肆無忌憚的將手滑進學弟毛衣的下擺裡。

學弟先是嚇了一跳，感覺到氣息與笑聲後，則是克制自己不要反手把pipetman當兇器使用，努力忍耐殺人的衝動加完藥品，想放下東西卻被糾纏者所阻礙。

……怒氣暴漲，雖然自己太大意也是個事實，不過這傢伙再沒常識也該有個限度吧？

「放開。」

「我不喜歡你的口氣。」

業務員的手熟練地挑逗著，感覺軀體因壓抑憤怒而輕輕顫抖……很細微，掩飾的非常好，升高的體溫無法分辨是因為憤怒還是慾望……反應太細微，卓絕的控制力讓自己的蓄意挑逗像是個笑話。

「深有同感，再說一次，拿開你的手。」

學弟輕輕仰首回視著騷擾他的人，眼神裡的諷刺與挑釁在頸側延伸出漂亮的線條，嘲笑著對方行為裡的無所作為。

1 pipetman：微量吸管，又稱「移液器」、「定量吸管」，是一種定量轉移液體的實驗器材，用途廣泛。

男人最介意的就是有人說他不行。

業務員回視著學弟閃爍著深邃光芒的眼神，笑得傲慢，在學弟脖子上用力的咬了一口，吃痛的感覺讓學弟很細微的皺起了眉頭，細聲悶哼……業務員一邊愉快的輕笑著，一邊舔舐著方才咬過的部份。

可是得意並沒有維持太久……正當學弟打算放棄手中的pipetman，把它當成兇器使用時，身後的業務員突然發出倒吸一口氣的聲音，迅速的放開手。

學弟放下手中的東西，回頭，看著業務員狼狽的模樣，以及在一旁笑得非常燦爛的學長。地上散落了一地的碎冰塊，而且還在持續增加……因為拉出下擺的業務員還在不斷抖落著細小的碎冰。

業務員有些凶惡的看向兩人，一瞬間什麼形象都沒有的傢伙，連威脅都像是個笑話。

於是他什麼都沒有說，靜靜的看著兩人，眼裡是迅速恢復的平靜。然後，突然輕輕的笑了，脫下西裝外套的動作緩慢、華麗、甚至有些張狂……脫下、拎起，拋在椅子上，略為鬆開領帶。就這麼的在兩人的面前整理儀容，撫平襯衫，穿上外套，就像他進實驗室時的那樣。而學長與學弟也同樣的、一語不發的看著他，直到他穿好。

「如何？本實驗室特製的負八十度碎冰還喜歡嗎？冷得很來勁吧，業務員先生？」僅有右手戴上矽膠手套的學長一臉招牌的心機親切笑容，小心壓抑著得逞的痛快感不要表現得那麼明顯。

「相當舒爽，更重要的是，這讓我發現了相當有趣的東西……」

語尾漸形飄邈，業務員原本撥著頭髮的動作冷不防的改變目標，右手一把扯過學長，左手掐開下巴，低頭就吻了下去。

偷看的女性們全嚇呆了，學長也是……完完全全沒想到就算了，這種粗暴又情色的舌吻充滿惡意，屈辱的感覺遠大於刺激感。

用力推開，學長呼吸紊亂，業務員因唾液而泛著水光的嘴唇帶著得色，饒富閑情的打量著學弟深沉的臉色。

「原來如此，意外的收穫……讓人期待起下次。」

業務員提起公事包，站在半開的門邊，遙遙的望著兩個因為他而心情極差的男人。

「我也是，衷心期待你下次的到訪。」

學弟臉上的微笑比兩人初次見面時還要多了幾分鬼氣，業務員爽朗瀟灑的笑聲低低遠遠地傳來，並沒有人天真到認為這歡迎是友好的。

✤ ✤ ✤ ✤ ✤

然後，過了一個禮拜，又一個禮拜……強吻事件後的第一個禮拜，因為諸多原因，當她們回到實驗室的時候，只知道業務員已經走了，兩位男士沒讓她們知道到底發生了什麼事。

而接下來的兩個禮拜，那位囂張到了極點的業務員沒有出現，而是另一位小心謹慎過了頭的年輕業務，拘謹客氣的模樣讓人看了就想笑。

反差實在大了點。

而當第三個禮拜還是看到這個業務時，是人都會懷疑，原來的那個變態傢伙到底發生了什麼事……應該不是被抓走或是調職吧？

「……那麼，今天就先這樣，還有需要什麼東西？上次妳們問的那個藥品找到了，需要我先送點樣品過來嗎？還是要直接訂？還有這些是儀器的報價，讓各位稍稍參考一下。」

代班的業務員斯文和善的像隻兔子，鏡片之後的雙眼黝黑澄澈，像小動物一般……簽收完單據，現在的他正斯文的收著東西、確認著，還不忘再次確認詢問客戶是否有其他需要。

而眼前的客戶想知道的，其實是其它的問題。

「我們想問你個問題，不知道方不方便？」

受到代班者過於客氣斯文所致，連學姐們講話都變得拘謹客氣。

「嗯……是指哪方面的問題？」

「之前負責我們這裡的那個業務，最近怎麼都沒看到他？你又一直說你是代班的……他是發生了什麼事嗎？」

聽到問題，溫順和善的業務員臉上浮現了不知是該苦笑還是大笑的表情，略為思索，才語帶保留的開口。

「他最近……身體狀況很不好，公司裡的同事都勸他，看醫生之前要不要先去安個太歲什麼的……」

「身體狀況很不好⁉」別開玩笑了，那個變態三週前看起來還一副吃了病死豬都死不了的樣子！

看到眼前的女性們滿臉不相信，代班者也相當有同感的推了推眼鏡，苦笑著繼續說。「嗯……雖然很難令人相信，但他現在……運氣真的很差，三天兩頭就上醫院，雖然都不是大病，不過他前陣子莫名奇妙的小病還真不少，最近好一點，所以這一兩個禮拜他主要都是留在公司裡。」

「……這麼慘？」

「是呀，那麼，就只有這個問題嗎？」

「啊，真抱歉耽誤你的時間，如果有問題或有需要的東西，再打電話聯絡就好了，謝謝你。」

也許不會再出現的代班業務員看著學姐的反應，輕輕淺淺的綻開了笑容。

「不客氣，這是應該的，下禮拜應該會換成別的業務員過來，然後大概再兩三個禮拜他就會回來了……不過也說不準到時候服務區域會不會又調整，但我想，妳們至少還有機會看到他。」

顯然誤會了什麼的業務員帶著微笑離開，但學姐們也無心去解釋什麼，反正那既不是重點也沒什麼用……

學姐直直的看著泡茶的學弟，而後者在注意到學姐的表情後，一臉笑容清風和煦，拿著泡好的茶遞到學姐眼前，一邊伸手接過學長遞來的杯子。

「學弟，是你幹的吧？」

「我只是個惡作劇的發起人與執行人，策劃人是學長，而且，還有很多友情贊助的幫兇。」

學弟漂亮的手拿出一張紙條，裡面長長的名單全是致病原，細菌也就罷了，連病毒都沒放過，讓看單子的學姐手重重的抽動冷汗狂冒。

「學弟……你也沒必要為了整一個人牽連全人類吧……這是違法的欸！這麼多東西你贊助贊助就拿到手了？學長居然還是幫兇!?」

「放心，給他的都改造過了，高變異性高致死率的都去掉了，傳染媒介也篩選過，絕對不會出事——就算出事以台灣的技術也發現不了。」

「就這樣？」

「當然還有其它的，例如，錯開病源的潛伏期。」

果然如此，難怪可以拖這麼久……

「別擔心，實驗室有實驗室的方法，而且我喜歡活的勝過死的，會掙扎會反抗的比較好玩。」

說起變態，學弟在某些方面其實也不惶多讓。

「可是，學弟，你是如何確保病原濃度足夠致病？就算依據實驗換算，用吃下去的方法還是不保險吧？」

「呵呵……如果把人綁起來，想做什麼都可以吧？」

「學、學弟……你是做了什麼啊……直接用注射的？這不像你會用的方法。」

「對學姐來說，你現在想知道的內容也許是三十禁……你確定你想知道我把人綁在椅子上之後做了什麼嗎？」

學弟充滿惡意的優雅笑容讓人想問又不想問，而學姐其實比較好奇學弟到底是怎麼把人固定在椅子上……

「想知道嗎？」柔和誘惑的聲音優雅至極，學弟現在的心情其實好得不得了。

學姐想了想，深深的吸氣吐氣，緩緩的搖搖頭，其他原本等著聽的女性們也沒有表示其它的意見，雖然真的很好奇很想知道，但普通人需要的是一個普通的生活，而不是一個能改寫人生觀的插曲，很多事情真的是不要知道比較好。

兩人的生日

學弟的生日是秋天，學長的生日是夏天。他們剛認識的時候，學弟沒能來得及知道學長的生日，後來，等學長知道學弟生日的時候已經是冬天了。

兩個在交往的人，知道彼此的生日是很基本的基礎。雖然錯過了時機，但總是有下次的，所以兩個人也都不是太介意。

一人一次，剛好公平的很。

冬天一過，就是春天，對於研究生來說，本來很快的時間總覺得又流失得更快，所謂的愚人節，只是告訴你沒有春假的四月到了，再兩個禮拜就是傳說中的期中，要想活命皮就繃得緊一點。然後，等你鬆口氣歌頌期中遠去，肆意的陽光以及冷氣機運轉的聲音，就開始以很討厭的方式宣告炎夏的來臨。

學長的生日就要到了。

當著本週值日生的學弟，一邊機械性的排著tip，腦袋裡一邊瘋狂轉動地思索著到底要送學長什麼。

嚴格來講，送禮物的對象太有錢很麻煩，而學長喜歡實用的東西大於純裝飾的物品，如果能兩者兼備，那當然是更好。

學長在九樓的住宅裡很多這樣的東西，兼具觀賞與實用，偶爾心血來潮夾娃娃機裡夾到的戰利品，也被漂漂亮亮整整齊齊的擺放著，即使因為貓咪惡作劇而隨意散置，視覺上的感受還是不會有所折損。

小東西，大東西，他想了很久還是想不出來到底該送什麼……登山用具？學長之前才剛換過，在他不知道的時候……手提電腦？那個破預算了……相關週邊？學長現在的電腦好破，根本配不到……釣魚的東西？釣竿……學長好多支，用途還不一樣，買到重複的爛東西就有趣了……釣線？海釣用線各種尺寸全套組？送那個好奇怪……

不知不覺排完了所有的tip，學弟又開始麻木的拿起滅菌膠帶重複撕下貼上的動作。

送什麼好呢？

然後學弟想起了曾經看過的一件東西，也許，可以試試那個。

✤　✤　✤　✤　✤

最近學弟又常不見人影了。

學長喝著攙了蜂蜜的冰薄荷茶（當然是學弟做的），開始回想去年發生類似情況時的事情，心裡就覺得好笑，人類果然是常做傻事的生物呢……

趕畢業的學姐們看見學長臉上的笑意，終於還是非常不能平衡的八卦起來。

「欸欸，學長，你知道學弟最近為什麼都沒進實驗室嗎？就算來了也是一下子就不見人影。」

「我知道啊。」

「嗚唔……笑的這麼愉快，可惡……學長你居然棄我們這些孤家寡人趕畢業的學妹於不顧！嗚嗚～～～真是人心險惡世態炎涼……」

「這個意思是你的前言結果討論我全～～都不用幫你看了嗎？太棒了，這樣我就可以不用把生命浪費在無趣的東西上。」

B子聞言的表情就像是被毒蛇咬了一口，讓其他人在一旁看的直搖頭。

「你在耍笨呀……想也知道學弟為什麼不見，學長生日就是下個月，那個認真的孩子一定是去張羅了吧……」學妹G子因為直升博士班，所以成了唯一尚有閒情的人，慢條斯理的吸著珍珠奶綠，遙遙揣測著學弟會做些什麼。

「啊～真好～可是！雖然我可以接受同性戀但我不想看到你們兩個這麼甜蜜啊！學長！麻煩你臉上的微笑收斂一點，不要再刺激我們脆弱的心靈啦！畢業生是很脆弱的呀！拜託你可憐可憐我們！」學妹A子奮力的抓著手中的圖表以及手上大疊大疊的資料，努力抵擋著學長惡意增亮的心機甜笑。

在這種關鍵時刻不管是學長還是學弟哪個來鬧他們都是萬劫不復啊！

「放心，不要怕，我當年也是這樣熬過來的，置之死地而後生，一定會畢業的，你們絕對死不了！而且想拖也不行，老師不是說明天下午兩點以前把初稿放在他桌上嗎？」

一時間實驗室哀號遍野，室外的豔陽只是更加對照出室內的淒冷而已。

「我說……學長？」想了想，學妹E子還是忍不住小小聲的問著。

「什麼事？」

「你都不好奇的嗎？像是學弟去了哪裡，會買什麼之類的？」

「喔，那個啊……」瀟灑的笑容裡有著陽光躍動的感覺，看起來有些頑皮：「很好奇，當然很好奇。」

學長轉頭看向有些困惑得不明所以的學妹E子，笑容溫柔的連旁人看得心跳都會漏兩拍。

「可是這就是收禮物，等待與期待是種幸福的樂趣。」

「……所以真的收什麼都無所謂？」

平常明明就有錢卻有些古怪的學長說出這種禮品感言，讓在場的學妹們完全不敢置信，顧不得學長好看的笑臉對他們心臟的刺激，以及明天就要交初稿的事實。

「我已經收到了，當他努力思索偷偷摸摸瞞著我的時侯，我就已經收到了。」

拿到的那瞬間，就像在開獎那樣，樂趣不在於禮物本身，而在於是什麼，知道他苦思的結果比禮物本身還吸引人。

有的學妹懂了，有的似懂非懂，但說到這裡已經很足夠。於是學長喝乾杯子裡的茶，關上螢幕，打算小睡個一小時。

✤ ✤ ✤ ✤ ✤

學長知不知道呢？應該知道吧……雖然看起來很平常，但是完全不過問自己最近閃不見人這件事就是最大的反常，不可能完全不問連想都不想。

學弟對於被學長發現這件事感到無奈而且開心……卻又覺得技術下降了，其實不該被發現。

但其實連這種小小的挫折感也能讓人會心一笑，想到明明好奇卻又靜候等待的學長就覺得好可愛，他們都是能夠享受過程樂趣的人，所以說不定，現在的學長也會覺得，看著隱藏失敗的自己忙進忙出，是件有趣又可愛的事。

會說自己可愛的也只有學長一個人而已，偶爾想到還真是不解的謎題。

「在想什麼？」

湊在臉側的頭輕輕的問著，帶著水氣的手從身後環過脖子，沐浴乳的香味隨著貼近的動作而顯得更加清晰。臉頰輕輕磨蹭著，像隻貓一般的動作，卻讓人無法不回應。

「想你。」學弟略為後傾，伸手捧住那顆騷擾他的頭吻下去，技術進步的舌頭很靈巧的挑弄糾纏著他，讓學弟暗暗感慨著以後能寫報告的時候就該多寫一點，很難想像今天還有沒有認真寫報告的機會。

氣息有些亂，學長微紅的臉上有著淡淡詭異的笑容，在分開之後一語不發的定定看著。
……選了個堪稱聰明絕頂的對象，既有樂趣，讓人莞爾的苦頭也是一個少不了。

「下下下禮拜有空嗎？」
「嗯？」
「你生日。」
「我生日，」學長面帶微笑，不輕不重的點點頭。「我還在想你什麼時候會來老實約我，明明就知道我發現了。」
「收到個驚喜不是比較有意思？明明就沒事。」
「哼，信不信我就在那天把實驗排得滿滿人殺到中研院去做實驗？」
學長看著學弟囂張的笑著耍賴皮，小不滿的威脅著。
「我信，可是那樣你好可憐，一個人孤零零的在生日當天閉關作實驗，每個認識你的人都會問你今天是不是你生日，然後再跟你說生日快樂……」
學弟溫柔優雅的笑容美聲，以特有的低沉柔和吹送著可能發生的事實。
「嗚嗯……」
因為發生機率實在太高，讓學長那隨著敘述模擬想像的大腦受到重擊。
「讓我陪你過生日？」
「拜託？」

「拜託你了。」不過是一句話，當然是從善如流。

聽到那毫不猶豫的回答反應，學長忍不住又笑了起來。

「好吧，那就答應你、唔嗯……」

學弟的手不知何時探進夏天單薄的衣服下，熟練的撫弄著學長身上的敏感部位，齒舌輕輕的，沿著頸項與鎖骨的線條輾吻啃咬，些微的痛覺反而更加刺激了原本敏感昂揚的知覺，來襲的快感讓學長不自覺的瞇起了眼。

「……你的報告……」

「明天再寫。」

「寫得完？」學長一邊問著，手卻很沒誠意地往學弟的下身移動，配合輕揚的語音緩緩搓弄著。

「沒問題。」低頭啣住學長胸前已然腫脹挺立的乳尖，囓咬舔弄的刺激很快地讓隱隱輕顫的皮膚薄沁出一層汗水。

反正早就是想停也停不了。

✤ ✤ ✤ ✤ ✤

五月底，實驗室即將畢業的人們為了畢業而瘋狂努力著，實驗室充滿了想畢業卻還不知道能不能畢業的瘋子，讓平常就不太正常的實驗室現下更是瘋狂異常。

在這種大家都要崩潰的時候，有兩個人半是有意，半是無心的促成了崩潰的條件。

過生日的人，以及幫他過生日的人，已經愉快很久了。似乎已經準備好的學弟又恢復以往出現在實驗室的頻率，讓實驗室的學姐同學一邊臉紅心跳一邊羨豔妒恨不已。

「學弟～～～！我平常對你不好嗎⁉為什麼要這樣對待我們！麻煩你留給我們一個可以冷靜寫論文的機會好嗎⁉」

「嗯？學姐妳在說什麼啊……我現在明明就在整理數據，完全沒有刺激到妳們吧？」身處冷氣房的學弟，左手優雅的拿起紅茶杯小啜了一口，右手俐落熟練的敲打著鍵盤，很快地放在桌面上的一疊A4紙就又翻了一面。

「哪沒有刺激⁉」

平常從出場次數到發言次數都頗少的F子，在這種緊要關頭耐受度低落的時候也是大感吃不消。

「學弟，你看看，難道你不覺得你跟學長那個區域，跟我～～們這裡比起來，看起來就像是異世界嗎！」

學弟從不在人前跟學長做出過份親暱有礙觀瞻的行為，即使如此，兩人所散發出來的殺傷力與其所造成的傷害，也不過就是破表值與未破表的差別，傷害的事實是不會改變的。

尤其，學弟忘記了一件其實不重要但殺傷力很大的事。

他眼前正放著全套閃閃發亮的下午茶茶具，外貌美麗誘人，香氣滋味甜美可口的茶以及茶點柔和卻放肆的散發著香味。今天是學長生日，而學長想要用這套茶具在實驗室喝下午茶。

所以就帶來了……生日一向是壽星最大。

等等就要出去玩樂過生日的兩人，現在正喝著華麗優雅光芒四射的下午茶；趕畢業的人則是沒日沒夜的趕了很多天，而且似乎會一直持續到口試的那一天，在這種最不幸的時候，總是特別見不得人家好……學姐們完全忘記下禮拜就要口試了。

「本來就是不同的世界，我又不趕畢業。」相較於學弟慣性上的禮數周到，學長可就沒那麼多顧忌「下禮拜幾要口試？禮拜五是吧，加油啊，等等我們就閃人，你們想要多專心多認真都沒人打擾。」

臉上的意思則是：要試講就去找老師，反正是兩個世界，我想我也幫不了你們，儘管當我不存在，是生是死都不干我的事。

雖然學長每次都用這招，但就是很管用，於是學弟和G子無奈嘆息的看著暴動硬生生被忍住，相信如果可以摔桌砸電腦，受激過度的人們一定會這麼做（東西都在電腦裡，畢業以前不能掛……）。

「拜託你們兩位快點離開這裡……」

「好好好，學長，走吧。」

「嗯？現在？喔，東西都收好啦……」動作還真快，完全不知道他什麼時候動手的。

「嗯，現在，時間也差不多，學姐，我們走了。」

低頭修著PPT的學姐們揮揮手表示不送了，學弟笑了笑，反手關上實驗室大門、輕快的離開校區……學長坐著學弟的車，看見窗外的視野漸漸遠離城市。

「要去哪？」

「先打開著個。」

趁著等紅燈的空檔，學弟從後座撈出一個盒子放在學長手上。

「嗯哼……是什麼東西呢？」

可以看出盒子已經不是原來的盒子，不重不輕的塑膠盒相當堅實，色彩和外觀結構都充滿實用之美。

輕輕打開，裡面排放的東西色彩華麗至極，學長看了先是呆了一陣，一個個拿起來看又放回去，底下還有一層……

「單單只看一個的時候很好笑，排在一起的話看起來還真是華麗，喜歡嗎？都不說話？」

「……全套的擬餌，你怎麼會想到送這個？」

「學長不是喜歡釣魚？我曾經在你家看過一個。」

「……所以你現在打算帶我去海邊釣魚？你知道擬餌是用在哪些環境水域以及魚種上？」

「你的釣具都在車廂裡，我租了船，也有請船老闆幫忙準備餌，你今晚想釣什麼都行，上次看你不是很想租船海釣？」

「……你怎麼知道？」我不覺得有那麼明顯……

「忘記是哪次在看網頁還是看電視的時候了，學長可是把念頭都寫在臉上。」

「……嘖。」

「怎麼？不喜歡？你手上那一盒可讓我研究了好久。」

「……高興歸高興，生日跑到海上釣魚感覺真微妙。」學長把玩著擬餌，眼神發亮，手中的東西搖晃出喀噠喀噠的聲音。

「又沒關係，高興就好。」

「學弟，你會釣魚嗎？」

「完全不會，在跟船東混熟打聽的那幾個禮拜學過甩竿，就只有這樣。」

「喔？然後呢？」能混到讓船東教釣魚，應該不會只有這樣吧？

「……被阿伯嘲笑，因為我完全釣不到魚。」

學弟開車的側臉看起來有些莫名所以的不甘心。

「啊哈哈哈哈……還是動物的本能強，完全不靠近壞人！」

幾個禮拜釣不到一隻魚也太強了吧⁉難怪阿伯會笑，恐怕還不只一個阿伯吧……

「什麼，是不是壞人和本能沒關係吧？」

「沒關係沒關係，我釣就好、我釣就好，只要你千萬別把魚嚇跑……」

說沒關係的人開始悶笑著確認盒子裡所有的東西，開車的人則是無奈寵溺的笑著，繼續開他的車。

✤ ✤ ✤ ✤ ✤

然後，學姐畢業，送花合照，七八月一個一個進來的新生，正好看到學姐們一個一個的離開。

前任的學弟變成實驗室唯二的學長，以實力和蠱惑性的微笑統馭著新進的五個新生，讓也晉升為學姐的兩個同學充滿了共犯的感覺。

學長的稱號則變成了大學長，以遠勝於博士後研究員的實力穩坐超然崇高的地位，對新生露出與當年學弟初進實驗室時一樣的微笑——只是表面更為聖潔實質更為惡劣罷了。

接下來的月份則到了開學的九月，這次，換學長準備送九月底生日的學弟生日禮物。

於是學長看著九月份的桌面行事曆，半是發呆狀態半是當機狀態的直直盯著好半天，還是小碩一問他要不要順便買什麼，他才發現他呆坐了近半個小時。

想不出來……腦中根本一片空白。

學弟的嗜好是什麼……？整人？不，那是惡習，而且也不可能找個人給他整，我也不願意……電動？也還好……音樂？他沒有的全是珍品了……書？生日送書好奇怪……

……球鞋球衣球袋……下廚做菜？廚房用具……鍋子餐具全套刀具？

別鬧了……生日送刀，光是想到打開的畫面就很搞笑。

到底要送什麼……於是學長抓起鑰匙錢包打算去踩馬路找靈感。

這一踩，就是半個月。換成幾乎長駐實驗室的學長，很難得的遲到早退實驗少做閃不見人。所幸的是，實驗室還有經過訓練的另一位新任學長，不至於因為一個人的缺席而造成實驗運作上的傷害。

只是這一來，小碩一們就很好奇了，雖然學姐們的個性較為文靜不是那麼愛八卦，但不代表不八卦就沒八卦，出於下意識的，不知道真相的他們決定先跑去問學姐。

「學姐學姐，你現在沒在忙吧？」

「沒有呀，有什麼問題嗎？」

眼前的學弟妹們雙眼發光一臉興奮，看樣子應該不會是課業或是實驗上的問題。

「問你喔學姐，大學長在忙什麼呀，他最近都沒進實驗室耶！」

身高只有一百五的學妹以跟她體型一樣嬌嫩的聲音問著，眼裡滿滿地都是想倒追的企圖，其他人反正問的也是同樣的問題，嗯嗯嗯的點頭應聲再應聲。

這讓比鄰而座的兩位學姐一瞬間有些為難，很難決定到底該怎麼回答比較好。

「嗯……這個……」偷偷瞄了眼坐在較遠座位的當事人「因為……你們大學長在交往的對象生日要到了，他正在找生日禮物，其他詳情……我們就不清楚了。」

「欸欸欸～？學姐都不清楚嗎？實驗室該不會沒人知道吧？大學長防的這麼嚴嗎？」

學弟妹聽了之後更為興奮八卦的表情，讓兩位學姐心裡含淚默禱……兩位當事人防得一點都不嚴，只是我們實在沒膽量把事實告訴你們……

「那小學長有可能會知道嗎？聽說他們住得很近，應該會知道吧？說不定還看過呢！」

驚嚇沉默……好奇心殺死一隻貓……也罷，就成全你們吧……

「我想他應該知道的很清楚，這麼想知道就去問他吧，就看他會不會說囉。」

「真的嗎!?走走走，我們去問……呃……欸，你實驗差多少？你呢？」

原本就要往前衝的一行人，像是想到了什麼般的驟然止步，突然開始核對起各自的進度，讓兩位學姐好奇不已。

「怎麼了，想問就去問啊，他又不會逼問你們實驗，幹麻突然討論起實驗做完了沒有？」

「呃……唔……嗯……因為、因為……如果去問小學長，不管是對我們之中的哪一個，他總是用很低沉很溫柔的聲音，跟很認真專注的表情回答我們……雖然他人很和善、也不沉悶、說話也很有趣人又優雅……可是每次跟他說話都會不由自主的臉紅心跳！男生也沒好到哪去吧⁉弄到後來讓人覺得沒事跑去找小學長好像很奇怪，好不容易逮到機會找他聊天最後卻都不知道自己在聊什麼……」

然後學姐看到三位男生自陳，到後來跑去鬧小學長總覺得很不好意思，不知為何總有一種大不敬的感覺，雖然跟學長聊天比跟同學還百無禁忌，結果總是很歡樂，但就是會有不好意思等等的愧疚感。

「喔……這樣啊……那就等你們決定好了再去問吧。」

學姐們互相交換了眼神，想也知道這結果絕對是他故意設計好的。

於是學弟妹們依序散去，原本不想做實驗的他們似乎又有了做實驗的動力，兩位學姐則是在確認他們的注意力已經重新投注於實驗上後，才悄悄地移動到同學的座位旁。

「欸，你不要這樣子欺負學弟妹啦……看他們這樣雖然很有趣，可是很可憐耶……」

「我哪有，完全沒有虐待他們，反而提高了學習的主動力與意願，這樣不是很好嗎？」

但是他們被你騙得團團轉，我親愛的同學，他們乖的就像張大眼睛搖尾巴等主人誇獎的小狗！

「你……等他們發現真相之後，萬一步向人生的極端怎麼辦⁉」

「好事，開拓人生新視野，如果頓悟了看破紅塵，那我們就是新一代大師的啟蒙者，好上加好。」

「……我說的當然是負面的。」

「警察也是需要業績，犯罪集團也需要招募人手。」

……學弟妹看樣子是救不回來了……對不起，但學姐們已經盡力了，要怪也只能怪你們自己要被騙……

看到自己兩位美麗的同學一臉放棄的模樣，面帶微笑放下手中的Paper，愉悅但平淡的給予最低的承諾。

「放心，我一向很有分寸，他們死不了的。」

「我們只是在默哀……對了，學長應該是為了你的生日忙進忙出吧？你知道他要送你什麼嗎？」

「應該吧，送什麼？不知道。」

學弟拿起水杯微仰著頭邊想邊喝，以學長那種對買東西極度挑剔的個性，平常就難買東西，現在買禮物應該又更誇張了吧……

真要說想要什麼的話，他只希望他老媽不要那麼囉唆，可惜這不是能當禮物送來送去的東西。

「學長那次也是那樣，你怎麼也是，你看起來一點都不好奇，也沒有特別期待的樣子，你都不好奇的嗎？」

「很好奇，非常非常的好奇。」

「你該不會要像學長那樣說什麼等待是一種樂趣吧？」

「喔？學長說過這種話？」

「嗯。」

「不愧是學長，不過，等待就是為了去醞釀些什麼，在等待裡培養一份心情不也是理所當然？」

……也許吧。

然後，在瘋狂消失兩個禮拜之後，學長重新恢復了在實驗室的作息，樣子看起來一如往日，實驗終於做完整理好的小碩一們，在兩位當事人之間左右搖擺後，不約而同的決定去找曾經消失過的大學長問個明白。

而發現他們走過來的學長，微微挑眉，拿下耳機，把播放按暫停。

「什麼事？」

眼前的大學長瀟灑從容的看著他們，聲音表情專業至極，讓他們突然有一種不該問笨問題的感覺。

「大學長，你上禮拜是去哪啊，怎麼都沒看到你呢？我們很想你耶。」

「都沒看到？喔～不認真，我有進實驗室啊，你們學姐都有看到我，就只有你們沒看到。」

「哪有，大學長，你看你看，實驗做完了，數據，我們有做實驗的好嗎!?沒有在打混啦！」

被人說打混的小碩一不甘心地將數據照片表單塞到學長眼前，因為動機不純，所以抗議聲不知不覺間變得有些薄弱。

「喔喔……真的嗎？數據給我，看了就知道你們到底認不認真。」

接過學弟妹的數據，飛快的掃過，半練習半進度的實驗很容易理解，技術跟熟練度的高下之差也很明顯。

大學長的表情可有可無不以為然，讓原持有者們忐忑不安。

「嗯……就這些？兩個禮拜就這些？你知道你們小學長在去年九月的時候，進度到哪了嗎？」

大學長帶著笑的聲音似乎覺得很有趣，於是小碩一開始發出欸欸呃呃啊啊的聲音。

「而且啊……這個數據是誰的？嗯？你的？你看一下這個，在這個溫度下，你的東西在這裡有一個表現量，那我們今天假設……然後，我們回來看一下你的數據，結果在這邊、這邊、還有這邊，你的東西居然有一個增加上升的趨勢，你覺得呢？然後是這個，背景值太高……這個還可以，可是有些醜，你們，要不要考慮一下，把它弄得漂亮些，這樣老師心情好，你們的生活才會圓滿對吧？」

興高采烈想說做完了可以打混一陣子，卻被大學長重重挫敗的小碩一，在灰心喪氣之餘猛然想起被順便隱藏的主要目的。

「學長～！你還沒回答我們啦！居然把話題帶開！學姐說你替你女朋友買生日禮物所以才不在，所以你真的是去買禮物？你女朋友是什麼樣的人啊？」

死磨活纏，兩個學妹一副非得要知道答案的樣子。

「你們學姐有沒有說去問小學長？」

「有啊……可是我們不好意思去問。」

「都不好意思了，你們還好意思來問我？」

「哎呀……學長你是當事人嘛，所以？真的嗎？」
「他後天生日。」
「什麼～學長多說一點啦!!」
「這麼好奇？」搞不懂學弟妹幹麻這麼好奇，害他也有了點欺負他們的心情。
小碩一努力認真的點頭。
「想知道也可以，一個答案換一個禮拜的實驗、值日生、以及動物房輪值，現在，想知道什麼？我保證知無不言言無不盡。」
沉默……然後小朋友們一臉不服輸的表情。
「哼！就不相信完全沒機會，總是會知道的!!」
「是是是，加油啊，要八卦實驗也是要做，別忘了要Meeting。」
帶著微笑，看小碩一不甘心地回到各自的位置上修改剛才的東西，好一會兒，才轉頭看向現在座位搬到他隔壁的學弟。
「欸，他們為什麼都不來問你？」
「親愛的學長，因為我讓他們自慚形穢，所以都不好意思來打擾我。」
「是是……馴養有方管教有度，剛才都聽到了？」
這種話也只有你才說的出口……
「嗯。」
「記得把後天傍晚以後的時間都空下來。」

準壽星斜眼瞄了下小朋友們的狀態，把椅子滑到學長的座位旁邊挨著。

「如果我說沒空呢？」一面帶微笑。

「你那些朋友跟我打包票說沒問題。」一柔和的甜笑著，聲音是了然的堅定。

微愣，然後學弟趴在學長的桌上瘋狂大笑，即使整間實驗室的人都看著他也毫不在意，讓學長有些尷尬不知所措的拍著他的背。

「喂……」

「啊哈哈……嗚嗯……等、等一下就好，哈……我那些損友啊……哈哈……」

「別笑了，沒那麼誇張吧？」

「沒有，沒事，馬上好……笑到停不下來……」

「……你是笨蛋啊……」

學長嘆著氣，把衛生紙遞給笑到飆淚的學弟。

後天，嫌麻煩的兩人索性都不去實驗室，睡到自然醒，聽著唱片，看著貓打滾，很悠閒的吃著早餐和水果。

「中間還有段時間，怎麼辦？」雖然是壽星，但學弟還是切了一大盤冰透的芒果放在學長面前。

「你今晚打算穿什麼衣服？如果要外出的話？」

「嗯……那要看學長要帶我去哪裡了。」

「先看看你的衣櫃吧。」

結果，是學長看了老半天都不滿意……學弟預感中最糟的那一種，可是學長卻相當的愉快，抓起他的車鑰匙拋給他，然後撥了通電話。

「喂，是我，嗯嗯，那天跟你說過了，現在應該有空吧，什麼時候？現在過去，大概三十分鐘……什麼？放心，你會感謝我的。」

學長結束通話，瀟灑的把手機收回口袋，拉著學弟出門。

「學長，剛才的電話和現在是？」

學長摸著學弟的臉，輕輕的拍了兩下。

「乖～聽話，今天我主辦，你會感謝我的。」然後打開車門把人推到駕駛座裡。

三十分鐘後。

「這裡？」

「這裡。」

打開門走了進去，一群看起來跟學長還算熟或很熟的人圍上來，打量他的眼神充滿興趣、興味，彷彿在計畫些什麼。

這裡是設計師和服裝顧問的店。

「學長，這幾位是？」

「我朋友。」學長說的簡單明瞭。

「他朋友。」笑的很開懷答的異口同聲。

於是他面帶燦爛微笑的跟眼前的人們打招呼，然後發現那些設計師的眼神又狂熱了幾分。

「你叫他學長，不是吧，不只是學長吧？以前他女朋友都沒帶來這裡過，欸，怎麼，我說的對不對？」

學弟燦爛優雅的微笑裡多了幾分溫柔，看得讓人心神一盪。

「你說呢？其實說不定我是被學長包養的呢……」

就算是見慣美人的設計師們，也不由自主的，被學弟充滿誘惑性的神情以及低沉美聲所擾動，在極短的停頓後，紛紛轉頭詢問學長究竟是在哪裡找到如此高檔的貨色。

「沒、沒有！不是！他不是！」

圍著學長的人半真半鬧的問著，讓反而被圍的人只好氣急敗壞的拚命否認，看著人群外的學弟捂著嘴輕輕悶悶的笑著。

「嗯嗯，我不是，我是他男朋友。」

學弟笑夠了之後乾乾脆脆的承認，讓鬧人的設計師們一瞬間也不知道該說什麼。

「……欸，這就是你跟我們說的那個『仗著自己條件很好所以平常衣著隨便』的那個？」

「沒錯。」學長肯定的點點頭。

「我哪裡衣著隨便了？」

「很多地方。」

於是接下來的三小時，學弟有種被整卻又很無聊的感覺，被人擺弄來擺弄去，從頭髮到衣服，東西一件一件的從他眼前經過，有的留下了，有的沒有，直到包圍他的每個人都滿意了，才真正的結束了。

設計師的表情看起來相當的滿足讚嘆，學長也笑的溫柔滿意，只是眼神複雜。

這反應讓學弟輕輕的笑了，雖然淡的令人無法察覺，但周身氣氛的改變，還是讓高感受力的設計師品嘗到身為電燈泡的為難之處。

再來是學長，比較快，等兩人提著大包小包的東西離開時，總計已經在裡面耗了四個小時，街上的路燈一盞盞的全亮了起來。

學弟一上車就趴在方向盤上。

「幹麻趴著？」

學長明知故問裡的聲音句尾上揚，比過生日的人還開心。

「我在想……是什麼樣的地方，得要這樣才進得去？」

學弟原本較淡的髮色在修剪後呈現漂亮的層次質地，讓戴著耳環的耳垂與脖子拉出明顯又誘人的線條……雖然知道學弟有打耳洞，但這還是他第一次看學弟戴耳環……學弟平常幾乎從不配戴任何飾品。

學弟依舊維持趴著的姿勢轉頭看他，金屬與半寶石的光澤在掩映間輕輕流轉，吸引著視線與慾望，讓他無視於學弟的問題，靠上去，含弄輕扯帶著耳環的耳垂，用唇碰觸，淺啄，悄悄滑行，感覺學弟喉間放縱寵溺的低沉嘆息在耳裡嗚響震盪。

只要一個氣息就能讓人渾身發燙……

學長原本惡作劇的笑容，在小小的後悔裡染上柔媚的顏色，停下動作，靜靜的埋在學弟的頸間，隨著學弟的輕笑微微顫動。

「今晚的戶外活動到此為止嗎？」

學弟把玩頭髮的動作讓他漸漸平靜，聲音裡既有等待也有期待，讓他也期待起收禮物的人會是什麼表情。

「還有一個地方。」

✤ ✤ ✤ ✤ ✤

爵士餐廳，俱樂部會員制，外國人比本國人士還多上一些。走進這裡，學弟完全可以理解之前為何會如此的大費周章。而實際上，學弟這個新客人還太搶眼了點，幾乎不知恐懼為何物的氣質，神情卻是柔和的、充滿流暢的優雅感，隨著移動的動作越顯其存在感。

被帶到預定的座位，古典爵士的曲調從鋼琴裡婉轉傾訴，斷斷續續的有些外國人跑來跟學長打招呼，或是學長遙遙的跟他們招呼示意，或者聊上兩句……而其中有些，跟他家裡唱片盒子上的人長得一模一樣，沒聽錯的話連名字也一樣。

超乎想像的禮物……也許他會有榮幸聽到大師們的即興演奏，更重要的是，這不是錢多就可以買到的，學長顯然熟識其中的一兩個。

「覺得如何？」學長拿自己裝著白酒的高腳杯輕碰學弟的水杯，清脆的聲音短而清澈的響著。

「太棒了，只是，為什麼不是我喝酒？學長不是有駕照？」學弟拿起水杯回碰，一邊喝著一邊抗議。

「我不想開車。」

侍者上菜，同時也恰巧結束了也許會越來越沒程度的對話，在短暫沉默後，學弟問起一個顯而易見的問題。

「你怎麼會認識他們的？」

吃東西的人挑了挑眉，吞下食物又慢條斯理喝上一口酒。

「剛才那個穿細條紋衫比較瘦的是我的鋼琴老師，其他則是老師的朋友，你覺得呢？」

「……原來你是出乎我想像的大少爺嗎？」

「不是、不是！有錢都請不到好嗎？是小時候不懂事啦！」

學長即使壓低聲音還是難掩氣急敗壞的表情，周圍聽力絕佳的熟人們以了然風流的調侃笑容，向他們舉起酒杯，讓學長紅透耳根的臉又壓得更低。

學弟則無視學長的尷尬，優雅的舉杯回禮，惹來老人豪爽的笑聲。

「放心，他們完全不介意，還高興的很，不過，什麼叫小時候不懂事？」

「我、很、介、意！你以為每個人都跟你一樣厚臉皮嗎？」學長轉頭瞄瞄一直看著他們的人，

「……大概九歲左右的時候，我在每天會經過的酒吧以及住家的某個範圍，總是會聽到很有趣的鋼琴聲，而他則覺得因為鋼琴聲而大冒險跟前跟後的小孩子很有趣，從那時候起到我十四歲回台灣為止，他無償的教我鋼琴，從基本的古典到爵士，他是個很棒的老師，彈鋼琴變成非常好玩的事。」

看到學長眼裡因回憶而閃爍的光芒，抿著水杯的人也跟著愉快的笑了。

「原來如此，難怪學長的書架上有樂譜，數量還不少。」

「很久沒彈了，想聽嗎？剛才過去跟老師他們聊天的時候，他們說你聲音不錯，肯上去唱的話，一人送你兩首或更多，怎麼樣？唱不唱？」

「什麼……這是臨時變卦的吧？」

「沒關係……在家的時候我也聽你哼過，唱得很好啊，而且，不唱的話就沒得聽呦……」看到學弟在極短的一瞬間有些慌亂，讓學長開心地願意在公開場所用甜膩的語調，哄著學弟。

而且他的聲音本來就很適合。

學弟正想在討價還價，手持蠟燭的侍者來到他們的座位旁，他才發現根本就被應該是大師的老頭子們暗算了……每一桌都點上了蠟燭，鋼琴旁的兩位老人正大聲的宣布今日壽星——他根本就是被半推半拉給拖上去的。

等學長被拉上來彈奏他要唱的曲子時，其實連學長都在苦笑。這讓他們稍稍見識了精力充沛又頑皮的老人到底有多能玩。

底下的人略微閉息，等待……學弟天生低沉的聲音同時也擁有柔軟寬廣的音域，在空氣裡震動共鳴的音色隨著鋼琴聲，更顯得迷離誘人，伴隨醇酒的香氣更是魅惑心神。結果挖到寶的爺爺們更是沒這麼容易放過他……好處是，再也沒有比今晚更即興的即興奏了，這是大師們只為他一人準備聯合表演，意外歡樂而有趣的一夜。

回到家的時候已經快要十二點了，學長跟他說了生日快樂後，又拿出了一大包東西。

「還有啊……我已經不敢去想今晚你花了多少錢，那會讓我這個窮人很驚嚇。」

「少來，你是這麼容易被嚇到的？前些日子，新聞上那個公司合併的案子讓我賺了一筆，現在這些都是小東西，你手上這些還是今晚最便宜的。」

最便宜的？

學弟帶著好奇打開禮物，然後則是啼笑皆非的錯愕。

全套的寵物用具含飼料，樣件之多巨細靡遺，但是怎麼看都是給他家小貓的。

「每次來你家都覺得你家小貓好可憐，那也沒有這也沒有，總算找到機會送你了。」

「這是給貓的吧？」

「牠是你的貓，養貓會需要這些的，是實用的好東西，好好感謝我吧！」

學長抱著貓，用臉輕輕磨蹭，已經快一歲的貓配合地磨蹭回去，在學長懷裡鑽動，癢得學長咯咯的笑著。

「那你應該給我兩份，我覺得我養了兩隻貓。」

學弟放開禮物，把抱貓的人拉進懷裡，意有所指。

「什麼兩隻貓，你才像吧？」

放開貓，學長伸手摟住對方的脖子，不服氣卻又很愉快的狡頡笑容，在微暗的室內熠熠生輝。

「還是學長比較像，尤其像現在……」

不等對方反駁就低頭吻上那因為抗議而微微張開的嘴唇，讓被吻的人，抗議性地，用力抓扯著學弟的頭髮，只是有限的力道漸漸變得更像是愛撫。

「……今晚如何？」

「非常謝謝你。」

「讓我在上面？」

「那是兩回事。」

值班表

在實驗室的時候。

學姐D：「這個禮拜的值日生是誰啊！垃圾都滿出來了、欸？是學長？」

學長：「什麼？我有沒有聽錯？要我當值日生？我不是說我要退出前線了嗎？妳們確定要我做值日生？」

沉默良久。

「學弟？」學姐A子口氣涼涼的。

「是。」

「聽到了嗎？」

「……嗯。」其實本性很懶很懶怕麻煩的學弟，嗯得很勉強。

「那這些也拜託你了。」

原本因為是學長當值日生而有所收斂的物品，在學弟戴上手套再轉頭的時間裡迅速疊滿桌面。

坐在椅子上，學弟認命的打開一包全新的Tip。

回家之後。

跟貓一塊洗完澡的學弟正努力把貓弄乾。

然後，學長從背後整個貼上來，嘿嘿嘿的笑著，下巴抵著自己的肩膀，牙齒有一下沒一下的輕咬扯弄著耳垂。

「學弟？」

嘆氣。

「什麼事？」

「今天輪到我喔。」

當你嘿嘿笑的時候我就很清楚了，學長。

「……還沒把貓弄乾。」

「不要緊。」

「今天暫停一次，明天再讓給你？」

「哦……也對，你今天當值日生嘛……不行。」

一邊說著，學長的唇舌牙齒離開了耳垂，細細吸吮啃上了脖子。

「……學長……」有點想阻止身後的人，又不太想。

「你越弱對我而言越好啊，學弟，我也想聽聽你的聲音，那很好聽也很動人……很棒的聲音呢……」

教好三年學壞三天……究竟是學長太有潛力還是我這壞人教的太好……？
然後學弟就半認命的被拖進了房間裡。

價目表

「學長，你願不願意……」

檯燈下，戴著耳機的身影抬起頭，拔下耳機。

「我不願意。」

「好吧，既然你不願意，那可不可以……」

「我想應該是也不可以。」

面帶微笑。

唔唔唔唔唔……

「學、學長～～～！」

「幹嘛幹嘛？」

聲音淒切，哀求的人緊抓著學長的衣角。

「人人人、人家什麼都還沒說啊！」

「咦？沒有嗎？」

「沒有～！」拿著東西來問的學姐C眼淚都快飆出來了，老師催初稿催的就像殺人之後趕放火，可是鬼打牆就是鬼打牆啊～！

「學長！我才開口問你可不可以願不願意啊！」

「所以我說嘛～」學長調整姿勢，把耳機好好的放在桌上。「你問我願不願意，我跟你說不願意；你又說可不可以所以我跟你說應該也不可以啊！這不是非常簡單易懂的回答嗎?!」

「可是學長！沒有主詞！沒有主詞啊！」

學長裝模作樣的咳了一聲，搖頭。

「沒有主詞的意思就是都不可以啊，你有學過英文吧？對，不太難，國中的就好，有沒有？有沒有？老師有教過對不對？啊～對～～有嘛，想起來了吧?!所以這個意思就是都不可以都不願意，就是這樣。」

學長面帶微笑的要戴起耳機，C子於是狠狠抓住要捨棄他的學長苦苦哀求……

……然後學長拿出了一張紙板。

「……這什麼？」看瓦楞紙的邊角……還很新。

「孩子，這你一定看得懂，你如果看不懂這個，那你拿給我的東西……」學長今天似乎半仙上身，這頭搖得很有天機不可洩漏的味道。「我想我也看不懂。」

於是附近正在垂死掙扎或是在張望的A子B子E子F子全靠到那張小小的紙板附近，張大眼睛看看看……

「是拿身體來換的價目表啊……」最晚湊進來的D子最先回神，語氣裡有著堪稱習以為常的冷靜。

「什麼拿身體來換！妳們不可以因為我列出這種合理且非～常低廉的報酬就破壞我的形象信譽，我只是叫妳們穿穿短裙細肩帶來增～加我替妳們解決難題時的心～情與主動性，這哪裡不公平不好了，我只是看夏天到了建議妳們穿更適合的衣服改善實驗室的風氣啊！」

「……學長，你知道什麼是欲蓋彌彰越描越黑嗎？」學姐A子聲音慘澹，沒想到學長都有學弟了還是心心念念想看她們穿短裙細肩帶……

「好吧，那我就不解釋了。一句話，穿不穿？」

「學長你就不怕我們把這個拿去找老師告狀？」C子不甘心，手裡拿著東西廂翻盤。

「我個人是認為啦……」學長笑的很氣質很奸險。「老師看到妳們只會想到初稿怎麼還沒交，應該完全看不到手上拿的這個吧。」

嗚嗚嗚嗚嗚嗚嗚嗚——

「學弟～學長趁你沒注意想吃我們豆腐啦～～～」

眼角瞄到學弟剛從老師那回來，學姐們馬上換個人哭訴。

學弟聽到哭訴的內容微微一呆，看看學長又看看學姐們，經過短暫的自動翻譯後露出了然的微笑。

「喔……學長要學姐們穿短裙細肩帶啊，穿嘛，學姐們都蠻漂亮的，別害羞嘛！」

學弟面帶微笑的一段話問實驗室帶來死一般的寂靜。

「學、學弟……」C子雙眼含著淚，顫抖著聲音。

「是？」
「我們平常對你不好嗎？」
「不好。」
「那裡不好了你說啊你說啊！」一個這樣兩個也這樣，C子忍不住暴走了。
「哪裡好？」
「我們沒有虐待你平常也沒有在老師面前打你的小報告，這樣待你不好嗎?!」
「哦，這樣叫好？」
「我們還成全你跟學長好不好！既幫你掩護又幫你保密欸！」
「好吧，其實是還不錯啦。」
這份恩情的確不小，於是學弟非常自然的改了口。
「才不錯……算了算了學弟，你看你看啦！」B子搶過紙板，塞進學弟手裡。

References協尋與提供，每篇膝上20cm短裙一日。
Q＆A服務
文獻相關問題，每個細肩帶一日。
實驗相關問題與整理，每項短裙（膝上20cm）細肩帶一日。
初稿大綱等撰寫相關，短裙細肩帶兩日。（如果可以，可改為比基尼一日。）

……

「還挺詳細的。」聽到是一回事，等學弟真的看到學長手製的價目表那心情真是複雜極了……價目表的邊邊框框還有一些小地方還被學長用色鉛筆點綴的漂漂亮亮，手裡的紙板是學長前幾天裁下來問他用哪一面好的那塊。

「我要求的也沒很過分對吧學弟？」

「……我覺得心情好複雜啊學長。」

「欸？學弟？你怎麼了？」興高采烈的學長終於注意到學弟有些黯然的聲音。

「沒什麼，只是一想到學長看著學姐們，腦袋裡想的都是做這玩意兒……」語音希微，學弟深深嘆了口氣，一語不發的走回位子上打開Paper。

「沒、沒有啦！你也知道我就是好玩嘛！學弟？啊～別難過啦！我不是故意的，你也知道我平常就是說說而已……」

學長不知該怎麼辦的胡說八道，擔心學弟真的難過；而學弟好像真的不是很高興的微微撇開頭，學姐們擔心又內疚，遠遠不知所措的看著學弟……

眼角掛著笑，偷偷朝她們眨了眨。

停電的時候

某夜，九點左右的時間。

什麼「啪」的一下子變黑根本沒這麼回事，突然變黑發現沒電的時候其實很安靜。

「……所以，現在是停電了？」九點左右對研究生來講還很早，實驗室的人都還在各忙各的，如此問著的A子其實確認的意義大於恐懼。

「……應該是吧？啊啊啊！不！我的東西還在離心機裡啊！」

B子本來想著停電真好可以名正言順不用做實驗，卻忘記他正在結束的實驗物品在離心機裡，而離心機的安全防護就是停電之後打不開……打不開就拿不到東西，而要放負二十度的物品放在四度或是室溫，等明天能打開的時候就得跟東西說掰掰了……

「學姐，不要叫，我在跑QPCR欸，眼看要跑完了卻停電……這種貴重儀器怎麼沒有不斷電啊……」學弟說著自己這部份的慘況，想到一整盤的Sample要重做，就覺得手跟頭都好痛。

視線裡一片黑暗，在同一個房間裡的每個人都在努力適應黑暗，順便在閒著的時候聊天，停電的話電腦當然也不能倖免，所以其實很無聊。

學姐D好不容易用手機找到了酒精燈點亮，雖然亮度不高總比一片漆黑好，這次的停電還頗澈底，連外面的路燈都是黑的……這麼說來就不是跳電？

正在疑惑，學弟想起在隔壁儀器室做實驗的學長，點亮了另一個酒精燈想過去看看，學長就破口大罵的摸黑走進來。

「幹！什麼貴重儀器！花那麼多錢！什麼爛不斷電啊！全都鳥掉了！停電還不是照停那裝不斷電是裝屁啊！發電機是放在那裡放好看的嗎！」

「學長，你還好吧？」

學弟看著學長藉酒精燈的光線忿忿走回自己的座位，用力的放著資料夾。

「一點都不好！你知道我剛剛在做什麼嗎你知道我剛剛在做什麼嗎!?怎麼可能會好!!」

「……學長剛剛是在做什麼？」

「我在打HPLC[2]！你知道HPLC跑到一半會發生什麼事嗎!?悲劇！悲劇啊！那一整管就這樣廢了啊啊啊啊啊！你知道那個要多少錢嗎！花那個錢遞簽呈我要什麼時候才能做實驗！那個不是實驗室的私產是系上的啊！」

學長完全呈現暴走狀態卻無人可以安慰他，相比之下Sample損毀還可愛多了，至少有補救的方

2 HPLC：高效能液相層析法（High Performance Liquid Chromatography）的簡稱，是定性和定量分析中最為常用的分析方法之一。

法，也不太昂貴……

「可惡！老子不做了！老師要數據叫他給我生儀器出來！反正全都停電了也不能幹嘛，一切都是天意啊天意！學弟！走了，回家！」

當學長正甩上背包拉著學弟要走，電來了。

學弟看看燈火通明的實驗室，再看看生氣、不甘且驚嚇的學長。

「呃……學長，你可以等我三個小時左右嗎……不，等我一個小時……我再跑一盤QPCR，請學姐幫我收就……」

「……沒天理啊……」

「……什麼？」學弟聽不清楚學長的喃喃自語，小心的詢問著。

「哼，要做你自己做，多晚都隨你，我現在只想離開這個傷心地。」學長說著，露出微笑拍了拍學弟的肩膀，「你慢來，小心做，反正我今晚不想再看到你了。」

學長拿著背包好像很愉快的離去……而學弟，在學姐們此起彼落的竊笑打趣中，無奈且難得慌張的追了出去。

大黑貓與小花貓

※　大黑貓　※

在我長大變成大黑貓之前，我當然是隻小黑貓。

被主人的大手帶回家時我還很小，離開母親當然讓我很不高興。可眼前的人類更讓我感到莫名其妙，一邊說我個性不太好，一邊笑著笑著很奇怪。

但他真的沒有惡意，安撫我的聲音，沒有爪子的手都好溫柔好溫柔。

後來我也習慣他的照顧，他給我取個名字叫小黑，雖然是很隨便普通的名字，實在不能跟我這身高貴烏黑的毛皮、與美麗的體態雙眼相映稱。等我長大聽到他還是這麼叫我，不能怪我每次聽到之後就越來越彆扭，尤其他一邊說我是隻大貓肥貓，一邊叫我小黑的時候，我都要忍耐好久才沒給他遞上爪子。

再怎麼說我也是隻有教養的貓，當然，偶爾欺負主人是我身為寵物的權力，人都有任性的時候，貓的任性還能少嗎？

所以，忘記來這個家裡有多久，我從小黑貓變成大黑貓，看到的人都會為我黑亮的毛皮讚嘆，說我漂亮得好像假的的時候，我都以適度的驕傲與矜持在遠處讓他們瞻仰觀看，雖說是小有虛榮，但人類真的還頗無聊……要不是賣主人的面子，我一定窩在他床上睡覺懶得理人。

而且，不是我在說，主人的大腦真的是不知道在想什麼。

以前偶爾會被帶到一個叫做實驗室的地方，那裡很多人走動，還挺熱鬧的，就是有點吵……好吧，其實我並不是那麼喜歡被主人帶到那裡，留我一個在家看不到主人固然無聊寂寞，可是在實驗室那個地方我就會被關進小小的籠子裡，被一堆聽主人說是學妹的人圍著看更讓我不高興，如果在家我想躺哪裡都可以，也不用被那麼多人那麼多聲音給圍著。

說不知道主人在想什麼的原因，當然是我到實驗室的時候發現的。

首先，以人類的觀點來看的話，主人是個非常聰明的人，在實驗室裡可以很明顯的感覺到其他人類對主人的依賴，也可以感受到主人對其他人的影響力，雖然主人總是嘻嘻哈哈的笑，但是當他身邊的人叫他學長的時候，那種高下之差就跨越了主人有時其實很幼稚的笑容，不可否認的，如果主人在實驗室專心的神情帶回家裡對付我，就算要餓我三天一輩子不給我吃貓罐頭我也不會想招惹他。

第二，主人有很多很多，大部分人類都很想要擁有的，叫做金錢的東西……聽起來，就算不是那個叫做錢東西，大概也相差不遠吧……不懂，是就是不是就不是，這種東西還有像不像的問題嗎？

說實話，我對主人多有錢沒什麼感覺，雖然偶爾碰到的同類羨慕我擁有這樣的主人，而我也僅僅知道所謂的錢就是可以給我很多的肉罐頭、帶我出去玩、新玩具和有香味的貓砂……但如果這就是錢的功用，那有錢的主人當然是大好，而這東西對複雜的人類來說，一定會有更多更有趣的用途。

想到這裡就會覺得主人小氣，晚上趁他睡覺的時候抓他兩爪報復一下好了。

可是，明明是個聰明人，又覺得他好像不是那麼的聰明……每次都在那裡唸著短裙細肩帶，因而被叫做學妹的人們吐槽……嗯，一個人說出來的話被人抓住痛腳予以反駁還被當成笑點，應該是叫做吐槽吧……？總之，每次他都會被人吐槽，很多很多的事，每次都在一番抗辯之後失敗，主人總是陽光燦爛又開朗的臉上就會出現受傷又不服氣的表情。

真的很奇怪……這種東西有什麼好辯的……我看眼前被主人叫做學妹的人應該也符合他的要求，真是不知道他在執著什麼，我還以為主人的能力能確保他的支配地位，結果人類好像並不是這麼回事。

即使如此主人還是有所謂的女朋友的。

反正……是雌性。

我三個月大的時候，那個常出現在主人家，明明就不喜歡貓也不喜歡我的女朋友就再也沒出現，當我在第四個月發現這件事的時候我高興了好久，每天都高興的去找主人磨蹭，主動的邀請他陪我玩。

可是主人不太開心，甚至可以說是憂鬱的，是因為那個叫做女朋友或是女人的雌性不再來了？

哼，這種時候就會想說主人笨，那種女人有什麼好執著的，一個完了就該快點找下一個，這才

是正確的吧，人類果然很奇怪。

然後一陣子之後主人又有了一個女朋友，這次這個好多了，感覺比前一個好，也是真心喜歡貓，我欺負她也會慌張的閃躲卻不生氣，真是好玩呀！

要找就要找這種的嘛，你看她對我多好啊主人，比之前那個總是說沒建設性內容只會跟我搶錢的女人好太多。

可是我兩歲半的時候，主人又跟女朋友分手了。

上一次我記得是主人自己提的，這一次卻是那個還不錯的女人提起的，所以主人也比上次還要更鬱卒。

那個女人說什麼是我配不上你，跟你在一起我覺得好有壓力，我知道你對我是真心的可是你總是在實驗室我好不安，你實在太優秀了我跟不上你，我不想讓你的家人認為我是為了錢跟你在一起……你對於錢的看法與不經意其實很傷人也讓我很自卑……我真的沒有信心……

唉呀呀，總之說了好多好多，我還真佩服我自己能記下這些，雖然我不瞭解為什麼要說這麼多。

言而總之，主人又沒女朋友了，不過經由上次的經驗，主人振作得比上次快，雖然還是看得出心裡沒有完全恢復，但至少在其他人面前看起來很像是平常的樣子，也不會妨礙到所謂的工作。

沒多久，又到了每年主人會小小期待的新學期，看主人沉浸在預測與計畫裡的臉，看起來還是很莫名其妙……也不知道他是喜歡所謂的美女多一點，還是希望有個能幫他分擔工作的學弟多一點。

然後，又過了幾天，我知道主人成功的同時滿足上述的兩個願望，一個聽主人說看起來聰明俐落會好用的學弟，以及兩個還滿漂亮的新學妹……以我的想法來說，主人期待新學妹穿短裙細肩帶還不如期待那個學弟好用，畢竟主人之前每次想讓實驗室的女性如此穿著都失敗，而工作這件事則會簡單的多，既然聽說是聰明俐落的學弟，應該很清楚自己的地位身份該幹些什麼吧？

接下來的幾天，主人的心情都不錯，在家裡打掃的時候偶爾哼著歌，臉上是好久不見的笑容，而且是看起來頑皮好像想惡作劇的那種笑容……以主人的個性對象應該不是女性，所以主人是覺得那個學弟好用又有趣吧？

看主人這樣笑，連我都覺得似乎很好玩。

只可惜沒有維持很久，幾天後，主人回家時表情古怪到了極點，有些呆滯的進門，亂拋的鑰匙差點打到坐在沙發上的我，然後主人就滿臉空白卻又彷彿很苦惱的陷在我原來的位置裡，眼睛的焦點完全不在這裡的任何地方。

也完全沒發現我走來走去警戒打量的看著他，讓我只好撲上去給他來個重擊，他沒回神的話我的晚餐就沒著落了。

結果……也稱不上回神……撲上去之後來不及跳開被抓個正著，就被抱在懷裡一下一下的摸著，感覺不太好卻也無法掙脫，我都露爪子了欸！可是主人就是沒感覺，然後才很突然的大聲吶喊。

「那是怎樣啊啊啊！什麼叫做我沒用！」

……這我哪知道……

「揖！學弟那到底是啥意思？有人拿那種表情開玩笑的嗎⁉」

主人吶喊完就冷靜了，我卻被聲音震的耳朵不舒服，遠遠的躲開……好久沒看到主人自言自語吶喊的樣子，真不習慣。說實話我家主人比其他人要來的有氣質，難得看他這樣真是嚇到了。

總之是主人想惡作劇失敗了吧，被那個叫學弟的人反咬一口。

唔嗯……目前還是無法判定那個叫學弟的人是個怎樣的貨色，主人惡作劇的成功率只比一半多，但是卻少有人能讓好涵養的主人回來吶喊的。

從這點看來那一位其實還是很有趣的，嗯，也許要客觀的再加上個有潛力。

不過主人惶惶不安個幾天之後好像又沒事了，好好奇主人跟那位學弟的戰況是如何，可是自從我變成主人所說的大貓之後，他就不再帶我去實驗室，不然我還真想去看看。

自此之後又過了一個月？喵嗚……還是一個半月？貓這種種族對於記時間不太拿手，其實也沒必要，一天是一天一季是一季，當天氣變涼變冷的時候就會知道一年要過去，要不是被人類豢養，我大概也不會知道日出日落還可以被這樣劃分。

聽主人說，他發現那個學弟就住在樓下，原來是鄰居啊……然後主人就開始在家裡翻酒，他說那個學弟很會喝這種叫做酒的飲料，然後他心情因此就很好？真是難以理解，自己的東西沒了不是應該不高興？可是主人卻很開心，似乎有人陪他喝酒是件很棒的事，看起來幾乎可以稱得上是期待。

然後大概過個三四天吧，我終於看到最近讓主人情緒起伏的那個學弟。

主人給他開門的時候我遙遙的立在看得到他的位置，隨著他到來的還有很好聞很好聞的食物香氣。

主人笑的很開心，那個人也笑的很好看，他放在客廳茶几上的食物看起來也很美味。

可是主人是白痴嗎!?

那個人絕對絕對是壞人！雖然他笑得比主人還溫柔親切又好看，可是他掃過我的眼神好恐怖！雖然帶著笑，也覺得我很有趣，可是我的毛全都豎起來了！他看起來直接的眼神難以理解，總覺得被他那雙手碰到的話，就會被拿去實驗那些他覺得有趣的事。

感覺他就是那種絕對不會顧及同類存亡規範的那種生物！這麼恐怖的人主人還敢帶回家！我的天，主人覺得那個人有趣志同道合，只怕是那個人覺得主人有趣想幹什麼吧⁉

這傢伙一整個討厭。

想要趕他走，可是等他跟主人開了酒之後，我根本連靠近都沒辦法靠近，那種叫做酒的氣味好微妙，跟食物雜在一起的味道更微妙……聞久了頭會暈，有的味道不好聞……慢慢的客廳滿滿都是那個味道，我只好躲到靠窗縫邊的角落努力呼吸外面的空氣，不行！這一定是陰謀！我怎麼能輸給這麼卑鄙的人類！

他們兩個吃吃喝喝弄了很久，我都覺得我半睡半醒暈暈沉沉搞不清楚狀況了的時候，卻漸漸的安靜了。

「學長？學長？」

那個叫做學弟的人聲音低迴輕柔，我被他的聲音給喚醒，瞇開眼，看到他伸手輕拍主人的臉，溫柔笑著的臉上是奸詐的壞心眼。

「……唔……不要了……我喝不下了……學弟你東西放著就先回去吧……明天再收……走不

動……就隨便……睡……」

主人閉著眼睛，大概是被那個叫做酒的東西給弄糊塗也睡糊塗了，喃喃念著，頭側著偏偏，又睡著。

那傢伙收回手，輕柔柔的笑開了臉，那種不知道該說是無奈還是縱容的眼神像是在欣賞什麼，溫柔，愉快，而且美麗……那是連不同種族的我也覺得好看的笑容。

雖然那是他今天進門以來最順眼的笑容，可他身為敵人的事實不會改變。

我站起來伸懶腰，一邊看著那個學弟收拾酒瓶桌子，然後他也注意到我，笑笑卻毫不在意，我在一旁盯著他，看他很快的把東西都收好，走向每一道門看看又關上，然後留下了主人那一間的門沒關，又回到客廳。

然後……他把主人抱了起來……

好恐怖，主人整個離開地面，我想攻擊他又不知道有沒有用，我弓著背擋在他前面，他卻一腳踩下來！氣死我了，抓他又只能抓到衣服，我知道人類這樣根本不會痛……至少是不怎麼痛。

他把主人帶回房間，小心的放在床上，我跳到櫃子上正要攻擊他，就看見他微笑著，飛快的抓住我的脖子把我扔出房外。

等我好不容易奔回房門前門已經關上了，果然任憑我怎麼抓門都不會開。

坐在門口，想不出辦法，故意喵喵叫的很大聲也沒反應。

沒辦法，又走回客廳，不知不覺也不知道過了多久，我開始聽到主人模糊的聲音，走回門前，聲音越來越大，好像在罵人，可是一下子又沒了聲音。

漸漸，從門縫裡流出的是呼吸急促混亂的聲音，唔唔嗯嗯的不知道是怎麼回事，我又開始抓門，裡面的主人明明醒了卻沒有回應，聲音又開始細微，然後又聽到主人好像在罵人，以及跟那個傢伙對話的聲音。

接著主人的聲音就變了……忍耐壓抑卻又無力的聲音，喘息聲，混雜著苦痛與悅樂的呻吟，斷續迷離的穿過門與牆。

這、這是什麼聲音啊……天哪，主人到底是發生什麼事了!?

我開始瘋狂抓門，可是聽著主人越來越柔媚的聲音我覺得好恐怖！那真的是我那其實比我任性又高自尊理性好氣質的主人嗎!?怎麼會發出這種聲音怎麼會發出這種聲音啊啊啊～～～

實在受不了這種聲音，那個可惡的混蛋到底對主人作了什麼！

那個聲音讓我感到憤怒與恐懼，我在家裡焦躁的亂竄，直到離那房間最遠的地方聽不到聲音我才冷靜下來，呆著呆著又無奈的睡著了。

第二天那傢伙一走進客廳我就醒了，露出爪子撲上去似乎阻止了他，可是他卻低下頭冷笑著把我摔在沙發上，我再撲上去，又被更大力的摔出去……我又撲上去的時候，他直接掐住我的脖子，緩緩的用力收緊，我越難過掙扎他臉上的笑容就越真誠。

然後他將手鬆到能夠讓我呼吸的程度，笑著看我驚惶未定。

「哼嗯……真有趣，看樣子你不是單純的喜歡攻擊人，我還以為貓沒有所謂的忠心，還是說你以為我搶了你的東西？」

啐！以上皆是！混帳東西！我不是狗！別把我跟那種大腦簡單的種族混為一談！我雖稱呼飼主為主人，但我們是對等的朋友或盟友！

他看著我激動，又收緊了手，狠狠抓住我的四肢，臉上還是在笑。

「嗯，搞不懂你聽不聽得懂呢……不過我不喜歡動物攻擊我，雖然我不想吵到睡著的他，但是，我不會因為你是他養的貓而手軟。看你現在安靜了似乎威脅也有用，還挺聰明的啊……就是個性不太好。」

囉唆！個性不好也只有主人才能說！關你屁事啊！

我弓著背對他喵喵叫，沒敢再撲上去。

後來很晚的時候主人醒了，很驚訝我怎麼會乖乖給他抱，真是笨，我當然不願意，只是剛好睡過頭來不及跑，我可不覺得這傢伙會為了抱我而追著我跑。

他的目標是主人，我是順便的。只是過了這次，又好幾天沒看到他，主人似乎因為在實驗室會天天看到他，而那傢伙又是住樓下，所以心情一直起起伏伏，苦惱而困擾。火氣也有點大，翻著紙張或是書本碎碎念，好像在計畫什麼的神遊狀態也大增，覺得我很煩的時候甚至會把我關進籠子裡！

可惡！都是那傢伙害的！

但是隨著時間過去，雖然主人還是有種小心翼翼的感覺，但是夜裡卻變得安穩。那種半夜作夢或者是醒來，晚上無事小酌發呆的情況都變少了，又能重新笑笑的任我撲著他，柔柔的摸著我。只是情緒偶爾還是有些波動，輕搔著我下巴手有著淡淡的困惑、煩惱，還有漸漸現形的疲勞。

那傢伙第二次來的時候是個下大雨的夜裡，門口傳來聲音我就知道主人回來，只是沒想到他也一起進來。

相黏緊貼的兩個身影靠在關起的門上，被那傢伙壓住的主人抓扯著衣服推拒掙扎，漸漸的，又不是那麼的像……主人抗拒的好像是兩個人的嘴唇相濡所帶來的東西，比較不像製造這件事的人……深淺不一的厚重呼吸凌亂在室內，主人幾乎是掛在那個人身上被擁在懷裡，兩個人對話，主人不甘心不服輸的抗議斷斷續續，然後兩人就迅速的換了位置。

……原來不只是我會被扔出去，連主人也幾乎是被他拋到沙發上的……差點壓到我。

遠遠的躲開，我們貓的眼睛遠比人類更能清楚看見黑暗中的景物，主人赤裸的身上微弱反射著柔光，躺在沙發上，那人埋在主人胸前的頭髮垂落漂亮的光澤。

主人努力壓抑的聲音像是嗚咽，在忍耐著的喘息裡哀鳴，身體在那人頭手移動的動作間交替著緊繃與放鬆，聲音也漸漸不受控制的從喉嚨深處走漏，斷斷續續，逐漸明顯。

那是比上次更加綿軟柔媚的輕吟低喘，隨著主人消失的壓抑與抗議在吐息間流轉著，自然而縱情。

我聽到聲音先是像上次那樣嚇了一跳，看著看著，才明白是怎麼回事，聽說人類沒有所謂的發情期原來是這麼回事啊……本來還以為人類很可憐，但如果所謂的沒有指的是『任何時候都可以』，這樣我就明白，為何人類沒有發情期還有這麼大的族群。

所以……主人現在的聲音，是示好，邀請，還是同意？……好像都是的樣子，現在看起來也沒有任何不愉快或是痛苦的感覺，所以主人之前的抗議掙扎是人類特有的儀式？怎麼跟電視裡演的不一樣？

……反過來說，電視裡有好多種啊……人類好複雜，還是說雌性與雄性，雄性與雄性的儀式意義不一樣？這麼說還挺像我們的……

等等，這麼說，這小子是主人這次的對象嗎⁉

開什麼玩笑！這不是比前幾個還糟嗎⁉

我越想越覺得應該去阻止一下，可是真的走過去又怕被主人討厭，一般來說這種時候的打擾是不可饒恕的……

算了，反正還有機會，我一定要讓主人清醒過來看清這傢伙的本性。

那天凌晨，我走到主人的床上窩進被子裡，終於聽不到聲音，在睡著前暗暗下了決心。

✤ ✤ ✤ ✤ ✤

可是那天之後又沒看過那個傢伙了，變得忙碌的主人似乎也不再作夢，回家都在努力的打著鍵盤，手邊堆滿了不讓我碰的紙。

只是，在泡著奶茶或咖啡的時候，喝著的時候，主人看起來總是輕鬆、聰明、俐落精神的臉，就會顯得迷惘困惑，在熱熱的水汽裡蒸醞出安靜的疲倦……思索，分辨，彷彿在什麼縈繞不去的聲音裡掙扎。

偶爾想著想著主人就一臉倔強的臉紅，罵著自己的自言自語。

主人沒發現自己出神迷離時，那偶爾出現若有似無的笑容有多好看……還是說那就是主人罵自己的原因？

最近的主人變得好難懂啊……我都快搞不清楚那傢伙究竟是不是主人的新對象了。

然後突然有天晚上，主人就帶了隻小花貓回來，從家裡搜出我很久以前用過的東西，打開新買食物餵著那個孩子。

說實話我沒想到主人會養第二隻貓，我好奇的過去看，他也發現我靠近，轉過來的大眼睛水汪汪，很單純也很天真，看到像我這樣子的大貓不害怕也不警戒，反而完全忘記食物而對我表露出好奇。

啐！笨小孩一個，吃你的飯啦！

我甩頭不理他，臥在電視機上舒服的閉上眼，我知道主人會先把他放進籠子裡，所以他是絕對不可能吵到我的。

當我睡到半夜起來喝水遊走的時候，才發現主人把那孩子帶到房間裡，連門也關上了……搞什麼。

之後的晚上主人都會不定時的起來照顧那個笨小孩，他每晚咪咪的叫聲簡直在考驗我的耐性，吵什麼餓！睡著就沒感覺了啦！

總之因為主人很開心的照顧他我也不好說什麼，我也懶得跟小孩子計較……更重要的是，主人

對那孩子說話的時候，讓我知道他是那傢伙寄在這裡的，難怪主人在照顧他跟他玩的時候，總會不自覺的露出跟貓沒啥關係的表情，是因為想到了那個學弟吧？

過了一些日子，那孩子學會用砂盆，主人就讓他在家裡四處走動，以往我跟他總是隔著什麼被分開著，現在他不用被關在籠子裡可以四處走動，卻總是在獨自玩得很開心很開心之後，遠遠的看著我休息，眼裡還是滿滿的好奇，一副想靠近又不敢靠近的樣子。

當然，這是假象，這情況只維持了三天而已。

第四天的時候本來一如既往，我在有太陽且溫度適中的地方理毛，然後他就撲上來，那種笨拙的動作我走幾步就閃過，轉頭不屑警告的看著他，就看到他討好的表情。

我離他遠一點，他又會偷偷摸摸的縮短距離，看樣子還是想撲上來……他該不會以為我在陪他玩吧？

想到這點，我就決定等他撲上來，再把他打翻過去。

但他卻是維持討好的表情偷偷摸摸的靠上來，伸出前肢試探性的抓兩下，被我拍掉，就換成兩隻腳揮著揮著抱上來，我直接把他掀翻在地板上，踩住他的白肚皮想來點警告，他對空揮動的四肢又纏上來，我厭惡的收回腳他剛好可以翻身，這下子靠的太近，他沒伸出爪子的掌心拍在身上，力道很輕。

我跳開一段距離，心裡想著這小子果然是在玩，擺出警告與攻擊的姿態，這次他果然不再撲上來，始終示好的表情這下變得有些傷心，他那大大的眼睛滿滿蕩漾著哀怨。

『為什麼不玩了？』

距離外的他用還年幼的聲音詢問著，果然是笨小孩，從開始就沒在跟你玩！

『本來就沒在玩，我討厭你，別靠過來。』

看都懶得看他，知道他今天應該不會再靠上來，我釋放出拒絕與憤怒的平掃尾巴，躺回原來的位置，而那個笨孩子果然停在原地。

背才剛曬暖，就傳來那孩子嗚嗚噎噎很難過的聲音，一直詢問著為什麼。

『閉嘴！吵死了！』

我兇他，但這並沒有使他停下來，他發出的聲音讓我好煩躁，可是我又不想放棄這麼舒服的位置。於是我閉上眼徹底的不理他，連他又小心翼翼的靠上來我也裝作不知道。

他伸出小小的腳輕輕推推踩踩我面向他的背，見我沒反應，還在咪嗚咪嗚的頭開始蹭著我，真是任性的死小孩！

我翻過身直接用腳把他踢開一點，不悅的看著他卻沒起來，現在的他是可憐兮兮卻乖巧的坐在我腳能踢到的範圍外。

『走開！』

『嗚……』

『要哭去別的地方哭，老子要睡覺，快滾。』

『……嗚嗚嗚……』

『哭什麼！好吵，快給我閃遠點！』

『嗚……為什麼討厭我……』

我認為討厭不需要理由，所以我也不知道為什麼討厭你，不過現在一直哭一直哭格外討厭。

『現在，我討厭你一直哭一直哭，給我閉嘴。』

然後就看到他水汪汪的眼睛轉呀轉，有著欣喜與疑惑。

『那我不哭的話，你就不討厭我了嗎？醒了之後可以陪我玩嗎？』

怎麼可能，最多是從非常討厭減少成討厭……可是當他看到我的臉色好像又要開始哭，我就很無奈的改口了。

『……看你的表現，我會考慮。』

然後他就歡呼一聲的湊在我旁邊，一副要跟我一起曬太陽睡覺的樣子，喂喂喂！這裡是我的位置！

他在我的背上又蹭了蹭，很開心的說了謝謝，就抱著我的尾巴睡成了小小一團……我先傻眼，等我想抗議的時候他已經睡著了，好快。

尾巴一時半刻抽不回來，我想等他再睡一下就抽得出來，結果我等著等著卻一路睡到主人回來。

等我幾乎要習慣他跟前跟後的日子，主人把他放進籠子裡，出了門，聽著主人的碎碎念，我知道他要回到他自己的主人身邊，應該不會再看到他，想到這點就覺得好輕鬆。

然後我真的好久沒看到他，冬天的感覺越來越明顯，很冷，大該是因為之前太吵鬧了所以覺得現在很安靜，主人的心情穩定下來，感覺比心情變差之前還要好，雖然還是有煩惱，不過應該是因為實驗室裡的工作。

再見到他是因為主人很難得的抱著我出門，我想距離不近，果然也就是坐電梯去樓下而已。等到了目的地才知道原來是那個學弟的家，主人剛抱著我在沙發上坐下，那個笨小孩就撲了上來，一直蹭著我。

主人見狀笑笑的放開我，叫我們兩個去旁邊玩，問題是我並不想跟他玩……說是這樣說，但我的反擊與拒絕好像被他當成了遊戲，一整個開心到了極點，讓我在左閃右閃之後也只能無奈的任由他磨蹭，隨他窩在我身邊。

自此之後這種情況變多了，那個學弟如果上來幾乎都會把他帶上來，那個笨小孩是一派天真，可是他的主人絕對是有企圖的！我每次都被這個笨小孩絆住，根本沒機會去實行我的決心；如果是主人下去找他，則幾乎不會帶上我……可惡！真是太卑鄙了！

那個笨小孩始終沒發現我超級討厭他的主人，還以為我對他主人有興趣。

到了過年的時候，理所當然的不會看到他，雖然主人的家人都會陪我玩，但他們其實並不是那麼喜歡我，我對他們也沒那麼大興趣。

……好像有點想念那個自動自發黏上來的笨小孩……

發現這件事讓我對自己有點生氣，只是，缺乏同伴與朋友的生活實在太無聊，也太寂寞了。所以之後我有對他好一點，至少比較不常兇他，看他獨自一個傻呼呼很開心的樣子，在很多時間裡都是很棒的娛樂。

氣候一天比一天溫暖，我發現那孩子還真的是天生小個子，小小的長不太大。等天氣一天天轉涼，主人在那人面前笑得很靈動很溫柔的表情裡漸漸多了什麼。

主人又再度開始很忙碌很忙碌，只是那個人好像不知道的樣子，主人也不知為何沒有告訴他，卻在逐漸增加的，獨自一人的夜晚裡，摸著我露出溫柔卻寂寞感傷的表情。不發一語的看著我，摸著我的動作好像把那種沉重都傳染給我，卻不像以往會發洩出來的自言自語，反覆的動作裡彷彿在增加次數的同時增添決心。

沒過多久，主人把我放進籠子裡，帶回他的爺爺奶奶家，很溫柔也很捨不得的跟我說再見，鼻子輕輕的蹭著我總是被他誇讚的毛皮，依稀覺得他那小小聲的再見不只是說給我聽。

主人一走就是一年，這中間我自然也看不到那個笨小孩，雖然爺爺奶奶都很好也很溫柔的照顧我，但他們不是我掛念的朋友，不是那個陪我很多時間曾讓我為之困擾的朋友。

主人跟那孩子都不在了之後，才開始覺得寂寞。

主人再回來的時候，又是天氣變冷的冬天，放鬆的神情裡不再有以前總能看到的淡淡不安與寂寞，看起來很幸福。抱著我輕輕蹭著，柔柔的撫著我的背，跟我說對不起，問我有沒有想他。

我說的話他聽不懂，所以我先報復性的抓了他的手，又用頭蹭了蹭那被抓傷的手。

主人果然笑了，一邊沒好氣的怪我抓他，輕輕的聲音問我還記不記得那個孩子。

我還記得……那個總是撲上來好天真的笨小孩也許還是那個樣子吧……貓的記憶力很好，所以我也忘不了那個小小、賴皮、天真又執著的身影。

主人一下下的摸著我好像說了什麼，可是我睡著了。

※　小花貓　※

那天，追著叫做蝴蝶飛來飛去的東西，然後跑出了原本住著的地方，一腳踩空，就不知道滾到哪裡去了。

咪嗚……附近全是葉子，原本追著的蝴蝶不見了。

葉子外的地方有很大很大的動物在走路的聲音，還有很多很多其他著聲音。

走出樹叢，腳掌下踩的是叫做草地的東西，踏起來軟澎澎、脆軟軟的，還會發出沙沙的聲音！好好玩！

我踏踏踩踩，跳跳看，腳不穩又落地滾了滾……滾起來也很舒服耶！可以咬也可以扯，只是味道不好，而且沒多久我就累了不想玩，想回去。

……可是我完全不知道怎麼回去……

無聊又有點害怕的咪咪叫著，希望媽媽會聽見，還好附近經過的腳很大叫做人類的生物沒有發現我。

然後，有雙大腳停下來，高高的影子變矮變大塊，我往後退了幾步，抬頭，不知道要不要跑。

我看著那個蹲下來看著我的人類，看他安安靜靜的在一段距離之外望著我，看他疲倦卻深邃的眼睛有些亮亮的，輕輕地瞇起一些，散發出覺得有趣又和善沒有敵意的氣息。

他伸出沒有毛的爪子放在我跟他中間，放鬆的動也不動。

於是我好奇的靠近，碰了一下，軟軟暖暖的，然後又撲踩了幾下，他的爪子……後來我知道那個叫手的部位動了動，嚇得我跌跌撞撞的退開，他發出了愉快的聲音，然後又不動，任由我再次撲上去玩他的手指，輕輕咬著也不在意。

我玩得正高興，突然又多出一隻手摸著我的頭跟脖子，嚇了我一大跳！後來才發現那也是他的手，柔柔暖暖的摸著我，輕而且小心的，摸著頭，摸著背，小小的搔著我的脖子和下巴……咪……唔……好舒服！

他手指溫柔的動作好靈活，暖暖的好舒服，我都忘記去玩另一隻手，反倒忍不住的抱著那隻讓我好舒服的手，想弄清楚是怎麼回事。

他發出笑聲，收回手，我有些疑惑的看著他，不玩了嗎？

「你還真有趣，不過要說再見，你可別跟來喔。」

他說著我聽不懂的東西，又伸出手摸摸我的頭，有些用力，我都跌倒了。

再抬頭，他已經站起來恢復成好高好高的樣子，眼前又是一雙大大的腳，要離開……

一時好奇撲上去，想抓抓看那個大腳是什麼感覺，鞋子硬硬的，人類穿著叫做衣服的東西抓起來好有趣！

我撲上去抱住他的時候，他就停下來，於是我就愉快的抓抓咬咬蹭蹭，等我玩累了休息，他又開始走……我看著……想繼續跟他玩，所以又撲了上去，他果然又停下來，這次我換了一隻腳，人類的衣服質感真的好特別！到底是什麼呢咪~好想知道喔！

結果我跟他就這樣走走停停，他還是要走的樣子……可是我累了……我找不到媽媽……他又要走了……

有些難過，於是我問他為什麼不繼續陪我了，可不可以幫我找媽媽……

那個身影逐漸遠去，我難過失望的低下頭、搓著臉，嗚嗚噎噎……然後我聽到那個人的腳步聲又向我靠近。

「好吧，你贏了，小傢伙，要乖一點喔。」

我很高興他回來了，他的雙手抓起我，越來越高，我既緊張也害怕，但是也很好奇，不知道他把我抓高高是要做什麼？

他先把我抱在懷裡，確定我靜下來之後，把我放到他身上的一個大口袋裡……軟軟的不好施力，一開始覺得好小好奇怪，搖搖晃晃，弄得我都分不清楚是暈了還是因為暖暖的想睡……眼睛好重喔……

迷迷糊糊，好像是醒了……也不搖了，暗暗的，很暖很暖……怎麼回事呢？我們到了嗎？現在在哪裡？

我問著他……可是一直都沒什麼反應，然後我感覺到他動了……一下，又一下，突然視野變得好亮好亮，他把我拉出了口袋，用我聽不懂的聲音對我說話，感覺上應該是道歉，好好聽的聲音跟好舒服好舒服的手讓我又想睡了……我本來想問他為什麼旁邊會有那麼多人，好奇怪呦……

我打著瞌睡，突然又出現一雙手把我抱高，可是手的動作很柔軟溫和，所以雖然嚇到我，我卻沒有太驚慌。

我是很困惑啦……不懂咪……他好像對他……嗯就是把我帶到這裡的人說了些什麼，然後就換

後來這雙手的主人陪我，我很快就被他溫和細心的動作給哄睡著了。

後來我才知道那個帶我回來的人應該叫主人，而那個哄我睡著很有耐心陪我玩教我一些事情的大哥哥，是主人的學長，也是主人喜歡的人。

大哥哥家的大黑貓是這麼說的，可是我有聽沒有懂，什麼是喜歡的人呢？

喜歡是指我喜歡主人那樣嗎？好像又不太一樣。

剛開始的時候我不是住在主人家，而是住在大黑貓家……大哥哥家，等我學會怎麼用砂盆，大哥哥就讓我像大黑貓一樣在家裡走來走去隨便玩，隨便我探險不小心把東西弄倒也不生氣。

常生氣的是大黑貓，總說我是笨小孩。

我不懂為什麼說我是笨小孩，我不覺得我笨啊，我只是不知道所以想知道嘛咪。

不過大黑貓是隻很漂亮的貓，遠遠就看得出他的毛皮又厚又蓬鬆，而且好亮好亮。我想跟他一起玩，跟他作朋友，可是他一直不太理我。

我想說，他不跟我玩的話，我跟他玩就好，這樣應該沒關係吧？

結果他玩了一下就開始生氣，把我趕開……我好難過……說討厭我……咪嗚……我只是想跟他一起玩，跟他一起曬太陽，想窩在他漂亮看起來很舒服的毛皮旁邊而已啊……

我小心的問他為什麼，他都不理我，在地毯上曬著太陽……我靠過去，輕輕的推推他，小心的用頭蹭著……在我以為他其實已經不生氣的時候，他又叫我走開。

最後我才知道原來是因為他想睡了，還有他不喜歡我哭，所以才生氣。

果然跟我想的一樣，大黑貓其實很好咪，雖然好像常常生氣，跟他說話常常不知為何撇開頭，但是他最後都會理我，也肯讓我陪他一起曬太陽睡覺。

回家之後……我是指被大哥哥帶到學校，又被主人帶回家的那個回家。

主人對我很好，玩到我累了就會哄我睡覺，沒空陪我玩的話也會抱著我，或者是呆在我找得到他的地方，其實主人偶爾輕輕晃個一下兩下的腳和拖鞋，也可以讓我玩好久……真是的！到底是為什麼咪！為什麼我老是抓不到？

主人出門的時候像大哥哥那樣把我留在家裡，家裡很舒服，跟我以前住的地方差好多。

可是……我還是有點想媽媽，獨自留在家裡，覺得無聊，覺得寂寞……窗戶邊被太陽曬得暖暖地位置沒有大黑貓了……

好想他喔……可是如果我去住他家就不能跟主人在一起，如果他來我們家，大哥哥就看不到他了。

我還會再看到大黑貓嗎？還是以後都看不到了呢？

想著想著，每次看到太陽照進窗戶就會想到大黑貓，雖然回家之後已經跟主人又過了很多日子，中間有次主人出門的時候，又去一個大姐姐家待了幾天……可是還是會想起來。

後來到了一個叫聖誕節的節日，主人又替我買了很有趣的東西，那天有很多人來家裡，好多聲音，還有很多好像很好吃的香味，只是我完全不知道是什麼，主人把我留在房間裡，讓我一整個晚上都好難過。

大哥哥也有來，然後晚上又留在這裡……？咪？大哥哥留在這裡，那大黑貓怎麼辦呢？不會很寂寞很無聊嗎？

之後的幾天，主人的心情都不好，有一種很煩躁的味道，嗯……很複雜，也許要再加上困擾、苦惱、一點點的生氣。雖然對我還是很細心很溫柔，可是抱著我的時候，沒做什麼事的時候，心卻不在這裡，思念什麼，對我微笑……好像很寂寞的樣子，卻不知道自己寂寞。

然後，某天晚上，大哥哥來了。

我很少見的看到主人快步衝向什麼東西，聽到他們在對話，我發現主人的心情很明顯的變好了！

原來主人心情不好，以及心情變好都是因為大哥哥呀……這就是大黑貓所謂的喜歡嗎？

主人跟大哥哥抱在一起，不知道為什麼呼吸聲就漸漸混亂了，大衣圍巾一件件的落下，我本來湊近大哥哥的腳邊想打招呼，結果剛好被暖暖重重的外套蓋到……咪……真的好重……可是抓起來質感不錯？……等我想到，好不容易爬出外套，主人跟大哥哥已經不在客廳了。

我順著聲音發現他們在房間，聲音裡有著輕輕忍耐的呼吸、嘆息，還有一些嗚嗚嗯嗯啊啊，斷斷續續，愉悅而舒服的聲音。

咪……是在做什麼還是在玩什麼嗎？

我走到門前的時候門關上了，進不去，只能聽到很小聲的聲音……抓抓蹭蹭推推門都沒開……咪嗚……好好奇在玩什麼會發出這樣的聲音，雖然聽起來有點奇怪……可是好想知道，大黑貓會不會知道呢？

啊……似乎之前也有聽過這類的聲音呢，難怪我好像不會特別覺得奇怪或驚嚇，可是這麼想起來就更好奇了。

畢竟我聽了一個晚上還是聽不懂，但總之主人的心情又變好了。

那天之後，大哥哥比較常來我們家，越是常看到他我就越常想起大黑貓……主人和大哥哥在一起感覺好好喔，這樣就覺得留大黑貓一個在家好可憐。

就像知道我在想什麼，大哥哥有天晚上來的時候，懷裡抱了個大大的東西，那熟悉的氣味讓我好高興好高興！

大哥哥一坐下我就開心的撲上去，大黑貓果然還是老樣子，一臉不高興不想要我靠近的樣子，但還是會陪我玩，主人跟大哥哥看到我和大黑貓玩在一起，笑得很開心。

所以後來我又常常可以看到大黑貓了！雖然不像住大哥哥家的時候是天天，但我真的好想他，所以覺得不是天天也沒關係，這麼說，我喜歡大黑貓呢……看他抖著鬍子不高興，看他很無奈的讓我蹭著他密密暖暖的毛皮……跟喜歡主人不一樣，就算只是讓我陪他曬太陽，窩在同一張軟軟的墊子裡，我都覺得好開心。

日子過的很快……有變快嗎？但主人這麼說，然後把我帶回另一個家，說是要過年了……？咪唔……總之是一個人類的節日。

被帶到另一個地方，所以我又有一段時間看不到大黑貓，只是我知道還會回去之前住的地方，還會再見面，所以雖然現在看不到，有點想他……就像我總會等到回來的主人，我決定乖乖忍耐等著回去的日子，跟主人一起等回去看大哥哥的時候。

當乖孩子會有獎勵的喵！

等我回去，每一天都比昨天更溫暖，大黑貓對我也越來越好，漸漸的，越來越不會生氣，像是在忍耐的無奈變多了，即使常常懶懶的看著我一個愉快的玩也不會一直說我是笨小孩……雖然還是會這麼說總覺得好討厭。

等天氣從很熱很熱開始颳起不同的風，總是跟主人在一起很幸福的大哥哥，笑容裡漸漸有些不同的東西，在主人沒看到的時候格外明顯，即使如此，為什麼主人都沒發現怪怪的呢？雖然那很細微很細微，像是有心事，被大哥哥看起來很愉快溫柔的笑容藏起來，但主人應該會發現的呀……

我滿一歲的那個冬天沒有去年冷，大哥哥悄悄的跟我說再見。

再見不就是要離開的意思嗎？你要去哪裡呢？為什麼看起來好害怕也好難過？為什麼難過還是要笑要離開呢？我看不到大黑貓了嗎？

我不斷問著的問題沒有回應，大哥哥只是用鼻子蹭著我，輕輕的，摸著我的手就像初見面時一樣的溫柔，呼吸裡幾乎不被察覺的嘆息是看不見份量的傷心。

他在主人面前的微笑就像是摸著我的力道，主人始終沒有發現大哥哥在想什麼，等大哥哥走了，我又跟主人回另外一個家，主人才知道。

先是很生氣，那種複雜的憤怒不用看著都能感覺到，然後被壓抑，壓抑……轉變成失望，失落，困惑，傷心，自責……很落寞失去活力的樣子，安安靜靜的深呼吸好像在哭泣。

主人當然沒有哭，只是很安靜地沒有表情，輕輕摸著我……我抬頭看著主人，問他在想什麼？主人聽到我的問題只是楞了楞，漾起了彷若哭泣的笑容，閉上眼睛，還是一下一下的摸著我，用大手告訴我，即使是寂寞也可能如此柔和溫暖，滿滿的浸滲我的毛皮。

兩天後，主人帶我回到原來的家，不知道為什麼在電梯裡待了好久……久到我以為主人睡著了，他卻很慢很慢的抬起手，又停一下，才按了一個數字。

不是要回家嗎？為什麼要猶豫呢？

我心裡想著，難得的沒有問，卻有些不安的在籠子裡走來走去。

等打電梯開門看到外面，我才知道要來大哥哥家，主人打開門走進去，裡面的東西很熟悉，大黑貓跟大哥哥的味道都還在，可是，已經沒有會迎接我的身影和氣息了……

大哥哥果然還是走了啊……已經不在這裡，不會回來了嗎？再見，是再相見的意思不是嗎？那我要什麼時候能再看到大哥哥，什麼時候才能再看到大黑貓？

主人回到家站著發呆好久才把我放出來，讓我有點擔心他，可他抱了我一下就又出門，回來之後比出去前還要難過。

抱著我，既想用力又怕傷到我，窩在沙發上把頭埋在我短短的毛裡面，微微顫抖的手，好久好久都不呼吸。

明明……失去是這麼的難過，那為什麼當初沒有發現呢？不是應該非常小心，非常在意，竭盡所能的守候著嗎？

雖然說，大哥哥不一定就不會再回來了，而且大哥哥明明那麼喜歡主人……走的時候也是一臉難過的表情，為什麼要這樣呢？看到了裝作沒看到，發現了裝作沒發現，非常非常重要的事極力隱藏，這就是人類所謂的信任嗎？

還是說，這是別的東西呢？

我真的完全無法理解呀……喵……

接下來的日子，又到了主人所謂的開學日，而在這之前，主人就已經很忙碌了，每天，勉強的笑著跟我說再見出門，很晚、很晚的時候才會回來，疲勞的彷彿忘記何謂睏倦，卻還是對我微笑，疲倦蒼白的憂鬱笑容像是練習，就像害怕自己忘記如何微笑而不斷重複著一般。

但是很短暫。每次的笑容很短暫……天氣又開始回暖，主人身邊的氣息與表情卻相反的有種冰冷蕭瑟的感覺，只有在抱著我輕輕撫摸時表情才會放鬆……主人似乎是下定什麼決心般的在忍耐著，總是不斷的自言自語告訴自己再一下就好。

再一下就好，是多久呢？主人，在疲倦裡忍耐等待的是什麼呢？

在我好擔心好擔心的某一天，主人回家的氣氛完全不同了，變得不冷……還是有種不安的感覺，氣息卻鬆懈了，變得柔軟，突然開始恢復表情與溫度，摸著我的手，多出了好久不見的期待與欣喜。

是因為見到大哥哥了嗎？可是不像呀……因為不安還在，感傷還在，已經變成小小的困惑還在，很多很多的思念越來越多……如果看到大哥哥，這些應該都不見了。

那麼，親愛的主人，我可以跟你一起期待嗎？我想大哥哥，也很想大黑貓，如果我跟你一起期待，而我也一直陪你等待，是不是就能再見到他們？

於是，我開始期待，這次，是主人好久不見的溫柔微笑跟我說再見，跟我說謝謝，大大的手很小心很溫柔的把我放進籠子裡，拿給之前照顧我的那個大姐姐。

說再見，我看不到大哥哥和大黑貓，現在也看不到主人了……但是主人跟我說再見……再見指的應該是再相見……

我覺得好難過，不斷不斷的睡，會不會等待與期待的只有我呢？

我在夢裡看見主人還有大黑貓，醒來的時候他們都在眼前該有多好呢……

總覺得過了好久，當天氣又轉涼，迎來我的第三個冬天，大姐姐常常小小聲的問我想不想主人，告訴我主人在我看不到的地方過的不錯。

然後，主人終於回來了！

在某個寒冷夜裡的晚上，大姐姐跟主人一起回來，還有很久很久不見的大哥哥。主人的笑容已經恢復，甚至比原來還要坦然幸福，大哥哥也是一樣……小心而輕柔伸向我的手，就像記憶裡一樣

的溫暖。

他們兩個摸摸我，跟我玩了玩，然後跟大姐姐說了什麼。

「小傢伙，有想我嗎？」主人抱著我蹭了蹭，作為回答，我蹭了回去。

「真抱歉，孩子，可能得讓你再等一等，要忍耐喔。」

大哥哥又摸摸我的頭，然後兩個人又笑笑的跟我說再見，離開了大姐姐的家門口。

又說再見啊……主人這次又打算作什麼？

等大哥哥跟主人走了之後，大姐姐開始常帶我去看醫生打針，去好多好多奇怪的地方，每個醫生都好討厭。

然後，一個多月後的某天，大姐姐像是誇獎我很乖的給我加菜，也許是我太累了喵……唔……吃著吃著我就睡著了。

✤ ✤ ✤ ✤ ✤

「你們兩個！」

學長的大哥看到來機場的兩個人，略有距離的聲音裡有無奈的氣憤。

「大哥，真是麻煩你了，入境申請等等的東西，沒想到最後你都一口氣解決了。」學長面帶微笑的向自己的哥哥道謝，雖然總覺得這件事應該是哥哥的祕書辦的吧……下次再好好謝謝那個祕書。

「真的很謝謝你，我家的小朋友麻煩你了。」必要的時候就會乖巧的學弟，基於一個多月前的經驗，沒有直接叫大哥。

哥哥看著眼前只顧著道謝的弟弟與其戀人，無奈且無法理解的嘆息。

「真搞不懂你們兩個，你們這樣都快變成貓奴了，過來所需的所有花費都夠你們買一隻新的貓，台灣的貓就送人，尤其你那隻貓又放在爺爺奶奶那兒，繼續放著也不錯啊，何必花這麼多功夫，貓又還得在檢疫所待上一陣子。」

兩個人聽到大哥的感想只是很有默契的笑了笑，交換了眼神，學長走上前搭上了自己哥哥的肩膀。

「那不一樣，大哥，等你有過我們這樣的經驗又養了貓你就會明白了。」

「我一點都不想明白，喂，你現在這樣是想幹嘛？」好久沒跟自己的弟弟勾肩搭背，半開玩笑的搥了搥對方的肩膀。

「你的祕書跟我說你目前現在還有空，我們去吃飯吧。」

「喔？你訂了哪裡的好餐廳？」

學長聽了哥哥意料中的問題，指了指站在一旁的學弟。

「我家，還找了好酒喔！」

「他？什麼⁉我不要，我晚上還有事，我幫你的事也不用客氣，你是我弟弟。」

「來我家吃飯也不用客氣啊大哥，他的手藝很好的。」

兩個人無視哥哥叫喊著『我絕對不會吃的！』、『我還沒同意啊混帳！』之類的抗議，強行款待貓咪們的恩人。

來自天國的對話

「欸，老伴，看到什麼沒有？」

「沒有，他們好得很，我的煙斗被他擦的可亮著勒，啊，好亮好亮。」

「那我給他們的東西呢？」

「你孫子拿珍珠去做了領夾袖釦，放在家裡，其他鎖到銀行保險櫃了。」

「幹嘛放保險櫃那麼麻煩，放家裡就好啦！我那盒子越摸才越漂亮！」

「噯呀沒關係啦沒關係，盒子不重要。」

「什麼盒子不重要！那可是我嫁給你帶過來的嫁妝！」

「是是是……反正大家都開開心心的很好啊，很好很好。」

「什麼很好很好，你都不擔心孫子被人欺負！」

「誰欺負他!?誰敢欺負他？那個不知道是孫媳婦還是孫賢婿的小子，才不讓人欺負你孫子，嘖嘖……你看看他整人的心思狠勁啊……」

「就是他欺負你孫子!!」

「哎哎，老太婆想不開，小倆口的不算，不算……」

萬聖節

「喔喔，好久不見，大概有一年多吧？終於回來啦！」

實驗室的同事們嘴裡說著淡然的歡迎，臉上卻是非常明顯的高興，一邊笑著學弟剛當完兵的頭髮和鳥樣，一邊每個人都上前給了學弟一個歡迎歸隊的擁抱。

「是啊，短時間可別嫌棄我笨手笨腳啊，當兵真是無聊斃了，連發呆都有人幫你劃好位置。」

聽到學弟的抱怨一群人七嘴八舌又是笑的很開心，然後身高超過一百九直逼兩百，看起來就為人誠懇老實實際上人也很好的凱恩，在小小的歡迎會上，問出了一年多前實驗室的人隱約知道卻又一直沒有證實的事。

「所以你跟他真的是……？」

身邊一堆人，凱恩指了指在稍遠處的學長的背影，自動消音的部分在有心人聽來當然是明明白白，學弟當然也是聽得懂，不過，被玩是好人的天命吧？

嫣然一笑。

「是什麼？雖然我好像能理解你想表達什麼，不過問題清楚才不會造成誤會啊……」學弟微微瞇起的眼，帶著笑的低柔聲音在刻意營造下妖魅入骨，靠在學弟旁邊小聲問的凱恩霎時間渾身一僵，血液往臉上直直衝的同時又覺得背脊發涼，麻癢的感覺加上雞皮疙瘩感覺真是複雜。

站在一旁等著聽的人表情也沒比凱恩好到哪去。

見問問題的人不答話，學弟以更壞心更柔和純潔的笑容，將裝著冰飲的馬克杯輕輕滑過僵硬巨漢的脖子，掠過鎖骨，然後在巨漢往後連三跳的動作裡，眼睛盯著對方，悠悠哉哉喝著杯中的飲料。

「你你你你你……」

非常非常驚嚇的凱恩說不出完整的句子，但是同事們已經有人漸漸會意過來是怎麼回事。

「你放心，凱恩，我這個人不隨便，就是喜歡玩，要不要玩玩看？」

學弟一邊說著一邊輕輕舔去手指上的水滴與沾到的奶油，配合台詞，才轉涼的天氣瞬間飆高得跟夏天一樣……雖然更露骨更情色的台詞也不是沒聽過，但在眾人目前的共同心聲裡，這個東方人的這種動作表情台詞就是怎麼看都傷害心血管啊啊！

眼前的同事們努力想打破僵局的表情讓學弟看得非常開心，正端著馬克杯笑得很愉快的時候，頭部的重擊讓學弟不得不發出小小的悶哼。

「別玩了，人家當真了怎麼辦？要整人也換個方法。」

聽到有人出來救火的受害者本來很感動，在聽到只是因為吃醋而要求換個方法的時候，就開始覺得這對情侶真是恐怖。

「我還以為你默許了，反正就是玩玩，大家的表情很有趣吧？」放柔了表情的學弟微笑著拉下學長抗議的臉輕輕貼上一個吻，然後接著就傳來旁邊的人咬牙切齒的噓聲、倒吸一口氣的聲音，很

難過很難過的咳嗽聲。

「怎麼，之前有膽量聯合起來整我，沒膽量被我玩兩下？」聽見越來越大的噓聲，學弟臉上挑釁囂張的表情不減反增，話語的內容讓在場的聲音一頓。

「……什麼？我們？哪……有。」

老實人凱恩聽到之後立即心虛的反駁，傑瑞則稍稍縮了縮脖子。

「喔，沒有嗎？我們這棟研究大樓一半是舊校舍一半是新校舍，研究室在舊校舍，所以空調不太好，這我在夏天的時候就知道，但之前是誰跟我說舊校舍的暖氣只能調到五十度[3]？」

「……這個嘛……」

「實驗室在新校舍，儀器室比較冷我也就認了，那些東西本來就是要放在又乾又冷的地方，但實驗室的溫度也不高實在是很奇怪啊，嗯？那時候才幾度？六十還是六十五？」

眼前的眾人開始傻笑。

「你也不能光說我們，你旁邊那個就算沒做至少也是個共犯，那他呢？既然大家都一樣，今天之後就算了吧……而且……你到底是怎麼發現的啊？」

「不一樣，他可以用身體來彌補我，你們的我又不要。」學弟說得雲淡風輕，學長在聽到之後一下子刷紅了臉，被嫌棄的人們也是同樣的情況。「所以，別為我擔心，我還會在美國很長的時間，夠你們每天慢慢還。」

---

3 五十度華氏，約攝氏十度。

學弟口中的每天慢慢還讓學長以外的人臉色由紅轉青再轉白，而學弟在欣賞夠了之後繼續揭曉答案。「你們從來沒想過，只要我去晃一下其他同學的實驗室或研究室，很容易就知道了嗎？」

他們一部分啐舌碎念說果然，一部份恍然大悟的表情讓學弟的成就感稍稍下降了點。

於是學弟以博士後研究員回到美國實驗室的再次相逢變得沒那麼感人。實驗室裡的研究員在接下來的幾天，飽受學弟微笑的折磨卻相安無事。

因為學弟什麼也沒做，只是掛著什麼都掌握在手裡隨時會發生什麼的微笑，既優雅瀟灑又輕鬆的在實驗室與研究室裡移動，偶爾連腳步聲都聽不見。

「shit！沒膽整人就不要掛著那種陰陽怪氣的微笑！看了礙眼！」

一個禮拜之後的下午，終於有同事受不了了。

「擔心了一個禮拜？你們都是嗎？」泡得一手好茶也泡得一手好咖啡的學弟，抬眼掃過喝著咖啡與紅茶的眾人，然後如願的看到包含尤莉兒在內的人們蠢蠢欲動卻被壓抑下來的沉默。

白日裡，戶外風雪飄蕩，室內，學弟發自內心的愉快淺笑則是夾雜黑暗觸角的暴風雪。

「有什麼好笑的！」

「好天真，」學弟像是埋怨的柔軟語氣，讓聽的人有種被蛇蜿蜒攀爬的感覺。「如果我什麼都不用做就能欣賞到你們的忐忑不安，那我為什麼不笑著看？這種緩慢的折磨比較精緻，優雅，等你們爆發，或是等你們遺忘，我再來加上點東西，你們就永遠無法確定事情是否結束，這樣比較有趣。」

「……好變態……」確信學弟現在正在加上點東西的尤莉兒，不自覺的喃喃自語。

「放心，我對女性的待遇一向優厚，既然你們想要死個痛快，那從明天開始動手好嗎？想要普通的還是比較特別的？」

「……什麼？」

「普通的，在電腦裡放入個性可愛的病毒，稍稍改寫你們慣用程式的參數，放個合成照在網路上流傳什麼的。」

「……不普通的呢？」對電腦稍稍有點大腦的人一聽就知道，如果參數被改寫，就算你給的東西什麼都對，但是答案就是不對，而你還不會知道……由於不知道這個傢伙是不是真的明天一定會動手，已經有人開始冒起了冷汗，他們甚至不知道什麼時候要去找人借電腦。

「想要特別的？也行，舉個例來說……馬斯汀，如果你的現任女友收到你寄給其他女友的E-mail會發生什麼事呢？或者，尼克，我記得你結婚了，如果你老婆突然受到他人的拜訪，知道了她不知道的你以前幹過的蠢事想必很有趣吧？」

雖然這些威脅裡並不會發生什麼特別可怕的結果，但受害者的生活卻會因此混亂很久，簡單來說就像是藏了很久的私房錢被人發現，或是原本隱匿得很好的把柄被抓到，至少以後會被人笑到死。

「喂！你這是侵犯他人隱私！」

「我又還沒做，我是在問你們好不好。」

因為比較老持成重的研究助理根本不會下海玩，所以學弟也不擔心玩過了頭。

「不好！」

「給我一個不做的理由。」

……根本就是掉入陷阱裡！

聽到學弟要求理由，有不少人在安靜裡咆哮著對方的卑鄙，雖然這種小小的報復還算合理，但如果不接受漫長酷刑就是要接受猛暴手段的二選一卻讓人非常為難。

簡單來講就是要你答應條件交換。

大家的為難是學弟意料中的事，卑鄙又可惡的惡魔交易者笑嘻嘻的拿出了兩張長長的清單。

「自己分工一下，一張是書單及資料清單，上面有我最近要找的資料，橫線下是我想買卻還沒去找的書，另一張清單就不用解釋了，記得，自己掏錢，在上面標註的日子前把東西給我。」

「這些是……」有些東西讓人看傻了眼，標註的注意事項也有點讓人摸不著頭緒。

「辦得好的獎勵。」學弟淡去黑暗的笑容看起來非常之頑皮。「請盛裝參加，想吃的東西記得自己加在採購清單上。」

「人來了？請進請進。」

實驗室的人陸陸續續抵達學長家，在進門之後看見同事的盛裝，被處罰的人們免不了彼此大力嘲笑一番，然後又因為實在太蠢而拼命狂笑。

學弟在清單上的附註要求是每個人都必須打扮成萬聖節鬼怪該有的樣子，看起來不能太隨便，這就是所謂的盛裝參加。

一群人一起幹蠢事就會有種很歡樂的感覺，自從進研究所後這一竿子成年人這麼玩的機會又更低，一時間大家對學弟的怨懟全都沒了，因為桌上精緻美味的食物還是他們掏出材料錢，學弟親手做的……仔細想想，某人還真是整人整的有分寸，真正傷的只有精神的部分。

所以等老闆抵達的時候大家也只能認栽的倒酒苦笑，看著並沒有打扮成鬼怪的老闆，以及只是穿得很有中古歐洲貴族大人氣勢的籌畫者與屋主三人，露出交易完成的奸詐笑容，愉快的在角落碰杯。

「你想要辦這種萬聖節化妝舞會就早說嘛，這樣嚇人實在是……」

拿著盤子的某同事忍不住向學弟抱怨，臉上與頭上的裝扮讓神情格外的可笑又可愛。

「不嚇你們我整誰，而且，我沒說要辦化妝舞會，等等你們全是共犯。」酒杯裡的高級紅酒殷紅濃稠，在室內的溫暖裡散放出酒香，學弟一口口抿下的彷彿是帶著甘甜香氣的鮮血。

「……你不需要獠牙或是角就很像魔鬼或是吸血鬼了……」

「演戲要演足，我的目標是等等的小客人。」紅寶石耳環在學弟仰頭飲酒的動作裡閃爍猩紅的光芒。當兵考上軍官做文書的結果就是，學弟的膚色彷彿比一年前還要白了點。

「小客人？你說的共犯是怎麼回事？？」

「等等你就知道……喔，人來了。」

門口傳來門鈴聲，學弟拿著酒杯的笑容隨著靠近門口越來越優雅詭異，彷彿飄起發出血腥味的鬼氣，室內的人一時間都安靜的看著學弟想做什麼。

感覺不到聲音的動作無聲拉開門，戶外的風雪早已停歇，雪面上細細散落著來訪的腳印。

門口的小妖怪正想說話，抬頭，裝模作樣的怪表情以及嬉鬧的笑容瞬間凝結，門口背光的身影讓他們以為敲開的不是鄰居的門而是地獄之門，好像連留在地上的影子都變淡。

然後那個站在門口睥睨優雅的身影，很輕柔美麗的微笑了，像蛇看見老鼠那樣發自內心的快樂美麗，帶著戒指的手流暢的做出歡迎的動作。

「我可愛的小小客人啊，請進，我已守候良久……」

男人發出的聲音很低很低也很好聽，孩子們卻渾身僵硬……心裡想著不會碰到變態殺人魔了吧，一邊無法動彈的被男人極其冰冷的手帶入屋內，哭都哭不出來的表情，很小心很小心的聽見門在身後關上落鎖的聲音。

年紀尚幼的孩子忍不住抖動了肩膀，學弟歡快而低淺的笑聲讓他們更加害怕。

躲在一邊看的人開始有些不忍心了。

學弟抬眼警告那群小有騷動的同事，今夜的遊戲才正要開始。

「年幼的孩子，為何感到恐懼呢……萬聖節乃是屬於我的節日，你們可以在我的宅邸裡享受到更多……」

學弟一邊用邪氣的聲音語氣和冰冷的手，把越來越想哭、叫都叫不出來的小孩子往客廳裡帶，一邊用眼神叫出那一群看戲看過頭的同事。

「萬聖節快樂！」一大塊頭凱恩一下子跳出來讓小朋友的神經斷了線，開始哇哇大哭，凱恩手忙腳亂的跟尤莉兒哄了半天才讓小朋友變成又哭又笑。

學弟拿著酒坐在椅子上笑得很愉快，跟小朋友穿得一樣怪的高知識份子很快就跟小朋友玩成一片，美味的食物糖果飲料也是功不可沒。

然後小朋友既害怕又興奮的走回學弟身邊，這個笑起來很好看聲音很好聽的男人本來就很吸引人，現在更是沒那麼害怕了。

察覺小朋友的神情，學弟做出要大家聚過來的手勢，內圈是小小的頭，外圈是大大的頭。

「東西好吃嗎？」

學弟帶著微笑的聲音在他願意的時候，向來可以輕易安撫聽者的神經，孩子們在聽到問題後點頭如搗蒜。

「也不害怕了？」

學弟在這個問題後是奸詐頑皮的笑容，澈底的撩撥起小朋友的興奮感，一個個雙眼發亮。

「那麼，現在你們的同伴應該快來了，尖叫著，從門口跑出去，假裝很驚慌的去找你們的朋友，或是同學，然後帶他們來……」學弟嘰咕嘰咕的跟那些小小的頭湊在一起，交付完，雙眼閃亮的小朋友扶了扶身上的裝扮，就像小瘋子一樣尖叫著衝了出去，留下目瞪口呆的大人以及在椅子上狂笑的學弟。

「你……你跟他們說了什麼啊!?」

「叫他們帶人來，快準備一下，共犯們，等等小合夥人就會替我們拐人來了，把第二層遮光窗簾拉一半起來，學長，等等燈光麻煩你。」學弟站起來拍拍手，戶外的騷動聲越來越近，於是他開始指揮著包含老闆在內的人躲起來。

學弟給小共犯們的建議是，如果是膽子大不服輸的人就假裝自己很害怕不敢去，如果是膽子小的人就說這裡的人很好，糖果給的多又有飲料。

所以只要聽聲音就知道來的是哪一類的人。

學弟將表情轉換為非常溫和親切燦爛的模式，打開門和善的歡迎新訪客的到來，帶著他們走進客廳。

但當他們想回頭跟朋友聊天的時候發現人不見了。

再回頭，放滿食物的室內哪還有剛才那個親切男人的影子。

恐懼攀附上想像，正想叫人，所有的光線突然消失，驚訝的張望，方才笑容親切的人卻換了表清，突然出現，站得極近，悄無聲息。

在微光下看起來慘白的臉，從沒有表情，緩緩漾起了笑容，血紅的光芒在頭髮附近一閃一滅，學弟帶著飽含殺氣的冷笑慢慢靠近，孩子們就慢慢的後退。

退無可退的時候才發現身後的感覺不對，一個老人瞪大雙眼的向下俯視，按住他們的肩膀。

正想尖叫的時候，燈亮了。

被嚇到一半還沒來得及發洩的小孩一時間呆在原地，然後被笑著撲上來的同伴抓回神，充當臨時演員的老闆也玩出了興致，簡單的銅板魔術相當迅速的讓被嚇呆的小孩忘卻恐懼。

於是又增加了一批共犯，所有的人都玩出了興致，開始有人搶著要當開門迎接的人，年齡相差近二十歲左右或是更多的大人們與小孩們，湊在一起計畫著下一批的嚇人把戲，不同的組合增加不同的說服力，一次一次成功的拐帶被害者踏進屋裡，然後又成為加害者出去拐帶下一批受害著。

「我一直以為你討厭小孩。」

學長拿著跟學弟一樣的葡萄酒站在學弟旁邊，屋子裡稱不上杯盤狼藉，但是大家都玩得很瘋，今晚，大概這社區裡所有出來要糖果的小孩都在這裡了。

「是不喜歡，現在示範的是外星人的正確玩法，你看大家天真的樣子多有趣。」學弟端起食物遞到學長眼前，笑容很得意。

「……你根本把大人小孩都教壞了，污染源先生。」嘆氣，學長還是從學弟手上拿起食物放入口中。

「小事，萬聖節嘛，既然是西洋鬼節，普通的玩法多無趣。」

學長還沒來得及為學弟這種不負責任的說法抱怨，門鈴聲又再度響起。

由於並沒有派人出去，所以一時間疑惑的氣氛讓大家都安靜了下來。

打開門。

隔壁的夫婦表情詭異不斷張望著裡面，語氣有些緊張。

「……我們想請問一下這裡是怎麼回事，為什麼一直不斷聽到驚叫聲？」

學弟聽了之後微微一呆，忍不住啞然失笑，身處室內的大人小孩則是哄堂大笑。

「不好意思，這究竟是怎麼回事？」因為聽到尖叫，來的時候很安靜，所以覺得懷疑是有道理的，如今的笑聲卻讓他們摸不著頭緒。

「今天不是萬聖節嗎？」學弟笑笑的開始解釋，張著眼睛無視學長對他男女通殺的笑容皺眉頭。

「是啊……剛剛……孩子們還來要過糖果。」

「嗯，我這裡替上門要糖果的孩子們準備了活動，所以他們才會一下子尖叫一下子笑……兩位擔心的話，我現在就讓孩子們都出來，說實話他們也在我這裡玩過頭，太晚了也不好，請在門口等我一下。」學弟笑笑的點頭行禮，留下跟鄰居比較熟的學長彼此聊天，走回客廳的一大群小孩中間。

「你們是不是忘了還有下一站？」學弟看著小朋友們的表情，笑容頑皮的再次聚攏他們。「你們不能留太晚，所以該出發了，但是在走之前……」

「什麼事什麼事？」

孩子們嚐到好玩的甜頭後，對於學弟的欲言又止除了好奇興奮還是好奇興奮。

「等下去下一家的時候，記得要全部一起，要很安靜。」

「然後呢？」戴著南瓜頭的小男孩仰頭問著，他身後左右全是跟他有著相近神情的同伴。

「要很輕，很安靜……然後，再很大聲很整齊的說……」

學弟輕輕的比劃手指，聞絃歌知雅意的孩子們很聰明很整齊的同聲開口：

「不給糖果就搗蛋！」

「很好。那麼，走吧。」

小孩子魚貫的離開門口，向立在門邊鄰居打招呼，全部集結好之後向屋子裡的大人、還有已經被稱為伯爵的學弟說再見，才安安靜靜偷偷摸摸的離開。

「還真能玩！你又教他們什麼？」喝了酒又騙小孩玩得很愉快的老闆，拍了拍學弟的肩膀，問了大家都想問的問題。

學弟指了指某個方向的窗簾，然後要大家安靜的透過窗戶向外看。

孩子們偷偷摸摸的包圍下一家的門口，屋主看起來好像覺得孩子們今晚不會出現了。

小小的身影在遠方吸氣。

同時而整齊的聲音相當的有氣勢。

乒乒乓乓的，傳來屋主驚慌的咒罵，開門的虛偽笑容，孩子們巨大而嘲雜的偷笑聲。

……明年此時這個教壞小孩的門牌號碼，想必會成為社區小孩的禁地。

學長一邊忍住笑聲看向左鄰狼狽發著糖果的身影，一邊想著如果鄰居來抗議的話到底該怎麼解釋。

元宵節

農曆十二月八號的臘八粥、冬至的湯圓、農曆年的時候有捏得漂漂亮亮的花饃饃……

等正月十五中國人過元宵節的時候，跟學長學弟同一間實驗室的外國人實在受不了了。

「我說……」傑瑞扶著額頭，一臉嫉恨地望著某人手上聞起來又香又甜的熱飲。「中國……台灣……算了，東方人的十二月到一月有這麼多節日嗎⁉」

「有啊，」學長從數據裡抬頭。「而且，據說你看到的是精簡版。」

還精簡版……

「你們這樣，」傑瑞回頭，抬手劃了一圈，把那些轉頭關注這邊對話的人都圈住。「讓我們以為自己其實是在你們的國家。」

「喔喔~那很好啊，」學長開心的轉頭搜尋學弟所在，而剛好外出又回來的學弟一進研究室就看到某人似乎在找他，快步走近之後任由冰冷的手被學長抓住，表情疑惑還來不及詢問，抓住他手的人已經很得意很開心地說：「我們成功了！」

「……」成功什麼？實驗成功？不對，實驗成功絕對不是這種表情——「前情提要？」

「節日和他們以為跑到了我們的國家。」

在傑瑞心裡吶喊「這種精簡版的前情提要最好聽得懂啦！」的時候，學弟眨了兩下眼睛，懂了。

「喔～」就像哈日風席捲台灣，學長是得意他們造成了「台風」是吧？「然後？」

學弟的問題讓學長愣了愣。

「我還沒問然後，哈囉～傑瑞，然後呢？你還有什麼問題？」

傑瑞還沒從這種極其閃耀而且混帳的攻擊中恢復視力，差點被緊接而來的問題噎住。

「然後……」唉，為什麼是我當代表？「為什麼都是甜的？」

「因為我喜歡。」「因為他喜歡。」

包含傑瑞在內的實驗室同仁集體倒吸一口氣，發出零零落落的呻吟和嘆息。

可惡啊……東方人不是很含蓄嗎？怎麼會閃得這麼讓人咬牙切齒……明明沒說什麼啊……

覺得被刺激的人們左思右想依然不得要領，而提問代表傑瑞懊悔的抱怨同伴的愚蠢，就說寧願問隔壁棟的中國留學生也不要來問這兩個嘛！

「還有什麼問題？」學弟把買回來的東西收到桌子底下，他總覺得這些人的問題不只是這樣。

「好吧，的確還有一個，」傑瑞抓抓頭。「湯圓和元宵有什麼不同？廣告看起來應該兩種都一樣，可是他們明明不一樣……唔，總之到底是什麼時候吃什麼？」

「冬至的時候吃湯圓，」基本上跟食物有關的問題都是學弟回答。「湯圓沒有餡，而且，如果遵照標準的傳統，不同的年紀、不同的備份、不同的年份，每個人所吃的數目也不同，紅湯圓與白湯圓的比例也不同。」

「真的假的？」怎麼比猶太教跟回教的潔淨飲食還麻煩？「比例是多少？」

「我哪知道，」學弟露出「你把我當維基啊？」的責難眼神。「外婆不在了之後，都亂吃。」

「亂吃還那麼得意。」可惡！我還以為我找到專業的！

「拜託，雖然這是從中國傳到台灣的習俗，但正統中國人也不一定知道。更何況每個地方的習俗都有差別，而且最後大家都很開心地亂吃。」

「那元宵呢？」因為實在是個有趣的話題，所以尤莉兒在一心二用之後忍不住靠過來加入討論。

學長學弟對視一眼——學弟想從向來喜歡「無用的豆知識」的學長口中知道什麼，而學長則只是單純的看回去，想知道學弟看他幹嘛。

「沒印象有特別的習俗，」學弟聳聳肩。「反正不管有沒有，總之我不知道。」

「嗯……」

學長終於把手中的黑糖桂花茶喝完，咳咳兩聲，讓那些自始自終表情微妙的同事們通通看過來。

「所以我說……你們到底想幹嘛？」學長很自然的把空杯遞向學弟，學弟接過之後也很自然的拿起保溫瓶把杯子注滿——這次的飲料是柚子茶。

「……看你遞杯子就覺得這是哪來的大爺啊？」尤莉兒看得直皺眉，雖然天天看早該麻木了，但每次在眼前直擊還是有點刺激性。

「你也可以去找一個啊，超棒超實用。」學長端回杯子爽爽的喝一口。「強迫他吃甜食的還可以享受額外的樂趣。」

「對於這種發言你沒有任何不滿嗎？」尤莉兒轉頭詢問理論上的受害者，卻總是忘記這個看起來很紳士的傢伙不只是毒舌，壞心眼也不少，照某人的說法就是——

「不會啊，因為他從各種方面來說也是超棒超實用。」微笑。

「……衣冠禽獸……」嘟噥。

「嗯？」轉頭。

學長立刻低頭專心研究柚子茶，反正出來混總是要還的，不論如何都不能否認「實用」的事實，否則今晚他就會被「實踐」了。

學弟含蓄的微笑充滿理所當然，而這份理所當然讓尤莉兒回想起某人惡作劇的歷史，再加上剛才充滿暗示的回答——

簡直像糖果屋的故事嘛……提供大量的甜食就是為了養肥之後吃掉……

某人很沒骨氣的反應澈底證明了這種高下地位之分絕非臆測，尤莉兒不自然地咳兩聲，發現學弟還在安靜地等她回答，忍不住露出苦笑。

「總之呢，每次聽你們在台灣的生活，覺得很好玩。」尤莉兒拍拍手，於是同事們很有默契的拿出裝有東西的紙袋。「所以呢，滿足好奇心之後，我們想來玩玩看。」

「……玩什麼？」學弟有種不妙但又很有趣的預感。

「當然是在研究室做元宵啊！」

尤莉兒的當然讓兩位東方人用力眨眼睛，然後打量她身後也一臉興奮的同事。

「……真看不出你這麼的童心未泯……」學長總覺得特別愛完些有的沒的的自己是例外，沒想到平常挺嚴謹的尤莉兒也會有這麼「青春」的一面。

「科學家要保持年輕的心——我還很年輕！」

唔……

「怎麼辦？」學長靠過去竊竊私語。

「什麼怎麼辦？他們都準備好材料了。」

「又不是他們準備好材料就要答應。」

「……學長，你的臉在笑喔。」

「唉呀？」學長裝模作樣的摸摸臉頰，用手肘頂頂學弟。「難道你就不覺得有趣？」

「我覺得很有趣啊。」尤其那種不可預知的慘況應該超有趣。「只是單純覺得露出困擾的表情會增加他們的行動力。」

「……你還真是一如既往的惡劣。」

「多謝誇獎。」

學弟笑咪咪地在眾目睽睽之下，在學長臉頰上親一個，把尤莉兒的滿腹疑問通通炸飛，接著才拿過同事們預先購買的材料，確認材料還真的沒買錯，再抬頭就看到同事們已經整理出一塊空間，拿出料理用的小盆子——還有全新的兩位小數天平、全新的 Hot plate[4]、以及全新的玻璃燒杯。

---

4 Hot plate：電熱板。

……

「果然有種懷念的感覺呢～」學長搓搓下巴。「以前都是用50ml的離心管。」

「那個比較好用？」傑瑞露出專注而認真的表情，為自己沒想到更好用更精準的器具而捶胸頓足。

「不，」想起以前打賭也好料理也好總是不斷出現的50ml離心管，學弟就不知道該頭痛還是該懷念。「這是他個人的偏好，用什麼都可以。所以料理前請先洗手——」

實驗室的眾人迅速整齊的套上無粉手套。

「……」很好，果然是實驗室的料裡風格啊。學弟挑起嘴角，從講解材料開始到把皮跟餡料基本準備完成，到這邊基本上花不了太多時間，畢竟尤莉兒他們買來的餡料是現成的，只有皮需要現做，而困難的才剛開始。

即使帶著手套有點影響手感跟靈活度，但學弟依然可以只憑手感包出一個又一個圓潤整齊的元宵，甚至有餘裕看其他人皺緊眉頭、發出懊惱的聲音、如臨大敵地用顫抖的雙手對待那可惡的小東西，沒有麵團延展性的糯米團一遍又一遍的在別人手中破裂的感覺非常有趣，因為每當發生這種事情的時候，那些懊惱的表情也會跟著刷新。

等那群發起人不管怎麼模仿學弟的動作都包不出成功的元宵時，充滿挫敗的不甘也累積到極致，就算說服自己這傢伙是專業的不能比較，另外那個比較不專業的至少也能包出完整的成品……

「怎麼辦？」傑瑞跟尤莉兒咬起耳朵。「看起來很簡單但就是包不出來。」

「是啊，真氣人，你有什麼好方法？身為科學家，我們應該從傳統中創造新方法才對……」

「我們又不是創造食物的科學家……啊、有了！」

「什麼？什麼好方法？」

傑瑞自信又神祕的一笑然後脫下手套，學弟看了一眼也沒多在意，包完紅豆餡的又開始包起芝麻餡的，心裡還想著回家要不要做個改良版的抹茶蓮蓉口味，總覺得某人應該會很喜歡……

正想著的時候傑瑞回來了，而他拿回來的東西讓學弟流暢的雙手頓了頓，接著立刻用手頂頂學長，叫那個越包越認真的傢伙看看登場的新戲碼。

——於是學長看到傑瑞興高采烈撕開針筒包裝的那個瞬間！

「……那樣不行吧？」因為以前在台灣最多用針筒把奶油擠進泡芙裡，對於實用到元宵這種一樣是圓的而且有餡的食物，可能產生的慘況有點不好預測。

「看就對了。」

學弟也認為不行，但著手實驗的同事們顯然覺得有相當高的成功率，總之，傑瑞拔掉針頭，小心的塞入差不多份量的餡料，把針筒的出口部位戳進搓圓的糯米團，接著用力擠壓——

「嗚啊啊——！」

「……果然。」爆出來了。

「笨蛋傑瑞！你在幹什麼！」

「囉唆！阻力很大的啊！而且這是先微微膨脹之後四分五裂！所以是均質的塑形的人不對！如果均質完美而且塑形均勻，應該就能均勻的受力膨脹！」

「喔，學弟，好科學啊，元宵好科學。」

「可是食物根本就是一種不科學的東西啊……」雖然理論上應該是科學的，但實際上就算照著步驟做再現性也很低，想要用科學的理論做出食物，就根本上來說是不可行的。

美味的食物跟恐怖的食物中間的差距只有「適量」而已，這兩個字不只區分了天堂與地獄，也是學徒跟料理白痴心中的痛，適量什麼的……只可意會，不可言傳啊。

仍然在追求合理性的人們換手再次使用針筒，這次力道更猛直接像發射子彈般的飛出一道紅色的殘影正中牆壁，緊接著又換尤莉兒上場，據說澈底均質過的糯米團依然在注射過程中四分五裂，試了幾次終於發現針筒是不可行的，但手邊的糯米團也澈底告罄。

……一個都沒有成功嗎？

「自己造的孽要自己吃下去，」學長小心的把學弟的成品往自己這邊收，開什麼玩笑，這傢伙雖然討厭甜食，但做出來的東西可都是絕品啊！怎麼可以分給別人！「這邊都是我的。」

「嘿，你應該不會這麼小氣吧？」

「面對他做的甜食，我會非常小氣。」

「材料可是我們出的。」不行，一個成功的元宵都沒吃到，這樣太不像樣了。傑瑞繼續爭取實用權力。「好歹也要以物易物的給我們幾顆吧？」

學長毫不猶豫的把自己包的元宵全部推出去。

傑瑞跟學長大眼瞪小眼，而學弟則包完最後一顆湯圓，悠哉的脫下手套，拿起全新的一公升燒杯裝滿二次水，放在Hot plate上開始燒水，無視周圍爭吵的模樣讓吵架的兩人非常不滿。

「喂！你也說句話，」學長也脫下手套，扳過學弟的頭讓他看向所謂的「敵人」。「你看，這些人厚顏無恥的要搶走我們辛勞的成果！」

「什麼我們！」傑瑞抗議！「明明都是他包的！」

「當然是我、們！因為我們兩個是一家人！」

「傑瑞……」尤莉兒有點聽不下去。「這樣太丟臉了……話說，這樣丟下去煮能吃嗎？」後面那句話是對學弟說的，而抓下學長雙手的學弟笑了笑，點點頭。

「當然能吃，不過大概會是湯圓而不是元宵吧，因為會散開，所以會變成紅豆湯圓而不是紅豆元宵。至於我作的就大家分，難得的實驗室同樂活動，就來慶祝一下東方的元宵節。」

「喂喂喂……」學長小聲的抗議。「那我的份怎麼辦？」

「……你有特別版。」

「今年有新口味？」學長眼睛一亮。

「……每種限定兩顆。」

「欸～太少了啦～這樣塞牙縫都不夠啊～～～」

「把你餵撐了誰來塞我的牙縫？」

「你每次——」你可以吃湯圓吃元宵別拿我塞牙縫……

「我喜歡吃鹹的鮮肉元宵。」

學弟擠眉弄眼，笑容奸險。

情人節的必需品

「……欸？」學弟拔下耳機。「學長你剛剛說了什麼？」

「東方的情人節要到了。」學長此時的微笑有如夏季豔陽，好開心好燦爛……

……有點刺眼。

學弟心裡嘀咕著，區區一個情人節絕對不是學長特地告訴他的原因，管它是東方的還是西方的，學長想過的幾乎都是冷門又奇怪的節日——因為沒過過一般人也不會去過。

總之就是為了好玩。

「然後？」

「我想吃巧克力。」微笑微笑。

於是也學弟跟著笑，笑得只有更甜沒有減少，點點頭又點點頭。

指著自己。

「我做的？」

「當然。」

「甜的？」

「過飽和的那種。」

然後學長如願看到學弟眼底一閃而過的痛苦。

「……需要那麼甜嗎？」

「不然換成甜巧克力鍋也OK啊！」

「……總之就是要甜的就對了……」而且是很甜……

「不想做？」

……如果用買的，學長點名的巧克力除了很難買到，學長本人也有絕對的方法讓自己買不到……

「怎麼會？」帶著微笑的大實話，唯一不同的地方在於彼此認知的糖的分量，學弟看著學長自動自發坐進他懷裡，好在冷氣房夠涼快。「可是啊學長，吃太甜對身體不好。」

「你說過很多次了，而我就是那種死小孩，越是傷身人家越是說不行的我就越喜歡，反正我吃糖又不會變胖。那種東西傷什麼身，不過就是碳水化合物，燒一燒就沒啦。」

「學長，那種生活小常識家庭副刊還有新聞你都看了不少，高糖高熱量的食物會降低平均壽命。」學弟暗自嘆息。

「你詛咒我嗎？」

「糖吃太多了會變笨。」

聽到這個，學長根本是笑開了臉。

「喔……我還以為你希望我笨一點？我夠笨了嗎？」

……今年生日許個學長少吃點糖又變笨一點點的願望不知道有沒有用……

「回答呢？」

學弟先是困擾的看著學長巧笑倩兮從未預設過否定回答的臉，然後，像是想起了什麼一般，吃吃的笑個不停。

「怎麼了？」

學長有些疑惑，學弟則是笑著在學長臉上啾了一個。

「果然是很幸福的煩惱呢。」

「嘿嘿……」學長愉悅笑著摟住學弟的脖子，聽到這種答非所問就知道學弟答應了。

「等等去買材料？」

學弟用低低的聲音輕輕的說，溫柔的看著學長越貼越近。

「好啊，不過現在，我想要個吻。」

「遵命。」

✤ ✤ ✤ ✤ ✤

「喔～你真的會做欸！」

學長看著學弟優雅的忙進忙出，然後，終於在晚餐後看到各式各樣的成品，有模有樣的巧克力們讓學長好生驚訝。

「有必要這麼驚訝？」由於是夏季，學弟在回答的同時，送上搭配巧克力、從杯子到酒都是冰透的葡萄酒。

學弟啼笑皆非的表情讓學長有點不服氣。

「嘖，是誰這麼討厭甜食？我懷疑你會不會做也是理所當然的吧？」

這回答倒是讓學弟一愣，然後似乎明白了什麼。

「你該不會是想看我不會做手忙腳亂的樣子吧？」

「……有一點。」

「如果做出恐怖的暗黑巧克力怎麼辦？」

「你做的我就會吃完啊，這點覺悟都沒有怎麼可以要求？」

學弟無奈笑著的表情疼寵非常，知道學長說吃完就會真的吃完，開始慶幸自己真的會做巧克力。

「那……好吃嗎？」

「好吃……嗯！這個有酒餡！」吃出了新發現，學長像是孩子似的笑咪瞇一雙眼。

「還有一些我放在冰箱裡，別太貪吃。」

學長含著巧克力，看學弟靜靜喝著跟自己一樣的葡萄酒，好溫柔好滿足的望著自己，靜靜的快樂好像剛剛跟甜味為伍的痛苦完全不存在。

因為要求而幸福快樂的重點，果然是因為這是他的而不是物品本身……啊啊，看學弟小小的困擾也是很愉悅啦……可是啊……

「學弟？」

「嗯？」

「真的沒有任何一種甜食是你喜歡的嗎？」應該不會吧……這傢伙沒童年嗎？

學弟想了想，溫柔燦爛的笑得更開。

「有啊。」

「什麼東西？哪一種？」聽到有，學長真的好好奇。

學弟站起來拿起學長的空酒杯，俯身在學長耳邊輕輕低語，看著學長從呆愣到臉紅，嘻嘻笑著走進廚房去倒酒。

『……你是……』

學長正臉紅著在腦海裡重播學弟的話，學弟又走回來在他面前把酒放下。

「對了，學長？」

「是？」

「你不只是甜點，也是正餐喔。」

……你是我此生無法戒斷最喜歡的甜食喔。

剛剛如此低語，而現在又微笑著加下註解……學長一邊紅著臉心情很好，一邊想著，這是否是學弟喝著這搭配甜食的酒，看著自己笑得如此滿足的原因。

重振風氣

「唉……」

學長從實驗室回到研究室，拿起保溫杯就開始長吁短嘆。

「嘿，」傑瑞用手肘頂頂學弟。「你家那位在呼喚你的關切。」

「……我知道。」這麼刻意的聲音只有白癡才會沒發現。

「那你還不過去？」他這樣一直發出怪聲音很礙眼。

「他等一下就會自己說了。」

「唉……學弟，我說啊……」

「請說。」

「這年頭，實驗室道德淪喪啊……」學長的語氣滄桑可憐的彷彿回首已千年。「雖然我不是元老，但我好歹也是大～學長耶！」

「嗯，然後？」以前在台灣的時候幾乎天天聽一遍，沒想到還會出現啊？

「台灣也就算了，」搖頭，搖頭。「結果怎麼這邊也這樣！」

「哪樣？」傑瑞終於把手上的資料整理到一個段落存檔，開開心心地端著咖啡搬椅子等聽。

「說話沒大沒小啦，我的頭啦肩膀啦都亂摸亂拍啦，凹我請客啦，雖然每次想要騙我吃整人食物什麼的都沒騙到我……好啦學弟我下次不會弄整人食物騙他們，但他們也太不尊重我吧⁉我是博士後耶！」

因為你從以前到現在都為老不尊啊，學長。

「學弟你那什麼臉？」學長的眼睛瞇起來。「你在偷偷罵我？」

「我從來不偷偷罵人，」學弟微笑燦爛。「我享受用『事實』砍人的樂趣。」

「……所以你現在要砍我嗎？」

「你跳過這個話題我就不用砍你啦。」

「好，那麼，學弟，聽完這些你有沒有什麼想法？」

「……我在台灣是什麼想法，現在就是什麼想法。」我居然有捨不得揮刀的時候……

「嘖，學弟，你這樣不對啊！」學長拍拍學弟的肩膀，笑得很痞很欠揍。「我們那時候什麼關係，現在又是什麼關係？不能這樣比啊，乖，再想想。」

「那我說實話？」唉。

「請。」

「自作孽。」

「……我該謝謝你沒把後面三個字說完嗎？」

「當然。」看在我這麼努力的份上。

學長的眼睛緩緩瞇起，傑瑞默默把椅子拉遠。

「你不打算重振實驗室風氣？」學弟，我的事就是你的事。

「他們對我畢恭畢敬。」你的事的確大部分是我的事，但你自己拆掉的城牆我無能為力。

「你是故意氣我還是讓我嫉妒？」

「選項三，實驗組，」學弟指指自己，「對照組。」再指指學長。

……可惡，不上當！

「學長，大抵上，你這人從上而下我都差不多摸透了。」抱歉，我不上當。

「所以他們這樣亂摸我你都不介意的嗎⁉」

雖然這樣很可恥——用這種活像被調戲再回家找老爺哭訴的小媳婦的姿態賴皮很可恥——但學長也很清楚，就是因為他一邊覺得很羞恥一邊又真心誠意的哀求，再加上稀有度，所以這招暫時還是必殺技。

傑瑞早已回到電腦前假裝專心工作好無視後面的奇妙劇場，學弟則是頭痛的發現他真的心軟了。

他不介意，真的。

「好吧，我幫你，下不為例。」

於是。

十天後，傑瑞見識到實驗室風氣的驚人改變。

「……你對他們做了什麼？」居然連面對我都這麼有禮貌啦……

「刻薄惡毒的言詞，每三天一次的嚴格meeting，每天一次高強度的進度追蹤，清楚明白的加罰條目以及禮儀規章，永遠沒有終點的工作量以及上報到BOSS那邊就會更加生不如死的各種把柄——」

「我好同情他們……」

不過，老闆跟學長滿意就好。

兄弟

「你想不想要一個弟弟或妹妹？」

艾倫從樂譜與琴鍵裡抬頭，教自己彈鋼琴的爹地，從爸爸手上接過加了榛果醬的熱可可遞給自己，要自己休息一下，一邊，輕輕的這麼問。

艾倫跟著父親們席地坐在地毯上，隔著茶几互相對視，艾倫無從分辨父親們溫柔微笑的眼神中的含意，心想父親們是期待的吧，所以小小的微笑，點頭……然後錯愕的看著父親們的笑容變成苦笑，卻溫柔的摸摸他的頭。

「對不起，是我們太心急了。」爸爸低低柔柔的聲音有溫暖的歉意，也有些……不知道該怎麼說的小小遺憾。

艾倫不知道怎麼了，但他也跟著覺得難過，他覺得他讓父親們失望……

「艾倫，把頭抬起來。」

再次聽到爸爸的聲音，艾倫當然把頭抬起來，只是眼神裡多了疑惑。

「不是你的錯，這不是失望，你也不用自責，我們的期望是我們的事，你是你，我們不會拋下你，不管你是否讓我們失望，你都是我們的兒子。」
爸爸微笑著這麼說，艾倫還是不知所措，然後爹地明亮的聲音響起了。
「我們只是怕你寂寞，想給你再找個家人，也許多了個需要照顧或是可以一起作壞事的伴，你能再自私一點，再頑皮大膽一點。」
……現在是在唆使我當壞孩子嗎？
艾倫疑惑的眉頭中間皺成川字形，雖然一起生活了一整年，艾倫發現自己還是不懂父親們的邏輯。

「你這麼乖爸爸覺得好寂寞好無聊啊……」
然後這麼感慨的爸爸被爹地敲了敲頭，讓艾倫不由自主的笑了起來，一邊把杯子從打算偷襲的貓爪下拿開。
「那……我……想要一個弟弟。」要一起玩一起做什麼的話，還是弟弟比較好。
「那等你過完生日，我們去找個你想跟他當一輩子兄弟的弟弟。」
爸爸這麼說，拿走他手上的空杯子，問他生日想吃什麼想去哪裡，然後跟他說該上床睡覺，祝他有個靈感豐富的好夢。
……這樣怎麼睡得著……
艾倫咬著棉被，就算明知爸爸是故意的，還是不知不覺想著諸多計畫直到沉沉睡去。

✤ ✤ ✤ ✤ ✤

「自己進去看看，挑到喜歡的再來偷偷告訴我們，我們來看看可不可以。」

十二月的時候，父親們帶他來到另一間育幼院，跟院長談完之後，爸爸蹲下來這麼跟他說。

「爸……你這樣說好像……」好像是去挑東西買寵物而不是帶弟弟回家……

「他是要成為我們家人的人，喜歡當然是很好，如果是即使討厭還是不能不管的那種也很好，你選擇的對象……或是說我們選擇的對象，將會成為彼此的責任，弟弟是哥哥的責任，哥哥也是弟弟的責任，你們則是我們的責任。」

「爸，那你們呢？」

「我們的責任之一，就是不要成為你們的責任。」

「喔……」

「去挑一個，當你決定了，就是一輩子的家人，你去選，我們幫你掩護。」

掩、掩護……

艾倫雖然不明白要掩護什麼，也算不太出來一輩子究竟有多長，但還是認真的想了想，選擇拉住爹地的手，往其他小朋友聚集的地方走去。

一如艾倫的記憶，自己與父親們的出現很醒目，育幼院不管大大小小的孩子全都騷動著，想聚集過來，卻又怕印象不好而不敢，遠遠的張望著雙眼，亮亮的，殘忍卻又寂寞。

然後一顆球飛過來。

雪球。

小朋友一陣驚呼，老師原以為是男孩們打鬧失手正要賠罪斥喝，但是那孤身站立在雪地的身影，說明根本不是這麼回事。

「萊伊！你、」

「滾出去！」遙遠的男孩用嘹亮卻非常堅定的聲音吼叫。「要同情我們！就給錢！給食物！修理房子！我們！不需要接受有錢人的炫耀！」

「萊伊！」老師想要衝過去，其他孩子也的確慌張的散開，但萊伊的身手更為矯健，根本抓不到。

「滾出去！我們不需要同情！你們也是！真可笑！成天作夢想離開，連自己是什麼要什麼都不知道！有糖果玩具衣服就好了嗎！哼！在路邊找個老頭包養就有！」

萊伊邊跑邊咆哮，聲音漸漸的聽的不是那麼清楚了。

艾倫看那穿著過大衣服的身形遠去，抬頭看了看爹地和爸爸。

「那孩子幾歲？」爹地這麼問著表情很尷尬的院長。

「他是三年前來的，現在應該是八歲，聽說他母親是流鶯，因吸毒過量而死，而那時候他還在街頭……等母親接完客人或是睡著才好回家。」

艾倫仰望父親們看不出內容的微笑表情，輕輕拉了拉衣角。

「爸……」

「嗯？」

「……不可以嗎？」

「他很討厭你。」

「……嗯。」

「會很麻煩喔，他會特地找你麻煩也不一定。」

「嗯，我知道。」

「兄弟與家人是一輩子的事，不能後悔。」

爸爸益發柔和的聲音從頭頂飄來，艾倫想了想，還是點點頭。

「為什麼想選他呢？」

……為什麼……艾倫努力回想剛才短短的幾分鐘……

「……眼睛……很漂亮。」大概吧……他亮亮的眼睛有點像海藍色又有點像藍綠色，像湖泊一般的顏色卻有火焰的個性。

「好答案。」爸爸的笑聲讓還在想為什麼的艾倫回神，不由抬頭向上看。「院長，那我們就把這個麻煩帶走，不知道可不可以？」

「當然沒什麼不可以，先生……只是……這孩子個性比較……激烈，您確定不再看看其他的孩子嗎？」

「在家裡養隻小獅子也很好啊。」爹地微笑著這麼回答院長，換來院長討好的笑聲，然後又低頭看向自己。「去把你弟弟找出來，我們要回家了。」

「欸？我嗎？」艾倫想到剛才的畫面，才想起那個即將成為他弟弟的人說不定不願意。

「嗯，今天開始你是哥哥了，讓弟弟認識你，順便討論一下晚上想吃什麼。不管多久，我們會等你。」

艾倫覺得自己現在愣愣的樣子一定很蠢，看父親們雙雙蹲在自己面前這麼說，不知為何覺得很高興。

嗯了一聲，艾倫轉頭朝雪地上的腳印跑去。

✤ ✤ ✤ ✤ ✤

雪地上的腳印凌亂，然後只剩下一個人的腳印還在雪地延伸，再從後門回到建築物。

鏽死的後門根本打不開，而且想必也很多年沒人想到這扇門。艾倫抬頭，看著門跟附近，牆上的鞋印還有他應該也過得去的通氣口，讓他忍不住又四處張望了一下，往後退幾步，一口氣衝上牆頭攀住通氣口的邊緣，撐住身體翻了進去。

落地揚起一片小小的灰塵，艾倫先檢查自己的衣服有沒有弄壞，然後鬆了口氣才打量這個地方。

這是個不大的儲藏室，但不知道被廢棄了多久，因為許多東西都堆在通往裡面的那扇門前，門等於被堵死，而往外的門已經鏽死，無法想像這個地方被遺忘了多久。艾倫踩上嘎吱作響的樓梯，步入當初為了實用而在古老建築物中隔出的樓中樓，臨著小小玫瑰窗的木造二樓像閣樓一般，沒放什麼東西，也比一樓乾淨，萊伊坐在玫瑰窗前，兇狠穩定的直視自己，彩色玻璃的光讓萊伊的黑髮染上很多不同的顏色。

「滾出去，這是我的地方。」

不是咆哮的聲音還是非常的有力量，艾倫走上最後的階梯，在離萊伊有些距離的地方坐下。

「父親說，等你心情好了我們再一起回去，所以，我在這裡陪你。」

「我們？」

「院長已經答應父親，今天開始我們是一家人。」

萊伊嗤之以鼻，冷哼了一聲。

「把我賣了啊，有錢人的嗜好真難以理解，算了，夠有錢就好，給死玻璃當兒子也沒什麼。對了，你幾歲？」

「比你大兩歲。」

「什麼嘛！我比較小？真無趣，那我不是還要被人壓著管，真沒意思。」萊伊把手枕在腦後，故作老成的抱怨。

「萊伊，我叫艾倫，你可以在你高興的時候選擇叫我的名字或是叫我哥哥。」萊伊的消極配合對艾倫來說有另一種煩惱，但父親既然說是一輩子，艾倫決定現在這不是很重要。「然後，你剛剛對於父親們的說法我會當作沒聽見，以後請不要這麼說了，我們是一家人。」

「哼，不高興就不要啊，大不了再把我扔了，反正我也沒幾個錢。」

萊伊說得無所謂，艾倫卻覺得有點生氣——剛剛開始的時候是「好像」有點生氣，現在是有點生氣。

「萊伊，把別人踩在腳下不會讓你更有尊嚴，我待過育幼院，像你這種我看多了，你們這種除了讓人討厭就什麼也沒有，因為你們真的什麼也沒有，除了自以為是的引人注意，你們什麼也沒有，像笨蛋一樣，不過這次你成功了，因為你能離開這裡。」

「你說我是笨蛋⁉你當我願意⁉反正你們說什麼是什麼！我才不稀罕！」

萊伊氣憤的衝上來揪住艾倫衣領，艾倫微笑著無所謂的一把揮開萊伊的手，萊伊很意外這個看起來文弱的乖乖牌這麼有膽識。

「不要的話就跟我出去，自己當面跟院長還有我爸爸他們說，不管院長同不同意，我爸爸他們絕對會尊重你的決定，只是以後你的日子會更難過。」

「你威脅我⁉」

「我只是說實話，」艾倫聳聳肩，也不管萊伊願不願意，就牽著萊伊緊握拳頭的手往樓下走。

「想做什麼總是需要點代價。」然後也不管萊伊的回答，就率先從進來的地方爬了出去。

萊伊聽著外面的落地聲，呆呆想著對方也不怕他就留在原地不出去？

「萊伊！快點！」

聽到外面喊那麼大聲，萊伊連忙手腳並用的爬出去，這裡是他的祕密基地，那混帳居然喊那麼大聲！

「閉嘴！」萊伊氣得要死，尤其對方還一臉天真燦爛衝著你傻笑的時候。

「那我們走吧。」

艾倫微笑著，把外套披在萊伊身上，拉著萊伊往回走。

「你、你幹嘛!?女孩子才牽手！放開啦！把外套給我是什麼意思!?」

「萊伊，你會冷吧？」

「那又怎麼樣!?」萊伊扯下外套的手用力朝艾倫伸過去。

「在你拒絕以前你都是我弟弟，」艾倫接過外套卻又重新披回萊伊身上，「所以外套給你。」

「……你呢？」

「我是哥哥，所以沒關係。」

萊伊說不出話，卻不知不覺跟著艾倫開始慢慢走回去，在雪地上踩出另一種方向的足跡。

「……為什麼……會選我呢？」

「嗯……我也不知道，爸爸也這麼問我，我說你眼睛很漂亮。」艾倫抬頭想想，然後抓抓頭有些害羞的這麼說。

「是你決定的？我又不是寵物！」居然這麼隨便!!

「嗯，你不是啊，我可不會把外套穿在克里夫身上。」

「克里夫是誰？」

「我們家養的大狗，你一定會喜歡他。」

「我沒說我要去。」

「喔……可是我覺得我們當兄弟剛剛好耶，父親要我選一個，你想跟他當一輩子兄弟的弟弟，然後……嗯，」艾倫努力思索，然後用力點點頭肯定自己。「我覺得你很適合。」

「艾倫，我問的是理由。」

萊伊臉上寫滿滿的「這個不算啦！」讓艾倫很苦惱。
「……就是這麼覺得啊……」
「算了，當我沒問。」
「喔，對了，父親要我問你晚餐想吃什麼，要我們討論一下。」
「就跟你說我還沒決定！」
「先想想嘛，假如你答應了卻沒想好不就來不及？爸爸手藝很好，答應不會吃虧的！」
「不是這個問題！你平常怎麼叫他們？兩個都叫爸爸？」
「爸爸和爹地。」
「唔嗯，只有那些沒斷奶的少爺才爹地爹地的叫……好噁心。」
「那你想怎麼叫？」
這問題讓萊伊一時無言，他從來就只有老頭老頭的叫。
「……老爸？」
「『爸』和『老爸』？呣……不知道，等回去我們跟他們討論看看。」
又是我們！
「就說我還沒決定！沒有我們！只有你！」
「萊伊，你就這麼討厭我？」
「什、也不是……」現在不會了。但萊伊可不想把這種覺得很丟臉的內容告訴艾倫。
「我很喜歡你耶，當我弟弟好不好？」

「你、一般人是這麼說的嗎！你都不會覺得丟臉嗎⁉」萊伊抱著頭吶喊。他覺得今天最糟糕的就是碰到了個怪人，而且還說著喜歡這種讓他害羞的話！

「嘿嘿嘿……」艾倫傻笑抓著頭，顯然也很不好意思。

「你也知道不好意思⁉」

「反正只有你聽到。萊伊，我們快到了，你想好沒有？」

「你一直說我怎麼想！」

「喔……」

這麼乖⁉

萊伊沒想到他一說艾倫馬上就安靜，走沒幾步艾倫就拋下他往前跑，跟那兩位走出來的先生不知道說什麼，又走到他面前，蹲下，很溫柔很有教養的朝他微笑，三個人六隻眼睛就這麼看著他。

「你好，萊伊。」

像是教會裡風琴或是大提琴的聲音，很單純的向他問好。

「……你好。」

「我們正在找一個兒子，艾倫在找一個弟弟，你有看到他嗎？」

「……沒有。」

聲音的主人笑了笑，筆直的視線讓萊伊不自覺的低下頭。

「艾倫跟我說他還在考慮，你覺得，他會考慮多久呢？」

「我……我不知道。」

「嗯，你也不知道啊，那麼萊伊，你覺得什麼是可以相信的事物？」

「自己。」

「非常好，萊伊，你相信自己，所以根據你所相信的判斷，你覺得你可以跟我們回家嗎？你想跟我們回家嗎？」

「如果我拒絕，我在這裡也待不下去。先生，大人總說小孩沒有選擇的權力。」

萊伊沒想過自己的眼神表情卻換來讚賞的目光與微笑，旁邊一直沒說話的男人接著說下去。

「如果你拒絕，我們會幫你換一家育幼院，那裡的人只知道我們幫助過你，不會有其他。萊伊，不管是大人小孩都擁有選擇，只有少與很少之間的差別，而現在的你，擁有很多孩子們難以獲得的選擇。你願意跟我們回去嗎？」

是的，他有選擇，雖然跟沒有選擇只差一點。

萊伊點點頭，然後驚訝的發現眼前的三張臉綻放出漂亮的笑容，艾倫接著就歡呼一聲撲上來，萊伊還沒來得及甩掉撲上來的傢伙，就發現自己騰空，然後被聲音像是大提琴、比較高個的男人放在肩膀上。

「歡迎回家，萊伊。你今天要苦惱的第二個問題，是晚餐想吃什麼。」

✤ ✤ ✤ ✤ ✤

來到新家，多了某些規矩，又少了某些規矩。在漂亮的、乾淨的家裡，不會有人拿酒瓶鞋子煙灰缸扔他把他趕出去，吃飯不用像在育幼院那樣，即使分好還是要搶才能吃飽而且味道總是都一樣，新家人……爸爸……弄出來的食物總是不一樣而且很好吃。

他有自己的房間，自己的桌子，自己的筆和背包，新的祕密基地是頂樓的閣樓，還有，像克里夫一樣聽不懂人話的煩人哥哥！

「走開！你沒事做嗎！」

萊伊覺得已經忍耐夠久夠客氣，伸手把艾倫湊過來看的頭推開。

「目前沒有，我做完功課了，萊伊呢？」

「……寫完了。」嘖、幹嘛心虛啊！

「喔，那等你模型做完，我再陪你把作業寫完。」艾倫聽到回答，點點頭這麼說，拿起萊伊隨意扔在地上的模型書，坐在一邊安安靜靜的慢慢看。

哥哥的自動翻譯讓萊伊嚇得手抖一下，還好手中的小零件沒弄壞，呼一口氣，多個人在旁邊，不只分心還很煩躁！

「艾倫，你把書拿回去看。」

「嗯？唔……萊伊，如果我把書拿回去看，等等你一定會把門鎖上不讓我進來，然後，除非爸爸或老爸親自盯你功課，否則你一定一個字也不寫，而是第二天拿去學校要史托克幫你寫，我沒說錯？」

「……誰告訴你的？」

「有人告狀，史托克的姊姊卡蜜拉跟我同班。」

「死胖子大嘴巴，看我明天……」

「萊伊，你是很笨學不會所以老要史托克幫你寫？」

這是激將法這是激將法……

「誰很笨學不會，你才是，老師上課問問題我都有答出來。」

「那你是不擅長寫字字很醜所以不想寫字？」

「拜託！史托克的字也不好看！誰字醜啊！」萊伊一把抓過作業簿摔在地上攤給艾倫看，一邊小心地把做到一半的模型，放到旁邊安全的地方。

「這是史托克的字？真的好醜……」

「就是，我哪那麼笨找字漂亮的，寫起來一點都不像、唔……」萊伊連忙閉嘴，怎麼老是說溜嘴？艾倫這傢伙明明只是很老實的提問題，一點拐騙他的意思都沒有啊……

「不像？唔喔……不像你的風格？」

「對對對，我不像艾倫你看起來斯文，醜醜的字比較像我會寫的字。」

「……同學這麼說嗎？」

這是萊伊討厭艾倫的第二點，不管他說實話謊話還是開玩笑，艾倫總是很認真的想出他不想說的部分。

抗議之後又會得到，因為是哥哥所以所以……的答案，真是有夠煩！

「你很煩！這裡是我房間！出去！」

萊伊來到這個家已經裡兩個月，是的沒錯，艾倫說的沒錯，兩位父親人都非常好，剛來的時候帶他四處走動，去大學的實驗室、學校的溫水游泳池、在公園的斜坡玩雪橇打雪仗，陪他在客廳暖爐前玩牌玩到睡著。

因此，萊伊認為這個家裡最大的瑕疵就是艾倫，煩而且雞婆，聽不懂人話很討厭，多事這點簡直像班上的女生一樣非常討厭，好在艾倫不像女生一樣愛告狀。

克里夫至少要他坐下會坐下，要握右手可能把左手給你……不過因為是狗所以算了，可是艾倫趕不走！就算這裡明明是我房間也一樣！

「喔，不然去我房間或客廳寫功課？以後晚上我們每天來練字好不好？」

嗚喔喔喔喔喔喔喔~~~

「滾出去！」

「先把功課寫完嘛！」

「fuck！聽不懂人話啊！滾出去！滾！」操！艾倫這臭小子是想打架嗎？我都快瘋了他還在笑!?

氣氛其實很緊張，艾倫不知是有恃無恐還是天然的遲鈍沒感覺，還在努力用他的毅力讓萊伊今天自己寫完作業。

「等你寫完我再走，我在旁邊，你有問題也比較方便。」

「你先出去我再寫，有問題我留下來一口氣問。」

艾倫聽到回答，想一想，抓抓頭，朝萊伊露出抱歉的笑容。

「萊伊，不好意思，我覺得不能相信你耶……」

萊伊邊想著「我脾氣真是好啊！」，一邊忍耐想大叫的衝動。
「要怎樣你才肯自己走出去？」
「你寫完功課。」
「辦不到，談判破裂，隨你要告狀怎樣都好，給我出去。」
「那等你把字練漂亮？」
「那個今天更不可能！艾倫你想打架就早說！你一開始就看我不順眼對不對！」
「唔？沒有啊，如果我跟你打一架，你會乖乖寫完功課嗎？」
「哼？你？好啊，你不告狀的話，別說我欺負你，你贏的話以後我乖乖寫功課還把字練漂亮，輸的話以後別跟前跟後看了就煩！」
「我不會告狀啦，幫忙掩飾保密也是哥哥的責任，不過，你說的喔！」
「當然，男子漢說話算話。」反正被老爸盯上我一樣要寫，正大光明跟你幹一架我怎樣都有賺。

晚餐前。
「你們兩個怎麼回事？」
爸爸這麼問，萊伊把頭撇開，牽動傷口讓萊伊的表情微妙的顫動，不過很快又是一臉倔強的沉默；艾倫瞄瞄弟弟的反應，又瞄瞄爸爸跟老爸的臉色……好像沒有生氣。
「你們是跟別人打架，還是你們兩個打了一架？」
沉默，在學長學弟兩人眼前的小孩完全就是不動聲色，兩個都一樣，這麼想想育幼院還真是個殘酷的地方。

「怎麼都不說話？」

「爸，我們沒事了。」衷心判定父親們應該沒有生氣後，艾倫抬起頭這麼說。

「沒事了？」學長挑挑眉毛，鬼才相信真的沒事，不過很難得艾倫用這麼肯定的語氣說這種話。

「嗯，沒事。」艾倫再次肯定的這麼說，還用力點點頭。

「是不想告訴我們還是不能告訴我們？」學弟看了看兩個小鬼頭，臉上浮現出笑容。

艾倫想了一下，讓表面上不動聲色的萊伊有點緊張。

「這是祕密。」

學長聽到答案吹了聲口哨，學弟噗嗤的笑出來，至於萊伊則是張大眼睛想著這樣也行!?

「好吧，這是祕密。那你們兩個都給我去洗澡，熱水泡久一點，然後下來吃飯。」學弟笑完很乾脆的這麼說，拍拍手要孩子們解散。

「爸，為什麼要泡熱水？腫不是要冰敷嗎？」好孩子艾倫小心求證。

「這樣你們關節手腳的地方，明天才不會痛，冰敷等一下，好啦，快去。」學弟趕著兩個小孩上樓，看身影是消失在樓梯上，腳步聲卻不對，心裡暗笑這兩個不放心的小鬼還真謹慎啊，一邊把學長拉進廚房準備晚餐。

「……爸呢？」萊伊看不太清楚，只好問艾倫。

「進廚房了，老爸也一起。好啦，我們去洗澡，記得遵守約定。」

「呿！不要得意！我只是……」

「噓……」艾倫連忙叫萊伊小聲一點，好不容易父親們都不問了啊！「我知道我知道，我只是僥倖險勝啦，萊伊你真的好厲害！不過險勝也是我贏，拜託你了！」

「知、知道啦！我沒說不守約。」被贏家這麼認真拜託，令萊伊覺得格外彆扭。

「嘿，謝啦萊伊，然後……一起洗？」兩個小孩站在二樓浴室前，開始討論另一個問題。

「不要，我要自己一個泡一～整個浴缸！你要就去樓上！」

就像萊伊覺得艾倫很煩人，艾倫也覺得萊伊怎麼每次說話都沒得商量啊……

「萊伊，一般不是會討論一下，我也想在二樓……」

「不要，我要這間，不然來猜拳！猜三次輸的人去樓上！」

一、二、三！

艾倫看著自己的手，沒想到輸得這麼快。

「嘿，猜拳我才不會輸，早知道剛剛猜拳就好嘛！艾倫，三樓在樓上！」

艾倫聽到裡面很快傳來水聲和愉快的口哨聲，嘆了口氣轉身先走去萊伊的房間，搶贏浴室的萊伊根本就忘記拿衣服和浴巾，總不能拜託克里夫吧？

總之，這只是個開始，人活著就需要不斷的溝通，而艾倫與萊伊顯然早早理解這種無奈，他們總得為了取得對方同意而採取各式各樣的手段，因為舊的方法兩三次之後就行不通。

猜拳顯然是最早被放棄的方法，因為艾倫總猜不贏，自然拒絕用猜拳決定；對萊伊來說，打架總是剛剛好輸這件事也讓人非常氣惱，雖然想敗部復活但又有點不划算，而且打架很累。

既然如此，就先問問我手上的劍吧！

萊伊模仿的台詞維妙維肖，拿了另一支一模一樣的掃把給艾倫。艾倫雖然覺得破壞掃把不好，而且這不是跟打架沒什麼差別嗎？但當他弟弟眼中閃爍著「接招吧！」衝上來，或是燃燒著「這次一定要打倒你！」一邊猛烈揮舞著跟身體一樣長度的掃把的時候，艾倫也不得不採取反擊，最後的結果當然是打到渾然忘我直到分出勝負。

由於這種行為太過普通，兩位父親並沒有意識到也沒發現，這行為附帶賭注等其他意義，只是跟他們說掃把要修好，然後買了竹劍和面部護具。但很快的這種方法就被捨棄，越打越熟越打越熟練後，分出勝負的漫長時間以及所需體力讓兩人——主要是萊伊，放棄這種方法。

接下來的下一個項目是爬樹，不過因為有固定好爬的方向所以很快又被捨棄；再下來是爬牆，但因為雪還沒化，腳下容易滑，艾倫跟萊伊各撞一個包之後，第一次這麼有默契的放棄一件事。

時序進入三月，融化一半的雪讓戶外活動更不方便，至於什麼垃圾桶投籃、比誰水下閉氣閉得久（當然是在室內溫水游泳池）、誰可以最快吃完某樣東西……諸如此類的項目當然是全部比過。

進入四月，雪消失了，整個社區的人都開始準備復活節，家裡的父親們製作起非常美麗的復活蛋，當然兩人都早已不是會問『兔子為什麼會生蛋？』的年齡。而復活節既然要找復活蛋，那當然要比誰找的多！

萊伊一旦說要比勝負，就由不得艾倫拒絕，如果拒絕，之後就會有好一陣子會被騷擾，當然也可以堅持嚴厲的拒絕——通常這種萊伊就會乖乖放棄，也不會有事後騷擾。但如果還可以接受，艾倫通常不會拒絕，一來是覺得還滿好玩的，二來，艾倫覺得這是萊伊掩飾寂寞不安的表現，至於後來，艾倫則覺得是親暱信任的表現。

總之，找復活蛋這次艾倫也沒有拒絕，當兩人很開心的抱了一堆不吃的彩蛋回家現給父親看，一邊在門口數誰比較多，誰可以向今年的彩蛋遊戲負責人泰莉莎太太換最多禮物的時候，其他幾家的家長帶著「沒有蛋可以找」的孩子們上門……畢竟是憑本事找彩蛋，所以也不能因為自家小孩沒有蛋就罵別人家的孩子，只好開始說服艾倫萊伊是否可以把蛋分給其他人。

艾倫很乾脆的留下一顆父親做的彩蛋，剩下的全都分給其他人。領禮物的標準是兩顆蛋，艾倫把蛋分出去之後在場的孩子剛好是一人一個，萊伊則不願意把自己找到的蛋交出去，在場的家長看著艾倫很不好意思，只好轉而向學長學弟抱歉又道謝，說至少讓萊伊分顆蛋給艾倫領禮物之類。

於是兩個父親笑了笑，蹲下來問艾倫想不想要換禮物？大家可以幫他跟泰莉莎太太說說看，還是他想跟萊伊借用一顆彩蛋好去換禮物？

艾倫回答沒有關係，他玩得很愉快，而且他不喜歡吃水煮蛋，他不想吃到兩顆之多。

艾倫的回答讓大人露出莞爾的微笑，也讓萊伊慌張乾脆的把蛋分給其他人：萊伊也不喜歡吃水煮蛋，就算家裡四個人分還是多到讓人頭皮發麻，既然是不喜歡吃的東西，分出去也不是那麼讓人難受的了。

最後，兩人最常使用的勝負判定法，是電動。畢竟天氣變好之後在戶外遊玩的時間增加，兩人要單純的比勝負只能比飆腳踏車之類的，打球都在附近跟其他的孩子們報隊，比較有趣也比較好玩，因此電動這個被他們忘記的方便東西，就成為主要工具，一方面也是因為艾倫與萊伊之間，需要這麼做的理由漸漸變少。

自從使用電動之後，艾倫發現從不賴帳的萊伊開始賴帳，各式各樣的理由匪夷所思莫名其妙，於是向來認真的艾倫做了一式兩份的勝負記錄簿，清楚的寫上日期與勝負，還有兩個人的簽名畫押，萊伊覺得麻煩，但自己破壞信用在先，所以也只好乖乖的陪著艾倫做紀錄。

直到六月的某天，放暑假的前夕，大學早已放暑假的父親們發現了這本本子。

在此之前，學長學弟完全不知到他們私底下的勝負與賭注，但手上的本子太微妙了，清楚的日期，清楚的勝負，還有非常正式認真的畫押……父親們一邊覺得疑惑的同時，一邊覺得小鬼頭可愛有趣。於是，在那個小鬼頭放暑假的第一晚，六月的夜裡，餐桌家庭會議的重要證物與重要主角，是寫得很可愛很認真的記錄簿，至於它們的紀錄者在看到它們出現的那瞬間嚇到差點要尖叫。

首先負責開場的，是被叫做爸爸的學弟。

「萊伊，你的字變漂亮了，寫得真好，比艾倫的字還漂亮。」

「嘿嘿嘿……沒有啦，艾倫的字也很漂亮啊，都是他陪我練的。」

……無事獻殷勤者非奸即盜。

平常不謙虛的萊伊謙虛了，還有明明有事卻一開場先誇獎字漂亮的爸爸，不用想都知道非常有問題。

艾倫看著父親們悠哉的端起茶杯，一頁一頁翻起了記錄簿。

「嗯～這種認真的點子絕對不是萊伊會做的，艾倫，這個是什麼呢？」學長摸著下巴，興味盎然的語氣聽起來很愉快。

「就……記錄簿啊，電動的。」

「喔，怕輸的人不認帳？」學長不自覺的露出奸笑，又翻一頁，這年頭小孩打電動寫攻略很自然，鉅細靡遺的紀錄輸贏可大有文章。

聽到老爸這麼問，兩個小孩只有默默點頭。

「唔嗯，爸爸我今天看了一個下午啊……」學弟看兩個小孩點了頭，內心在笑表面嚴肅困惑的翻到四月的紀錄。「一直看一直看，想說你們這麼認真看待的勝負記錄，是不是跟什麼有關，所以爸爸就很認真的看很用力的看……」

爸！你不用那麼認真也沒關係啊啊！以後我們會收好東西不會亂扔所以請你不要再想不要再問了啊啊啊啊……這是說不出口的內心吶喊，兩個小孩聽著紙張「啪沙啪沙」的聲音，忍耐著既想逃跑又想把東西搶回來的衝動。

「4/16，戴蒙先生家的長毛牧羊犬，整身毛不知道怎麼的全都不見了，4/20，四天後，嗯……這天是瓦列索盧亞先生的吉娃娃，也不知道為什麼困在樹上下不來，4/23，這天是帕涅夫先生心愛的蕃茄，在傍晚的時候發現被人洗劫一空……然後呢，嗯，真巧，這幾天的前一天都是萊伊贏，萊伊，真的好巧啊。」

學弟說完換學長。

「4/24，那天帕涅夫先生跟我說你們兩個很乖幫他的菜園拔草澆水，五月第一個禮拜的時候，萊伊很乖的在學校帶低年級，回家也會幫哥哥洗碗，5/12，戴蒙太太跟瓦列索盧亞太太跟我說在商店街碰到你們，你們很乖的幫她們提東西，還買了康乃馨送她們，5/18，嗯萊伊本來不想參加運動會，可是那天跑了第一名，5/23，我聽老師說你跟法蘭克澈底和好了？然後嘛……艾倫你的戰績在4/23、五月的第一個禮拜，5/11、5/17、5/22標上『WIN』。」

「呃……」

「所以這本子是這樣用的啊！」

學弟用恍然大悟的愉快聲音與愉快微笑這麼說，兩個小孩則是低著頭一臉鐵青。

「啊，還有……五月底的時候，好像有人闖進辦公室偷考卷，唔，前一天，好像也是萊伊贏呢，第二天很剛好你們兩個都有體育課？」學長「啪」的一聲拍了一下手，用肯定的語氣說好像。

學弟單手支著頭，看艾倫跟萊伊偷偷抬起眼睛偷瞄，對到視線又慌慌張張的低下視線。

「所以呢，因為爸爸是用猜的，我是不是猜錯了？」

兩個小孩既不敢點頭也不敢搖頭。

「其實惡作劇沒什麼大不了，萊伊，為什麼要把牧羊犬的毛剃光把吉娃娃困在樹上？」

「戴蒙先生家的牧羊犬有皮膚病……瓦列索盧亞家的吉娃娃總是會追著附近的小孩又叫又咬。」萊伊看著爸爸的表情，很小聲的回答。

「嗯……那蕃茄呢？」

「……已經過熟了，帕涅夫先生根本採不完，反正他吃不了也會送來我們家……」

「那考卷呢？」學長挑挑眉毛，沒想到萊伊還真能說。

「……就……好玩……」

「萊伊，」學弟低低的聲音很認真。

「是。」

「你是個溫柔的孩子。」

沒想到爸爸突然這麼說，萊伊表情有些慌張。

「但是善意有善意適合的方式，任何事物以不適合的方式去進行就會變成惡意。像被偷竊的蕃茄，還有你們的事後補救，如果你不想做，艾倫電動贏你你也不會幹，所以你知道帕涅夫先生也許會很傷心，也會因為你們幫忙而很高興。至於偷考卷……因為一定有其他的原因跟共犯，所以我就不問，因為我知道你們兩個都不需要偷考卷。」

「……我們……不需要接受處罰嗎？」艾倫小心翼翼的問，不管怎麼樣，他都是共犯。

「不接受處罰會覺得不安？」艾倫的問題讓學長微笑，處罰本身雖然可以抑制某些行為，但也會精進犯規行為的技巧。

「……沒錯！老爸，如果要處罰請乾乾脆脆的處罰我們，現在這樣很討厭。」萊伊像是下定決心，恢復成說話比較直接的狀態。

「可是你們不是自己處罰過了嗎？給夫人們的花，學校的服務，幫帕涅夫先生的忙。今天晚餐的馬鈴薯是你們種的喔，帕涅夫先生今天送來的。只要下次記得分寸就好，萊伊也不要老是拖艾倫下水。」學弟站起身又走回來，拿回四人份的飯後點心。

「我沒有拖艾倫下水！是他自己硬要跟！」

「那你為什麼一定要這麼做？萊伊，艾倫也讓你知道『其實還有這種方法』對吧？多試試不同的作法和想法，只要不是刻意觸犯禁忌與規則，爸爸們都可以幫你們……嗯，掩飾。」

「咦咦咦！真的嗎！」萊伊眼睛一亮。

「咦咦咦？爸！不是吧⁉」艾倫開始哀嚎，他努力那麼久幫萊伊踩煞車到底是為了什麼！

「哎，艾倫，沒那麼嚴重啊，其實你跟萊伊的個性加起來揉一揉再分成兩個，這樣比較剛好，萊伊還不夠謹慎，而你選擇萊伊的時候，你其實知道自己缺乏的是什麼。」學長啊哈哈的笑，摸摸大喊著「oh～no～」的艾倫的頭，告訴他事情其實沒那麼糟。「唔……欸？」艾倫正在思考，然後克里夫的大頭出現在視線裡，自己咬著狗鍊塞到艾倫手中，在艾倫面前乖乖坐好。

「好啦，今天到此為止！我們去散步，萊伊，幫克里夫拿背包。」

學弟再次拍拍手宣示會議結束，至於還在思考的艾倫，則不敵一直把頭伸過來的克里夫的催促，只好乖乖替克里夫套上狗鍊，被似乎心情很好的大狗給拖出家門。

✤ ✤ ✤ ✤ ✤

時間經過的速度對大人而言很快，對小孩而言很慢。萊伊經過分到新班級跟同學們的打架風波，過了萬聖節後又忍耐很久，才終於等到自己的生日，當初他沒把生日定在春暖花開的季節，而只是簡單的定在來的那個月份。

在萊伊的生日過後沒幾天，爸爸們對萊伊還有艾倫，說了其中一個聽過，另外一個聽說過的問題。

「你們想要妹妹還是弟弟？」

一樣是在冬天，一樣是在客廳，不服輸的萊伊正在努力練琴，艾倫一邊聽著弟弟的練習一邊看自己的譜，接過一樣的熱可可。

兩個小孩聽了先是一愣，沒多久萊伊就喊著「我要弟弟！」的答案，艾倫則是捧著杯子開始嘆氣。

「什麼嘛，艾倫你為什麼嘆氣？」萊伊聽到艾倫嘆氣，用手肘頂了頂坐在旁邊的哥哥，很好奇的問。

艾倫看看坐在旁邊的弟弟還有面前的父親們，用熱可可把第二聲嘆息吞下去。

「爸爸跟老爸還想要一個弟弟或妹妹嗎？……我們家已經有兩個了。」

「唉，艾倫你這種話真不像小孩子會說的，不用擔心，再多一個也拆不了房子，老爸養得起。」

不……老爸我想說的不是養不養得起……

「而且，三個小孩的話就不用老比些有的沒有的，剛好可以表決。」

……爸……我想問題也不是這個啊……

艾倫發現很難溝通之後放棄說服父親們放棄，在這個家兩年的生活已經足夠艾倫明白，爸爸們才是最麻煩的這個認知，某些程度上真的很不像大人……

「好啦，不要想太多，想要弟弟還是妹妹？」學弟用手指輕敲茶几作為判決，臉上還是愉快的笑容。

「弟弟！」萊伊用力的舉手說道。有弟弟就有跑不掉的手下，他也不再是家裡最小的男孩子，如果是妹妹一點搞頭都沒有。「艾倫呢？弟弟比較好對不對？」

「……我有你一個弟弟就夠了。」

艾倫說的很認真，非常認真，認真到萊伊不知為何覺得臉紅心跳。

「笨、笨蛋艾倫！」

「啥？」突然被人罵笨蛋，艾倫覺得自己實在跟不上弟弟的思考速度。

「笨蛋！哼，老爸，弟弟啦弟弟啦，我要一個弟弟。」即使把感覺歸類為錯覺，也實在不好意思繼續面對哥哥疑惑的表情，萊伊轉而向父親們堅持自己的要求。

「可是艾倫好像想要一個妹妹，你們兩個得講好。」

學弟的回答剛結束，萊伊就立刻轉身：「艾倫，我們用電動一決勝負吧！我去拿電動！」

「我拒絕。」艾倫穩穩的聲音，用力的放下杯子，聽得出來有點生氣。

喔喔……生氣了生氣了，兒子生氣了耶……

「……你為什麼生氣？」難得生氣的哥哥生氣了，萊伊帶著點好奇的走回來，趴在茶几上看著艾倫。不可否認他平常的很多行為，都只是為了讓艾倫露出困擾卻又配合他的表情，難得生氣的表情也很棒。通常這時候的艾倫很恐怖，萊伊面對這種時候的哥哥都會自動變乖。

「在你想清楚之前我不想跟你說話，爸，老爸，不好意思，我先回房間了。」艾倫既不看萊伊，也不瞧父親們一眼，拿了杯子就想站起來離開。

「艾倫，坐下。在這件事上，身為哥哥的你有義務回答萊伊的問題。」

爸爸總是很溫和的聲音，在溫柔消失後有著非常沉穩的威嚴，再加上很少使用的命令句，艾倫只好很不情願的看向另一旁，眼神裡有好奇有疑惑有期待，還有被藏得很好的小心翼翼——那是弟

弟的表情，萊伊的表情。

「……艾倫？」萊伊的手橫過桌子，小心翼翼的輕扯哥哥的袖子，小心的，又有點無賴。

艾倫嘆了口氣，想著自己明明年紀這麼小為什麼老是嘆氣啊。

「萊伊，我生氣是因為……」

「嗯嗯。」

「我覺得這樣很不尊重，我覺得這樣的心態是不正確的……不管是他還是她，都不是物品，即使是寵物都需要負責，何況是人……這不是我們平常決定要做什麼或是要吃什麼，那是我們的家人，所以我拒絕使用這種方法。」

「喔……嗯……」原本趴在桌上的萊伊整隻攤平在桌上，臉也向下埋在茶几上，跨過桌面的手抓住艾倫的手，然後豎起一根手指頭。「艾倫，你等我一下。」然後又安靜的繼續埋在桌上。

既然被萊伊這麼抓住自然是走不了，另一方面，艾倫也很想知道平常鬼理由一堆的萊伊，這次這麼認真的說等一下，是想說什麼。

「艾倫是覺得心態很重要對吧，既然如此，用什麼辦法解決並不重要不是嗎？正確的心態並沒有固定搭配的正確行為啊，行為本身也未必就是想法的全部，那麼，我選擇常用且方便快速的方法有什麼不對嗎？就像選擇衣服的顏色，就算是不喜歡的顏色，衣服本身並不會改變。」

「萊伊……你的想法我覺得有點不擇手段，而且這樣知道的人會怎麼想呢？你是認為對方不會知道不會發現，所以才這麼做的吧？我覺得你這樣的邏輯本身就很傷害人。」

「……艾倫，」萊伊把埋在桌子上的頭抬起來，收回雙手支著頭，露出帶著點懷念的溫柔微笑。「那個時候，你跟我說是你決定的時候，我很高興喔！雖然剛聽的時候很驚訝也有點生氣啦，你才看了我一下下就跑來跟我說回家了，我想說怎麼這麼隨便啊所以開始的時候不想答應，但其實一直很高興，那是第一次有人跟我說回家了……我並不覺得受傷。」

然後萊伊看到艾倫在他說完後，用同樣的姿勢，皺著眉頭，在茶几的對面支著頭沉默的看著他。

「……就算用難得一見的笑容笑給我看，我也不會答應再來一個弟弟的。」

艾倫的聲音從生氣的聲音變成苦惱的聲音，就像以往萊伊給艾倫出難題時會出現的聲音，讓萊伊發出嘿嘿嘿的聲音心情大好，不生氣的哥哥是成功的開始。

「所以說嘛……」

「同樣的，我也拒絕使用電動決定，我堅持。我們已經持續一年使用這種方法決定事情，而我已經厭倦使用這種方法，去阻止你各種妄想、靈感、還有一些我覺得你就是要跟我唱反調的行為。要打電動可以，但我不要再幹這種蠢事，我受夠了。」

「嗚哇啊……呃，艾倫你明明還在生氣嘛！」難得苦惱的人變成萊伊，在他聽來艾倫明明就不是生氣的聲音，可是內容明明就是在生氣啊！

「我沒有生氣了，我只是在捍衛自己的權力，萊伊，我有你一個弟弟就夠了，我不要再來一個弟弟了。」

「妹妹又沒有比較好！女生那麼黏人又愛哭！艾倫你為什麼一定要妹妹啦！」雖然哥哥的重申讓萊伊很開心，但他實在不能理解艾倫堅持的理由，一想到自己或艾倫被妹妹跟前跟後黏來黏去他就覺得無法忍受！

「因為我只剩下妹妹可以選。」同樣的，艾倫對萊伊的堅持也只有一半的理解，所以他也不懂萊伊為什麼比他這個受害者還激動。

「艾倫，爸爸說過，你可以決定想或不想，所以你可以大膽放心的直接說不想。」聽兩兄弟的話聽到現在，學弟一邊想著好可愛好有趣，一邊柔聲勸說總是無法直接明確拒絕的艾倫，他還有另一個選項。

聽到爸爸的說法，艾倫趴在桌上想一想，然後又乖乖坐回端正的樣子。

「爸，增加一個新家人，是一家人的事吧？」

「嗯，繼續。」

「爸和老爸會這麼問，是因為想要才會問，而萊伊也想要一個新家人，所以……呃……然後我就想……多一個妹妹也不錯，妹妹可能會很麻煩，也可能不會，家裡有個妹妹，萊伊……嗯……也許會變得更細心體貼，比較會表達善意。」

在一旁聽著萊伊覺得難為情到極點，說來說去艾倫還是為了他所以想要妹妹嘛！不過萊伊也很清楚哥哥的頑固發作時，超級麻煩。

「所以說！所以說嘛！艾倫你就老實說自己想要什麼不要管我啦！你偶爾也任性一下不要管我啦！」

聽到萊伊受不了的語氣，艾倫反倒嘿嘿嘿、不好意思的傻笑了。

「那個，沒辦法耶萊伊，你是重要的弟弟嘛，怎麼可以不管你，我是哥哥耶。」

萊伊趴在桌子上渾身無力，他第一次知道配合一個人溝通是這麼累，而且這樣根本就沒用嘛……溝通的進度到底在哪裡啊……

「非常好，大家都很堅持，可是艾倫又不想用電動決定，欸，親愛的，家裡的撲克牌在哪？」看到兩個小鬼頭哀嚎遍野的模樣，學長只差沒放聲大笑，用愉快的眼神語氣要學弟把撲克牌拿出來，然後當著兩個小孩的面，熟練的開始洗牌。

「老爸……你現在是？」艾倫覺得很不妙的看著，放在眼前的一疊紙牌。

「在老爸的國家啊，人與人之間的關係與運氣，我們稱之為緣分，是有點像命運卻又不太一樣的東西。人們會像上教堂一樣進入廟宇，有問題也會向神尋求解答，因此廟裡都會有個籤桶，懷有疑問的人就會去誠心的求籤。艾倫，雖然聽起來好像是很隨便的抽個籤，但抽籤的人是誠心的，雖然抽中什麼是運氣，但往往答案卻有幫助，很多事情都是這樣，艾倫，其實我們真正能知道的只有結果，而所謂的運氣也有神聖的一面，雖然在你需要它的時候通常它都在惡魔手上。」

「……所以？」

「你們兩個就誠心誠意的抽張牌吧，A最大2最小，誰抽到的牌大誰決定，一張定勝負，輸的人也不可以有意見，看看我們家是跟弟弟，還是跟妹妹比較有緣份。」

然後學長就看著兩個孩子一副要把紙牌看出一個洞，很用力的看。

「……沒辦法，萊伊，你先抽還是我先抽？」

「……你先。」萊伊掙扎了好久，還是決定讓艾倫先。

艾倫翻開的牌是紅心三，拿到這麼小的牌說不喪氣是騙人的，萊伊則是對於自己應該贏定了這件事非常高興，想說果然連神都站在他這邊！

當然，這種想法是錯覺。

「梅、梅花三⁉」一副牌52張比紅心三小的只剩下六張耶！這種超低機率的失手讓萊伊欲哭無淚，這樣連賴皮或反抗的機會都消失了。「為什麼是梅花三啦！」所謂的神真是太殘忍了啦！

學弟拍拍一臉不可置信又喪氣悔恨的萊伊，至於艾倫則是很想笑又不敢笑的古怪表情。

上帝果然是很公平的。身為爸爸的學弟微笑著這麼跟萊伊說，然後，一個月後，金髮碧眼，有著點小雀斑，看起來像娃娃一樣可愛的歐琳來到這個家，雖然的確是個黏人的妹妹，但大膽脫線的行為嚇得兩個哥哥雞飛狗跳，只能不斷的提醒自己妹妹只有五歲、五歲、五歲……不這樣告訴自己，萊伊真怕自己一時衝動把歐琳從樓上扔下去。

總之哥哥們做的事都想試試看、看見別人家的大狗齜牙裂嘴也開心的撲上去、喜歡吹風還有高的地方，最喜歡的是討厭自己跟前跟後、卻又會偷偷幫忙自己的二哥萊伊，歐琳非常非常的喜歡萊伊。

對萊伊來說，總是「啪噠」就抱上來的妹妹在很多時候有點煩人……但不是那麼的不能忍受，軟軟的全心信賴的擁抱和微笑感覺也很好，對於勸戒別人禮儀氣質與行止斯文的自己，也感到不可思議與無奈——大家都在長大，最常跟妹妹歐琳說悄悄話的艾倫還是笑得很溫柔，在歐琳的眼裡，艾倫很有大哥的威嚴，但一如那時艾倫所說的，自己的確是確實的改變了，懂得如何去忍耐與體貼，知道自我不等於粗暴，也能對著陌生人展露像是父親或艾倫那樣，溫柔優雅的微笑，不同的是艾倫的溫柔是純粹的，萊伊的微笑在朋友看來則具有相當的魄力，現在的他相對同學來說，有著優雅卻又強烈的氣質，這在以前，是萊伊所無法想像的。

而艾倫的溫柔一直都沒變，純粹卻不是沒有原則，非常自然體貼的溫柔，從氣質和微笑中就看得出來，一點也不勉強的細心讓艾倫在女孩們中間大獲好評，當然萊伊自己也是人氣之一，但是萊伊對此沒有感覺，艾倫也是，兩兄弟對自己的事都相當遲鈍，而當時的萊伊，並不覺得自己慶幸哥哥的遲鈍有什麼不對。

一塊打球、比賽、唸書、彈鋼琴，夏日或是冬日在閣樓裡靜靜喝茶放鬆的午後……當萊伊對於這樣的溫柔感到心痛又焦躁不安的時候，其實早就來不及了……對於不是給予自己的微笑就感到厭煩，給予他人的溫柔就覺得太過浮濫，等終於明白這種感情叫做愛情、而獨佔的念頭叫做慾望的時候，混亂的恐慌瞬間就佔據了思考，艾倫的關切變成負擔，卻怎麼努力都沒辦法笑得跟以前一樣，明明已經是最親近對方的人卻仍是不滿足的感到飢渴。

在這個家庭讓萊伊比同學們都要明白，同性戀是怎麼回事，因此很快就明白也接受了事實，讓萊伊混亂與無法接受的是，原來他是這樣的看著艾倫。

那是……那麼認真溫柔的哥哥……

「萊伊，別老窩在閣樓打瞌睡，雖然快五月，這樣還是會感冒，醒醒。」

睜開眼，心裡好笑艾倫怎麼老用這麼輕柔的聲音叫醒人。

「我沒睡，不用擔心，艾倫。」我只是閉上眼睛想你而已，在很接近卻又看不到你的地方。

「眼睛都閉上了。好吧，你沒睡，又在想事情？」艾倫一邊笑著回答，一邊在萊伊身邊坐下。

「嗯，你呢？找我有事？明天不是要口試，都準備好了？」萊伊勾起嘴角，一邊回答艾倫的問題，一邊不著痕跡的稍稍拉開距離。隨著一年又一年的鍛鍊，萊伊已經可以做出自然的反應與表情，只是相對於以前，這樣經過處理與被壓抑的情緒，會令人覺得更成熟穩重。

「沒什麼事，想說你上來這麼久會不會睡著了，所以來看看。口試嘛……眼看就是明天，反而不知道該做什麼，唉唉，感覺真不妙。」

「你在說什麼啊艾倫，堂堂優等生先生，過度的謙虛是種虛偽，你沒問題。」

「怎麼這麼說……萊伊……時間，過的好快，我要上大學了，明年換你，說到優等生，你比我厲害啊，跳級一年考上高中，明年七月的時候你也是大學生了。」

「艾倫，你想說什麼？」聽出艾倫言詞中的微妙語氣，萊伊的聲音雖然還是輕柔平穩，卻皺著眉頭。

「萊伊，不知不覺，我們來到這個家也過了好久呢，我們擁有了這麼多東西，可是……」

「別說了。艾倫，你這種感想對他們是種污辱，就是你抱著這樣的想法他們才總這麼擔心你。不過算了，這麼久大家也習慣了，這是你的個性跟特色。」說到最後，萊伊的表情從「真是的」，變成「拿你沒辦法」的溫柔笑容，然後就看到認真聽他說話的艾倫，露出滿足自豪的微笑，讓萊伊略顯狼狽的撇開視線。「……幹嘛笑成這樣？」

「我很高興嘛！」

「……到底是高興什麼？」覺得好像臉發燙，到底有沒有臉紅……艾倫這個缺乏自覺的笨蛋！

「嗯嗯，剛剛好像被萊伊很溫柔的說教和安慰打氣，所以很高興，真的是長大了啊。」

「不要用那種口氣說這種話！笨蛋哥哥！我們才差兩歲！說的好像老頭子一樣，要也是老爸他們來說這種話！」

「知道啦知道啦，總之……嗯，我很高興，謝謝你，萊伊，真不好意思。」

「說什麼，我們是……」萊伊話到嘴邊又吞回去，他們是一家人，但如果可以……他不想當兄弟。

「怎麼？」

「沒事，考生給我乖乖去睡覺！問那麼多，明天頂個黑眼圈能看嗎？」既是事實也掩飾無法回答的問題，萊伊用腳把坐在身邊的艾倫用力往外推，一邊推還一邊踢兩腳。

「好好好，萊伊，你不下來嗎？」

「不了，我想再待一下。」

「萊伊，」

「嗯？」

「你真的很喜歡閣樓呢……好啦，不打擾你，早點睡，雖然你考試都沒問題也別蹺課。」

「……喜歡嗎……」萊伊喃喃的唸著，靜靜感受艾倫腳步聲與氣息的遠去。

很久遠的記憶裡，閣樓是寒冷孤單卻安全的地方，後來，這是我認識你的地方，寒冷的地方變成溫暖的地方，小小的空間與共有的祕密讓人有屬於我的錯覺，那些幸福到連回想都會疼痛的時光已經不會回來了。

……也許是喜歡吧，因為這裡最適合讓我自然的躲避你，為在你面前的自己做準備。

✤ ✤ ✤ ✤ ✤

叩叩叩。

……。

……，……。

唉。

「歐琳，進來。」

「萊伊，你怎麼知道是我啊？」歐琳開門的動作小心翼翼，因為萊伊的聲音聽起來……很不耐煩。

「敲門之後既不離開也不出聲的全家只有你而已，什麼事？」萊伊拿下耳機，看著歐琳在他的視線下，小心小心的在床邊坐下。

「萊伊你真是太厲害了，戴耳機還能聽到我敲門……我可以坐下嗎？」

「你已經坐下了，我要你站起來你會站起來嗎？」

「不會。」非常乾脆。

萊伊挑挑眉，然後認命的放下耳機轉過椅子，看著有話想說的妹妹。

「說吧，公主殿下，哥哥我有這個榮幸，為你效勞任～何～我能力範圍之內的事嗎？」

「……我可以直說嗎？」

「請。」兩手一攤。

「你跟艾倫的……」

歐琳說到一半，被萊伊的眼神還有請她停止的手勢嚇到，歐琳第一次知道，既不是生氣憤怒，也不是恐嚇的筆直眼神會這麼恐怖。

知道自己嚇到妹妹了，萊伊閉上眼睛，手捂住臉阻隔視線，在他看來一片黑暗的室內只剩下安靜而已。

「……萊伊？呃……我很抱歉……」

「不是你的錯，歐琳，你沒有任何道歉的理由，也沒有必要。你什麼時候知道的？」

「……艾倫上高中那年。」

「就快四年了呢。」

懷念的，柔和的……輕快的，述說時間的聲音，放下手帶著淡淡微笑的表情，垂下視線的海藍眼眸並不是看著現實……歐琳覺得……這樣有著淡淡絕望微笑的萊伊其實很漂亮。

「萊伊？那個……我想艾倫不知道啦……」

「我知道……我也只會在他視線以外的地方鬆懈，那個笨蛋是不可能發現的，但也許，會稍稍疑惑一下。」說到最後，萊伊甚至愉快的笑了。

「萊伊，你不要這樣啦……」

「我沒事，歐琳，真的沒事。如果你想問的是我打算怎麼辦，那我想……我已經想的差不多

了。」

「是說……決定好了嗎？萊伊？」

「艾倫是……哥哥喔，如果這樣的說法你可以接受的話。」

「嗯……我……不知道……」歐琳囁嚅的聲音越說越小聲，然後聽到哥哥輕而溫柔的笑聲。

「回去吧歐琳，你不該問的，忘了疑惑，忘記你剛才聽到的東西，你的演技沒有我這麼好，你該感謝剛上大學的艾倫很忙。不要為我擔心了，那是我的事。」

「……真的沒關係嗎？」

「小女孩就該無憂無慮，回去睡美容覺吧。」

「小女孩!?哼……好吧，今天給回答我問題的萊伊親一個。」說完歐琳也不管哥哥願不願意，抱上去就在臉頰「啾」一個，很得意的看著萊伊苦笑卻又隨便她抱。

「晚安，我最喜歡的哥哥萊伊先生。」

最喜歡啊……我該得意我的順位比艾倫高嗎？

「晚安，歐琳，祝好夢。」

數天後，跟大學朋友們趁寒假做冬季旅遊的艾倫，在留下旅館電話後，就出門展開為期三個禮拜的旅行；又過數天，歐琳跟朋友去滑雪將有五天不在家。

剩下的人就像是有了默契一般，聚集在客廳，聽著唱盤的父親們彷彿想在客廳裡跳一曲華爾滋……明明都五十幾歲的人了……好吧，頭髮還是黑的，看不太出來。萊伊看著那既讓人微笑又讓人苦笑的畫面，端出適合夜晚與冬天的茶。

「喔，謝謝啊兒子，怎樣，這張新唱盤不錯吧？」

「嗯，在你們常去的二手唱片行找到的嗎？很有趣的詮釋法，滿少見的，但很好聽。」萊伊一邊回答，一邊將茶遞給兩位父親。

「嗯嗯啊……好香，看來至少我家的兒子是不會失業了，畢竟還泡得一手好茶好咖啡，你說對吧？」學長喝著「兒子的茶」，不知幻想到什麼的表情笑得很幸福又很詭異。

依舊還是很怕燙的學弟，拿著茶杯吹了又吹，才小小啜了一口。

「爸……怎麼樣？」畢竟家裡最會喝茶的就是爸爸，還是忍不住會想知道感想。

「嗯？很好喔，好喝，而且嘛……呵呵，嗯，這就是『萊伊泡的茶』的味道，會泡茶的人，泡出來的味道都不一樣，萊伊的茶喝起來有萊伊的個性，是很好喝的茶。」

「啊哈哈……」泡茶在爸爸手下過關真的會讓人很得意啊……！

一時間客廳只剩下靜靜喝茶與品茶的細細聲響，萊伊垂下眼輕輕喝著今天被誇獎的茶，喝完小半杯，再抬頭，萊伊看見父親們含著寧靜的微笑望著他，很安靜的看著，只是等待的看著他而已。

今天家裡沒有也不會有其他人了。

幾乎從來不曾使用命令句的父親們，即使什麼都知道，也只是給予機會與等待而已，祕密變得理所當然，因此，開口訴說就變得容易，面對現實也被理所當然的包附上溫柔。

「爸，你們這樣看我我會害羞耶。」痞笑。

一陣沉默之後學長開始搖頭嘆氣，學弟則是一直笑一直笑。

「萊伊，你幹嘛破壞氣氛啊，枉費老爸那麼努力。」

「也不用那麼嚴肅嘛。」

「剛剛那不叫嚴肅，那是種溫柔的、和諧的氣氛，請稱呼它，『溫馨』。」學長故意板起臉，發自本心的跟兒子咬文嚼字。

「乖，你離題了。」學弟笑著制止、摸摸學長的頭，然後拿起桌上的茶壺，重新替三個人續滿茶杯。

「……爸，謝謝。」萊伊輕輕抿著茶，輕輕的說謝謝。

「不管你是為了哪件事，不客氣。」

學弟挑挑眉毛，就像是兒子們過去記憶裡的那樣，微笑著的溫柔回答。

萊伊聽到回答，含著茶苦笑，家裡的老頭太精明，有時候都不知道該說幸福還是該說沒勁。

「是什麼時候發現的呢？」

「好像是很早以前，又好像是最近，我們並沒有那麼認真的去確認，我們在等你下定決心，想說了，然後告訴我們。再然後，我想，我們都認為今天是個不錯的好日子。」

爸爸的聲音輕輕投入客廳安靜的室內，萊伊覺得父親們這種溫柔有著殘忍體貼，在茶香裡讓人有想哭的衝動，只是等待，既不勸說也不會告訴自己該怎麼做，不曾確認卻遠遠的看著……

「萊伊，我們說過，我們可以提供你們一切開口要求的幫助，只要你們需要；自己做的選擇，自己認真做的決定，才能真正的不後悔。我們一直都在，不論你是否想起我們，我們一直在你身邊，在你能找到的地方。」

老爸的明亮聲音在歲月裡增添了圓潤，說著從未訂立卻也從未失信的約定。

「……嗯，我知道。所以……我想申請比較遠的，需要住宿的大學，當然，一定會是所好學校，我不會自暴自棄。」

「萊伊，這是你的決定嗎？」

老爸的聲音有點擔心，萊伊想，也許自己現在的笑容很勉強。

「嗯，艾倫是哥哥，以後也將是如此。我想離開……不是因為逃避，我只是，需要點距離。」

萊伊的聲音越說越輕，卻很穩定，像是在反覆的告誡自己，彷彿能讓人看見，過去的他是如何一遍又一遍的這麼告訴自己。

「我們明白了。」

爸爸微笑的這麼說，全然信任的聲音沒有絲毫疑惑，卻提了另一個問題。

「那麼，你要告訴艾倫嗎？」

「不……我……不會。」萊伊知道父親們指的是什麼，略微驚嚇後，回答了原本的決定。

「萊伊，這是來自父親們的建議，我們希望你考慮一下，告訴艾倫，好好的告訴他，為了能說再見，如果你真的信任他，請告訴他，即使知道他會拒絕，但他一定會很認真的回答你，不管你說與不說，他一定都會是你信賴的哥哥。」

「告、告訴他……」萊伊沒想到父親們的建議居然是老實的告白，因為不太能想像而感到慌亂。

「萊伊，你是為了一個決心與結果而離開，那麼，你也得真實的確定某些事，才能真的走在現實裡，了無遺憾，當然，這是建議，你原來的計畫也會得到同樣的結果，我們只是希望你們每個都能得到幸福。」

爸爸說完，萊伊看著比他高一點點的爸爸移動到他旁邊，用燦爛的微笑，把呆呆的自己擁抱在溫暖的懷裡。

「……爸？」嗚……感覺好微妙……實在很難為情……

「爸爸好久沒抱兒子了，借我抱一下，我不是在安慰你，乖乖的讓我抱一下。」

總是很優雅的聲音還是帶著微笑，用正面看是謊話反面看是實話的語言，從容的告訴他，萊伊知道自己終於笑得出來了。

「爸？」

「嗯？爸爸還沒抱夠，不接受反抗。」

「一分鐘十塊。」

「……兒子你好貴喔……」

✤ ✤ ✤ ✤ ✤

大雪紛飛，萊伊看著書，準備考試，以往的在校成績，拜艾倫所賜因而相當漂亮，但萊伊真的沒想到，如今這份歷年成績，卻在想要離開的時候派上莫大的用場；而由於父親們的關係，也很習慣往來大學校園，那些與教授合作的、出於興趣以及為了博取佔用艾倫的注意與時間，小小的計畫報告現在也派上正大光明的用處，至於充滿美言佳句的推薦函更是不會少了。

萊伊手上說要準備考試的書，根本不是高中程度的書籍，而是他去查來的、想申請的大學，目前在用的上課參考書目，他看書只是為了等待，那能消耗時間又不會白費的當然是最好。

萊伊看著窗外，厚厚的雪堆積著，自從認識艾倫以來，這還是第一個沒能在當天跟他說生日快樂的冬天，原本預定返家的艾倫被困在機場，沒能來得及回來，至今還困在機場裡。艾倫打回來的電話不是他接的，而現在，萊伊也沒辦法跟艾倫說一聲遲來的生日快樂。

第一次，艾倫生日的時候自己不在他身邊，彷彿，連神都幫他安排了練習，很安靜的家裡，如果住到宿舍，也許也是這種感覺吧，只是不會有父親們走動言笑或是偶爾叫喚自己的聲音、不會有歐琳總是只有敲門的奇怪沉默，可能像這樣安靜，也有可能被各種奇怪的同學室友包圍吵鬧，但不論如何，都不會感覺艾倫的存在了。

在被困一個禮拜後，萊伊生日的前一個禮拜，艾倫終於回到家裡，雖然疲倦，卻能感受到還是玩得很開心。

「萊伊？啊，果然在，在看書？」艾倫把頭探出閣樓，在確定萊伊在後，輕手輕腳的登上閣樓。

「還好，什麼事？你回來一倒就睡了一天，機場明明就有旅館你怎麼還會這麼累？聽說你們不是有搶到旅館嗎？」萊伊聽到聲音之後慢了慢，才闔上書，抬起頭，揚起微笑。

「啊，哈哈……那個啊，一群人在一起反倒開始玩之前旅遊期間沒玩的怪遊戲，所以反而更累，不過多虧你，不然那些怪遊戲怪點子我還真玩不起。」艾倫臉上浮現回憶的苦笑，顯然人多幹

蠢事就會玩得相當瘋狂。

「艾倫你這種說法，我實在沒辦法當成讚美。回來休息三天，現在好點了吧？」

「沒問題。我上來是要給你這個，這裡還比你房間安全，吶，生日禮物。怕給歐琳看見又會有一堆要求所以提前拿給你，這次出去看到買下來的，你之前好像一直想要類似的東西，這個應該適合你。」

「……」

艾倫拿出一個小小的盒子，放到萊伊手上，萊伊疑惑的在艾倫的催促中打開小小的盒子。

「怎麼樣？很漂亮吧？那個藍碧璽是真的，這麼像你眼睛顏色的品質也滿少見的，我挑這個的時候，還被他們說是不是要買給女朋友，我說要買給弟弟被噓了好久。」

「……怎麼會想到買耳環？」眼看都到這種時候，為什麼還收到這種禮物？……跟自己眼睛一樣顏色的寶石，看似簡約卻又在白金底座細細鑲纏黃金，搭配寶石的藍。

「你不是有打耳洞？因為在學校想省麻煩，所以你一直沒戴耳環，打耳洞後就只有回家戴戴耳針，我也不記得你有買耳環，現在要上大學了，在學校戴耳環就沒什麼問題，所以，雖然早了一點，生日快樂。」

萊伊拿起一個耳環對著光，看著寶石的呈色，蕩漾的藍色之後是艾倫衷心祝福的微笑。

「我還沒考上，送這個有點早吧？」

「我沒問題你怎麼可能有問題，這樣很虛偽喔。」

「……我很喜歡，謝謝。然後，艾倫？」

「嗯？」

「我喜歡你。」萊伊放下手中的耳環，移動視線。「我想，那是被稱之為愛情的心情，不是親人，也不是朋友。」

萊伊讓自己平靜的說著，細細的看著艾倫的表情，從疑惑、驚訝，然後非常快速的平靜了，好像沒有表情的表情不太能分辨，他想，艾倫也正在從他臉上努力閱讀過去。

「我已經跟爸他們講好了，我會去申請較遠需要住宿的學校。」

「萊伊，」

然後，萊伊看到輕聲叫了自己名字的艾倫，很輕很輕的勾起嘴角，溫柔的笑容，然後那張臉夾帶著氣息越來越接近，在臉頰上親了一下，又拉開距離停在眼前，很近的，距離。

「萊伊，謝謝你告訴我。但這樣的距離，是我的極限了，對我而言你是我珍貴的弟弟，以後也是。所以，我只能給你臉頰上的吻而已。」

很認真的臉直視著自己，還是很溫柔的微笑。

「謝謝你即使知道我的答案還是告訴我，雖然開始有點驚訝，不過我真的非常、非常的高興。」

為什麼連這種時候都還能笑得這麼溫柔這麼幸福這麼燦爛啊……

「……笨蛋哥哥。」

「啥？」

「臉頰上的不算吻啦。」

「呃嗯……萊伊你這麼說我也沒辦法。」一如往昔的，傷腦筋的溫柔微笑。

半年後，萊伊如願申請到了想要的學校，帶著行李去學校的那天，他戴上了艾倫送他的耳環。

「再見，艾倫。」

「再見，路上小心。」

艾倫想了想，給了萊伊一個離別的擁抱，萊伊先是渾身驚嚇僵硬，然後，苦笑著，小心的，輕輕回抱艾倫，拍了拍哥哥的背。

「我走了。」

萊伊開著考上大學兩個父親所贈送的車子，前往遙遠的學校，那年，艾倫的生日萊伊沒有回來。

✤ ✤ ✤ ✤ ✤

「……艾倫，曾經，我很喜歡很喜歡你的。」

「嗯？我知道啊，你現在還是很喜歡我這個哥哥。」

「我很喜歡麗沙。」

「我也很喜歡丹尼爾啊。」

「……哥，你說喜歡丹尼爾我不能當作沒聽見。」

曾經我最愛的人是你，但即使不是了，即使我變了，我想你都還是能笑著說肉麻的話，當一輩子的兄弟。

父親履歷

※ 父親職業齡-1 ※

學長跟學弟猛然驚覺他們不知道歐洲的小孩童年應該要會些什麼——雖然聽說就是丟進山裡，照著季節採個蘑菇野蕈、露營爬山釣魚什麼的，但……

他們跟歐洲的山產很不熟。

學弟釣不到魚沒關係，至少他認得香料，莓果很好認，採集也沒問題，可比較接地的那些就真的沒辦法了。

於是兩位準父親找負進鄰居裡年紀稍大，小孩子年紀也比較大的去拜訪，做了一整年的職前訓練。

※ 父親職業齡0～10 ※

又是一個學弟釣不到魚的十年呢，但是學弟已經不會被萊伊偷笑了。萊伊漸漸的不偷笑也不浮躁了，歐琳也變得鬼靈精了，學長一天到晚擔心女兒被男人拐走，回頭又跟自己擔心其他兩個孩子的感情問題。

孩子們已經沒什麼青春叛逆期，兩位父親於是偷偷研究了一下最近年輕人的戀愛觀，感謝有Google的世界。

※ 父親職業齡11以後 ※

早上六點，學弟會起床。

這時候的屋裡只有他是醒的，當他走動，家裡的狗也會隨之甦醒，克里夫們會靜靜等待，等他梳洗、解決衛生、換好衣服，然後迫不急待的從他打開的門竄進庭院，清晨的空氣和狗兒們換手，在屋子裡待暖了，再返回庭院。

歐琳在的話，學弟會多做一份早餐，等歐琳也外出就學鮮少回家，餐桌上變只有他跟學長的早餐，豐富，但份量隨歲月流逝而逐年減少。做好早餐以及要帶去學校的午餐，從庭園裡選上幾朵今天最美的花帶回餐桌，如果那棵掛著鞦韆的樹有開花，學弟會剪下一枝、插在瓶裡，在夜晚目光掃過的時候，看花瓣很美的飄落。

學長的起床時間是七點，偶爾會賴床，起床的第一件事就是抱住來確認他醒了沒的學弟，好證明自己醒了，然後一邊跟學弟一起吃早餐，一邊聊著那些『孩子昨晚趁你不在偷偷跟我說』的某些事情。

這些事不多，三個孩子比較常打電話、Skype、視訊，多半只有那些好像有點重要、不先傳個訊息怕會忘記的東西，會在第二天起床的時候被看到。即使如此，如果沒有孩子們的話題，早餐也不至於沉默。

他們喜歡稱這為寧靜，偶爾幾句確定彼此今天的行程，互相看對方一眼，然後一邊洗盤子一邊討論社區學校最近的一些有趣課程，飯後的他們會替花園澆水、清潔兩人平常活動的區域，以及每個孩子的房間。

早已發現的祕密繼續藏在原處，尊重祕密是心照不宣的規則。他們會打開窗戶給房間換氣，帶走這個房間理的灰塵，定期的更換寢具，讓房間就像家人不曾遠行，讓再見如同昨日，總能迎接新的一天，而後再被封閉。

日復一日。

他們默默記住孩子喜歡的食物和調味，當然也記住孩子們不喜歡的那些，在孩子離家的時候如同倉鼠把一瓶又一瓶各種意義味道的酒放進酒窖，偷偷的去看遍各個酒莊訂做了孩子們有朝一日總會打開的酒。

在學校欺負學生卻也被學生愛戴，回加他們取笑彼此偶爾也欺負一下回家的孩子，當他們又要離開時，給予他們擁抱、一點他們製作的食物、來自遙遠台灣的茶葉、一瓶酒好讓孩子們帶走。

而他們則將每次孩子回來後確定不再需要的物品捐出，或者清理丟棄，又留了一些……

想說還有孫子呢。

學弟還是數十年來如一日，從跟學長交往後就沒釣到過一條魚，但是孫子們確保魚總是吃不完。他們有了自己的家族，在客廳裡跟孫子一起創造家族專用慶祝曲，好用來舉杯和跳舞。

很多人說他們是好爸爸或好爺爺，但有時候回想，他們不大確定自己做了什麼又是否足夠，只是對於能笑看回憶這件事情很得意而已。

學長七十歲那年，他們一起訂購了打算二十年後起窖的葡萄酒，努力看看吧，希望能一起歡慶九十歲生日的那天，到時候一定會有很多人，會有孫子的男友或女友，會有他們人生中各式各樣的朋友，如果能努力到那天，一定很棒的吧？孩子們一定也會很高興的吧？怎麼可以讓孩子們來慶祝卻沒有酒喝呢？

可惜學長沒有等到那杯酒。

學弟想著自己可以再努力一下。

可是，那一刻，坐在搖椅上，仰頭看見如雪白花如同光羽散落，莫名的就明白了。

對不起，我也沒有成功呢。

可是失敗也沒關係，今天歐琳在，你最喜歡的女兒在家。

他們都在。

真好。

味道

小小的歐琳趴在學弟打開放在地板的行李箱，半個身體在箱裡、半個身體在外面，被養了一年而顯得胖胖嫩嫩的小腿一下下地拍打地毯。

臉上淡淡的雀斑好像是雙眼中星光的痕跡，水亮的藍眼睛看著非常喜歡的『爸爸』拿起衣服，站在箱子旁邊對她眨眨眼……歐琳在眨到第三下眼睛時好像瞭解了什麼，不確定地把身體挪出箱子，臉卻枕在行李箱的箱壁，看對方一樣樣地把東西放進箱子裡。

「爸爸～」

「嗯？歐琳，什麼事呢？」

「你要出門嗎？」

學弟的手頓了一下，從彎腰放東西換成蹲下來的姿勢，盯著眼前的小東西，突然有點困擾要說實話還是說謊才好。

會不會我一說「對」她就哭了……？

原本學弟認為學長以外的人就算哭到死了他也能理性解決，但現在盯著歐琳，發現理性好像也有點鬆。

「……爸爸？」

「嗯，對，爸爸要出門一下下。」一個月的一下下。

「爸爸不帶我去嗎？」

歐琳說完，就好失望好安靜好寂寞地望著學弟，夏日湖面般地眼睛欲語還休，泛起陣陣漣漪，就差說那一句——

「爸爸，我會想你……」

「——親愛的，幫我個忙～」不行，這樣我真的沒辦法收東西。

「哈哈哈，好好好～我來救你。」

學長偷偷摸摸在門邊看這一大一小瞪眼睛，這下終於可以大笑了。

✤ ✤ ✤ ✤ ✤

從艾倫來到這個家開始，學長學弟就沒有長時間地離開家，身為一個教授會去參加的那些研討會，就算一人留守在家一人出遠門，也盡量不去那麼久的時間。

艾倫跟萊伊年紀比較大也很懂事沒錯，但這不代表他們就不會感到不安；如果對他們的離開毫不在意，從另一方面來說也證明他們是失敗的父親。

如果沒有期待、沒有信任、也沒有依賴，這兩個孩子當然也不會介意他們究竟有什麼想法或者要做什麼。學弟不是容易賦予信任的個性，因此更瞭解這兩個孩子完全沒有道理因為被他們領養了、叫他們父親了，就會跟故事或廣告裡那些充滿天真與孺慕之情的孩子一樣地信靠他們。

孩子不是狗，雖然皮起來小孩跟小狗也沒區別，但學弟和學長都認為身為家長就是要讓孩子確信「他們在這裡」的這件事，那顯然跟長時間的出差衝突，有一個人在家而另一個不在家也會破壞這種穩定感，但沒辦法的事情也只能盡量。

有時候研討會的日期許可，學長學弟乾脆兩個小孩拎著就全家出動，反正教育要從小抓起，看不懂門道跟著看熱鬧也是種學習嘛——

學長興致高昂地等著自家小朋友發問的眼神簡直讓學弟無法直視。

後來更小的歐琳來到這個家，小小的孩子養了一年，站著還是沒有坐著的克里夫高，足夠小的年齡讓歐琳對兩個父親有著比萊伊更深的信任與依戀，即使也是個懂事的孩子，卻不像艾倫那樣不擅長表現。

歐琳來到這個家的一年裡，學長學弟從未出差過，因為歐琳太小了兩個人都不放心。現在學弟要去參加研討會，歐琳懂事地不哭不鬧，問學弟是不是不帶她去也只是想確認「真的嗎？」。

「歐琳想跟著去嗎？」

學長把歐琳抱到客廳去喝果汁吃點心，一邊看著小女孩仔細地吃蛋糕一邊問道。

「嗯……」歐琳低頭小口小口地肯咬著，彷彿將煩惱在齒間磨碎般地細細碾磨著蛋糕，臉上的表情像在疑惑自己為什麼困惑。「不想。」

「爸爸說可以帶你去的話也不想？」

「唔……」小女孩又煩惱了好一會。「不想。」

「為什麼？」

「我去的話，老爸怎麼辦？」

歐琳一臉認真地看著學長，沒發現她老爸整顆心都酥得快要站起來跳舞了。

「老爸在家等你啊！」

「……那我跟老爸一起等爸爸回來。」

「欸？為什麼？爸爸一個人出門喔！」

「可是等的那個，比較可憐……歐琳不喜歡。」

「所以你跟爸爸出門，我跟艾倫、萊伊還有克里夫一起在家等你啊！」

「那我陪你們。」

「爸爸一個人，你剛剛不是說會想他？」

「想啊。」

「那妳不跟爸爸一起出門？」

「我要跟你們一起等爸爸啊！」

……很好，到這種程度已經沒辦法繼續溝通下去了……

學長把頭磕在桌上又抬起來，苦笑地摸摸歐琳的頭說老爸好高興好感動，小女孩的表情從疑惑化為得意，嘻嘻嘻地繼續吃蛋糕。歐琳看不到兩個哥哥偷偷摸摸蹲在樓梯上打量樓下的身影，學長倒是看得很清楚，朝上招招手要孩子們下來，就見萊伊拔腿就要往上逃，然後又被艾倫抓住，接著兩顆頭湊在一起不知道說什麼，總之乖乖的一起下樓，一左一右地在歐琳旁邊坐下。

「老爸，要做壞事的話，我們不會幫你喔。」

萊伊坐定位置就一本正經擺出「我絕對不會跟你合夥！」的態度，學長差點往那顆頭上敲下去！

「我什麼時候要你們幫我做壞事了？」

學長問完就覺得自己不該問，鬼靈精的萊伊直接給他一個「我就知道你不會承認」的眼神，然後拿起桌上的果汁給自己和艾倫各倒一杯，完全呈現「我無法阻止你歪曲事實，但我有權保持沉默」的態度，很臭屁地盯著學長。

歐琳發現萊伊的視線，也一起直勾勾地看著學長，臉上迷糊的神色顯示歐琳根本不懂萊伊在做什麼，卻似乎想靠努力弄懂怎麼回事，於是等學弟收好行李下樓的時候，看著那群在玩「瞪眼睛」的家人，直接就笑出來。

「今天晚上的新遊戲？」

學弟一看歐琳就知道這丫頭純粹是瞎起鬨，不過一個巴掌拍不響……學弟的目光掃過兩個男孩，最終還是停在伴侶身上。

「別看我，我也不知道。」

你這做家長的，光瞪眼睛也不問一下？

學弟看著學長的笑容一點脾氣也沒有，想也知道對方八成不知不覺就玩起來了。說是跟孩子認真也不是……多半就是好玩，想知道萊伊接下來的反應，一不注意時間就過去了。

如果萊伊有點反應也就算了，偏偏這小子也是毅力一流，說不服輸，沒個好道理就絕對不會低頭。

至少瞪眼睛這種莫名其妙的東西，萊伊不想輸的話學弟還真找不到這小鬼輸給學長的理由。

「你們兩個……」學第一手一顆頭，一大一小兩個都揉一下。「眼睛累不累？」

「不累！」歐琳蹭到學弟身邊把頭努力仰起來。「還有我還有我！我也有瞪眼睛！」

「好好好。」

學弟摸摸歐琳的頭，用手指把那頭軟軟的金髮梳順，看著兩個男孩等他說什麼的模樣，只好把要出差一個月的事情再說一次，各種叮嚀與時具進地增加新項目，順便跟歐琳保證每天都會用視訊跟她聊天說晚安，禮物是驚喜，先保密。

小女孩開心地保證乖巧，可愛得連學弟都忍不住湊上去在臉頰上親一個，學長看了一秒歡呼說我也要，萊伊看著這兩個笨老爹又開始了，拉著艾倫就想逃跑，只是學弟手腳更快，抓著萊伊就塞到歐琳跟學長的懷裡！

「放開我！歐琳!!都是口水！」

看著萊伊狼狽掙扎的模樣，忍耐一整晚的艾倫終於哈哈哈地笑出來了。

✤ ✤ ✤ ✤ ✤

學弟離開的那天早上很早起床，在他需要趕中午的飛機之前，食物的香味充滿了整棟房子，香味則填滿冰箱，然後學弟寫了半張A4的注意事項用磁鐵定在冰箱門上。

身為一個護短寵家小到沒節操的好男人，學弟不只填滿冰箱，整棟房子也又收拾了一遍才離開，留下克里夫乖巧地邊曬太陽邊看家，沒有等太久學長就回來了。

比學弟早出門的學長，眼看這次得苦命的留守，一怒之下將僅存的羞恥心收進抽屜，趁學弟還沒走又在廚房忙碌不抵抗的時候充分地亂摸亂咬了一把——這麼多年來早已習慣出門就來個親親什麼的，現在亂啃亂摸自己的男人也不算什麼!!——越這麼想就發洩得越爽快，至於被吃豆腐的學弟完全無所謂，在對方出門時還頂紳士只在臉頰上多親幾個。

學長主動亂啃他很難得的啊，被豆腐咬兩口那也是軟嫩香Q，出門前親吻得太兇殘下次學長不亂來那不是很無聊？

這些身為一隻家犬的克里夫是不會明白的，不過身為伴侶的學長也是一如往昔的沒察覺學弟的居心，只是開開心心地先帶著克里夫去散散步，然後才抱持著維尼看到蜂蜜或者欣賞名畫一般、連走路都在跳的愉悅，打開冰箱。

嘿嘿嘿。

學長眉開眼笑地關上冰箱門，看看時間，先去接孩子們，然後拎一隻烤雞……

等晚上學弟撥通視訊通話，歐琳歡快地接起來喊爸爸，學長才猛然想起他忘記了什麼！

「晚安，歐琳。」

「晚安爸爸～爸爸爸爸我跟你說我真是太愛你了～」

「嗯？怎麼啦？」

「老爸說今天要慶祝，所以晚餐就是烤雞跟滿～滿的蛋糕！爸爸你做的蛋糕好好吃喔！我第一

次吃得這麼多這麼開心！」

「這麼好吃啊？」

「好吃！好香好甜！有的好軟好軟，有的好酥！到底為什麼會這麼好吃呢？」

學弟面不改色地跟歐琳聊晚餐跟今天發生的事情，耳邊聽著小女孩輕盈柔軟的聲音述說怎麼澆花、萊伊怎麼拿辣椒水攻擊上次追著她叫的狗、跑完艾倫又是怎麼幫她把頭髮編整齊……

「真是充實的一天呢。」

「對呀！報告完畢！」螢幕裡的歐琳轉頭看向表情微妙的哥哥們和老爸，發現他們似乎不太想過來說話，只好又轉回來問學弟。「爸爸，你要先跟哥哥還是老爸說說話？」

「哥哥們。」

「好滴～哥哥們，爸爸說換你們啦！」

小女孩開心地跳下椅子，跟苦笑地艾倫擊掌換手，萊伊則努力地抬頭告訴自己沒什麼好心虛，拉著兄長，靠近電腦——順便不著痕跡地把哥哥推得比靠前一點。

「晚上好，爸。」

「晚安，爸。」

「晚安，兒子們。」

學弟笑嘻嘻地打招呼，接下來常話短說嘘寒問暖、順便解決小子們功課的期間完全沒提晚餐的事情，在對話即將結束，兒子們從忐忑到僥倖地以為這件事跟他們沒關係的時候，學弟在「好啦，就這樣。」的後面，加上了很險惡的「喔對了」。

「你們今晚吃得是未來一個月的點心喔。」學弟看著兩個孩子愣了愣，臉上神色變換各有不同，但很明顯他們聽懂這句話的意思就是「接下來的一個月都沒有點心」，艾倫好一點，萊伊眼角飄向學長的眼神寫滿了哀怨。「好啦，你們上樓吧，接下來是大人的時間。」

萊伊真想巴在電腦前抗議自己是無辜的，但他老子已經一臉懺悔樣地抓著克里夫面對電腦，艾倫又很努力的把他拖上樓——

「你幹嘛啦！」萊伊一踏上二樓確定聲音不會被樓下聽到，立刻甩開艾倫的手。「我們本來就很無辜，小孩子要怎麼阻止大人吃甜點全餐？爸爸那個人——」

「萊伊，爸爸講道理的時候很講道理，但他要教訓老爸的時候就是完全不講道理的。」

「你怎麼……等等，我想想。」萊伊本想說你怎麼知道，但靈光一閃覺得艾倫說的也不是想不明白，蹲在地上支著下巴就開始想，想沒多久抬起頭，臉上不是憤怒，而是一種糾結的絕望。

「……爸爸要用我們來懲罰老爸？」

「……我們今天晚上也沒有阻止老爸，但我想爸爸會很希望我們從明天開始阻止他……」

「……真的阻止他就好了？」

「大概……還有跟歐琳一起增加老爸的罪惡感之類的……」

「嗚喔喔……為什麼我們要被牽連啊這個笨蛋家長！」我的甜點！

「也不算啦，萊伊，」艾倫也蹲下來，拍拍萊伊的肩膀，然後乾脆在他旁邊坐下。「我們這個月吃到的點心總量沒有改變，而且爸爸出門前做的手工餅乾也還有四罐，剩下的時間也不至於完全沒點心。」

「一天一片餅乾也太淒涼……啊，艾倫，如果這樣呢？」

「哪樣？」

「我們自己做！」

「……欸!?」艾倫驚嚇地退到一公尺外坐好，仔仔細細地把萊伊看一遍。「萊伊，你有這麼想吃點心嗎？」

「不是想不想的問題！我不甘心認輸！」

重點不是認輸而是單純地不甘心吧你……艾倫無言地望著弟弟，他們平常在家會做家事，爸爸在廚房的時候會去幫忙處理食材打打下手，但從頭到尾自己做甜點……

雖然萊伊比自己聰明，艾倫還是覺得好危險。

「不用擔心，老哥，你在旁邊看著我啊，而且有食譜一切都不會是問題。」

「……你覺得爸爸把他的食譜給老爸，老爸做得出來嗎？」

做不出來。

萊伊沉重的抹抹臉，同樣是照著操作步驟，老爸的實驗結果可以非常精準，但食物卻只是不難吃。不過在即將完全失去點心的現在，萊伊對自己的期許也只有「不難吃」這三個字而已。

「至少不難吃，而且……如果沒有『學習如何獨立製作可口的點心』這樣的課題名稱，我們這個月都不會有其他機會光明正大的吃點心。艾倫，你知道因為老爸，爸爸跟附近所有賣甜點的店都很熟。」也就是說我們沒機會偷偷買點心。

「嗯……反正我們遲早也要學會自己弄吃的是吧？我覺得連正餐也包的成功率比較高……」

「……艾倫，我們決定好就是要跟爸爸報備的喔。」

「嗯？當然。」

「連正餐都包的話，我覺得爸爸聽完會直接寄一份一個月的食譜讓我們慢慢做，這樣會死！完全沒空打電動啊！」

「……你這樣跟爸爸說的話，他一定會面帶微笑地要你在點心跟電動中間選一個，而且我們已經兩天沒有練鋼琴了。」

「不練不練！一直練好煩！偏偏你每天拉我練也聽不煩！」

「不煩啊，因為你的鋼琴比我的好聽那麼多，不練太可惜了，怎麼會煩？」

艾倫的坦率讓萊伊彆扭地蠕動兩下，終究沒說什麼，只是站起來，然後把艾倫也拉起來。

「走吧，寫計畫去。」

「哥哥～該洗澡囉，我洗好了！」

「萊伊，你先洗？」

「什麼我先洗，家裡兩間浴室好嗎？二樓我的，三樓你的！洗完去我房間開會！」

「開什麼會開什麼會！我要幫忙！」

「那我們寫完妳再幫忙看。」

萊伊完全就是在敷衍歐琳，也不等妹妹想出這句話哪裡不對，就衝回房間拿衣服又衝出來，一邊把艾倫的衣服扔過去一邊衝進浴室。艾倫看著旋風般消失的弟弟，只能苦笑地抱著衣服，好聲好氣地把被挑起精神的歐琳勸回房間睡覺、乖乖的上樓洗澡，接著再把熱血沸騰的萊伊哄睡覺，等萊

伊終於有睡意，艾倫也累得快睡著了。

「直接睡我房間就好，哪那麼麻煩。」

麻煩的是我回房間結果你又爬起來……艾倫邊嘆氣邊被萊伊推上床，幫弟弟把被子塞好的時候還被抱怨真像個老頭，但他也只是呵呵兩聲，祈禱萊伊明天會忘記這個計畫，雖然艾倫很清楚這不可能。

第二天上學吃早餐的時候，艾倫小心地打量了一下老爸的表情，看起來好像沒事這點讓他安心不少——至少不會出現令人大吃一驚的計畫——艾倫心想，這樣他只要擔心萊伊的計畫就好，如果萊伊忘記這件事，那他就更不用煩惱那些還沒發生的問題。

今天晚上吃完飯帶克里斯出門散步後，練個兩小時的鋼琴能讓萊伊不想起這件事嗎？

艾倫跟著弟弟衝上公車，想到鋼琴又不禁多看了萊伊幾眼。

「……幹嘛？我後面有什麼？」

「沒事。」擔心弟弟鬧彆扭，艾倫還是決定不老實把「我覺得你其實很喜歡彈鋼琴」這件事說出口。

「到底什麼事？」萊伊才不相信艾倫真的沒事。

「……我只是想到……」

「嗯？」

「……我們把歐琳給忘記了。」

「啊！唔、算了……反正老爸會送她去幼稚園，我們平常也不是每次都陪她一起走去上學……」

「爸爸跟老爸說要我們先教歐琳彈鋼琴，今晚用這個補償她你覺得有用嗎？」

「……有吧？」

不管有沒有，總之必須有——艾倫一看萊伊的表情就知道弟弟這是打算使出渾身解數，用鋼琴來補償今天被遺忘的歐琳，心裡總算鬆口氣，一顆心安定地落回胸口隨著公車行進輕搖輕晃，晚上專心練琴的話總不會扯上那危險的計畫吧？

等晚上九點萊伊一本正經地跟視訊裡的爸爸說出「我們有個計畫」時，艾倫很意外自己想的竟然不是「太天真了」，只是默默地嘆口氣站到弟弟身邊，把聽到要做甜點便又衝回來的歐琳抱到腿上。

學弟一看艾倫的表情就知道這孩子不贊成，只是也不反對，認真地看著艾倫一會，有些懷疑這是沒主見還是太隨波逐流，最後決定直接把想法說出口，也好給太有主見的萊伊一點警惕。

「艾倫，如果你不想配合萊伊，只要說出口就行了，完全不用勉強自己。」

「欸？我沒有勉強。」艾倫看弟弟想回頭窺探他表情卻又不好意思的後腦，笑著伸手摸了摸。

「就只是……也算個機會，學做食物很好，只有我自己的話，一定沒辦法像萊伊這樣直接說出『我們來學！』，所以……嗯……只是……」

「嗯？」

「……有些擔心安全問題。」

「呵呵，這樣嗎？」

「嗯。」艾倫認真地點頭，想想又補上一句「其實我一直很想學」。

「那麼我明天再回覆你們，我還得跟你們老爸討論一下。」

這幾乎已經等於答應了吧？艾倫牽著歐琳回樓上，萊伊則是衝進廚房不知道做什麼，歐琳回房間一邊看哥哥幫她整理書包一邊期待的問是不是明天就可以做蛋糕，艾倫思考片刻還是決定保守地回答不知道。

「那也沒辦法了呢……」

歐琳抱著比她自己的身體還大一些的兔子玩偶趴在地上滾一圈，然後很體貼的跟哥哥說她不需要照顧，用一個臉頰上的親吻和抱抱對艾倫說「要快樂的玩喔」，慷慨地把她最大的狗布偶拿給艾倫之後才說再見。

等艾倫被妹妹推出房間，才意識到他剛剛、似乎、應該是……被妹妹安慰了？

是安慰嗎？艾倫抱著大狗布偶困惑地走回自己房間，不太長的距離實在想不出什麼，只是一開門，一股香味讓艾倫怔愣地回神，忍不住便笑了起來，有些不好意思地抓抓頭。

一杯熱可可放在桌上，究竟是道歉的可可還是安慰的可可呢？

艾倫摸著杯子笑了起來，心想明天要怎麼讓萊伊明白其實他真的沒生氣。

✤ ✤ ✤ ✤ ✤

兩位家長都同意這個點心計畫，艾倫對此毫不意外，只是相對於萊伊略顯得意的表情，身為兄長的他卻忍不住多看了身邊的家長幾眼。

「艾倫，怎麼了？」

「……就……有個小問題……」

「嗯？什麼問題？放心問，不管問什麼我都不會生氣。」

「我們做的甜點老爸可以吃嗎？」

「……艾倫，你問了一個讓人好哀傷的問題。」

果然是不能啊……艾倫苦笑地推著萊伊去練鋼琴，心想爸爸這次是這麼生氣老爸亂吃甜點啊？看著他們做點心卻不能吃可是活生生的煎熬。

「艾倫！別推！我還沒問老爸什麼時候開始做啊！」

「這個不用問吧？你仔細想想一定也想得出來。」

「啊？是嗎？」萊伊坐在鋼琴椅的右端思考。「點心計畫……我們缺食譜跟食材……這週末？」

「要看爸爸什麼時候把食譜寫好吧？材料反而還算好取得？」

「唉，早知道我隨便找一些食譜寄過去給他改，艾倫，你說這樣會不會比較快？」

「我覺得不會。」

萊伊嘟噥著下禮拜就下禮拜，開始跟哥哥一起練習鋼琴，只是在下禮拜那個點心計畫的開工日到來之前，兩個孩子又發現了全新的問題。

「艾倫，我們有這麼會吃嗎？」萊伊支著下巴。「你知道嗎？冰箱空了耶。」

「所以老爸這幾天都帶我們吃外食——不對，不是還剩下一些？我看老爸是想把那些給我們當成每天的便當——」

「不用懷疑，我吃光了，剩那麼一點根本不可能『每天』好嗎？」

「……好吧，所以你本來想跟我說什麼？」

「嗯～就突然覺得會做菜真的很重要，也不知道老爸會不會一天換一家館子，把車程一小時內的餐廳全部吃一遍……克里夫連水煮肉都取消好幾天了。」

「所以克里夫這幾天也是一天一種罐頭啊。」

「不，我想說的是，難道爸爸不在家，老爸連燙個水煮肉都不會嗎？我記得他會啊！我們還吃過幾次也還活著，那至少克里夫的肉煮得出來吧？」

「克里夫應該比你更想問這個問題……」艾倫沒辦法直接了當的跟萊伊說因為老爸想偷懶，但萊伊已經很自然地把話接下去。

「我知道他又懶又有錢還有個好男人，但這樣花錢沒問題嗎？」

對於弟弟直白到幾近粗魯的發言，艾倫還是難以將「別擔心，那個有錢又亂花錢的男人跟那個好男人都是我們的家長」這件事說出口，只能說「沒關係，我們吃不窮老爸的」，然後推著弟弟去打球好盡快跳過這個話題。

而晚餐時段又如往昔地，萊伊秉持自己的風格跟老爸討論了「我知道我們吃不窮你，但你這樣亂花錢爸爸不會有意見嗎？」的話題，當晚的視訊通話也沒忘記跟某人重述一遍，等孩子門上樓，學長趴在電腦前半天都不想起來。

「怎麼了？親愛的，我什麼都還沒說。」
「我覺得我快被這孩子給坑死了……」
「他擔心你是好事，你不覺得他只是把我當成藉口，根本上還是擔心你——你不覺得他很棒嗎？沒有因為我們的富有而將揮霍視為理所當然。」
「對啊對啊……他還非常勇於制止家長的不良行為——但他從來沒制止過自己啊……」
學弟呵呵輕笑，他不打算對學長帶孩子們吃外食的事情說些什麼，在各種地方用餐也是很棒的回憶和經驗；至於萊伊勇於告狀卻疏於反省自己的這件事，慢慢溝通總會有改善。
畢竟是育幼院領養回來的孩子，學弟不覺得萊伊會不懂察言觀色，那麼現在的直白究竟是可貴但衝過頭的信賴抑或毫無自覺的刺探，理解這部分在學弟看來這是家長的工作。他經常不自覺地把人與人的距離抓太遠，有學長這個很容易貼近距離的伴侶在，萊伊的問題應該只是時間問題。
「所以呢？你這混蛋別只是笑，我敢說萊伊一定在期待你又處罰我什麼，你就快點說出來讓我自暴自棄……」
「我想你了。」
「……」
「法蘭克福很美，可是你不在我身邊，等孩子們再大一點，我們再一起到這邊玩一趟吧。」
「……好。」
「抬起頭讓我看看？」
「你下次可不可以講話不要這麼犯規……」學長紅著耳朵把臉抬起來，連瞪學弟的力氣都融化

了，只抬手點滑鼠把學弟丟過來的檔案存在桌面。「這啥？食譜？」

「整理了幾種，我還有半個月就回去，這些應該夠他們研究到我回來，別忘了他們做完就拍照給我看啊。」

「喔好，你要拿去炫耀？」學長點開檔案想知道學弟寫些什麼，滑鼠滾滾發現根本就不只有甜食。「欸欸，那些很明顯不是甜點的東西是什麼？」

「強烈建議你跟他們一起執行的食譜——歐琳已經偷偷跟我說好想念我做的便當，還順便幫克里夫請求水煮肉。」

那隻狗每天換一種罐頭有什麼好不滿的……學長對於自家狗這麼好狗命有些難以平衡，但在他忿忿不平地看向克里夫的時候這畜生也恰巧可憐又無辜地望向他……

「——別說克里夫了，我怎麼覺得我完全輸給你前世的情人啊!?如果你前世也男女通吃，我們家就三個有沒有!?」

「前世算什麼，你是我今生最愛的人，獨一無二的唯一伴侶，包含我在內通通輸給你了，大贏家。」

「唔……」

「你願意對我撒嬌真是令人高興，我會盡快回去。」

「不用！晚安！」

學長一看某人笑盈盈的臉就覺得礙眼，掛斷視訊關電腦後還是覺得雙頰發燙，散熱三秒才想到忘記把食譜給印出來，接著念頭一轉卻又嘿嘿嘿地笑了起來。

✤ ✤ ✤ ✤ ✤

「爺爺爺爺！然後呢？」

今天所有的兒女跟孫子們都在，廚房裡熱熱鬧鬧地正要給他們弄頓慶生的大餐，不耐煩打下手也被糕點弄得灰頭土臉的幾個蘿蔔頭兔崽子圍在身邊撒嬌打混，學弟知道這些小鬼是來找擋箭牌的也沒阻止，只是跟學長聽這些小鬼哀哀叫，然後看伴侶拿出了三大疊的相冊和兩片光碟片。

接著就講起了他離開家最久的那一年。

學長沒有特意把自己講得很厲害，有多可憐就說得多可憐，甚至還把萊伊當時半夜餓肚子爬下樓卻什麼東西都沒得吃的事情也說了，至於艾倫，每天睡前多喝兩杯牛奶以及努力拿果汁泡軟失敗點心吃下去的事情也一件不少地說了。

相冊一頁一頁的翻動，那是回憶裡各式各樣的畫面，有著如今富足的孩子們無法理解的飢餓以及努力獨立的渴望，但那些狼狽的片段景象辛勞而快樂，失敗的味道跟成功的味道似乎都從方寸之間逸散流洩，揉合成一種溫暖的滿足。

「然後啊，沒有然後啊，你爸爸媽媽他們不是都學會了嘛，就算做得不那麼好看也很好吃啊，大爺爺可以保證這絕對是我們家的真傳風味。」

「嗯～可是還是小爺爺做的好吃。」

「那當然，因為是小爺爺啊！所以要趁小爺爺還能教你們的時候，快點學啊！不過在這之前……基本的就先找你們背後的吧？」

學長笑著點點孩子們的背後，小鬼們「唰！」地齊齊轉頭，就看到家長跟兄姐們在身後望著他們，臉上的微笑不言可喻，嚴厲、誘哄、與鼓勵的氣氛讓聽完故事的孩子們只掙扎了一下，便以如同赴死一般的覺悟表情跟著進廚房。

「……你們那是什麼表情……」萊伊看在眼裡忍不住唸兩句——需要覺悟的是負責善後的人好嗎？你們這些小鬼是在演什麼？

「叔叔不會懂的！」

「就是說啊！」

「喂喂喂……意見太多等等我不管你們了啊？我烤好的肉你們就不要吃啊！」

「「「叔叔～～～」」」

萊伊的威脅一說完，小鬼們立刻紛紛巴住丹尼爾，一個兩個三個四個全都掛在憨厚的男人身上，那聲叔叔雖然喊得很可憐，不過下一句話就原形畢露。

「「「不給我們烤肉的話，這個不還你!!」」」

「——萊伊！冷靜！不要跟小孩計較！」

兩位老人在一旁邊看邊笑，全然沒有上去救援的意思，只是愉快地望著，如同觀賞日出日落一般地燦爛美景。最後還是學弟先移開眼，仔細地看起地上的三大本相冊，這三本的內容他有些看過、有些沒看過，這麼久以來，他甚至不知道那時候學長不只拍了很多、還洗出這麼多相片放在相冊裡。

「怎麼樣？我拍得不錯吧？」

「嗯，拍得真好，藏得更好。」

「其實我沒什麼藏，但你就是沒發現。」

學弟歪歪頭，仔細打量學長的表情，最後發現對方並沒有因為這件事生氣，反而很得意。

「你是高興我燈下黑完全沒發現這些相片？」

「不是，繼續猜。」

「嗯……」

學弟捧著茶杯閉起眼睛思索，慢條斯理的表情似乎也很享受，不知道過了多久，屋子裡的熱鬧似乎從未衰退、他們身邊的寧靜也不曾改變，學長只知道思索的人睜開眼睛，望向他，用整張臉溫柔地笑了起來。

從他們經歷的時間裡、臉上的每一絲皺紋中，暖暖地漾開一抹極淡卻仍然能令學長心跳加速的笑容。

「笑得這麼好看，也不會有提示的喔。」

「我沒說我要猜啊。」

「那你笑這麼好看幹嘛？」

「試著誘拐你的下輩子啊。」

「只靠笑容？」

「當然還有我的味道囉。」

學弟呵呵地笑了起來，在臉紅透的伴侶臉上親了一下又一下，看對方一臉不甘心卻沒說「下輩子誰要去找你」這種話，一點一點地握緊學長的手。

然後，無比幸福地被同樣的力量緊緊握住。

班導Level 1

「「欸？」」

亞當如預料的在X教授的辦公室逮到X＆Y兩位同事的時候，對於這一點都不意外的反應從胸口升起一股強大的氣流。

那是沉重的嘆息。

「亞當，為什麼是你嘆氣？」學弟把茶壺貼在掌心試試溫度，覺得還夠熱，又倒了一杯給學長，才把剩下的茶往自己杯子裡倒。「面對這麼不幸的消息，應該是我們要嘆息吧？」

「——我鬱悶。」因為你們震驚不夠震驚，低落不夠低落，悠哉得很——早知道我就打電話！你們兩個那種相當於「哎呀下雨啦？」的反應是怎樣？

「雖然無照，」學長對於學弟的現泡熱奶茶向來滿意。「但給我錢的話，當個打工的諮詢師也可以喔。」

「不，謝謝，我不需要。」

「真遺憾啊。」

「是啊。」
遺憾個鬼！
「總之，明年你們兩個就是二年級的班導，班級名單、學生資料等等的東西，下禮拜應該就會送到你們手上，有什麼問題儘管問。」
「原來如此啊。」學弟笑了，同時網開一面的讓學長多吃了一塊餅乾才把點心收走。
「果然還是很遺憾呢。」學長咬到餅乾心滿意足，看著亞當一臉痞笑。
真遺憾我們都沒有問題想問你呢。
「喂……你們把我當笨蛋啊？」我是好心耶！「枉費我還提前幫你們威脅學生！」
「嗯……雖然很感謝，但我喜歡自己動手威脅人，」學弟彷彿這時候才想到應該給客人一杯茶，但茶壺已經空了，於是「勉為其難」的給亞當一杯礦泉水。「觀察那些掙扎驚懼的表情其實很享受。」
「「變態……」」
學長與亞當忍不住（很小聲地）異口同聲，然後又惺惺相惜地握握手。
「嗯咳。」
「反正我們明年當班導。」學長一秒正坐，目不斜視，端得一副大義凜然的詭妙模樣，反正他旁邊這個心眼小的沒意見就好。
「對。」亞當想想。「你們真的沒有什麼特別的要求或意見？」

「嗯……」學弟想了想。「也算有。」

「喔？」

「系上能借我們演講廳開聯合班會嗎？」

說起來，學長學弟對於當班導這件事也不能說不驚訝。

但既然已經是教授跟副教授，聽到這個消息，驚訝之餘也就是「終於輪到我們啦」的這種心情。

總之沒吃過豬肉也看過豬走路嘛——當然這句話不能說給亞當聽，那些許的善心兩人還是拿得出手的。

至於為什麼非得借用演講聽——能容納兩班人數的教室其實也不少——

「這樣才不會卡到借用教室的人嘛，演講廳畢竟用得少。」

系辦小姐對於學弟的笑容不疑有他，但真相只是學長曾經誇獎過演講廳的空調和椅子而已。

不管怎麼說，既然無法避免，當然要挑最舒爽的環境，做其實不那麼想幹的事，那麼，挑學長比較喜歡的地方，開人生中第一次當班導的班會，似乎也別具意義。

班會中大部分的事情都是公式化的事，差別只是兩班一起，可以一起公告的就只說一次，各班事務就是各據半場分組解決，等輪到導師的時候，所有人都將目光集中在兩位笑瞇瞇的男士身上。

「好啦，我們就是你們的班導，」簡單的開場。「因為我們兩個是一家人，所以從今天開始你們也是。」

顯然Y教授的說明不只沒能獲得共鳴，也沒提供他心目中「愚鈍的孩子們」足夠的資訊去理解那個「也是」究竟是什麼。

那一片茫然的驚嘆號與問號在Y教授心中真是太不應該了，怎麼可以無法理解呢？唉。

「簡單來說，」嗯沒關係，笨蛋很多我知道，身為班導，我體諒你們。「當你們找不到我的時候，記得去找X教授；當你們想要哀求X教授配合你們的活動的時候，記得先來賄賂我——」

眼看越說越不像樣——學長再說下去搞不好會出現全新一期的的價目表——學弟決定把話接過來。

「當然，我們會配合你們的活動，『盡量』。身為班導，我們也會替你們收爛攤子，在你們看不到的地方做很多行政工作，所以，」學弟露出了足以讓人覺得看見天使的笑容，學長卻惡狠狠地打了個冷顫。「我慎重的勸告你們，不要增加我們的工作。」

因為學弟笑得太漂亮了，於是就有無知的孩子很自動的接上「如果這樣……會……怎麼樣？」的句子。

因為學弟是個言出必行的人，所以學長在心中黯然的跟他美味的賄賂品說再見。

「如果你們讓Y教授很忙，備受冷落的我就會心情很差，而我心情很差，我就會很健康的發洩出來——例如為難你們的必修課，為難帶你們實驗課的研究生，以及為難你們學長姐的必修課。東方人說君子報仇十年不晚，所以我會持續這種討厭的行為直到我心情好，或者你們消失——例如被踢出校園——當然，也可能是你們終於讓我滿意。」

學弟點點頭，對於學生的驚訝不以為意——這只是最初階的威脅，平凡到沒有創意。然後說出另一部份。

「而你們如果讓我很忙，好吧，我可能會沒空為難你們，但是Y教授就會缺乏我的關愛——例如美食，例如甜言蜜語，或者是缺乏我為他熨燙妥貼的一件襯衫——然後對你們一向縱容的Y教授就會忍不住發揮創意讓你們沒空發揮創意。」

威脅還是很籠統，但氣氛很有壓迫感，學生在威脅以及聞名不如見面的強烈閃光中全體靜默。

「結論，只要不是太白癡的麻煩，我們兩個或許是你們碰過最好的班導，保證有求必應，還有什麼問題嗎？」

學生A舉手：「所以怎樣才算白癡的麻煩？」

「例如你現在耽誤大家的時間。」

雖然很惡毒，但是兩班學生都忍笑忍得很辛苦。

然後又一個學生舉手。

「Y教授，所以你比較喜歡什麼呢？」

「甜食、短裙細肩帶的美女、貪小便宜、實驗與創意，還有我。」

學弟飛快的接著回答，學生們只見Y教授從興高采烈到摸摸鼻子尷尬點頭，金字塔的階級瞬間完成。

至於閃光以及X教授的威脅，從剛剛開始就什麼都看不見了。

「教授，如果我們要辦聯誼的話，你們會幫忙介紹嗎？」又一個學生舉手，表情跟內心都是同樣的忐忑不安。

「靠教授幫忙介紹聯誼實在是丟人現眼倒了極點，所以在你們出去丟人現眼之前，」學長終於插入話題。「我想我們可以先辦一個評分大會，讓你們知道在女孩們的心中自己是幾分……喔，就半年後好了，第一名可以獲得一筆約會用的獎金。」

「真的嗎!?」全班學生都雙眼發光。

「當然。」反正有導師費。

「教授！我質疑公平性！」

「放心，你的人生從來沒有跟你的身材一樣公平過。」不補強一下好像有點人身攻擊，有鑑於現在是班導，學弟決定多說兩句。「就算愛情是盲目的，沒有美感也要有手感，你可以合理的考慮改善自己的手感。」

「所以教授，」每個班上總是有那麼幾個無知的勇者，弄錯開玩笑的對象。「你們可以提供手感做為參考嗎？」

「「噢……」」

兩位教授發出意味深長的音色與微笑，慢條斯理的點點頭。

「真是值得紀念的一刻，」學弟的微笑充滿樂趣。「當班導的第一天就被性騷擾。」

「而且還一次兩個『男人』，」學長真心誠意的開始鼓掌。「同學，這麼重口味很讓人擔心你的未來啊。」

有笑不出來的人就有笑得出來的人，幾個學生起鬨地問著可以摸嗎可以摸嗎，學弟朝學長看了一眼後，笑著扯鬆領帶，演講廳瞬間響起一陣劇烈掌聲。

「不過，摸一下，當一科。」學弟言笑晏晏地解開領口的第二顆鈕子，然後刻意地停在那裡。「難得的特價機會，畢竟是第一次當班導，所以就給你們一點大放送的福利好了，不然這種價格實在破壞行情——誰要先來摸摸看？」

教授這是性騷擾——雖然想這麼吶喊但好像哪裡不對。

摸到爽被退學也甘願——好像有賺到又好像沒賺到。

總之先摸摸看教授應該不會真的當人吧——就因為現在覺得不摸白不摸然後被當這不是超蠢的嗎!?

「沒有喔？沒有？限時三十秒還沒有人上來就特價結束喔——」學長煞有其事地開始倒數。「沒有、沒有、沒～～有，OK，特賣結束，班會也可以結束啦，同學們，我們也是第一次當班導，大家請多指教啦！上別的老師的課時別上FB打卡啊，要做壞事就不要公佈出來，記得啊。」

「有任何不白癡的問題都可以到實驗室找我們討論，位置和聯絡電話班代剛剛已經告訴你們，你們班版上的問題我會視心情回答——當然，你們在那邊任何的不當發言我都會當作沒看見，不用太擔心。」學弟拿起手邊的資料夾，那是下堂課的學生名單以及參考書目等等要發給學生的資料，心想正好跟這些小鬼的學長姐分享開完班會的感想。

「再見，各位。」兩個教授輕鬆愉快的走向門口，又想到什麼似的回頭對學生補上最後的叮嚀。「祝福各位都能堅強的活下去。」

✤ ✤ ✤ ✤ ✤

二年級的學生已經不是菜鳥，但也僅僅是自以為老鳥的程度，所謂境界中的看山是山、看山不是山、看山是山，這小大二也就勉勉強強算是「看山不是山」的程度。

所以要在山裡活下去，依然很需要山裡沒老虎。

可惜山中惡虎開完班會之後安分了兩週，學長開始無聊了。

他覺得他應該做些什麼，例如辦活動，例如誘勸這些孩子辦活動而他提供獎金，或者懸賞他們在系上各種比賽的戰績——他甚至可以拜託家裡輔導的孩子們帶點正妹給球場上的戰士們虛幻的胡蘿蔔啊！

身為班導，除了解決麻煩，怎麼可以這～麼的消極無所作為!?

至於參加大量活動之後這些孩子們會不會被當光光，則不在他的考慮範圍。

「你覺得呢？」

中庭的午餐進行中，學長嚼著清爽的河粉，筷子停在漂亮的蒸餃上，旁邊還有一小盒羊羔凍切片當小菜、一小盒蛤蜊莧菜，切開的高麗菜捲剛好一口大小，看起來跟花一樣美麗，筷子挾下去卻不會散開，鮮美的雞湯味和蔬菜的甜味充滿幸福的層次變化，咬到最後，裡面居然還有整塊的魚肉。

學弟「嗯？」了一聲，倒了杯熱茶放在學長手邊。

「別用一個『嗯？』來回答我，快想想辦什麼活動比較好。」

「……你不考慮辦個跟讀書有關的活動？」

學弟這麼說不是良心發現為學生考慮，純粹是動態活動遠比靜態活動麻煩，而且看書的白癡總是比跑跑跳跳的白癡更不礙事一點。

「讀書是理所當然的事情辦什麼活動？他們是學生耶，所謂的充～實生活就是要額外增加，快快快，我在班會上已經舉辦一個選美品評大會，你也來想點什麼啊！」

「你那不是舉辦，只是預告。」看學長咬著他剝好的蝦子滿臉不同意，學弟就知道學長忘記很重要的事情。「你還沒公佈活動內容、活動規則、項目、時間、地點，而且你既然要強迫參加，總得展現有效的強制力。」

「強制力？那很簡單啊，」吞吞吞。「就跟他們說，期末考卷有三個等級，簡單、普通、夢魘，對應應到人數100％、75％、50％，如果全員到齊且反應良好，酌情加分，如果人數連50％都沒有，考卷就變成地獄等級。」

「你只想好了強制力的項目。」

「當然，我才上兩次課。」誰會那麼早想好考卷題目？

「我是指活動。」

「嗯？這種東西不是要發揮民主的力量嗎？」學弟你什麼時候跟老媽子一樣變得這麼勞碌命了？「上班版辦投票啊，提議項目通過的可以獲得期末成績任選一科加十分。」

「任選？」這麼好，還十分？

「唉呦，我們跟同事說還不就是那一兩句話，但讓十分變得辛酸也是一兩句話。」十分很虛幻的，重點一直是十分前面有幾分啊。

「嗯哼。」也是。

「所以啊，我已經辦了文藝項目，你得要想想其他類型的活動。」

「他們還有學院盃。」

「你看過他們打球嗎？」我知道你跟我同進同出，我看到了你一定也看得到。「你覺得那樣會贏？」

「……學長，」學弟沉默了一下，把最後的高麗菜捲吃掉，輕輕啜了口茶。「你又跟誰打賭了？」

「哎？啊哈哈，沒有啦——」

「喔？真的？」

「……財經系跟應用數學系。」

「……你一口氣跟兩個學院的人戰起來？」

「不，只是打賭，真的，」發現學弟的笑容有優美化的趨勢，學長開始乖巧的掛保證。「而且我有記得把學院長拉進賭局充分利用。」

「然後？」

「唉呦，能不要輸就不要輸嘛！」學長邊收桌子邊偷偷戳學弟。「幫個忙咩。」

「你當我是神啊？怎麼可能有辦法。」

「所以神辦不到的事情你一定辦得到。」我當然知道你不是，你是魔鬼啊。

「……」心情複雜。

「喂～我這麼信任你不是應該要得意給我看嗎？你平常不是感慨缺乏鍛鍊惡趣味的機會，現在有好多好多的機會啊！」

「我也是會挑的。」

「你現在是班導，」學長用力的拉上提袋拉鍊，一手提著東西，另一手親熱地勾著學弟的手往實驗室走。「身為班導你要開～發他們的潛能，要提供愛與公正——不可以挑。」

「那麼，」真沒辦法。「代價就你一個月的親手按摩以及『老樣子』。」

玩都懶得玩還得被強迫中獎，對學弟和那些命運未知的孩子們來說都是場災難。

「——我讓你壓著亂來一個月只值一百歐元⁉」啊！

學長連忙閉嘴退三步，微笑的學弟卻連鬼氣都沒發出——但這樣反而更恐怖。

……這是功力已經反璞歸真的不祥徵兆……學長絲毫沒有反省自己是創造魔頭的原兇，只是在覺得不妙的同時用眼神控訴學弟怎麼又是一個月的「老樣子」。

「當然不只，」學弟笑著上前握住對方的手，把想跑不敢跑的伴侶拉回身邊繼續往回走。「就是因為你不便宜，所以代價才是你啊。」

「……我覺得心情複雜。」如果我再值錢一點是不是可以縮減到半個月……

「彼此彼此。」

沉默地走了一段路，學長驚覺再怎麼心情複雜——管他貴一點還是便宜點——也要把一學年的計畫說清楚。

「欸，回到活動話題。」

「嗯哼？」還沒死心？

「就算沒有學院盃，也還有校慶運動會；就算沒有校慶運動會，身為班導，任內怎麼可以沒有班遊呢⁉班遊是一定要的啊！」

「嗯～你這計畫可以充分減少我們下半年的工作量。」

「嗯？啊，」學長愣了一下，才瞭解學弟說的是「因為學生們都被退學」的問題。「不會啦，不～會，那種看一遍熟悉、看兩遍熟記、看三遍熟練的東西，再怎麼笨只要考試前看個五遍就沒問題了。」

「唔……」學弟搓搓下巴。「所以去年當掉的三分之一是僵屍囉？」

「嗄？為什麼是僵屍⁉」

「因為照你的說法，那三分之一本來就是屍體，所以才會考不過。但屍體不會動沒辦法來上課，所以他們只能當僵屍。」

「而且僵屍的智力低下！」對耶！這比喻好適合！

「你要把活人全部變成僵屍？」

「嗯……那樣不管改考卷還是改報告都很讓人困擾啊。」學長感慨片刻，又覺得不對。「你怎麼對他們這麼好心？從剛才開始就一直阻止我辦活動。」

「怎麼會這麼想呢？」哎，到底是吃醋還是鬧彆扭？「我只是討厭他們佔用我擁有你的時間而已啊。」

「……」手還被對方握得緊緊的，來不及轉開的臉既害羞又尷尬地僵硬撇開，學長「嘖。」了一聲，又爽又不甘心。

「所以，你現在希望我做什麼？只要能記得多陪我一下，什麼都可以答應你喔。」

走著走著已經走回學弟的實驗室門口，學長瞪了學弟一眼，把便當袋塞回學弟手上，用力打開門，然後把人推進去。

「上你的課。」

「收到。」

學弟在學長憤而關門之前成功攔截到一個吻，然後趁對方怔愣的瞬間關門，在聽見學長懊惱的踹門聲時嗤嗤竊笑，全然無視實驗室裡痛苦閃避強光的研究生，而是打算下課之後再去偷個吻。

✤ ✤ ✤ ✤ ✤

因為學長具有強大的行動力，所以接下來的一週，兩班的班代生活非常充實。他們不斷的統計人數與各項提議、舉辦投票、打電話聯絡可能沒收到消息的同學、補上私心偷加的各種細節，然後回報給萬分期待的班導。

「班遊嘛……我家的別墅可以借你們喔，雖然一定住不下，但可以當據點，附近還能搭帳棚住點人，吃的話有廚房也能在戶外生火烤肉，怎麼樣啊？免場地費。」

「教授，這是贊助嗎？」

「嗯，是贊助，食材費還可以額外支援10％，記得拿收據找我或X教授請款。」

「謝謝教授！」

「然後啊——」

「是？」

「學院盃輸了的話後果自負。」

「……咦？」

「別怕別怕，我不會什麼都不幫忙就讓你們拚死拚活——X教授會負責鍛鍊你們，記得帶比賽的人去找X教授，他會安排你們的訓練課程。」

「欸……全部嗎？」羽球籃球足球排球壘球網球田徑游泳……

「當然。」

「呃……X教授……」

看出小朋友欲言又止的原因，學長嘿嘿嘿地拍拍學生的肩膀。

「X教授這傢伙能文能武啊，不相信的話可以約時間每個項目派人跟他單挑——不過輸了的話就會加重訓練，別說我沒提醒你們。」

明知道某人的強大根本超過學生可以猜測理解的程度，學長的刻意提醒說穿了就是提供學弟下狠手的機會，但實驗室裡聽見的研究生不會去提醒這些學弟妹，如果計畫落空而讓Y教授不高興，他們就得悲情地面對兩位教授的為難。

老闆和老闆的伴侶不管哪位都得罪不起。

研究生們默默地目送那無知的背影、呑嚥嘆息，等實驗到一段落，抬頭就看見老闆關愛的眼神。

「實驗做那麼久很累喔？」

「……還……還好。」

「去走一走動一動對身體比較好喔。」

「呃……」現在是要我們全體離開實驗室嗎？

「哎，這時候要大膽的說『教授有什麼需要我們跑腿的嗎？』，然後我就會請實驗到一段落的同學去喝杯咖啡，然後——」

來了！然後！

「幫我買一杯給X教授，把剛才這邊發生的事情鉅細靡遺的告訴他。」

「……這樣就好了？」

「嗯，他如果問什麼你們就照實說，他知道我的意思。」學長不知想到什麼又嘿嘿兩聲，揮手教學生快點走。「快去快去，不用怕啦。」

「那……如果X教授問為什麼不是教授你過去的話我們要怎麼回答？」

「唉，就說他知道我的意思，所以他不會問，」你們這些孩子真笨。「他如果真的問了，你們就回答他『Y教授說：連這個也不知道的話，回家要罰吃掉Y教授跟艾倫做的特甜蛋糕。』然後他就會笑著放過你們了。」

「欸？」看老闆拿起錢包手機一副要外出的樣子，負責留守的學生驚魂甫定驚慌又起。「教授你要外出嗎？」

「嗯嗯，別擔心別擔心，X教授猜得出我去哪，有事去找X教授啊。」

研究生只能無奈的目送老闆幾乎是小跳步地離開實驗室，等被交代去買咖啡的學生到X教授的實驗室轉述完事情，果然只見教授腹黑又超級閃光的微笑，一句問題都沒問。

「怎麼，還有事？」

「呃……還有，Y教授外出了，他說實驗室那邊有事就聯絡您。」

「我知道了。」看研究生滿肚子問題卻問不出口，學弟靜靜地微笑凝視他們許久，覺得欺負夠了才開口解答。「我猜得出他去哪裡，所以我不問。」

嚇！

「有必要嚇一跳？」哎，果然好奇心也會嚇死人啊。「回去做實驗，把好奇心發揮在你們的論文上，會比發揮在我跟Y教授身上有建設性——反正我就是知道Y教授要做什麼、想做什麼、正在做什麼，而你們的工作就是在完成論文的同時不要妨礙Y教授獲取樂趣——因為妨礙他是我獨享的樂趣。」

「……」可是X教授你一整個超級縱容……

「把人寵上天了再讓他摔下來，會更好玩。」學弟笑了笑，看看表。「你們該回去了。」

學生行禮之後離開，學弟捧著咖啡研究螢幕裡的名單——說實話，他又不會分身術，就算每一項都會也沒辦法同時出現在每個項目場地。

「嗯……」怎麼辦呢？這麼期待我累趴的樣子嗎？

學長究竟打什麼算盤其實不需要猜也知道，甚至學弟可以想像某人帶著爆米花和他泡的茶在操場邊看戲鼓掌。

但就這樣讓對方稱心如意也太對不起學長的期待和自己喜好，不得不說學長每次功敗垂成時的表情都非常可愛……唔，不過累趴的話……

腦中開始推演自己累趴之後學長會做些什麼，除了累到幾乎動不了和被小小嘲笑之外……似乎也不錯？

學弟想了想，還是不想讓學長太得意。放下咖啡，俐落地敲打鍵盤讓那份名單足夠地獄又能發揮預期功效，接著列印出來交代研究生去複印。

晚上的時候，學弟把那一份訓練表放在學長面前，學長則把下午處去趴趴走的成果放在學弟面前。至於小小的艾倫，看看左邊的爸爸跟右邊的老爸，在中間攤開課本乖乖預習。

「拉到不少贊助嘛，學長，準備這麼多紅蘿蔔？」

「你也夠黑……」唔唔唔，好狠的心啊。「跑步熱身鍛鍊體力的時候要邊跑邊考試？答不出來要多跑一圈……這樣他們跑得下去？」呼吸會亂吧？

「對手可不會同情他們的狀態。」學弟一邊翻著學長帶回來的各種贊助品以及條件，一邊分心檢查艾倫的作業，用鉛筆輕輕地圈了幾個錯誤。「而且他們一比賽就請公假不上課，就算學院盃大

有貢獻，也不過就是多個補考機會——我還打算讓他們替學院贏賭金贏到畢業。」

「也對喔……」當光光的話，明年又要從頭鍛鍊。「雖然我們班上被選入的人也沒那麼多……嗯，好吧，所以我提供每科的每日題庫？」

「題庫有課本的用課本，沒課本的我下午打過電話，明天可以到手。因為到時候還有三年級的學生，所以我們一人負責一半？」

「耶？我體育又不行，負責在旁邊叫他們跑快點？」

「照表盯著他們，順便考試——你一半，我一半。」

「怎麼覺得好像虧了……不對，這樣還有大量的同學沒事做啊！」怎麼可以讓他們這麼閒！

「沒有啊，他們要幫忙這些學生爬過死關——要練啦啦隊、要幫忙做筆記，而且我打算跑步的時候全班一起跑。」

「……咦？」

「現在不鍛鍊，校慶活動的時候他們哪來的體力？」學弟粲然一笑，把改好的作業放回艾倫手邊，摸摸兒子認真又困擾的頭頂。「校慶還有園遊會，展覽、舞會、社團活動都需要人力，而且我查過了——他們很幸運的校慶結束後就是期中考呢。」

「哎呀，那死定啦。」

「說這什麼傻話，不可以放棄學生啊，」把學長的那份清單推回去。「就算智商沒辦法增加，好歹也幫他們培養一點掙扎用的體力嘛。」

「唔嗯，好吧，」學長點點頭。「反正在旁邊看他們跑得半死答不出來還挺有趣的——不對，他們找你PK完了？」

「正要跟你說，後天下午三點，記得先準備零食。」

「沒問題沒問題，喔對了，我可以帶人去看嗎？」

「……你又開賭了？」

「哎唷我買你贏耶，你看我對你多有信心。」

「那是應該的。」

「……」你這囂張的傢伙。

不管學弟究竟多得意多囂張，也不管這訓練到底有沒有用，總之是死馬當活馬醫，順便獲得額外的消遣。學長後天下午三點不到就已經戴好帽子擦好防曬，身邊坐了三四個人，爆米花、洋芋片、紅茶、可樂、咖啡一應俱全，跟著比賽輸贏發出各種聲音，最後在學生萬分不解的眼前把鈔票忿忿塞到某人手上。

被慘電的學生只覺得自己果然不被當成個東西——公然在學生面前收賭資這樣對嗎教授！內心悲憤可是沒力氣喊出來，旁邊等著上場或是觀戰的學生也是既憤慨又膽怯，等比較方便單挑的項目X教授連勝三項之後，學生就算不服氣，說真的也不想比了。

……反正X教授當教練似乎也不錯啦。

正這麼想著的學生認命接過訓練日程表，表情從意興闌珊神智恍惚變成目露精光神智清醒，接著迅速轉化為近乎昏厥窒息萬念俱灰。

這是什麼？可不可以看不見？看不見能不能讓一切重來？

「明天開始，時間到了我跟Y教授就會在這邊，如果你們忘記今天的項目，我們會提醒，如果一時軟弱，我們會督促你們，如果你們逃避，我們會鞭策。你會有充分的休息時間，充足的鍛鍊時間，以及完善的課候補強。而且愛屋及烏——大三的，我也幫你們打點好同樣的待遇。」

實在很想說不要，但拒絕的話根本說不出口——被X教授和Y教授當掉的話好像就快再見了啊啊啊……

「而且學院長跟各系所的教授會撥空參與你們熱身時段的複習考，雖然礙於我們的專業沒辦法降低考試標準，但我已經說服各系教授紓尊降貴地來挽救你們型號老舊的大腦，要記得心存感激的贏到最後啊。」

所以輸了等於忘恩負義然後教授你們該不會就要——

「與其擔心被當不如現在開始把你們有限的腦容量最大體積化。」學弟笑著把另一份各系教授要他轉交的文件拿給學生，那是可以加分的金蘿蔔，看得學生也眼冒金光。「放心，忙得快死的時候時間眨眼就過去了。」

學弟運動後的笑容難得的陽光開朗又正向，之後的每天也都是這樣健康輕鬆帥氣的笑容。

學弟覺得時間過得很快很輕鬆，學長卻覺得很漫長。

被學弟說服騎腳踏車跟在跑步隊伍後面後面驅趕，一邊悠哉考試什麼的，只有剛開始好玩。不到三四天學長就覺得累得要命，雖然嫌累不騎也可以，但看學弟悠悠哉哉經過他身邊的笑容就感受到一股強烈的諷刺，不服輸的跟著騎車跑全程，結果就是回到家想說不要也沒力氣。

「……混帳……」

抓緊床單咬住枕頭，連學長自己都分不出來，這究竟是為了忍耐聲音忍耐快感抑或單純的咬牙切齒——總之他就是想咬！

嗚嗚嗚……日也操夜也操的人明明就是我……

「啊、唔……」

「不專心。」

「……我好累……」靠！不要再搖了！嗚、啊、嗯～

因為一下子太爽聲音忍不住，聽得很開心的學弟笑出來，學長則是很想把自己悶死在枕頭裡。

「你答應過讓我亂來一個月，而且說好的每天按摩你也欠三天了。」

「……我現在手軟腳軟哪來的力氣……」

「所以才要多鍛鍊啊。」

學弟俯身在學長頸後親一下，感覺到伴侶敏感的反應，心情非常好。

「……你故意的……」

「不然你的運動量都不夠，這樣太不健康了。」

「我覺得我現在運動過量也很不健康……」

學長嗚嗚嗯嗯悔不當初，學生在課堂上被叫醒的時候，也是萬分悔恨。

「我說考試加分，不代表上課會放水，」學弟溫柔卻讓人寒冷徹骨的聲音，要那些醒著的人把屍體搖晃復甦。「同樣的，雖然我對笨蛋沒有太大的期望，但我更討厭教室裡屍橫遍野的樣子，如果要倒下，就不要踏進教室。」

「……真的不扣平常成績嗎？」

有學生舉手確認，雖然學長姐說過……不，好像教授家的助教也說過，上課不點名也不扣分，但大多數學生都還是會盡可能到教室坐著，有沒有聽課就再說。

「真的不扣，」學弟笑瞇瞇，這個問題沒有難度。「憑你們的腦袋還有分數讓我扣嗎？再怎麼說我沒有鞭屍的愛好，對現實物體使用非自然數實在有違我的邏輯。」

……也就是說如果可以的話，教授你想扣成負分嗎？

「所以要睡就回去睡，但別忘了你們只有加十分，睡太多就會變得比夢還虛幻，請務必小心計算偷懶的額度。」

教室裡發出一陣低微的呻吟，有早上才被學弟操練個半死的學生顫抖地舉手。

「教授，我們……」我們是不得已的啊！

「你們要超越極限，加油。」頓了頓又覺得好像忘記什麼，接著想起來是一條讓學生暫時鬆口氣的事。「期中只交報告不考試，期末考也可以先告訴你們，我考兩百題配合題。」

「X教授！謝謝你！」

哎，這麼天真會死得很慘的喔。

「四百個答案讓你們選，到時候一本題目卷一本答案卷，答案就寫在題目卷上。」

四……

發現學生很明顯的又浮現不滿與絕望的氛圍，在壓力大的時候這真是不錯的消遣。

「別這樣，配合題很簡單的，四百個答案平均下去，跟丟銅板差不多嘛，這樣想就更簡單了不是嗎？」

學生飆髒話的心都有了，但好歹教授已經說出配合題放他們一馬，乖乖收下就對了。

學長姐有交代過，討價還價罪加一等。

教授還算心情良好的離開教室，下堂沒課的學生有少數則紛紛拿著東西要往球場跑，賽程這種東西本來就不可能喬到所有人都滿意，於是乎有能剛好沒課去比賽的人，就有早早請好公假的人，不過，學弟鮮少在比賽時出現。

照某人的說法：「這樣會不會讓你們太緊張？」

學生們不敢說會也不敢說不會，所以大多時候都是學長揪眾在場邊助陣，再加上啦啦隊的腿實在是漂亮，這麼好的差事絕對當仁不讓！

「今年啦啦隊的腿跟臉蛋都很不錯呢，學長。」

每次學長心裡出現「這種時候學弟不在身邊真是太棒啦！』的想法時，學弟總是能很剛好的出現在他身邊說出幾句違心之論。

「……是啊，素質有提升。」

「而且是你最喜歡的短裙。」

學長深吸一口氣——你這個醋桶！老子就看看不行嗎⁉

「你可以穿短褲跟她們PK啊。」

「那太自降身份了，」學弟說著笑笑地在學長臉頰親一下。「我贏了的話會打擊士氣吧？」

「……我覺得說不定意外的振奮人心。」哇靠，光想都振奮，有哪個學院派得出能PK美腿的「男」教授，超嗨的啊。

聽到哨聲兩人雙雙抬頭，是對手失誤，兩人正想著沒事沒事，羽球場上雙打的學生卻對轉身對他們豎起大拇指。

「……我們做了什麼？」學長不解。

「……他們的對手集中力也真差……」學弟理解了，先是皺皺眉，然後笑了，抬手讓學長的臉轉過來、挑起下巴，在伴侶反應過來之前用大部分人都能清楚看見的方式吻下去——果然又聽見哨聲。

學弟親完就埋在學長頸間笑到抖，耳邊又聽到一聲哨響，學長此時也會意過來，抬手敲敲學弟的腦袋也開始笑。

不看球看他們做什麼？活該輸球啊。

身邊的啦啦隊越來越起勁，敵方回神之後也開始試圖重整士氣，熱鬧的喧囂完全不輸球場上的戰況，學長帶動氣氛之後就拉著學弟偷偷摸摸地先離開，佔據可以看清楚操場狀況的中庭陽台吃中餐，等快吃完，學弟才捧著熱花茶繼續偷笑。

「你還在笑啊……」

「你又是為什麼先走？」學弟邊喝茶邊收東西，下午他沒課，可是學長有。「他們原本……大概等著替我們鼓掌呢。」

「抱歉，我沒有你這種核反應爐等級的厚臉皮。」

「呵呵，這樣的話光靠臉也能保護你，很實用啊。」

學長一瞬間有種子彈反彈回自己臉上的感覺，有點痛。

「……我去上課。」

「慢走。」

說是這樣說還是幫忙收完東西才走，聽著鐘聲準時進教室，在學生感謝他剛才非自願的閃光助陣之前，學長提前公布重點消息。

「一個好消息跟一個可能沒那麼好的消息，先說好消息——期中我不考試也不收報告，所以你們的生死就由期末考來決定。」很好，沒人問八卦。「不那麼好的消息是，期末考的考法會特別一點。」

教授~死法特別一點並不會比較好啊~~~

「別緊張嘛，很簡單的，就是給你們一篇類似review的文章，然後把錯誤找出來，再以申論題的方式說明正確的該是什麼樣子——很簡單吧。」昨天睡前看PAPER想出來的，學長超級滿意這種靈機一動。「找出錯誤給一次分，申論題再計一次分，上課有帶腦袋就沒問題，絕對比X教授考得簡單。」

「……Y教授，X教授考配合題。」

「天真啊，孩子們，你們太天真了，」學長痛心疾首。「他有說一題只有一個答案嗎？」

……啊！

「而且他一定也沒說用過的答案就不會再用到吧？」學長開心的笑了——就說我人比較好吧？他搞不好還打算多寫就倒扣，非常陰損的啊。「出配合題是他輕鬆不是你們輕鬆，有沒有覺得教授我為人誠懇表裡如一對你們超好的呀，我連期中報告都不要你們寫呢。」

「教授你人超好！」嗚嗚嗚被陰了啊！「所以可不可以同情我們讓考卷再簡單一點～～～」

「嗯——這是說我的課比較不重要，我人比較善良好說話，所以你們打算花時間在別的教授身上？」哼哼哼哼，你們以為申論題就一定有分數？「你們這樣欺負我，會讓我很想當壞人啊。」

「沒有！冤望啊教授！我們是怕您太辛苦！」

「嗯哼～先上課，你們讓我到期末為止的心情越好，我也會讓你們的心情越好。人類果然應該和睦相處的對吧？」

學長笑著開始上課，因為討厭寫板書所以學生通常沒有板書可抄，因為有課本所以當然就沒有PPT，上課的內容口述講解，可能同時包含兩三張圖表，也可能囊括一、兩章以上的內容，對於不專心的學生來說，中途脫隊之後也只能盡力把能邊聽邊抄的東西寫下來，回頭再整理錄音檔。

但相對於其他的教授，Y教授的上課方式已經體貼太多……至少報告量是最少的，除了創意多了點讓人有點困擾，還是很受學生愛戴。

當然Y教授的背後如果沒有X教授就更美好了。

對學生來說忙得昏天黑地，一覺醒驚覺自己好像裝了還原卡什麼都不記得的驚恐時段，總是比他們以為的容易過去。大家一起日夜操勞這種事總會有個盡頭，對學長來說是一個月，對學生來說則稍微漫長一點點。

眼看已經不用每晚上忍辱負重地嗯嗯啊啊，學院盃也順利打進四強賽——最爽的是打賭的那兩個學院已經止步在八強——後學弟也開始變得悠閒，深秋的露天咖啡區，飄散著溫暖慵懶的氛圍吸引人群聚，兩人坐在咖啡座，拿學弟的期中報告搭配咖啡。

「今天這幾份是怎麼回事？」學長看了看名字跟組別，發現好像都是個人遞交。

「碰到比較偷懶的隊友，所以自己交過來，我單獨抽出來看免得弄混，」學弟悠哉的翻過一面。「上課問報告進度時要他們多想想的地方都寫得頗認真，看起來還挺有趣的。」

「噢……」畢竟給分標準要公正，不用批改的學長只是單純的看過，覺得有趣的就嘴角翹起、搓搓下巴，或者搖頭晃腦，等翻完才發現學弟正微笑地望著他。「……幹嘛？」

「覺得你可愛啊。」

「……你可以別那麼肉麻嗎？」

「我說實話啊。」笑著低頭繼續改報告，免得把某人逼急了惱羞成怒。

發現自己今天的抵抗力有點薄弱，學長決定轉換話題。

「我說，今年說好要舉辦選美評分大賽的耶。」

「我知道啊，」學弟拿起筆在報告上寫點東西。「我找了另外兩個系一起聯合舉辦，你喜歡玩大的，所以我有記得幫你增加規模。」

「喔喔！很好很好～」

對學生來說也算是很好很好。

女性的總人數增加了，男女人數比也變得比較親切，不同的是賽程——不，這活動跟他們原本想的不太一樣。

「嗄?!你們在想什麼？」學長在致詞中間順便問了學生感想之後，真心覺得笨者恆笨——還真的以為投票的只是評分項目嗎？「讓小姐們優雅地數落你們這些廢柴就結束活動有什麼意義——你們是廢柴這件事也就你們自己不知道——所以本活動最大的宗旨在化腐朽為神奇！」

學長很嗨的舉手，學弟很配合的讓活動說明的PPT出現在屏幕上。

獎項從最神奇獎——超乎常理的進步，到最佳搭配——考驗女士們的創意等等，從評分結束之後，以抽籤決定女士們要負責調教哪位男士，每個獎項都有些許的獎金，累積獎項最多的一組可以獲得五百歐元的獎額作為約會資金——當然，想跟誰約會都是自由的。

「時間為期半個月，到時候就算沒拿到獎也別難過，女士們學會了將來要怎麼更好地塑造自己的老公以及有效溝通，男士們也一樣，賽後人模人樣地重新出發，春天一點也不遠！」

需要人模人樣的就代表不是人——學弟轉頭偷笑。

「咳，關於半個月後的評比大會，裁判除了在坐的教授之外，」學長奸商似地搓搓手。「我們還會請你們的學弟妹來評分，好啦！現在先開始初回評分！喔對了，我請了攝影師幫你們拍使用前的照片，要評分總是需要對照組嘛！」

三個班的人數本來應該會在給分的時候造成一定的混亂，但學長早就解決了這個問題——輸給他一百歐元的是財經系，應用數學系則被凹了比較不爽的任務。

「用手機進行給分統計……真方便啊。」也就是說你跟人家打賭一開始就是為了今天？學弟想想，不太可能。「你只要他們做了這個？」

「畢竟不能太過份嘛，」拜託，我又沒有你這麼缺德。「而且我很乖我沒有說『這個很簡單應該一下子就好了吧？』的這種話。」

「你說了『所以這個太難了嗎？不好意思沒想到這個很難你們做不出來……』這類的吧？」

「不愧是我男人。」

「……真難得聽到你這麼說……」等等出去應該會下雪吧。

「哼哼，我的心胸一直都比你寬大啊。」

「我知道啊，可是你非常容易害羞，我好久沒有聽到你親口對我說『我愛你』，唉。」

「喂喂喂……」你該不會……啊。「對喔，活動結束之後可以再來辦個告白活動。」

Y教授的靈感永遠是X教授浪漫情趣的敵人，不過……罷了。

「辦完這場活動，這學期就結束了呢。」

「是啊。」

「明年會剩幾個人呢？」

「活幾個就玩幾個啊。」學長嘿嘿奸笑。

✤ ✤ ✤ ✤ ✤

最後學弟沒有算上倒扣，但也很精準地在加十分之後當掉三分之一。

「可惡、我輸了！」

「沒當到三分之一？」

「多一個……可惡，不夠精準，」學長不甘心的抓抓頭。「這就是考申論題的壞處？分數有點難控制。」

「何必不開心？」學弟湊過去，拉起學長的手在指尖親了親。「你贏了啊，多一個。」

本來想說比多沒意義，因為想當學生是很簡單的，但學長轉念一想，為這種小事不爽有點太蠢。

「算了，做人要向前看而不是對昨日悔恨。」學長摸摸艾倫的頭，咧嘴一笑。「艾倫，你弟弟勒？」

「萊伊說他要做模型。」

「嗯……那上去幫我跟他說……不，我還是自己上去好了……你彈給爸爸聽，我馬上回來。」

學長看兒子乖巧點頭，又忍不住抱上去貼著臉蹭兩下，才上樓跟不想練鋼琴的小兒子溝通，鋼琴邊的一大一小目送學長上樓後，才轉頭對看彼此。

「有什麼話想幫萊伊偷偷告訴我嗎？」

「萊伊……不太喜歡練習。」

「我還知道他也不太喜歡寫功課。」

「嗯……可是……不一樣。」

「一樣的，艾倫。」

「可是……」

「可是這有什麼用呢？可是這學校又不考？可是我又不當音樂家？那麼，音樂家都只學音樂，科學家不管做什麼都只有科學，建築師永遠在蓋房子嗎？」

「唔……」

因為有點不好懂，所以艾倫發出思考的聲音，學弟摸摸兒子的頭，想一想，乾脆把人抱起來放在大腿上。

「其實，爸爸我不會彈鋼琴。」

「咦？」

「雖然常常欺負學生，整得你老爸哇哇叫，但其實我比你老爸笨一點。」

「欸!?」騙、騙人！

「真的，其實我比較笨，認識你老爸的時候，他又聰明又有錢，長得也好看……現在回想起來，那時候除了喜歡，大概還有一點點的羡慕和自卑吧。」

「爸爸嗎？」

「嗯，不過，我很感謝從小到大因為各種機緣，而學會的各種東西……至少這個我會、這個可以幫忙、這個可以讓他笑一個……我很努力的去學了很多東西，而那些東西總在一想不到的時候發揮功用。」

「……可是沒有學鋼琴？」

「嗯……這個嘛……說不定跟萊伊不學鋼琴的理由很像呢。」

「很像？」

「這樣你老爸就會為了聽我唱歌去彈鋼琴，而我就可以聽他特地彈給我聽了。」學弟笑笑的低頭望著懷裡仰頭看他的艾倫。「萊伊很喜歡你的鋼琴喔。」

「可是他都說我笨，要我多練習……啊。」

「對吧？這樣他就可以一直聽啊。」

「嗯……萊伊不喜歡自己的鋼琴嗎？我很喜歡他的耶……」所以為了讓萊伊彈鋼琴，我要練習唱歌嗎……

艾倫越想越認真，越想越苦惱，完全沒發現抱著他的家長正在偷笑，也沒發現萊伊紅著耳朵一臉不爽的走下樓梯，等學長也慢吞吞地走下來，艾倫才回神。

「好啦，艾倫，先帶萊伊把今天的進度補上，我借用一下老爸。」

學弟把艾倫放回去，看著萊伊一臉彆扭地坐在艾倫旁邊，然後另一個比萊伊大隻但不太彆扭可是非常害羞的人，默默地站到他身邊。

「你哪有自卑啊……」你有點自卑都這麼囂張了，那不自卑還得了？

「就是知道自己一無所有，才會想虛張聲勢，」學弟笑笑，雖然沒有老到可以說想當年，但已經足以審視一段回憶。「雖然好像是萬人迷，但有誰愛我？反應雖然很快，但那也不是真正的聰明……那時候你要離開我真的非常容易，我卻不一定能追到你。」

「……給我心懷感謝啊……」

「我那時候可是抱著你說謝謝。」

「接著就睡死了。」

「我有在心裡萬分感謝你沒在我臉上惡作劇。」握住學長的手，攤在掌心，學弟凝視掌心的表情非常溫柔。「還好我沒有笨到錯過追上你的時機，至少努力到趴下也是趴在你身上。」

「……所以你連趴的地方都算好了？」

「趴在其他地方有點不甘心。」

「——不要在我跟艾倫練鋼琴的時候打情罵俏！」

「哎呀，萊伊，怎麼可以嫉妒爸爸們的感情呢，」學弟抱著學長笑得很燦爛，因為覺得萊伊很好玩所以學長也露出誇張的嬌羞表情——順便掩飾其實他剛才非常害羞。「你也可以去找一個回來讓我們嫉妒啊。」

「笨蛋！我才八歲！」

「阿呆，八歲也可以有情人啊，爸爸很開明，男女都可以超棒的吧？」

「老爸！是你勸我下來練鋼琴的！快過來教我！」

「萊伊，要有禮貌啊，不然我哭給你看喔。」

「你哭啊。」盯著看。

「那我真的要開始哭囉？」學長也盯回去，然後長時間不眨眼睛後，雙眼自然而然地開始過度分泌淚液。

……真的哭？萊伊只看到眼睛好像越來越溼潤，默默的被驚嚇到了。

「……不好意思，老爸，可以教我彈鋼琴嗎？」

冬夜裡的家庭對話只是個插曲，由於被連壓一個月的慘痛回憶，到了第二個學期，除了支援一些學生要求的活動之外，學長都沒有額外增加自己的身體負擔，對他來說主力是班遊，而且嘛——

「嗨，同學！這是我家的寶貝們！」兩個小男生看起來活力充沛又可愛地站在兩位教授的身邊。「亞麻色頭髮的是哥哥艾倫，黑髮的是弟弟萊伊，請多多指教囉。」

學長說完，學弟就用眼神示意兩個小鬼自己去找位置坐，艾倫還在猶豫的時候，萊伊已經拉著哥哥坐到離父親不會太遠、周圍又都是男性的位置，拿出自己的PSP開始玩。

艾倫想了想，也拿出自己的PSP跟萊伊連線。

「我以為你會想去跟右側第五排、那個一直對你笑的漂亮姐姐坐一起，或者坐在那幾個也在打電動的哥哥旁邊呢，萊伊。」

「嗄？」萊伊按暫停，不敢置信地抬頭盯著艾倫一臉「你沒說錯吧？」的表情。「那個叫漂亮？你認真的嗎？」

「萊伊，她不漂亮嗎？」

「……品味太差，」不想跟哥哥說那位「漂亮姐姐」臉上的粉有多厚，萊伊只好換個方法告訴難纏的哥哥他沒興趣。「而且我覺得她好假。」

「這樣啊……」

「你想過去就自己過去啊，那位……姐姐應該會很歡迎。」

「嗯……其實我比較喜歡左側第三排的姐姐，她好像也很想跟我們聊天的樣子，但那邊沒位置了。」

「……你眼光也沒那麼差嘛，艾倫。」但你這樣看到誰都說漂亮實在不太好。

「嗯？是嗎？」艾倫不好意思的笑了。「我也不知道呢。」

「反正不知道也沒關係……唔，」萊伊想到什麼似地關掉電動，拉著艾倫一起趴在椅背上，向後打量整車的人。「艾倫你覺得哪個姐姐看起來最漂亮？」

「漂亮？」艾倫偷偷用手指指了指。

「嗯哼，那最想跟她說話？」

「剛才告訴你的那個姐姐。」

「個性最虛偽？」

「萊伊……這個……不太好。」

「哎唷，囉唆，我覺得是那個。」萊伊自己指了一個。「哪個胸部是假的？你覺得呢？艾倫？」

「這看不出來吧……」艾倫正在困擾弟弟的提問，旁邊的其他男性已經湊了上來。

「你那麼小，看得出來嗎？」

萊伊挑釁地，挑挑眉。

「你那麼大，也不見得就有用啊。」

旁邊的男同學正要發出讚嘆，晚了一點才理解的艾倫正要勸萊伊這樣說不好，家長的判決已經很冷靜地飄過來：

「萊伊，扣點心。」

「——我又沒有說髒話！」

「說話不可以這麼下流。」

「那他們就可以嗎!?」

「笨蛋本來就不入流。」

萊伊憋著一口氣，轉頭瞪著旁邊的人，眼神赤裸裸的寫著「可惡你們居然不入流害我被扣點心」，正當學生們想抗議兩聲，Y教授的聲音悠哉地飄過來。

「親愛的，出來玩就不要順手婊學生嘛。」

「對嘛對嘛！Y教授萬歲！」

萊伊盯著他們，誇張的搖搖頭坐回去。

「萊伊，不抗議啦？」學長轉頭看著再次打開PSP的兒子。

「……居然笨成這樣……」萊伊搖搖頭，這次多了一個嘆息。「我認了。」

「……萊伊……就算他們真的笨也不能說出來啊……」艾倫小小聲地提醒弟弟。

萊伊抬頭看看哥哥和後面的笨蛋，決定來道歉一下。

「艾倫，對不起，以後我不會再罵你笨蛋了。」

「嗯？但有時候我的確是有點笨。」

「可是把你跟後面那些放在同一個分類，總覺得不合理。」

艾倫想了一下子，終於想到一個比較好的說法。

「靈長類也是有猴子跟人類的嘛！」

萊伊露出恍然大悟的表情，點點頭。

「也對呢，他們是猴子嘛！」

「孩子們，」這次很讓學生意外的居然是X教授出聲。「不可以傷害猴子的自尊，就算他們笨得不會爬樹也不可以傷害他們。」X教授轉過頭看看孩子們，再抬頭看看自己的學生。「哎呀，我家的小鬼不好欺負吧？別在乎我們，盡情的嗨，帶著這兩個小鬼瘋也沒問題，注意安全。」

可惜敗陣的猴子暫時不想自討苦吃——他們正在接受其他同學的嘲笑與安慰而不太想再被小屁孩侮辱——至於艾倫和萊伊則是沒興趣，年齡差太多，雖然多少有點會有點好奇，但他們畢竟不是天真的孩子，尤其是萊伊，濃妝豔抹的女人和酒精是他心中黯淡的記憶，不能說排斥，但也不喜歡。更別提明明是去登山露營，那麼濃的妝根本沒意義嘛……

「萊伊？」

「老爸，為什麼要帶我們一起出來啊？」

「放你們在家不是很無聊？」

「可是跟他們也不能玩什麼。」

「可以一起踢足球，釣魚，營火晚會也是人多才好玩，我還可以帶你們去騎馬。」

「真的嗎!?」萊伊眼睛一亮，但又覺得不對。「我們騎馬，那他們怎麼辦？」

「我們騎馬才能比較好地盯著他們確保安全。」學長說得一本正經。

「嗯～」萊伊歪歪頭，算了。「哈囉，你們會踢足球嗎？到時候要不要一起玩？」

萊伊再次轉身趴到椅背上，跟剛才那些人攀談。

「唔，你居然願意跟笨蛋猴子玩。」

「嗯，這也沒辦法，」聳聳肩。「我太小了，成年的人類大概贏不了，但我想你們應該很剛好。」

嘴賤居然還輸給小鬼實在是奇恥大辱，雖然很想打下去但那是不可能的，不過，也沒必要完全配合吧？

「猴子不跟人類玩。」

「唉，居然完全不考慮進化一下，真是同情你們，」萊伊嘆口氣，把目光轉向左側露出可愛的笑容。「大哥哥，到那邊我們一起踢足球好不好？」

「慢著！為什麼他們是大哥哥我們就是猴子啊！」不公平！

「你們自己說的——果然是猴子，腦容量好小……」

「教授～」我要告狀啦！

「是，什麼事？」

「他們這樣說話可以嗎!?」「不好對不對！太沒禮貌了啦！

「他們對人都很有禮貌的，對吧？萊伊？艾倫？」

兩個小孩點點頭，一起轉頭用天真的閃亮眼神看著「猴子們」，萊伊扯扯艾倫的衣角，當哥哥的愣了一下，雖然不懂事什麼意思，但大概是要他說點什麼，不過繼續欺負對方也太可憐。

「別難過啦，我不會欺負你，還可以讓克里夫陪你玩喔。」

「克里夫是誰？」

「我家的狗，牠很聰明喔！」

殊不知，艾倫興奮炫耀的表情，反而比弟弟的諷刺更傷人。

✤ ✤ ✤ ✤ ✤

問學長為什麼要那麼麻煩的在班遊的時候攜家帶眷，學長的想法其實很簡單。

學生不太可能放膽跟他玩，那他會很無聊。

更悲慘的，如果學弟從很無聊變成不無聊，那他還不如一開始就回家躺算了。

那反正把小孩丟在保母家總覺得很可憐，而把他們帶來其實學生也不太可能跟他們玩——你看，多好，大家的處境一樣啊。

剛好可以兼顧師生互動與親子同遊，多美妙的機會啊。

所以他看到兩個小鬼滿球場亂鑽的跟大學生一起踢足球，充滿趣味與驚險的畫面，而且很顯然可愛到連球場上的人都沒辦法認真踢球。

「你那隊的萊伊實在是很鬼靈精啊。」在學生的要求，兩位教授剛好以班級組隊的方式登場，而萊伊在學長那隊，艾倫則在學弟那隊。

「不然怎麼贏得了你——加油！輸的要負責搭所有的帳棚！還要煮晚餐！」學長發揮精神喊話——學弟再強也只是一個人！有機會！

「X教授，你們的隊伍還少一個人。」當裁判的同學好心提醒。

「喔，對，」學弟嘓舌鳴哨，金黃色的影子飛快地竄到學弟腳邊。「這位是我這隊的門將。」

「克里夫！」兩個小鬼發出驚呼。

學生們愣了愣之後照樣鼓掌，很嗨的黃金獵犬跑來跑去，至於裁判，基於慎重考量，還是再確認一次。

「呃、教授，確定了嗎？」

「確定。」學弟說完一邊帶著克里夫到球門前，命令克里夫接住所有的球——順便偷偷交代牠接住就趴在球上——然後回到他身為隊長的位置。

然後學生們充分的瞭解連教授家的狗都不可以小看。

更重要的……

「Y教授的戰力跟X教授比起來也差太多了啊……」學生不敢說出「Y教授的戰力有點弱」，只好小小聲的說差太多。

畢竟……X教授的戰力實在有點不科學。

「……我們先去搭帳棚好了。」

學生遠比不服輸的教授更早投降，擅長追球的克里夫更是常常衝出禁區撲抱住球，可愛的樣子讓場邊充滿尖叫與笑聲，以致於晚上烤肉會的時候，身為最大功臣的克里夫獲得了大量的肉。

「……太卑鄙了……居然派出克里夫……」

因為踢到後來腳抽筋，於是吃烤肉的時候學長滿懷恨意的伸出左腳讓學弟按摩。

「如果克里夫當前鋒你們會輸得更多喔。」

「你就不能別派克里夫上場嗎？」

「我已經讓你了。」一邊笑邊按摩。

「……再來盤烤肉。」

學長遞出盤子，克里夫就乖乖刁著盤子走去桌邊，搖搖尾巴獲得大量的肉之後因為很困擾要怎麼拿回去，而成功獲得一個輔助運輸的小藤籃，輕巧地把滿滿的肉送回主人身邊。

「你好意思使喚克里夫。」

「哼，是他聰明伶俐不是我使喚好嗎？你就沒有他——靠……」你……

「啊、抱歉，按太大力了？」

「沒有，你最聰明伶俐了……」是我笨了。「小鬼呢？」

「在那邊努力烤蘑菇，等等會端過來吧。」

「……你不吃嗎？」

「腳好點了？」看學長點頭，學弟笑了笑。「那我去烤肉啦。」

學弟走去烤肉架前，學長遠遠地看見學生空出一塊位置給他，感覺到身邊有什麼東西再戳他，才發現萊伊他們帶著烤好的蘑菇回來，而好奇的克里夫正試圖說服家長給他蘑菇。

「不行，這個太鹹了。」命令克里夫坐好，失望的大狗立刻低頭露出沮喪的表情。「你們吃飽了嗎？」

「還沒，爸爸呢？」

「去烤肉，等等就會回來。」

克里夫沮喪一下子發現沒人理他就又回去啃肉啃骨頭，學長不知不覺呆呆地邊吃邊看著營火和人群，熱鬧的音樂和談笑聲像部簡單的電影，邊觀察每個人的反應邊偷笑的時候，有個跩得很不現實的傢伙從電影裡走出來，忍不住就笑了。

「看到什麼好笑的？」端盤子回來看到兩個小的也在，一問之下果然沒吃飽，正守株待肉的等他回來，學弟自己拿起一串叼嘴上，端著空盤正想在回去烤一盤，才想起學長一直沒回答。「是什麼這麼好笑？」

「唉，就——那麼帥氣的火焰背景，可是主角手上拿的居然是烤肉啊！」

「什麼話，食物的戰爭非常殘酷，所以我要再去掠奪戰略物資——你還要嗎？」

「要——啊，記得去提醒大家，放煙火要小心。」

「嗯。」

因為眼看要放煙火，怕小孩亂跑增加危險，學弟一次烤了大量的肉回來，坐在旁邊等著看，萊伊雖然很想湊上去玩，但一看是這麼小的煙火立刻失去興趣，轉而問起明天要玩什麼、要去哪裡，有什麼計畫，還問了要騎的馬怎麼沒看到之類的各種問題，等營火收拾完畢大家準備睡覺的時候，兩個小孩早就倒在大人的腿上睡著了。

學生住帳棚，他們自然是住自己買的別墅，把小鬼頭背回家裡才叫醒他們去洗澡，等大人也梳洗完準備就寢，學長卻意外的沒有什麼睡意。

「怎麼了？」

「嗯……班導任務就這樣結束了耶……」

「還有期末考，這學期才結束。」學弟湊過去親一個。「不當班導了還有點感傷？」

「也不是，」嗯。「只是覺得有點空虛。」

「當班導本來就是這樣，而且他們也還算乖，除了兩個車禍、一個喝過頭進醫院、一個發高燒昏倒在租屋處、還有一個踩空從樓梯上摔下來打石膏外，基本上真的沒惹什麼麻煩。」

「……被你這麼一說好像我們兩個的班級被詛咒了……」

「還好啦。」

「還是覺得當這個班導好空虛好無聊。」

「那就等你下次輪到著時候再說，你不是嫌學生浪費你的時間？」

「就是因為被浪費了又沒什麼玩到的感覺，所以很失落啊。」

學弟嘆口氣。

「不要想太多，班導就是個無為而治的工作，睡覺。」

「你還真沒有進取心，你看，照電動的標準，我們現在才Level 1喔！非常弱！」

「……所以你要自願明年當班導嗎？」

「……不要。」本來想說服你去當班導。

「唉，學長，換個方法想，」

「嗯？」

「每年都會換一批學生，」

「嗯，然後？」

「就算當班導一直都只是Level 1的新手，只要當授課老師的等級練滿，」

學弟笑了笑。

「我們就是無敵的。」

而且玩法才是真正的要多少有多少啊，親愛的。

計分方式

有的課程會有正課以及搭配的實驗課，在漫長的教學生涯之中總會碰到那麼幾屆學生，在面對助教的時候特別沒分寸，於是乎實驗課的效率態度也特別糟糕。

苦情的助教們向上投訴，於是學長學弟在研究室的小房間裡，關上門，卿卿我我摸來摸去很甜蜜地討論起這件事。

「扣分？」學弟不怎麼放在心上的又親了一個。

「雖然不能否認老套很有用，」因為欺負人和惡作劇都是很愉快的事，連帶的讓學長也多了享受這種親暱的心情。「但用久了學生就不怕。」

「說得也是。」貼在脖子上蹭了蹭，不懂得恐懼與輕重的白目，有時候反而比較讓人困擾……啊，有了。「我們用連坐法吧。」

「扣分規則一直都是連坐法啊。」

「學長，你應該聽過所謂的夷三族，誅九族吧？」

學長愣了一愣之後先是猛然打個寒顫，緊接著表情迅速變成躍躍欲試的壞心眼。

「三族是吧？上下個一屆的連坐？通通一起扣分？只有我們的課？」

「怎麼可以這樣，」學弟笑了笑，手指敲敲桌版上的全院教授通訊錄。「當然要先聯絡苦主然後去找院長，接著嘛……我們不扣分。」

「不扣分？」

「每出現一個犯規者，就當掉犯規者十倍的人數，只要一屆犯，上下三屆都比照辦理，然後，呵呵呵……我們每週公布一次犯規者名單以及所犯事項，以及每科的通過成績統計表。」

學長澈底的笑了。

「很好很好，群眾暴力是吧？」學長興高采烈的掙脫學弟懷抱，把校內分機塞到學弟手上。「你打電話，我直接去找更大頭的聊天喝茶。」

「沒問題。」

於是接下來的一個學期，全學院的助教們都狠狠的狐假虎威地帥氣了一把。

扣分？

不，我們不扣分。

只是教授們這樣不扣分，校長跟教務主任的胃就有點不太好。

校方理論上絕對尊重教授們的的判斷與課程規劃，但如此這般宛若收割麥子般一片一片倒下的學生實在有些驚心動魄。雖說後來教授們好心地將災害範圍限定在實驗課，但再也沒辦法站起來的麥桿多得令人需要擔心其去向。

溝通溝通讓教授們手抬高點讓學生們容易通過，卻又容易——不，必然會面臨學生們好了傷疤忘了痛，以致於放鬆幾屆後又再次重回地獄的景象。

「校長？」

「……還是請他們視情況給予學生們適當的放鬆……」

校長先生無奈地把手邊的咖啡推遠一點，不久之後收到校長『微弱請求』的教授們又再次聚在一起喝咖啡，進行對學生來說如同杯中飲料一般暗黑的討論，而且這些教授也完全不打算為這些當了就當了的學生花費一杯咖啡以上的時間。

好吧，換個方法可能會放鬆一點。

如果扣分？

「孩子們，」學長在講台上仰望所有的學生，摸摸下巴。「聽說你們對我的助教不太好。」

「哪有～」

學生們此起彼落的哀嚎申冤。

「我相信你們啊，」學長說得超沒誠意。「但你們也知道，我是系上出了名的護短的其之一，我的助教跟我申請給你們大大扣分的權力，但我想想這樣太傷感情了——」

事實上，這些孩子們在接下來的幾堂課都聽到差不多的發言。

約好時間走進教室的助教抱著一疊A4紙進來，然後發下去，教室裡又出現一陣騷動，很快又恢復安靜，只是此刻的安靜氣氛大不相同。

「嗯哼，看來有八成是事實呢，」學長哼哼的快唱起歌了。「不過念在初犯，而且我覺得談什麼扣分太傷感情了，所以啊——」

整間教室的學生都拉長耳朵等著聽。

「——先打個七折吧。」

啥⁉

「咦？不懂嗎？從今天開始你們的成績——實驗課以及這堂課的成績——就只剩下70％，只要你們每次不好好做實驗亂搞亂問有的沒的，我就會繼續打個五六七折，總有一天你們的成績會無限趨近於零但不為零，不錯吧？」

這哪門子的不錯！這比扣分還狠啊！

「嗯哼？覺得比扣分狠？怎麼會，第一次七折的時候是扣了三十分沒錯，可是後來你們的分數就越來越少，再打七折根本扣不了幾分，說起來你們還賺了好不好，一百分也不過扣三次多一點點的三十分，可是一百分能打多少次七折啊對不對？」

「……」

學生的沉默讓學長悠悠一嘆。

「我是為你們好啊，孩子，分數不夠扣怎麼辦？喔？喔喔，下課，記得啊，下週開始，多聽助教的話你們就還有七十分，我期待你們能活到期末考。」

接著，助教站上講台快速解說開學就說過但早就沒人記得的各種守則。

不過既然談到存活率，必定要如同演化一般提供多種選擇才合乎科學——即使這可能只是單純來自于教授們的惡意——為了讓學生的校園生活完全符合其所學，並且能夠讓大腦順利的進化開發而不是「退化」，換到學弟以及其他幾個教授的場合，既然聽說學長那邊那群用「打折法」了，那他們也得別出心裁一點。

再怎麼說創意不能輸人嘛！

於是上課的時候學弟就比平常稍稍加快步調，好空下時間跟這些混帳學生好好談談。

「好啦，各位，讓我們來談談。」學弟微笑著在講桌前坐下。「我聽說你們對我的助教不太好。」

總覺得有那麼一點點殺氣，學生們不敢大聲喊冤，只敢弱弱的發聲兼搖頭。

「哦？沒有？」學弟笑容又燦爛了一些，拿起手邊的單子，唸出一個名字。「我聽說你在做實驗的時候經常做出危險操作而且屢勸不聽——別激動，我看過實驗室的防盜攝影紀錄，所以我確定你真的做了。」

教室瞬間死寂。

「但我不可能天天閒著沒事去調帶子出來打分數，我的助教也沒那麼閒，所以為了解決這個問題，」學弟拿起手邊的保溫壺，打開喝了一口溫紅茶。「我想到了一個新方案。」

「……」

「放心，我不扣分的，」笑容像天使，心腸是魔王。「扣分？那太消極了，我喜歡積極進取的人生態度——所以你們就從零開始吧。」

零——

「教授，」左區從後屬來第三排右邊屬來第二位的男生鼓起勇氣舉手了。「所謂的從零開始是指？」

「好問題，」學弟輕輕點頭，真誠誇讚。「簡單來說，從這一刻開始大家的學期成績都是零分。」

因為知道教授的話還沒說完，所以嚇得倒抽一口的氣只吸了一半。

「你們對我，和你們口中『我可愛的走狗們』越好，上課越聽話越順從越規矩、作業交的越整齊詳盡措辭優美——就會獲得越多的加分。這樣你們每週都會為了遠離零而充滿幹勁，很不錯吧？」

沒有扣分只有加分，但其實這一瞬間就讓所有人先死了一次。

「好啦，」鐘聲響起，學弟拿起課本和保溫瓶，心情愉快，臉上的微笑跟「你們可以跪下來求我啊」沒啥區別。「下課。附帶一題，我很吝嗇，所以我很期待你們更加努力的感人畫面。」

等教授走了之後，整間教室的僵屍們才蹣跚的離去。

校長在露天咖啡座跟學院長一起喝下午茶，恨恨看著那個金邊眼鏡的死對頭把礦泉水推給他，然後一邊移動方格棋盤上的黑騎士，一邊「報告」今年獨特而有益於學生進步的計分方式，末了端著對方現在絕對沒辦法喝的咖啡裝模作樣地深吸一口氣。

「放心，我們老交情，明年你還不滿意的話我們可以再想想辦法。」

「不用——將軍！」

校長總算覺得這個學期有個好的開始了。

勸退

X教授把學生叫進辦公室，很嚴肅地請對方坐下。

「孩子，我必須跟你討論一件很嚴肅而且很不幸的問題。」

即使真的肝火大動也會笑容燦爛的X教授此刻居然面無表情，被通告說需要討論「一件很嚴肅而且很不幸的問題」的學生，只能忐忑不安硬著脖子點頭。

「你前天給我的數據和報告，我一個字都看不懂，你說，我們該怎麼解決這個問題？」

學生的內心世界出現十級強震，莫名的有種自己就是「那個問題」而教授正要解決他的感覺。

「教授……那個……結論部分的解釋……」

「嗯？喔，你有寫結論，」學弟隨手翻到最後，露出恍然大悟的表情。「原來如此，因為你寫得實在狗屁不通所以我一直沒辦法看到結論，我終於找到問題的癥結了！」

看著面如死灰的學生，學弟露出燦爛笑容。

「我想只要你重寫，我們就可以解決這個問題。」這麼說著的X教授笑笑的把報告拋回做專討的學生身上。

同樣的學生也在兩堂課後，被Y教授叫進辦公室。

「孩子～」雙手手指交握，眼神閃亮虛偽的Y教授聲音極具煽動力且富戲劇性。「我想我們得討論一件很嚴肅而且很不幸的問題。」

「……Y教授，剛剛X教授已經跟我說過了……」

「你確定？」學長挑挑眉，「你真～的確定我要跟你說的是同一件事嗎？」

「咦⁉」不、不……神哪～為何今天我這麼的不幸！

「但是呢，也不能說跟之前的事情沒關係。」

「？」

「經過兩堂課的時間，我跟X教授審慎、公正、全面的討論之後，我們決定提早當掉你的專討成績，所以決定跟你先說一下。」

「等、等一下！」連續受到驚嚇後學生開始為自己不公平的待遇萌生火氣。「為什麼⁉我需要解釋！」

「你確定你要知道嗎？你確定嗎？」學長嘿嘿冷笑，旋開保溫杯啜飲起伴侶早早準備好的特調奶茶。「給你另一個選擇，在我們當掉你之前去退選。」

「——到底是為什麼？」教授態度如此強硬，學生除了怒氣也開始心虛。

「你覺得呢？」啊，奶茶真好喝，能夠揮別討厭鬼也很開心。「如果你這～麼想知道，我換X教授來跟你說明真相，保證原汁原味、真實得讓你痛不欲生——當然，下場也不會這麼客氣喔，你真的還要問嗎？」

「……謝謝教授。」

等學生走了以後，學弟從辦公室的內隔間中走出來。

「這傢伙揪團作弊，你就這樣放過他？」

「唉，作弊是學生的青春啊！不可以剝奪。」學長說得搖頭晃腦。「當然，個人造業個人擔，被抓到就要認命，既然身為華夏民族就不流行趕盡殺絕啦親愛的。」

「我奉行的是趕盡殺絕，這跟我是不是東方人沒關係。」

「有關係～」學長嘿嘿笑，對他來說學生作弊是學生的事，只要不礙眼就好。「就像你對我沒有趕盡殺絕，我逼你吃糖也沒有趕盡殺絕一樣，這種美德很重要吧？」

「並不是所有的對象都適用永續經營喔學長。」

「哎～就是有學不乖的才能多玩幾次嘛！我是在幫你留玩具耶！」

其實沒有也沒關係……對於玩學生這種事，其實學弟完全沒有任何堅持，反而是學長相當的堅持要「備而不用」。於是想開的學弟笑笑的摸摸學長的頭，拿走空保溫杯。

「幹嘛？」

「看你欺負人的樣子，」

「嗯？」

「還真可愛呢。」

「哼哼哼～」

被誇獎的學長，得意的滑著椅子去拿下一杯奶茶。

教師節

回到家的時候，學長是先發現克里夫奇妙的表情，才發現學弟從口袋裡掏出一個小盒子。

「……這什麼？」

「學生送我的教師節禮物。」學弟興味盎然的挑開緞帶，在視線角落發現某人開始鬧彆扭了。

「怎麼了？」

「為什麼我做人比你溫良恭儉讓一～百倍，堪稱一代名師的楷模，卻連個感謝的學生都沒有？」

……

「咳、一般來說，」學弟誠摯的握住學長的手。「所謂的高人、大人、君子，都是施恩不圖報，行善不留名的啊，學長。」

「我是教授。」

「你拿薪水了。」

「可是為什麼你有禮物！我不甘心！」

唉。

「先看看我收到什麼，嗯？」

學弟邊說邊打開盒子，第一眼看到了是染上鮮紅液體的雜亂羽毛，然後則是一個插滿針的巫毒娃娃。

「喔～」學長心裡一瞬間很痛快，沒多久便進入新的疑惑。「……現在的巫毒娃娃流行一式兩份？」

「所以說，笨哪。」

「那幹嘛送給你？嚇你還是威脅你？詛咒不是要在詛咒者身邊才有效？」

「怎麼可能呢。」學弟笑得相當愉快。

「你都不擔心被詛咒？」

「就憑他們？呵呵……」

學弟呵呵輕笑，倒出盒裡的羽毛給克里夫玩。

「……為什麼我覺得你從一開始就很高興啊？」

「哎呀，很可愛啊，這些人。」

哪裡⁉哪裡可愛了！

從學長的臉上看到不贊同，學弟還是覺得很愉快。

「都要當掉他們了，意思意思誇獎一下。」

「喂喂喂喂，你就這樣當掉他們？」

「敢做這種事，不成功便成仁嘛。」

「……你認真的？」

「不，我開玩笑的。」

「那……」我一點也不覺得你放棄捉弄他們了耶，學弟。

「明天請教務長吃個飯吧。」笑。

然後，學弟夥同教務長，替那班學生寄了兩份成績單——蓋上仿製（周圍小字是「你被騙了！」）校務章的成績單幾乎全班被當，直到兩週以後，收到正確成績單的學生才從深淵回到地表，發誓再也不做這種微弱的反抗了。

生日快樂

今年冷得早，雪卻遲遲沒有下，踩在地上總是發出各式各樣的脆裂聲。一向怕冷的學弟在第一腳踩出「啪哩！」一聲的時候先往後退一步，然後才笑著對他說「結霜了呢！」、開心地踏出下一腳，接著握住他的手邊走邊搓熱。

因為是熟悉的環境，所以學長也習慣地放任學弟的行為，邊心想「真可愛啊……」邊偷笑的時候，也正一心三用的跟學弟討論今天的課程與實驗，煩惱一些私人問題。

「……那傢伙的生日怎麼辦啊……」

趴在教師準備室的桌上，學長非常煩惱。

雖然說句生日快樂那傢伙就會很開心的收下，都那麼久了一切從簡的過好像也無所謂……而且他自己也沒說……那些受輔導的死小子，今天依然會出現吧？

「啊啊啊啊啊……我需要替人過生日的天分啦……」一邊覺得自己這樣真是窩囊又丟臉，一邊很沒幹勁的聽著鐘聲站起來整理衣服拿起課本往教室走去。

結果因為上課的關係，當然還是什麼靈感都沒有的就回到自己的研究室。

「……巧克力？」

在喚醒電腦、放下東西之前，學長看到不知何時放在自己桌上的單枝紅玫瑰和一顆巧克力，明明應該是孤單的景象，看在眼裡卻覺得等待收件的禮物無比窩心。

想也知道是誰送的，反過來說為什麼會送這個？

百思不得其解的學長在想「該不會那混帳又想欣賞我害羞的表情了吧？」，在漸漸覺得被捉弄的不悅感增加間，始終開著的MSN閃爍學弟傳來的訊息，學長邊坐下邊把視窗放大到全螢幕。

親愛的，我今天三十五歲了，祝我生日快樂吧。

你三十五歲那年我們剛結婚，前一年的風風雨雨讓那時的我們只想安靜享受，那年你生日時送你的袖釦你至今都還很喜歡，一如到今年為止我送你的每一副袖釦，說實話我比你看到的還高興。

認識你的那年我是相當混蛋的二十三歲，自此之後你的每一年都屬於我；即使你可能一時不在我身邊，但每次再見到你的時候就知道你從未變過，所以我要謝謝你。

謝謝你當可愛的爺爺奶奶過世的時候，你願意讓我分享哀傷；謝謝你答應我的提議，陪我到新的地方重新開始。

謝謝比三十五歲的我還要英俊可愛的你，願意讓我待在你身邊；看到你煩惱我的生日就覺得好可愛，然後我想，我能為你做什麼呢？

所以我送你漂亮的玫瑰、你最喜歡的巧克力，然後，我把我的生日送給你。

即使到我五十歲的時候我一定還是這麼希望，希望我送給你的生日能讓你免除煩惱，希望在我身邊的你依然健康瀟灑。

祝我生日快樂，希望我往後的每個生日都屬於你。

學長臉紅到無法動彈，抱著頭在電腦前坐了好久，渾然不知時間飛逝，直到學弟的溫度無聲無息的環在身上，學長猛然抬頭才發現已經中午了。

「嚇到了？」

「……沒有。」

這輩子沒寫過情書，唯一收到的情書都是學弟寫的……學長每次都覺得學弟寫的情書超過高標，比用說的還讓人害羞感動得不知如何是好。

明明就是你生日……為什麼還是我害羞啊……

「學長？」抱著的人半天不吭聲，跟平常的反應也有微妙的出入，學弟心想該不會感冒了吧？一邊探手比對彼此的體溫，在判定還好沒發燒的同時難得的不得要領。

「……祝你生日快樂。」

學弟一愣，然後笑了。

這真是好久不見的畫面呢，好懷念。

「祝我生日快樂。」

「……英俊瀟灑個鬼……我都四十歲了，睜眼說瞎話不是這樣的吧？」

學弟輕笑出聲，然後他抱著的人就賭氣趴在桌上。

「不會，你最帥最可愛了。」

「……哼。」可惡……「祝你生日快樂。」

「祝我生日快樂。」低喃溫柔的聲音，又複頌了一次。

「我們……早點回去好不好？在小鬼來之前。」

學長死盯著電腦跟窗外而不看身後，但學弟瞭解伴侶想說的是「今天是你生日，至少多一點獨處的時間吧。」

「好啊，」笑著答應，熟練的拿外套拿圍巾拿帽子，把趴在桌上的人拉起來。「我已經沒課也沒排實驗，現在回去？」

「嗯。」

「想吃什麼？我們去買材料吧。」

「今天我做啦……你不准動。」

「好。」

「小鬼來了也一樣，今天給我在沙發上當大爺。」

噗嗤。

「好好好。」

「就算我叫他們砸奶油，你也不准躲。」

哈哈哈。

「那我叫克里夫幫我好了。」

「克里夫!?你要牠把奶油吃光嗎!?不行！那好胖！」

「哈哈哈……好好好，都好。」

只要你好，一切都好。

親愛的，謝謝你祝我生日快樂。

古堡之夜

歐洲是個重視生活的地方，或者，應該說，除了亞洲國家，這世界上大部分的已開發國家都很注重生活。

他們有很多的假日、很多的節日與時間，因此在移民到荷蘭的第一年，邊玩邊適應的兩位教授，大抵上已經玩遍荷蘭八成以上的地方。

第一年的冬末，大家都在放寒假的時候，學長發現學弟似乎對著課表與電腦螢幕相當苦惱。

那是在計畫什麼的表情。

「喂，」

「嗯？什麼事呢？」

學長看著學弟微笑回頭、不著痕跡的關掉電腦裡的視窗，然後極其自然的伸手摟住自己的腰。

哼哼~太天真了，這麼多年的鍛鍊，你以為我還會被唬弄嗎？

「最近在忙什麼啊？你也知道你學長我最~好奇了，乖乖招供一下。」

「沒……」

「給老子說。」

喔，粗口。

學弟的微笑又更燦爛了點，但不是蒙混的那種也不是壞心的那種，那純粹覺得窩心的燦爛微笑，令學長覺得整個人都很燒。

「好久沒聽到你說這兩個字，真可愛。」

「喂——」你到底有沒有搞懂重點啊?!

「不要生氣嘛，我也只是認真地讓你知道，我喜歡你因我產生的任何反應。」

當然這也包括現在學長緩緩升高的體溫。

知道學弟指的是什麼，學長害羞又不爽的咕噥兩聲。

「重點。」雖然不像年輕時那樣性慾高漲，肌膚相貼的溫存依然令人著迷。學長順勢在學弟身旁坐下，用臉頰和嘴唇舒服地在學弟的頸際輕蹭著。

知道這是懷裡的人兼具害羞與撒嬌的表現，學弟莞爾地逸出低柔笑聲。

「你真是……」怎麼這麼久了還是這麼可愛啊……

「幹嘛啦，說重點啦！」囉唆！害羞是美德不是疾病！你管我！

「我們去渡個二次蜜月好不好？」

學弟感覺到懷裡的身體怔了怔，然後飛速地變得異常溫暖。

「唔……」什麼啊……

七成的大腦想跳起來說「好！你要去哪裡玩！」剩下三成喃喃自語「不會直接找我討論

喔……」的學長，被人抱在懷裡莫名地覺得說好很尷尬。

「好不好？」學弟用富含笑意的聲音又問了一次，畢竟讓對方埋在懷裡當鴕鳥是很幸福的樂趣。

「……去哪裡？什麼時候？」死也不會說好的學長，一如往例用答應的態度語氣詢問重點。

「你上次不是想去住住看古堡旅館？」

「所以你看起來很困擾是因為搶不到嗎……？」

「我哪有看起來很困擾。」

「有啊，」學長抱著人賊笑，「你困擾到我亂～好奇一把的。」

「唔……」雖然覺得被學長發現沒關係，不過這麼多年以來，這種「被發現了」的感覺總有莫名的窘迫和不服氣。

「不困擾就是搶到了哦？但是很困擾要怎麼告訴我？」哎呀呀～說我勒，你這小子也是越養越可愛啊……怎麼會那～麼彆扭那麼好玩啊……

「……嗯，」在心裡默唸三遍「要誠實」，學弟甜甜的應了。「德國的古堡，是城主的主臥房。」

「哇——」真的是只要出手就拼死也要到手啊……主臥是最豪華最貴最難搶的耶！「喔喔，好乖好厲害，所以你訂的是什麼時候啊？」

學長開心地拍拍學弟的背表示鼓勵誇獎，心想難怪會那麼困擾的樣子，畢竟目標是主臥房嘛！

「情人節。」

「……咦？」在學弟看不到的地方猛眨眼睛，學長覺得自己好像聽到了一個非常甜、又非常肉麻到骨子裡的時間。

「我訂了情人節喔，」低低地笑了，學弟放軟聲音，又說了一次。「那時候雪還沒化，冬眠的森林深邃沉寂，城堡裡有溫暖的壁爐和食物，我想沒有比主臥的床更舒服的地方了吧？」

「唔嗯……」你還真不是苦惱假的……

懷裡的體溫又飆高，模糊不清的嗯了聲，學弟還沒去就覺得好開心，不枉費花了那麼多功夫搶到手。

「偶爾也來過過情人節吧，學長。」

✤ ✤ ✤ ✤ ✤

在情人節之前會開學，研究型教授底下的課會比較少，但由於兩人是新教授、剛到任一年而已，待學長仔細思考回想，還是不得不為學弟的心機深重鼓掌幾下……

現在剛好是底下學生不太多，課也不太多的狀態嘛……

學長在實驗室咬著茶杯看數據，心想難怪某人在幾～經苦惱之後，還是有膽拐他去過情人節。

學弟不但偷偷、稍微變動他的課表，把一切時間排得剛剛好……那天的情人節不是假日不是週末……

「教授？」被叫來的學生心情七上八下……尤其教授還看著你的數據咬杯子表情異常微妙……

「數據……有什麼問題嗎？」

學長回神之後看看學生，再次發揮一心多用的功力，把這分數據從頭到尾批改了一遍；另外還給這位實驗室目前唯一的博班學生新的建議、新的計畫、以及他要負責分派下去的各種實驗與新生訓練點點等等，說得那位學生只能振筆疾書努力記。

「然後，還有件事。」

「是？」還有？博班學生表面微笑臨危不亂。

「這段時間，」學長說不出口，於是指著桌面行事曆一劃，輕鬆包辦情人節前後的時間。「我要去渡假，有緊急的事情再聯絡我，回來我要看到數據。」

望著學生說「知道了」然後轉身離去，學長在心裡小小的說抱歉。

而在學弟的實驗室，新教授養成的實驗室午茶風氣緩緩成形，雖然不是硬性參與，但在這個時間可以聊天，偶爾也來場簡單的實驗討論與檢討，雖然有時在聊天中會增加工作，不過討論的風氣仍然非常好。

只是在今天的午茶討論會，提及每個人的計畫進度以及時間表的時候，學弟毫不遮掩地解除學生們對他那段留空時間的疑惑。

「喔、對了，」已經身為教授的學弟，笑得又良善又溫柔又鼓勵，笑得那些涉世未深又對他認識不多的學生掏心掏肺。「這段時間，不管什麼事都自己解決，我要陪我的伴侶去過情人節。」

「喔～老闆你真熱情體貼～」學生只顧著聊天起鬨，全然忽略他們被棄管了。

「這是應該的啊，孩子們。好啦！午茶結束！等我回來要把數據給我喔各位！加油吧！」

年年都有新人可以騙的學弟，在新的土地上，重頭開始騙新生。

✤ ✤ ✤ ✤ ✤

「哇靠，這麼老梗的手法就不要了吧？」

「乖，眼睛閉上。」

看學弟拿出布條要蒙住他眼睛，坐在副駕駛座的學長，努力往門上靠，心想這麼老梗這麼丟臉這麼蠢的事他才不要做。

萬一……萬一他還真的很不幸在拿下的瞬間給他感動了一下、驚喜了一下——

那真是太可恥了啊啊啊啊啊……

由於已充分體驗「人生就是無盡的意外」，這麼容易被學弟趁虛而入的可能，學長連試都不想試。

因此之故，兩人硬生生在即將抵達古堡前路邊……的車子裡，僵持起來。

「既然是老梗的節日偶爾也享受一下老梗的快樂吧學長，你平常不是很喜歡？」

「平常是平常。」言下之意，老子我現在就是不接受！

「好吧，既然你不喜歡老梗的說法，那我們換一個，」學弟點頭微笑，又迫近了些。「情人節，從另一個角度來說，也是『禽獸們的狂歡節』吧？算是……比誰比較禽獸的節日？」

嗯咳嗯咳嗯咳嗯咳……

「你威脅我？」

「也不算，說老實話，」學弟再次逼近些微距離，笑看學長一臉抗議的神情。「我向來視你的掙扎為情趣之一。」

「……我知道。」可惡！就算我知道也不要告訴我！我脆弱的心靈會受傷！

「所以呢？」怎麼想都不覺得那表情有屈服的傾向，學弟不著痕跡地又拉近距離。

「我不接受威脅。」

「嗯……」學弟略微沉吟。「好吧，那我就不威脅你了。」

說完不威脅，讓學長連喊卑鄙的機會都沒有，學弟直接吻了上去，進行「把情人困在車門與懷抱間」的老梗戲碼；狹窄空間再次重現掙扎不易的結果，煽情又狡獪的舌吻熟門熟路地挑動情慾，學長本以為學弟會邊吻邊蒙住他眼睛，但事實是學弟藉由椅背空出一隻手，做著更過份的事。

「不……嗯……」

覆住胯間的手掌隔著布料逐漸撫摸、揉握出明顯的形狀和溫度，與之共進的是令身體發軟發熱的快感；不知何時學弟移開了霸道又熱情的吻、轉而輕輕啃向耳根，好不容易壓抑射精的衝動時，車子裡盡是自己喘息呻吟的聲音。

「你……每次……」暖熱的手還在又摸又揉，牙齒隔著高領衣物的布料一下下地咬著……可惡……萬年都來這套……

學弟不說話、停下動作、埋在學長頸窩裡笑得輕輕顫動，在學長努力平復情慾、以為抗議生效

的同時，終於發現學弟一邊笑還一邊在幹什麼——！

「你——」

學弟從對方懷裡抬頭，在極近的距離裡給了學長一個燦爛無辜（才怪）的美麗笑容，用變魔術的手法從手中抖出另一個黑絲絨布條。

「我答應不威脅你了啊，」既然已經把人捆起來，矇上眼睛自然毫無難度，也不怕學長把布條抓下來。「更何況有些東西要留到城堡裡嘛，學長。」

「你——這個——變態——！」可惡！什麼鬼情人節！

「哎，謝謝誇獎，學長當年也綁過我嘛！」

那是你自己也答應的！哪裡一樣！

「卑——鄙——！」

「這不是早就知道的嗎？」

「你這個——爛人——！」

「好久以前你就說過了耶。」

「說再多次都不夠！爛人！」

溫度逼近、學弟的舌伸進嘴裡，塞了一樣東西。

甜甜的……巧克力？

「可是你還是愛我啊，學長，好吃吧？我還擔心暖氣過熱會讓巧克力融化，幸好沒有。」

咬咬咬……唔……學弟做的啊……

「你這個……」

車子重新往前駛去。

「嗯？」

「黑心甜點。」哼……算了，姑且原諒你。

「喔……」真糟，可惜不能停車，被這樣說會獸性大發啊學長，好可愛。「還有酒釀黑櫻桃的巧克力，要吃嗎？」

「當然，解開我的手。」

「不行。」

「喂……」

剛要抗議，巧克力俐落的塞進嘴裡。

✤ ✤ ✤ ✤ ✤

雪利酒醃漬的黑櫻桃酸甜爽口濃度卻不低，雖然以學長的酒量來說還好，卻因此而在安靜平穩的環境中容易入睡。

等學長醒了，移動方式很明顯的改變了。直覺的想伸手，才在想起手被綁起來的時候驚覺被解開的事實，連忙抓下矇眼的布條。

仰頭先是看見學弟的笑臉，然後才是背景的華麗大廳；古堡裡似乎因應情人節而做足裝飾與準備，即使冬天的積雪未退，室外溫度冷得要命，用錢與科技堆砌起來的鮮花，優雅囂張的遍佈室內。滿是花香……學長愣了一陣子，才澈底從剛睡醒的狀態回到現實，繼而情非得已的重溫舊夢、緊緊攀住學弟。

「……放我下來。」靠……不會一路這樣被抱著走進來吧？雖然很想誇獎學弟臂力腰力寶刀未老……可是這樣好丟臉啊啊啊——

「別害怕嘛，我抱得很穩。」

「……我是含～蓄的東方人，謝謝。」

「只有我在看，別害羞。」哎，學長，情人節的樂趣明明就是在收到閃光的同時，用更強的光閃回去啊，何必害羞呢。

「——我又不是你！拜託！我就是有色心沒色膽這麼多年臉皮還是沒你厚行不行⁉放、我、下、來！」

「好好好，小心腳步，樓梯到囉。」

學弟邊說邊笑著略微彎腰讓學長下來，終於踩到地面的學長實在很想知道有沒有人注意、卻沒勇氣去打量四周，只好整整自己的衣服，看專業的服務生提著兩人的行李往樓上走去，然後，學弟笑著向自己伸出手。

「……幹嘛？」你笑得這麼桃花亂飛又在計畫什麼⁈

「邀請你探險，親愛的。先回房間一趟，晚餐前我們還有好多時間，」極其自然地拉過學長的手往樓上走，學弟愉快享受學長剛睡醒、反應遲緩的狀態，用眼角打量對方終於明瞭繼而赧然的表情。「想從哪裡開始逛呢？」

「比較沒人的地方。」唔嗯……沒人的地方要我捨棄羞恥心比較容易啊混帳！

「嗯，讓我想想那是哪裡呢……」

學弟於是兀自愉快的輕笑，牽著學長在城堡裡逛了起來。

偶爾遇到對兩個親暱男人驚訝的情侶，學弟一律用漂亮和善的溫柔微笑點頭打招呼，大方坦然地帶著學長漫步在想去的地方；而被「情人節」以及學弟加倍甜蜜的行為所困擾的學長，也終於在緩慢散步、閱讀說明的過程裡放開手腳恢復心態，享受探險以及看學弟惡作劇的樂趣，很快就到了晚餐時間，也很簡單愉快的享受美味細緻的料理，邊吃邊聊回家該怎麼試做看看。

「欸，我說啊……」

「嗯？」

飯後兩人又在古堡裡輕鬆漫步，樓下沙龍的舞池裡正有人輕鬆的舞著，音樂聲若有似無地飄散在城堡裡。

「你嚇到我了，實在是措手不及調適不過來……」點滿燈光的長廊延伸著，華麗悠遠。「學校也就算了，唔，你突然這麼慎重的過情人節兼二次蜜月……我不是故意擺出這種態度，對不起。」

「我知道啊，沒關係。」

「都這麼久了，為什麼……」以為可以很堅強、很無畏、很坦然地在任何環境跟你走在一起，結果離開熟悉的環境後，好像又做不到了。

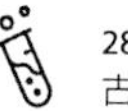

「嗯，沒關係，學長，你沒有放開我的手。你有做不到的事所以我在這裡，反過來說也一樣，知道自己需要你真好。」

「唔……嗯……謝謝，不客氣，還有，」

「嗯？」

「雖然很感動但我還是要說，」

「嗯嗯，」

「這麼多年你的臉皮又更厚了。」

啊哈哈哈。

「那大概是學長的份都長在我臉上了吧？啊哈哈。」

「笑屁啊！」

「哎，快樂過節當然要笑——情人節快樂。」

「嗯，情人節快樂。這個？」學弟又像變魔術一樣的從身後變出一個盒子，笑著遞到學長手上。「巧克力？」

「是啊，吃吃看，新口味。」

「你做的？」拆開盒子，入手的甜點仍帶著冰涼溫度。「你是藏在哪裡啊？」

「衣服和衣服之間，先拜託廚房幫我冷凍起來。」

學長微微一怔。

「學弟你不是怕冷？」

「唔，為了你還是可以忍一忍啦。」

「反正都做了新口味的巧克力？」什麼「還是」明明就是，東西都在我手上了……

「對對對。」

「好吃！」嗯嗯～而且夠甜！

「那當然。」我的舌頭都快瞎了。

「只有這盒啊？」

學長的問題讓學弟的臉抽動兩下。

「你已經吃掉好幾盒……情人節大放送結束了。」

「喂，你去借廚房……」

「免談。」誰渡假還來借廚房啊?!這比較丟臉好嗎？

「做個巧克力沒什麼～」吃巧克力就更沒什麼了啊～

「再吃我就抱不動你了，學長。」

「哼！衝著你這句話，」嘖，讓你看看甜食的怨恨，「明天清晨陪我去爬小山丘看日出！」哼哼～冷死你！看你抱著我抖！

「爬就爬。」

……

「幹……唔、嗯……」難怪你剛剛回答那麼快！

「遵命。」

學弟邊喘邊笑、更加用力進出，在學長身上留下吻痕，手也毫不空閒地撫弄早已熟悉的敏感之處。

「嗚、啊……靠夭我不、啊啊——」我不是要你用力幹！你這個卑鄙的、「嗯啊……啊……」

主臥房的四圍床柱在視線裡搖晃，但也許這華貴古老的床是真的在搖晃……這讓學長想起所謂『城主的房間』可能是所有房間之中最淫亂的房間，而現在，這些華麗舒適的裝飾擺設都成為淫靡的一部份，連映著壁爐火光的石牆彷彿都透著一股荒淫無道的氣味，尤其在這空間中最響亮的就是自己的叫床聲。

床很大很舒服，雖然不甘心可是被學弟幹得很舒服，如果情人節學弟可以吃巧克力不吃我、或是吃完不腰痛會更完美——啊啊啊啊啊……所以我是在不甘心什麼啊……？

「嗚、……」學弟用力頂向某一點，在快感中帶出尖刻的疼痛，用行動懲罰對方不夠專心。

「小……心眼……」

已經被搖過很多很多年的床發出令人羞恥又興奮的噪音，學長邊抱怨邊想起有個叫紀曉嵐的古人五十幾歲了還過著「至少日必五度」的糟糕生活——媽啦一天五次但不是五次都集中在一個人身上啊啊啊啊——

被學弟做得手軟腳軟渾身軟，就算想趁學弟改變體位的空檔逃跑也是力不從心，只會被更用力精準地挑逗性慾反覆進出；在感受到學弟過份興奮的尺寸時，顫抖著察覺自己也比平常來得興奮。

「嗚唔……」學弟在巧克力裡下藥嗎……？不覺得他有使出什麼新技巧啊……

「換個環境……」學弟一邊低聲呢喃，一邊緩下速度讓學長能堅持得久一些。「果然能增進情趣……你也比平常興奮——真可愛。」

「才沒有。」喘息著回答，綿密的吻落在頸側，熟悉的味道裡多了木頭燃燒的氣息，莫名其妙地又安心又催情。

學弟輕笑著，用舌頭感受學長因他的笑而渾身戰慄。

「淫蕩的環境果然容易做淫蕩的事……對吧？」

明明淫蕩的是你才對！

「我……」學弟動得很溫柔很緩慢很煎熬很不滿足，眼眶很溼很熱一片模糊，溼黏的聲響和喘息聲把理智與體力推向墜落的邊界，學長忍不住自己扭起了腰。「……我還不想被做到死。」

「才不會，」學弟吻了吻學長紅潤的臉和眼角，漸漸恢復極具侵略性的動作。「我還想跟你過一輩子呢……」

甜言蜜語……

學長一邊在心裡抱怨「我才不要一輩子的情人節都被你壓……」，一邊放棄理智放棄抵抗全程配合，在那個假期裡幹盡在那個房間能做的事。

✤ ✤ ✤ ✤ ✤

後來，衷情那片森林與山丘景致的兩人偶爾會前往那座古堡度假。只是再次以及之後的時間，再也不是兩人一起，而是加上孩子們一起——他們可能會一起在古堡外的馬場騎馬，跟著去看替古堡狩獵美味的獵人如何狩獵，或是一群人大大小小一起進森林爬山冒險。

只有兩人的時間與回憶僅此一次而已。

當一些年後古堡的持有人要賣掉古堡的時候，比學長更早知道這件事的學弟毫不猶豫地買下，裡面的員工與家具都維持原樣；而學長知悉此事之後先是一愣，然後拉著學弟飛車趕去古堡交接清點，用最快的速度翻完帳簿……

再用最快的速度請了個會計整理那些帳簿並管理財物，學長也順便改善了些經營方式，除此之外一切都維持原樣——只是從此，主臥房便與旅館房間區隔，成為持有人專用的房間。

「嗯……」

「怎麼了？」學弟端著茶點走進客廳，學長抱著克理夫，笑容微妙複雜。

「萊伊跟我說這次假期他會晚點回來。」

「喔？」提起萊伊就會想起上次跟著回來的那一位，還真不是普通的老實，老實得有點自卑了。「然後？」

「藍德爾在跟我報告旅館狀況的時候，跟我說萊伊要去住，請他準備兩人份的用具及餐點。」

「喔～呵呵……」哎呀呀。「只能說他運氣不好……裝作不知道吧？」

「嗯～有了愛情沒了親情～」想起萊伊跟他的男友，學長捧著茶杯，開心地笑了。「好吧，看在丹尼爾的份上，放他一馬。」

學弟笑著，把填有熱巧克力餡的鬆糕拿給學長，看對方一如往例在看到巧克力流出來的時候，天真地歡呼。

「他們兩個都還年輕呢，」

「是啊，」嗚嗯……到底是丹尼爾上還是萊伊上呢？

「那張床應該休息夠了吧？」

「咳咳咳咳咳……」

感冒中

學弟是個怕冷的人。

剛認識學長的時候還在台灣，死要面子看不出來學弟其實怕冷又怕燙，雖然後來沒多久學長就發現學弟是個貓舌頭。

接著再沒多久也就發現這傢伙其實怕冷。

後來出國被學長帶點惡作劇性質的鍛鍊了好幾年，總算又恢復成可以死要面子裝不怕冷的帥氣模樣，但本質上還是怕冷，只是臨界值因鍛鍊而略有調整，若給學弟逮到機會——

「秀恩愛的都給我去死！」

「就算沒有能溫暖你身心的另一半，」學弟整個人像大貓一般地抱著學長，分享溫度順便討論PAPER，給悲憤的同事一個眼角的目光和「我就是炫耀」的微笑。「你也還有暖氣，不需要太悲憤。」

「放下懷裡那個去吹暖氣啊！」

「我正在撒嬌，暫時放不開。」

學長覺得自己聽見如同鞭炮聲一般綿延不絕的神經斷裂聲，雖然現實中的實驗室非常寧靜，每個人都照計畫忙著各自的事務，不過還是別太招搖比較好吧？

學長大約花了0.1秒下定決心並執行「對學弟表示你撒嬌我非常高興而且有點得意，下次繼續。」的誇獎，期待下次還能收到如此安分守己堪稱可愛的撒嬌方式，毫無自覺渾然天成地閃瞎一堆狗眼後放置某人，去靠近室外的連通走廊散熱個十分鐘再回來。

在美國的時候這個場景幾乎每個冬天都上演一次，其中的刺激物會因應時事略做調整。學弟的怕冷臨界值也在這個時期穩定下來再也沒變動過，唯有不論多冷也要帥氣優雅的意志力與日遽增——當然這件事就只有學長知道，並且獨享這個祕密直到好多年後他偷偷告訴家裡的三個孩子。

即使如此，學弟在美國表面上強顏歡笑骨子裡顫顫發抖的期間一次也沒感冒過，這讓學長每次想起來都覺得非常不可思議——接著才驚覺，在台灣的時候學弟也不曾生病過。

總覺得怕冷的人多半也容易小感冒什麼的，偏偏學弟都沒有，反而學長自己喉嚨怪怪的、小感冒、發燒三天給學弟徹頭徹尾照顧的紀錄全都是複數，沒察覺的時候不覺得，發現之後便異常的不甘心。

「我被你養得這麼好，實在沒道理居然比你會生病。」

「……大概……」被誇獎養得好似乎該得意，但身為「飼主」面對這種抱怨好像應該反省？

「……因為你糖吃得比我多？」

「少來！我是消耗大量腦力需要即時補充熱量！糖與咖啡因是人類思考進步的燃料！」

學弟溫柔地望著學長點點頭，眾多吐槽如白駒過隙的那匹馬……不，很多隻馬那般迅速的奔過

——雖然不管多少隻馬，跨過的也不過就是那條縫——總之吐槽衝動短暫得不曾影響他思考如何回答才能讓伴侶開心。

「那麼每天多陪我散步一下？」

「我覺得我們每天已經散步夠多時間。」學長想了想，終於找到一個他覺得正確的理由。「一定是我太久沒有出去度假了！」

「有道理。」

然後他們倆就在每天被人刷FB詛咒的狀態下愉快進行健康的度假生活，把生病頻率這種事情拋諸腦後。想當然地，學長度假回來的隔年感冒次數穩定的與去年相同，但似乎有那麼點說不清道不明的進步。

至於學弟，也是當然的全年無病無痛，健康地讓學長轉頭嘀咕「笨蛋不會生病」，狠狠抱住蹭大腿的貓吸收治癒能量，再被聽到的學弟抱過去親兩個。

可惜運動計畫什麼的還是沒有通過。學弟嘆息地繼續研究食譜，考慮去拿個營養師執照，拉著其實不討厭戶外活動但討厭運動的學長多走走多動動，刷新好男人得分刷得整研究室的人好想去死。

接著沒過幾個月，學弟的準妹夫看在學長眼裡應該也是好想去死——準新娘在婚禮前重感冒！照醫生的說法是流感又碰上過度勞累，以及為了迅速減肥有點營養失調，原本回台灣是為了參加婚禮的學弟聽完醫囑一轉頭，溫柔的微笑變成「溫柔的獰笑」，把想跪但沒跪成的準新郎拎出門教訓。

拐走妹妹的混蛋傢伙他想揍很久了！

把人仔細教訓一頓但有記得不打臉的學弟，也不知是如何把人分筋拆骨，總之等堅稱不是妹控的學弟回頭照顧妹妹噓寒問暖，學長就看見婚禮延期娶不到老婆、還被痛打一頓的準新郎無怨無悔地癱軟在椅子上疼的直抽氣。

「還好吧？」

「還好……嘶……老婆有跟我提過，好幾年的份加起來，這樣應該算輕的吧？」

「……是輕的。」你看你還能坐著呢。

「還好舅哥疼妹妹啊……」傻笑。

學長這次直接轉頭不打算接話，有些擔心這傢伙若在學弟面前露出這種表情，會不會直接被揍到明年才結婚？

太傻氣了，這麼笨的傢伙學弟能忍著看親妹子出嫁？

「……傻人有傻福。」學弟忍了。妹妹喜歡有什麼辦法？忙進忙出、帥得把新郎比下去的當招待，望著妹妹的表情以及婆媳之間貌似不錯的互動，在風光的角落裡默默送上祝福。

「你臉上的表情再真誠點啊。」

「放心，」學弟臉上表情一鬆，想開什麼似地笑了。「我家妹子就算沒得到我老媽一半的功力，好歹也有我的一半——對付她老公……呵呵，嫁的是誰還不知道呢。」

「……」你們這家能不能別這麼恐怖！難道純良的就只有你爹嗎?! 你家怎麼沒一個像你爹的！你老爸好可憐！

學弟讀懂學長臉上閃爍的表情，有些好笑地解釋道：

「學長，你以為純良就能娶到我媽？」
學長恨恨地拿起酒打算多喝幾杯。

✤ ✤ ✤ ✤ ✤

到了荷蘭，領養了三個小孩，學長是否記得當年計畫領養女兒是為了看學弟將來揍人這件事已不得而知，總之小小軟軟香香甜甜的歐琳撲上來叫爸爸的時候，學長就決定將來只要出現臭小子他就放狗！

學弟拍了拍身邊大隻的克里夫和在腿上窮撲騰的小隻克里夫，心想自家這個天真爛漫的女兒可比妹妹聰明，教得好不用放狗臭小子也能跪成一片，學長擔心什麼呢？

沒有狗也還有兩個哥哥罩著呢，真當好脾氣的艾倫和滑頭機靈的萊伊是吃素的？兩個哥哥外加一群狗……

想追自家女兒的人好可憐呀。

學弟一笑，小女兒又撲回來，不知道哪根神經接通了的閃著亮亮的眼趴在小克理夫和學弟腿上說要野餐露營划船騎大馬，最後才想到該問一下爹地笑什麼，問完自己又笑成一朵花，湊上去親一個說喜歡爹地偷偷笑的表情。

「喜歡啊？」

「喜歡！超可愛！」

學長艾倫萊伊齊齊轉頭偷笑，沒敢給歐琳和學弟看見。

就在這之後沒多久，多年來沒生過病的學弟感冒發燒病倒了。

一病就迅速高燒躺平的學弟讓學長非常不習慣——那當然，認識學弟這麼多年這可是第一次生病！

該說終於生病了？因為學弟這一病實在太慘，稀奇是稀奇，卻連一絲調笑的心情都沒有，只覺得心裡悶悶重重，如同穿上溼冷的冬衣那般整個人都不舒服。

平常強悍的人打噴嚏紅鼻子之類的還會覺得可愛，可病成這樣就真的……

學長抬手按在小心肝上，發現學弟已經好多年沒讓他覺得這麼可憐這麼讓人擔心又心疼，嗚嗚兩聲略感不甘，轉頭安頓好小鬼們交代這段期間絕對不可以靠近病患，就去煮蔬菜瘦肉粥。

高湯小火慢煮的粥熱騰騰遞端到床邊，發燒的學弟昏昏沉沉幾乎搖不醒，叫醒人還沒好聲好氣地哄兩聲，學弟已經像要把自己從床上拔起來那樣沉重緩慢地爬起來，學長見狀立刻把外套披上去，看學弟恍恍惚惚地要拿粥，反手就先塞杯溫開水讓學弟捧著。

「醒了？」

「醒了。」學弟捧著水小口喝，想嘆氣卻虛弱得就少那口氣。「別離我太近，傳染給你怎麼辦？連口罩都沒戴……」

「你以前照顧我也沒戴口罩。」

那是我紀錄良好……學弟繼續默默喝水，現在紀錄打破沒辦法說這種話，乾脆睜著眼睛千言萬語萬份慎重地望著學長，喝完水交出杯子，等學長把小桌和粥通通放在他面前才可憐無奈地垂下眼乖乖吃粥，硬是靠演技把學長逼出一口老血吐不出來！

我、我不過就是不想戴口罩！你幹嘛這種我拋妻棄子卻情神無悔的表情！

學弟邊吃粥邊讓學長量體溫，學長一看數字就是眉頭一跳。

「燒沒退。」三十九點七度……

「我想也是……」

「……高燒不退你還有精神演瓊瑤？我跟小鬼們都打過疫苗，區區口罩需要你抱病演出？」

哪有那麼誇張……學弟默默地又嚥一口粥：「怕有意外，我捨不得。」

「說得好像你生病我就捨得？」學長戳戳學弟肩膀，看對方明顯沒食慾卻一口一口撐著想把粥吃完，嘆口氣就把最後的三分之一碗收走。「別勉強了，你這傢伙生病了就乖乖示弱是會怎樣？我又不是不會照顧你心疼你……跟昨天比起來，還有哪裡不舒服？」

「渾身都不舒服，分不出來。」

「嗯，吃藥，吃完藥繼續睡，不會有人打擾你，家裡的事也沒到你連生個病都沒空的程度。」

「我想坐一下。」

「那等等。」學長點點頭，站在房門口就開始吆喝。「萊伊！你爸爸需要兩個大靠墊！艾倫！去我書房桌上把平版還有今天印的PAPER拿過來！歐琳小甜心幫忙拿兩顆甜橙！」

「好~」

「……全部的PAPER嗎？」

「靠墊要硬的還軟的？」

孩子們各自從家中不同的地方發出回應，這些原本明亮的聲音在學弟耳裡朦朧得有些遙遠，他知道這是感冒的緣故，嘴角卻莫名地有了笑意。

家裡的小猴子迅速把東西送到門口，學長便一樣樣把東西拿進去、堆好、塞手上、轉燈光，接著「登登！」地自備音效展示成果，讓探著腦袋的三個小孩在門邊配合地鼓掌。

「爸爸你要快點好起來喔。」歐琳在門邊想撲過去又不能撲過去地望著學弟。「歐琳每天會幫忙擠果汁！」

「好。」

學弟沒什麼聲音，但配上點頭的動作足以讓歐琳收到回應，學長把支援的「小」伙伴請回房間，想了想決定明天再問學弟剛才笑什麼，把甜橙剝好放床頭任由學弟取用，摸摸學弟發燙的額頭就下樓了。

雖說有膽不戴口罩，但還是沒膽量湊上去親一個，兩個大人都感冒可不是鬧著玩的。

學長暗暗感慨好像不能親的時候就特別想親一個，人在樓下翻開樂譜便把注意轉移到小鬼們的練習進度上，尋找一些能讓萊伊練習得比較愉快的曲子。

學弟則是剛吃飽迴光返照地不想睡，學長下樓後拿著平版看沒兩下人便昏睡過去，完全不知自己何時睡著，不知學長何時過來把PAPER平版拿走、幫他脫外套放平蓋被子……

只知道睜眼的時候窗外又是黑的。

「醒了沒？」

「……我中午有起來吃藥嗎？」

「有啊，我叫你起來的，你還喝了一杯核桃芝麻糊。」

學長有些好笑地看學弟發出呻吟，把放了滷肉豆乾蔥花的稀飯放下，肉是腿肉，滷得軟了便是不油不膩不柴，香料滷包是學弟配好收在盒子裡的，學長也就是東西通通丟下去，要做得跟學弟一樣好吃沒辦法，但感冒吃什麼都不香、太油吃不下太燥吃不得的狀態下，醬香的食物好歹比較能勾起吃的慾望。

「先給我水。」

昏睡一整天只覺得整個人都乾了，學弟一連喝完三杯還是不想吃，知道是睡過頭，正猶豫是硬吃一點先吃藥再說、還是等胃也醒了再說，學長已經先幫人做決定了。

「現在不想吃就先洗澡，昏倒我是扛不動，但反正兒子可以幫忙抬腿嘛，沒問題，去洗吧。」

「我沒這麼虛弱……」

「我是覺得你可以享受一下麻煩別人的快樂啊，苦中作樂嘛，」學長走進浴室幫學弟放熱水，向來明快的聲音有著一絲無奈。「喂，你沒有給任何人帶來麻煩，你是正在豐富我們的人生任務。」

「……啥？」

「達成照顧生病的伴侶的任務，或是孩子們達成照顧生病老父並全身而退的獎盃之類的——嗯，親愛的，如果你真的在浴室出不來，我想我跟兒子們就有支線副本可以解了。」

「為什麼我覺得這是威脅我爬也要爬出來……」學弟抹抹臉，有點想笑，不知為何又有點累。

「我是在跟你說生病的人不要想太多！你有我們，懶得靠，躺平我們也會幫你！」

「我先去洗澡……然後一起去餐廳吃飯吧。」

「……可以嗎？」

「行不行交給你判斷。」

學長聞言，露齒一笑。

「瞭解。」

雖然說生病的人不適合泡澡，但離開浴室的時候學弟覺得人類也是需要澆水的，他覺得自己就像枯萎的植物被水分填滿、宛若重生，雖然還是有點頭重腳輕，但很顯然學長也覺得他好很多，甚至沒忍住地在他臉上親一下，被學弟皺著眉推開。

「感冒還沒好，別鬧。」

學弟帶著鼻音的嘆息聽起來比平常輕軟，其實很好聽，學弟卻彷彿對現在的聲音相當不滿，說完又退開一步一個字都不多說，難得的戒備學長親上來。

「好好好，下樓吃飯。」

學長沒說是因為學弟的臉頰比平常紅潤，這樣的臉配上拿自己沒辦法的表情是少見的可愛，所以才一時沒忍住。如果說出真相，哪天學弟再次生病的時候八成會直接把他趕到一邊，反正有孩子們……

默默被這種「有了兒子就被老婆嫌礙事」的假設捅刀，帶點哀仇地將餐桌旁正在忙碌布置的小鬼們看一遍，什麼都沒察覺的歐琳發現兩位父親臉上瞬間散發光彩，可小心的觀察之後，跑去抱住了學長的大腿。

「老爸老爸，我可以抱爸爸嗎？他感冒好了嗎？」

「真遺憾，小甜心，我也不知道他感冒好了沒，要等明天醫生看了才知道。」學長摸摸歐琳的頭，哀愁完全被歐琳的笑容踢飛。「但他可以陪我們吃晚餐。」

「吃完晚餐會好嗎？」

「明天晚餐說不定就可以。」

學長在歐琳額頭親一個，把小女還舉高高再放到小公主的專用座位，拍拍顯露一絲失望又很快振作要「好好陪爸爸吃飯」的認真腦袋，也跟著就坐。

學弟無法下廚家裡的菜色自然變得簡單，除了那些學弟事前處理好的存糧，再來就是只要放香料慢慢煮到底的燉煮，油炸物學弟不能吃自然不會出現在餐桌上，炒青菜學長還會做，但偷懶的話就是生菜沙拉水煮菜——當然所需醬料也早有學弟做好的庫存在冰箱放著，弄出一桌看著還行的均衡晚餐不是問題。

學弟還是吃著學長剛才端上樓的那份，看學長替他盛湯、艾倫幫歐琳擦嘴，萊伊把歐琳貪心多拿的生菜拿走一些堆到自己碗裡，然後把妹妹偷偷推給艾倫的洋蔥給放回去。

嘴角忍不住就挑了起來，他看著桌上平靜的忙碌，偶爾兩個兒子會講一下最近做了什麼，家裡打掃的分工誰偷懶了是歐琳對洋蔥的小小報復。

買來的蛋糕沒有學弟親手做的香甜，但他泡了餐後的紅茶，他們聚在客廳裡，學長彈著今晚打算給孩子們練習的鋼琴曲，從基本到華麗的變奏版，讓興致勃勃打算說故事的歐琳不住分心，而彈鋼琴的人也很分心，萊伊說到學校球隊的時候，還能邊彈邊回頭插上幾句話。

身為家長的一種欣慰和隨之而來的淡淡失落混和成一種複雜的心情，高興之餘，又感受到那種「人一生中能接受的幫助和提供的幫助都是有限的」的心情，他有學長，但發現小鬼變得能幹，似乎也有那麼點……寂寞。

察覺這點，學弟自顧自地笑了起來，輕輕的笑聲點在鋼琴聲裡，讓學長停下彈奏，轉頭望向也是一臉困惑的孩子們，又轉頭看看那個笑得很開心很輕鬆的人。

「想到什麼好笑的？」學長問道。

「嗯……突然覺得偶爾感冒一下也不錯。」學弟笑著朝孩子們眨眨眼。「沒生病都沒發現你們已經這麼能幹了。」

「耶！歐琳很能幹！」

小女孩歡呼，艾倫顯得靦腆，萊伊則是理所當然的領受誇獎並表示還會更好，學長負責鼓掌，提前透露等自己感冒好了就來個慶祝的野餐！

「嗯，我會快點把病養好。」學弟微微一笑，捧著茶杯，了悟了那種無法參與的失落，淡淡欣喜於自己能理解與別人分享人生未必一定得做什麼，能有觀賞的特等席，也是無與倫比的獲得。

「到時候我會做豐盛的便當。」

歡呼再起，歐琳已經開始點菜，幻想去要哪裡，男孩們聽到可以被野放即使是艾倫也有點躍躍欲試。

可惜，三天後，換成學長發燒了。

小女孩的頭又擔憂的出現在門邊，學弟朝歐琳比了「噓。」的手勢，然後搖搖手跟歐琳說稍後見，讓男孩們帶走妹妹，就像前幾天一樣。

「混帳……我不是打了疫苗嗎……」學長一邊忍耐咳嗽的衝動一邊咬牙切齒，轉眼想開之後又病懨懨回到病患該有的樣子。「算了，反正有你。」

「是，我們都很樂意為你效勞。」

「那當然，」學長臉上滿是病毒也無法感染的得意洋洋。「我們是一家人嘛！」

聊個天

「……怎麼了？」學長感覺到身邊的動靜，揉揉眼睛看見學弟坐了起來，不了解大半夜的學弟怎麼突然醒來，黑色剪影彷彿暗夜裡蓄勢的豹子。

察覺學弟這是備戰狀態，學長再想睡也努力讓自己清醒，學弟卻笑了笑，俯身在他額頭上親一下。

「似乎有訪客，我下去看看。」

……訪客？

大半夜不按門鈴的訪客不就是小偷跟搶匪嗎⁉看看？你說得還真輕巧！

「我也下去。」

「你下去幹嘛？萬一他偷竊不成改為持槍行搶，你擦破塊皮我大概會殺了他……你要陪我逃亡？」

「我……」嗯哼！老子是沒有你會打啦！「我偷偷打悶棍。」而且我們正當防衛好不好⁈拿錢請律師這種小事根本不是問題！

「有道理。」

學弟低低輕笑，完全沒人把樓下忙碌的小偷放在眼裡。

兩人輕手輕腳的下樓，學長負責拿槍，學弟負責靠近小偷加以制服，家裡的貓都躲在書櫃上睜著發光的眼睛，至於克里夫一世和他兒子克里夫二世，正一內一外地發出低沉的威嚇聲。

而笨拙的小偷正被克里夫們包圍，卡在廚房的窗臺進退不得，顯然擺出狩獵架勢卻不吠叫的狗彷彿下一刻就會咬上去，讓小偷只能「吁！吁！」的試圖趕走，卻不敢做得更多。

學長學弟遠遠的就著微光看清楚現況後一陣好笑，索性把燈點亮，而嚇得失去平衡又不適應光亮的小偷只好拚死抱住窗框——至少人類可以溝通，下面的狗天曉得會不會咬咬看再說！

早已發現主人到來的克里夫們非常盡責，並沒有因為燈光亮起而降低警戒，反而看起來更想衝上去了，小偷叫都不敢叫，只敢偷偷打量屋主——兩個男人、有點年紀，或許是這家的先生跟親戚朋友之類的……小偷這樣想，但恐懼稍稍過去後，他發現事情很詭異。

「克里夫，看好他，到我說OK為止他都沒逃掉的話，下禮拜我烤牛腿給你們。」

狗兒們瞬間振奮得雙眼發光，對著他吠兩聲，彷彿說著「你逃！我們抓！有肉！」，兩位中年的東方男性則開始移動桌子椅子、切起蛋糕、燒熱水泡紅茶……

……他們到底想幹嘛啊……小偷欲哭無淚，手腳稍稍移動，兩隻黃金獵犬毫不猶豫地就咬空在手邊，溼熱的氣息和飛掠的氣流，小偷毫不懷疑咬在手上會有「喀啦！」聲。

在他垂淚的時候學長學弟已經準備好午夜的餐點，進行著明明是荷蘭語小偷卻一句話也聽不懂的對話。

「要叫孩子們下來嗎？」學長問。

「……叫他們下來幹嘛？」我們家輔導的青少年裡就有小偷扒手，這個笨的就不用了吧？

「難得有野生的耶！」野生的訪談live show很少見耶！「我們還會放回去的不是嗎？」

「……有必要？」你只是單純的覺得live show很棒吧？好殘忍啊學長。

「我覺得瞭解『絕對不可以這麼笨！』是很重要的一件事，親眼確認『真的有這麼笨的存在』對萊伊應該很有教育意義。」

「大概吧。」畢竟我家的孩子都很聰明嘛。

「那我去叫他們下來？」說好說好說好嘛！

「……去吧。」你啊……

學弟無奈地目送學長離開，小偷心想現在只剩下不太專心的狗和完全沒注意他的人類，此時不逃更待何時——嚇！

細小的銳音和併裂聲響起，手肘旁邊的牆上出現黑黑的小孔洞，小偷頭皮發麻渾身顫抖地抬頭望著微笑優雅的男人，對方不知道什麼時候手上多了把槍，還是把裝上了消音器的槍。

「你……」小偷不禁顫抖地指著彈孔。

「別擔心，這裡是我家，」學弟笑著勾勾槍口，滿意地看對方膽戰心驚地爬回原位。「等等要乖，這樣你絕對可以活得比今晚長。」

小偷先生用力的連連點頭，沒多久，小小的喧嘩聲出現在廚房，剛才的男人帶著三個小孩下來，其中的金髮小女孩雙眼瞬間發光。

「哇～活生生的笨小偷～～～」歐琳開心的跑上去，跑到一半才想起什麼似地回頭看看父親們。「……我可以靠近看嗎？」

「可以，」學弟點點頭，「他不乖我打爆他的頭，克里夫也會撕爛他，所以我保證他會對歐琳很有禮貌，歐琳也要對他有禮貌喔。」

「喔！嗯！」歐琳用力點頭，跑到窗邊的流理台邊，漾起燦爛乖巧的笑容。「笨小偷先生，晚上好，歡迎你到我們家。」

「妳……妳好。」我、我超後悔的啊……

歐琳甜甜一笑轉身跑回學長身邊，爬到學長腿上坐好之後拉拉老爸的衣領，湊到學長耳邊說悄悄話。

「爸爸～他呆得好可愛喔～我們真的不能養他嗎？」

學長面色一僵，尷尬地瞪著偷笑到咳嗽的學弟，苦笑地摸摸女兒的頭。

「不行，歐琳，跟他聊完天就要放他回去，這樣他才會是野生的小偷，被我們養就不是小偷了。」

「那他會變成什麼？」歐琳好奇的盯著學長，連帶著艾倫和萊伊也頗好奇老爸會給出什麼理由。

「他會變成跟克里夫一樣，可是歐琳已經有克里夫了對不對？」學長指著「汪嗚」回頭的黃金獵犬。「克里夫比較可愛對吧？」

歐琳想想，遺憾的點點頭，完全沒注意哥哥們的噗嗤聲。

「那我們要跟他聊什麼？」既然不能養，歐琳很快的就轉移目標——拔拔說要把握機會的呢！

學長學弟沉思片刻，互向對看、擠眉弄眼——好吧，萊伊聳聳肩。

「你怎麼會想到來偷我們家？」反正爸爸們也沒說他根艾倫不準問嘛！「我們家看起來……嗯……似乎偷起來沒有很賺。你覺得呢？艾倫？」

「咦？為什麼問我？」

「因為你看起來有意見啊！」

「唔……」艾倫歪頭想想，眼睛偷看爸爸們充滿鼓勵的期待眼神，有點小害羞。「就是……太有錢的偷起來難度高，警察也會抓得嚴吧？比我們家窮的偷起來又沒賺頭——」艾倫思考片刻，總結般的點點頭。「外觀來說我們家偷起來剛剛好。」

雖然有點被說服了但還是不甘心，萊伊瞪著小偷，但似乎又想到什麼，嘆口氣揉揉脖子，便轉身看向家長們。

「總之看完了，我對這傢伙沒興趣，吃完消夜就可以回去睡了吧？？」

「欸——好冷淡，妹妹想養他你都不在意啊？」

「啥？歐琳又不是真心的，對不對歐琳？」

「嗯？對呀，雖然好像有點好玩，不過……嗯……我還這麼小，養男人好像不太好？」

學長愣了愣，女兒的笑容還是很燦爛，但好像哪裡不對。

「那妳剛剛那麼開心是？」

「新鮮野生很棒的啊！第一次看到！」

那麼問能不能養大概就是壞習慣了是嗎？學長點點頭，跳過「女兒似乎正在朝腹黑之路邁進」

的擔憂，轉頭又去看艾倫。

但很顯然，乖巧的艾倫其實也沒什麼興趣，完全無法接收到家長之一興高采烈把他們弄醒的電波，讓學長略感沮喪。可惜卡在這裡浪費時間不睡覺也沒意義，只能很不負責任地把視線移回學弟身上。

「現在？」

果然是為了好玩什麼都沒想——學弟心中暗嘆，卻又覺得老是這樣跟他求助的伴侶實在很可愛，湊上去在對方額角親了親，然後朝卡在窗戶上進退兩難面色慘澹的小偷招招手。

「大家都先坐下來吃個宵夜吧。」

✤ ✤ ✤ ✤ ✤

哈利躺在乾淨有格調的寬敞客廳中的沙發上，身上趴了一隻狗、腳邊還有一隻，牆壁上留下的一盞昏黃燈光帶來柔軟靜謐催人欲眠的舒適感，哈利卻直直盯著天花板，感覺自己像最苛刻嚴謹的裝修工人在挑剔壁紙和油漆的細節。

我不是來偷東西的嗎？我不是剛才還被人抓到拿槍指著嗎？

——他媽的剛才到底發生什麼事我現在會躺在這裡?!

從剛才到現在的一連串變化都讓哈裡無法理解，他偷竊、知道如何把握下手與離開的時間，就算技術不過中上，他被抓進警局的次數也比同行少很多，天曉得他多久沒有驚慌失措甚至完全不知道自己在幹什麼！

為、為什麼被狗包圍的時候沒有像以前那樣乾脆快速的逃跑？哈利抱頭對自己剛才的表現悔不當初，平常都先跑再說，怎麼今天就鬼迷心竅？而且這家人好詭異……

被留下來在客廳過夜就真的躺在這裡的我腦袋沒問題嗎？

睜大眼睛仰望單調的平面，哈利還是沒辦法想什麼，天花板再怎麼看也不會給他一個眼神和答案，只能在視野被狗爪遮蔽的時候撥開爪子、推開狗鼻子，繼續被這種莫名其妙包裹，第N次的問自己為什麼不逃。

現在只有狗，而牠們不會對著他叫了，這家人都上樓睡覺——好吧，不管有沒有睡，總之不在一樓，沒人可以阻止他逃跑，就算這家人之後報警，那也要警察抓到他。

大狗壓在身上又暖又重，哈利糾結煩惱得幾乎想在地板滾動，卻像被狗制服一般地僵在原地，然後渾渾噩噩地發呆到天亮，直到樓上再次傳來動靜才整個人驚跳坐起，看著陽光懊惱得想一槍斃了自己。

學弟下樓的時候就看見那將五官埋在掌心的挫折身影，克里夫們坐在那孩子面前表達關心，發現他下來也只回頭望向飼主、露出一臉「我該怎麼幫助他？」的認真表情。

假釋觀察中的小鬼呢。

昨晚拿到了該拿的資料，一個顯而易見的普通案例，呈現出一個慣犯在被拘捕與被釋放這兩種生活間反覆惡化的模式。雖然年紀還小，但出獄後的安分期相當短暫，至少心理上的掙扎在最近幾次的被捕紀錄中，並沒有提高他作案的行動門檻。

這個家在孩子們長大一些後又重新開始接待一些青少年輔導，學長學弟不覺得這樣會帶壞小孩，也並未抱持「讓孩子見識世界的另一面」的想法。

幸福的家庭或有相似，不幸的家庭各有不同；與其比較不幸，學長學弟比較想讓孩子們擁有「即使不幸」或者「不那麼幸福幸運」也能為身邊的人做些什麼的勇氣，至少在面對的時候，要敢於想起這樣的選擇。

因為有這樣的關係，學弟一早起來就透過系統與聯絡網確認哈利的資料，然後將資料和溫開水塞到在床上打哈欠的學長手上，打理好自己就先去叫醒孩子們——說實話，那位叫做哈利的小偷在或不在對他來說都無所謂。

如果這傢伙在的話……

學弟想起學長週末想去釣魚的計畫，或許這是個能滿足學長玩心的好雇員？

「早安。」

翩然下樓還溫聲朝他說早安的男人讓哈利無法適應，只覺得有些毛骨悚然，但現在才逃跑時機不對，哈利強自鎮靜地瞪大眼睛，卻不曉得這種表現在學弟看來如同炸毛的貓，因此不過呵呵兩聲，便走進廚房料理包含沙發上青少年份量的豐富早餐。等他脫下圍裙看自家小鬼頭萊伊從手上接走熱好的牛奶還給他一個白眼時，虛張聲勢的夜間訪客，其腹部已經在餐桌旁發出比主人更坦率的讚美。

哈利無法阻止腹腔傳來的背叛之音，即使他記得很清楚，六小時二十一分前才跟這家奇怪的人吃過一頓消夜——或者說午夜的下午茶——但現在他又餓了，面對眼前比他平日三餐加起來還要

「正式」的一桌，一邊覺得羞恥一邊抱持兼具貪小便宜與報復的微妙心理，哈利一直到其他人開始收盤子才發現自己吃撐了的坐在椅子上發呆。

「你可以走了，後天記得過來一趟。」

哈利忐忑地望著昨晚拿槍指著他的那位男性在樹木掩映的陽光下，站在庭院門口送三個孩子出門上學，不懂給他兩餐、讓他在客廳睡一晚、還要他後天過來是為哪般。

而且就這樣讓他走了？沒有任何約定，也沒有……「如果不來——」之類的？

「怎麼，捨不得走？」

哈利猛然回神，小心翼翼地後退，接著才想到這是有籬笆的庭院，在思考要不要翻出去的時候站在門口的男人後退一步，他盯著男人，然後突然爆起、瞬間從門口竄出、頭也不回的向外跑，只依稀聽見身後那男人的笑聲和輕鬆愜意的一句「再見」。

操你媽的再見。

✤ ✤ ✤ ✤ ✤

煙臭味和各種體味與腐朽污濁的氣味混雜成熟悉的環境，頹廢又帶點緊張戒備的安靜、和狹小公寓隔間裡終年存在的電視聲音涇渭分明，將外面的世界、這個街區、這棟公寓以及其中的每個房間區分得清清楚楚。

沒幾個人覺得這邊好，但都覺得這邊自在。哈利踏進屋裡，安靜溜回自己的房間。他甚至缺乏打探其他室友和昨天這區重大事件消息的動力，只是回到那個勉強有扇門和一台活屍般的通風扇的房間，拴上門拴、沉重卻沒帶出任何聲音地把自己摔進充滿霉臭味的床上。

沒有窗戶的房間就像一句棺材，幽暗裡逐漸傳來上下左右鄰居們微弱的動靜，哈利只覺得渾身疲倦，不知不覺就在這缺乏時間感的房間裡陷入熟睡，待他醒來整個房間也仍然是那種要死不活的幽暗，哈利抓回身體的感覺、估算自己的睡眠時間後才拿出手機看了看，然後發現自己現在的狀態怎麼也不適合出門幹一票。

那家人究竟是怎麼回事？

哈利總覺得有什麼被他忽略遺忘，那家人充滿一種奇妙的違和感讓他耿耿於懷。

因為是GAY組成的家庭？還是那幾個小鬼完全不害怕也不奇怪的反應？當然最詭異的還是請一個賊吃東西喝茶這點——等等!?

「我上一次偷竊被人撞破的時候，那戶人家是什麼反應？」

上次是個太太，驚叫的音量和表情已經記不清楚，但還記得很誇張；再之前失手的那次，他被房子的男主人打得半死。

那種驚慌、恐懼、仇視、殺意、緊張，同時宛若面對蟑螂一般厭惡而鄙視的情緒，在他失手的那刻伴隨著尖叫呼嘯撲面而來，昨天卻是從未有過的平靜。

那位笑得很恐怖的男主人跟那個臭屁的小鬼的確看不起他，但在那個房子裡，所有人對待他的感覺都讓他覺得……他是個普通人。

沒有比較劣等，不是害蟲也不是什麼骯髒的東西，至少他感覺不到什麼歧視。

頂多就是那個黑髮的臭小鬼毫不掩飾地鄙視他的智商。

外面逐漸傳來室友回來的聲音，依稀聽到他們談論自己的蹤跡與收入，哈利不由得感受到某種微妙的困窘和鬱悶，忐忑地分辨靠近的腳步聲，最後在他們沒有開門確認自己在不在的時候鬆口氣。

哈利放空地賴在床上，飢餓感再次不受控制地帶來焦慮，此時四周卻很安靜。夜晚是他們這種人的工作時間，漆黑夜色提供他們這些叢林潛伏者掩護。他不想被人詢問怎麼回事也不想被嘲笑，於是將連帽外套的帽子拉低，迅速地開關門便如同遊魚一般地離開房間與建築群，熟練地避開「伙伴們」出沒的區域，找了家二十四小時營業的速食店窩進去，打算在這個比自己狗窩乾淨的地方應付一夜。

等吃完點餐，哈利才想起他還沒完成今天的定時聯絡，輕輕喉嚨拿出手機打算編造出合適的態度與謊言，才發現手機裡有幾封簡訊。

……誰的？哈利邊吸可樂邊點開，最新的那封訊息差點沒讓他嗆死！

> 誠摯邀請你於明日晚間六點，與我及我的家人共進晚餐，並商量一下關於你新工作的待遇問題。
>
> 地址你知道，不再額外贅述。

簡訊附上的圖片，是隻戴著墨鏡、嘴裡咬了一把槍的黃金獵犬。

就算他分不出這隻狗跟別隻狗有什麼不同，也沒辦法靠相片分辨這把槍是誰的槍，但哈利相信

——不，他突然覺得自己有百分之百的信心——這隻狗就是趴他身上趴到今天早上的那隻！這封簡訊就是那個瘋子發來的！

喔！上帝！就算我超過十年沒上教堂你也不能這樣對我啊！

哈利趴在桌上，懶得去想這人怎麼會知道自己的手機號碼，打擊太大，一時難以振作無法思考也理所當然，就像被車撞到沒啥大礙也要過一會兒才能緩過那股衝擊，雖然等衝擊過去感覺並不會更好，但好歹能忍痛解決問題。

例如他終於下定決心明天「正式拜訪」那戶人家，即使哈利覺得這跟本就是脅迫，而且通常有一就有二。

幻想創造恐懼，彷彿從泥沼中伸出溼冷的手將人向下拉扯，然而這種驚慌非常短暫，至少是哈利認為的短暫。他不是一般的孩子，深知在幻想把自己嚇死之前冷靜面對最為重要。他將半融的冰塊含進嘴裡用力咬碎、吞下、然後深呼吸，感覺那種冰涼在淌過喉嚨的同時把那種不安也凍結起來，給大腦空出塊地方好思考明天他面對那家子的時候該說什麼。

「嘿哈利，你怎麼在這⁉」

「我為什麼不能在這？」哈利揉揉被希姆德拍得有點痛的肩膀，看這個還算熟的伙伴在自己對面坐下。「你才是在這幹嘛？」

「沒啊，路過看你臉色不好。喔，我先去弄點吃的，回頭聊。」

哈利看希姆德晃蕩到點餐檯，內心有點猶豫要不要跑，但就這眨眼的時間希姆德已經端著食物回來，邊咬漢堡邊盯著他，就等他說點什麼。

「沒事，吃你的。」開什麼玩笑，這麼丟臉的事死也不能說！

「我在吃，你眼睛沒看見，我可以吃給你聽，」希姆德刻意吃出聲音還順便不小心噴出點殘渣飛到哈利臉上，然後熟練地邊塞漢堡邊閃避桌下哈利的踢擊：「欸，你剛才臉色真的很差，昨天失手囉？」

「……對啦。」

「那麼可憐～」

「閉嘴！」

「嘿，失手沒什麼，誰沒失手過？」

「……如果這麼簡單就好了……」

「嗄？」希姆德耳尖地聽到關鍵的重點，一口漢堡險些落下又用手塞回去，沾滿油膩和黃芥末的手隨便在餐巾上蹭兩下，伸手就去扯哈利的衣領，不怎麼乾淨的衣服瞬間又多了一大塊污漬。

「幹嘛啦！」

「看你失手完是不是接著失身啊，好像沒有嘛，所以咧？」

「煩耶你……」

「說不定能幫你想到些門路，真不考慮一下？」

被瘋子請吃飯哪需要什麼門路……

哈利打心裡不以為然，但從昨天晚上憋屈到現在，還是忍不住遮遮掩掩的說兩句，純當分享瘋子奇聞或都市傳說，希姆德聽著表情漸漸微妙起來，哈利越說越有看恐怖片的感覺，區區幾句開頭說完就什麼都說不下去。

「你該不會……」

「咳，那兩個男人是不是高的那個笑得一臉欠揍但又覺得很恐怖，臭屁的那個小鬼是黑頭髮，最小的金髮女孩看起來天真可愛實際上燦爛得沒心沒肺？」

「我是不知道金髮的那個怎麼樣……你、我說你也知道的太多了?!」

「……別說的我好像會被滅口一樣。」

「啊哈哈……」哈利乾笑兩聲，意外獲得受難伙伴一名並不會讓心情比較好，事實上，哈利只想悲憤的吶喊「你為什麼不早說！」

「是嗎？」哈利調整臉部表情，不想顯露心中的惶恐讓同伴覺得很遜，只能死撐著壓下繼續打聽消息的衝動，僵硬做作地點點頭。

「欸，不過你在這家失手算幸運，他要你明天去吃飯就去吃，沒問題。」

「嗯，記得吃飽一點，免錢大餐吃一頓抵三頓。」

「操，你只記得吃？」

「反正那家人就這樣，在這區你算新人所以不知道，一般都不會朝那家動手。」

哈利完全沒脾氣了，也懶得知道更多，總之重點他懂了——大家都不去惹這家，但如果惹到又被請吃飯，吃完就沒事。

吃進去的肉總不會對不起自己，實在吃得不痛快，肉撕咬得兇殘點低調發洩也就是了。

希姆德拍拍哈利肩膀，知道同伴在想什麼，第一次碰到那家子都是這樣，他懂。

兩人沉默地吃著食物和冰塊，希姆德離開時問哈利要不要一起回去，沮喪認命的竊賊寧願面對黑夜也不願把自己放進狹小的房間，為避免重新陷入不愉快的記憶，索性在遊樂場消磨到天亮才返回住處，一覺無夢直至傍晚。

參加邀約沒並無需要準備之處，跟隔壁鄰居借浴室洗澡換了身衣服便磨磨蹭蹭的步行前往，抵達之後面對「歡迎光臨」只覺得全身彆扭。吃飯期間很平淡，良好的氣氛並沒有當他不存在，彷彿他只是個「沉默寡言」的客人。

直到飯後的紅茶端上桌，哈利才知道不只是晚餐，簡訊中所謂的新工作居然也是認真的！

「你們不是傻了吧？居然相信我?!」哈利看著面前的合約，上面寫著比他任何一次正經工作所收都要高的薪水，工作內容卻見鬼的不可思議——打掃、接小孩、陪三個小鬼遛狗?!

「工作是為了獲取自身所需，你需要的不就是這個？」

學弟悠然地說道，看著對面那小鬼的表情，其實內心是一千萬個不相信——將問題扼殺在搖籃中更符合他的個性，就算覺得學長會覺得好玩，本來也只是打算把這傢伙轉介給別的輔導員或有合作的商店。

誰曉得學長會認認真真弄了張合約放到他面前？據說還是跟律師討論過的。

「……這也太……」

哈利臉上完全呈現內心既感動又困惑、還糾結著情緒障礙以及是否答應等等各種複雜情緒，變幻莫測的表現比他本人更有深度。學弟見狀嘆口氣，悄然移動左手抓住學長不斷戳他腰側的手指。

在學弟看來簽約等同不信任的表現，如果雙方信任彼此，根本沒必要將追溯權具體成文字，結果學長卻只是哼哼哼地說了三個字。

「你不懂。」

差點憋得人想鬧彆扭。

現在看這小鬼還真的很感動……算了。

「沒自信？」

哈利說不出有，也無法承認連他自己都不怎麼相信自己，負責清潔等於獲得無數偷竊的機會，腦中浮現過去找工作被人不斷側眼防備的畫面，只覺得五味雜陳，不論是好是壞都超出他的理解和決斷力，越急於越是茫然，直到聽見一聲嗤笑才陡然驚醒。

「萊伊。」

「抱歉，我不小心笑出來了。」

道歉完全不像道歉，卻激起哈利的火氣——你不就有個好老子！算個毛！

「哪裡好笑？如果我也有這種老子今天笑的人就是我！」

「喔……」哈利眼裡的黑髮男孩笑得一臉諷刺，轉頭不屑地往向家長。「爸，你們確定要用他？」

「喂！用我又怎樣!?」

「拿偷東西的專注力好好做事你會混成這樣？不就是死要面子又不想負責嘛！這麼高的薪水還猶豫不決，你以為你是誰？難道我爸還求你打工啊？有病！艾倫、歐琳，走了，老爸，我們上樓寫作業——坐在這真是浪費時間。」

「好。艾倫，看著弟弟寫完功課再組模型——萊伊，你頓了一下喔。」

「……才沒有。」

哈利看那小鬼脾氣比他還大的離開，內心在短時間裡迅速模擬各種報復虐待的手段，勉強撐起一個猙獰的笑容然後快速地在契約上簽名走人，甚至忘記拿走他自己留存的那份，還是第二天上工的時候才拿到。

第一天上工因為賭氣早到獲得了早餐，他看著兩位男主人招呼小孩、打包便當、叮嚀、祝福、一個不落地在臉頰或額頭留下親吻，然後才向他介紹工作環境與須知，接著他送這兩人出門上班，在門口看到兩個男人明明一起出門上同一台車，卻還是如同送小孩出門時那般，給彼此一個吻，無比自然地對他說再見。

此後每一個他提早抵達混早餐的早晨都是這樣，有時候他離開的晚了還能看到這家人其他意義的親吻，讓他漸漸的從羨慕嫉妒化為寂寞，繼而又轉為冷靜，隱藏著一絲自己也沒察覺到的惡意期待這種畫面何時會消失，可惜他沒等到。

哈利發現自己在這個已經家工作三年的時候，才驚覺心中的這份惡意，以及這期待居然從未成真。

為什麼呢？

他已經知道這個家庭的每個人都沒有血緣關係，知道這幾個小孩就算開始的時候沒有比他幸

運，但至少現在有兩個好爹；知道這兩個東方人為了結婚遠離家鄉，然後在心中諷刺就算承認婚姻關係也擋不住就是有人覺得同志比疾病還噁心。

可是他也很清楚這種惡意不過是種無聊又自卑的抵抗，而且他覺得那個家裡的每個人都看出來他這種自卑。

「你在彆扭什麼啊……」希姆德被他拉去酒吧，喝著啤酒不懂損友工作歸來為何日益沉默。

三年後的希姆德在一家水電零件雜貨店工作，送送貨也學了點技術，他們都搬出了那片地方，住到其他不那麼靠近那個圈子的便宜街區。

生活比以前好了那麼點，在希姆德看來哈利的日子絕對不只比他好一點，因此他完全不能理解友人的糾結之處……唔，多少還是知道一點吧？

不能理解，但還算知道，希姆德抓抓頭開始猶豫究竟要不要說出來。

「……你想說什麼？」

「你這幾年也存了不少錢吧？」

「嗯。」

「也學了很多吧？」

「……嗯。」

「那離開這裡吧。」

哈利聽不懂希姆德的意思，用力閉上眼睛再睜開，如此反覆幾次後定定看著希姆德，清晰的視野讓他確信自己沒喝醉、沒聽錯、而希姆德也不是隨便說說。

「什麼意思？」

「我是不懂你彆扭什麼，但大概知道你鬱悶什麼……」希姆德乾笑兩聲，不自在地抓抓後頸。「我是覺得啦……你都不當賊了……幹嘛一直盯著守著偷不來的東西？」

「……嗄？」

「你想嘛，你這幾年不是跟我說過很多抱怨嗎？還說每天都一樣這些人不膩嗎居然還過得下去什麼的，再不然就是那個小鬼諷刺你什麼要是打得贏他絕對怎樣怎樣的——聽起來就是你很羨慕、很希望成為他們的一份子，然後覺得自己真的很笨浪費了時間之類的……」

「我哪有！」

「反正我覺得是這樣，看你之前沮喪現在一邊吼一邊眼睛往左上飄三遍我就更覺得我沒說錯！你很羨慕還羨慕得快要變態了！還變得越認同他們就越自卑越扭曲！你以為你呆得夠久就會變成一家人？還是你要一直當這家人的清潔工？別找虐好嗎?!」

「誰找虐！我認真工作樸實生活哪裡扭曲哪裡變態！」

「好啦好啦都沒有，每次都這樣很沒意思耶，你找人聊聊就是為了頑固的死不承認？你被人說穿反而更要去幹傻事的習慣什麼時候能改啊？」

「改不了啦……」

這算變相的承認，哈利盯著酒瓶彷彿上面有精美的浮雕，希姆德拍拍自家兄弟，多多少少……只有一點點，理解這種覺得自己靠近夢想就等於實現夢想，偏偏理智又知道自己一無所有，所以非常嫉妒非常寂寞希望崇拜的對象可以看自己一眼的心情——因為他那個已經死了的媽也是這樣。

「哈利。」

「幹嘛啦！」

「那兩個人再好，也不會變成你爸，或許在小鬼看來，你就是去那個家領薪水撒嬌的。」

希姆德前面說的話哈利都能瞬間反駁，也充滿了「屁！你懂什麼！」的吶喊衝動，但撒嬌兩個字讓他所有的聲音消失在喉嚨，他想說什麼，卻只能跟金魚一樣空虛的張嘴，在他面前沒有餌，但哈利知道他咬中了……真正一直不願意面對的真相。

睡醒的人總要離開床的吧？

哈利點點頭，越點越低。

的確是該離開了。

✤ ✤ ✤ ✤ ✤

哈利對學長學弟來說只是個過客。

以他們的記憶力，基本上不會忘記，卻也沒有會被觸動回憶、甚至聖誕節新年會記得寫卡片的程度。

在哈利為這個家服務的三年裡，他只佔據了早上的匆匆交會，最多再多相處他混早餐的時間，通常他們回來的時候這個人早已不在，屋子裡也不會留下什麼外人的痕跡，他們就是顧傭關係，在碰面又有閒情的時候，會說句謝謝。

小鬼們知道父親以前在美國就有當過輔導員，在這個家要重新接待這些人之前，學長學弟都有告知，當然，家長剛開始從未將這些人帶回家，他們會和這些人在學校或商店街的餐飲店見面。

哈利其實是第一個出現在他們家中的被輔導人，而且是半夜行竊被抓的傢伙，因此即使是好脾氣的艾倫，溫和之下也滿是警戒。

男孩們和年紀尚幼的歐琳不同，他們曾經被歷練過，萊伊更是清楚偷竊是怎麼回事，所以也跟這名竊賊處得格外不好。

不期望知恩圖報什麼的，展露嫉妒心這點萊伊也覺得自己雖然討厭但還能忍受，可是隱隱嫌棄他們給的不夠應該多關心一點是怎樣?!

萊伊不止一次拉著艾倫在不被注意的角落打量這個人，對兄長嗤笑「大概只有他自己會覺得這種念頭沒被人察覺」，又過一年，長大一歲的歐琳加入哥哥們的隊伍，小女孩對笨小偷沒有特別的喜好，可是也沒有特別討厭。

「嗯……就那樣，」歐琳聳聳肩。「他只是無聲的吵鬧而已，就跟有的人不論好壞都會抱怨，是不喜歡，為什麼要去討厭呢？」

萊伊愣了愣，過了點時間才理解歐琳大概有「那樣好麻煩」以及「何必浪費精神做這種事呢？就是有這種人啊！你阻止不了他的！」這兩種意思，比起只是憂心這個人會不會因為情緒驅使而做些不當舉動的艾倫，萊伊猛然醒悟自己的重點的確有點偏。

不過，那個人莫名的看他不爽，他也沒必要就因為這樣不討厭他。

兩位父親將這些全看在眼裡，如同萊伊所料，哈利的心思看學弟眼中就如同白紙上的墨跡，學長還是遲了一個月才發現這件事，發現的當下差點就笑了，等到學校進實驗室，抓著學弟就開始抖笑。

「欸欸欸，你那個奇妙的崇拜者是什麼時候從路人轉粉的？」身為教授，學長對自己與時俱進的詞庫相當滿意——學弟現在微妙的表情讓他更加滿意了。

「大概兩個多月前吧。」

「多了一個湊上來想喊你爹的人心情如何？」

學弟直勾勾地望著學長，一時之間難以抉擇是該吐槽「那這傢伙喊你娘親你的心情如何？」還是「神經病真的發病了你以為你跑得了嗎？」，腦中許多湊不成句子的文字碎片在這兩句話的外圍如禿鷹盤旋，最後輕輕一嘆伸手拍了拍學長的頭。

「喊著有我這種爸爸真好的小鬼，光是這個學校裡的學生就足夠把操場排一圈了。」

「嘖，取笑你還得意了？」

「我只是想證明我很擅長處理這種問題。」學弟給學長一個吻，閃得他家研究生低頭的表情有些猙獰，然後把人推出自己的實驗室。「乖，你的課要開始了，快去準備一下我陪你去教室。」

「嗄？喔……對喔，你的課是接著的，你要在教室裡坐到你的課開始啊？」

「帶電腦去看PAPER就好，順便打一下學生的平常成績。」

……這太過份了教授……學弟家的研究生頭更低了，如果可以，他們跳窗也要先脫離一下這間研究室啊！好想告訴學弟妹你們上課千萬要小心！

不論內心有多少草泥馬狂奔而過，實驗室都是安靜的，兩位教授向來不負責學生的心理傷害，同樣的，他們也無意管理或開導某人的嫉妒心與崇拜心，在學弟看來這只是「處理」，保持安全的距離之外，注意自家孩子的安全，怎麼處理自然是隨時微調。

畢竟他們已經給這個人最需要的信任、尊重、與工作，幫助並非永無止境，每個人總得在滿足最低需求之後，決定自己該活成什麼樣子。

然後他們看到一個可以說幾乎沉溺在嫉妒裡毫無進步的人，在哈利來這個家幫傭的兩年後，即使萊伊對這人的語氣仍然不好，但他看著這人的眼神已然帶著悲憫。

這段時間裡萊伊艾倫歐琳也陸陸續續看到幾個其他的被輔導人，有對比就有差異，於是意識到哈利與其他人的區別——他不笨，可是這兩年內他學習到的東西是最少的；相對於其他人來說，他也沒有朋友，即使是點頭之交，他在別人記憶中的印象清晰度也岌岌可危；最後，他除了這份幫傭，他並沒有去找其他的工作，剩餘的時間也沒有拿去進修和培養興趣，最多就是抓著希姆德上酒吧喝酒。

這種人只能說是蠢吧？萊伊如此評價，艾倫無話可說，關心朋友的希姆德曾經厚著臉皮上門一次——在哈利認識這家人之前，他曾經在商店街幫助過這三個孩子，因此看過這家人。他不覺得他們記得他，但他相信這些人會讓他把話說完，事實上也陪他談了一壺茶的時間，誇獎他很不錯。

「那個……可以拜託你們勸勸他嗎？」希姆德有些尷尬的開口。

「不行。」學弟非常迅速的回答。

「為什麼？你知道——」

「我知道，他不就像是個孩子等著我們注意他、對他說些什麼嗎？」看向希姆德時顯得客氣的眼神此刻無比冷漠。「他憑什麼什麼都不做就期待要求別人給與他想要的？他憑什麼去向他人索討不能給予也不應該屬於他的東西？我已經給他原本很難獲得的信任，他有什麼資格跟我以及我的家人要求更多？」

「我……但……只是勸勸……」

「然後他好了一陣子，繼續頹廢鬧彆扭，接著我們繼續勸，然後他滿足了被關注疼愛讓他人為自己煩惱的心情？」學弟拿起便條紙，寫下一串地址、電話、以及看起來應該是女性的名字，遞給希姆德。「他需要有個媽的話，我可以介紹他去比較有母愛的輔導員那邊，但我覺得你介紹點朋友給他比較好。」

「……啊？」

「他那傢伙是個因為自卑所以扭曲自傲的傢伙，我家的孩子們有勸過他，但他看不上眼，」學弟哼笑兩聲，喝了口茶。「我也有介紹其他的被輔導人給他，但大概是我在，所以他也一臉清高的看不上——說穿了根本就一樣——不過你介紹的朋友大概多少能看上一兩個吧。」

「……這樣嗎？」希姆德知道不可能獲得更多的幫助，現在得到的提議也不知道有沒有用，不過能的到幫助就已經很好了，他還進門坐著喝了茶呢。「謝謝，我會加油。」

「希姆德，你有事的話可以過來找我們，」學弟拍拍從進門介紹起就沒提過自己曾幫助三個小孩的希姆德，心想惡人身邊果然都會綁個好人使用。「但別讓哈利知道，如果你要來、或者聯絡我們的話。」

「……好、嗯，是的，好。」希姆德愣了愣，想起哈利的脾氣，再明白不過自己該怎麼做。

希姆德離去，一家人重新回到客廳，他們耽誤了檢查作業的時間，因此安靜了好長一段時間，等到一段落、手邊一人一杯熱可可，萊伊用手肘頂頂艾倫，兄弟兩大眼瞪小眼了半天，艾倫才認命的成為代表。

「爸……」

「嗯？」

「你都不擔心……那個哈利會做出一些比較危險的事情嗎？」

「有一點點擔心。」

「那是不是應該、嗯、做點什麼？」

「你覺得要做什麼呢？」學弟詢問艾倫，又轉頭看旁邊的萊伊和歐琳。「你們兩個呢？」

「那什麼都不做？」比較取巧的萊伊選了反向的問題，結果自家老子的笑容一看就知道自己答錯了。

「平常心就好，你們平常已經做得很多了。」學弟看孩子們不是很明白，偏頭思考片刻，雖然覺得這樣提出來稍稍不妥，但整體來說利大於弊。「就如同你們和我們剛成為一家人那時候類似，平常的、日常的、理所當然得好像一點也不稀奇的物事，反而是你們最需要也最珍貴的。」

學長微微皺起的眉頭緩緩鬆開，心裡剛才有點抱怨學弟「扯這幹嘛！」的念頭化為「我家的孩子真棒」，伸手每個頭都摸一摸，然後朝學弟做個鬼臉，讓萊伊重重的拍額頭表示自己看不下去，歐琳嗤嗤笑著拍手。

「總之，我不相信他，」學弟做出結論，把檢查完的作業推回去給孩子們。「但我相信你們，嗯～臭屁點說，我還算相信自己看人的眼光。」

「嗯！很臭屁！」學長秒接。「不過，事情就這樣吧！現在剩下的時間是我的！來練鋼琴吧！」

萊伊發出微弱的哀嚎，事實上他每天都要哀嚎一次，幾乎變成習慣。

而另一個差點成為習慣但被改變的大概是對哈利的態度，當然這改變也不是那麼明顯，至少哈利沒有發現。

「還好意思說別人不知疾苦……連這麼敷衍的演技都沒看出來……」

「事情順利你也有意見啊……」艾倫苦笑，他們擔心過，卻也沒想過事情其實很容易。「難怪爸爸相信我們。」

「不，我覺得他的主力不是這個。」萊伊裝出神探一般的架式，抓下巴。「我們老爹是個芝麻巧克力啊，對自己人是很甜啦……」

但實際上就是個表裡如一的黑嗎……

艾倫聽了邊吐槽邊四處張望幫忙把風，接著安定心神地讓這形容從心中隨風而逝。

又過沒多久，這個擔心也隨風遠去，先是哈利跟他們說要辭職，再然後是希姆德轉述了那晚的對話，這本來就只是短暫的緣分，當希姆德告辭，祝好運已經是最好的道別。

因為沒有人知道能不能再見。

可是十五年後他們真的又再見了。

哈利寄了一封邀請函，說他已經結婚，而他的兒子即將行點水禮，哈利希望他們能去觀禮，如果他們願意，希望學長跟學弟能當孩子的教父——即使他們不是教徒也無所謂。

「要去嗎？」學長看了看內容，又看了看邀請函給的地點以及寄出的地址。「不太遠。」

「去啊，為什麼不去？」學弟打開手機開始傳訊息給孩子們，問他們要不要去。「他現在是個可以聊天的對象了。」

「說得也是，我比較好奇的是，萊伊這次能不能好好跟他說完一整段的對話。」

「可以吧？丹尼爾在就沒問題。」

「話說……」學長喚回遙遠的回憶，抓抓下巴。「當年真的一點危險都沒有嗎？」

「誰知道呢？」學弟笑笑，再次看了看那張邀請函。

「至少現在看起來很值得。」

袖釦

「爸，這什麼？」

小小的盒子裡，成對放著像別針又不像，搞不清楚用途也不太像徽章的東西，閃亮亮的很漂亮，各種的花紋、材質，珍珠、寶石、琥珀，黃金、白金或是銀的，看得孩子們眼花撩亂。

「這個啊，是袖釦，穿西裝的時候會用到，是社會上公認可以被男生配戴的飾品，在正式場合通常都會使用這個。」

「咦耶！這樣啊。」萊伊發出小小的驚嘆，沒想到這個小東西還滿偉大的。

「男生的飾品很少，在穿西裝或正裝禮服的時候，這是極少數的男用飾品，算是男士們小小的奢華。」

萊伊、艾倫、歐琳看爸爸吹乾頭髮，然後把吹風機交給剛從浴室出來的老爸。

「爸，那這是什麼，這也是袖釦嗎？」艾倫拿起另一樣東西，看樣子應該也是袖釦，卻是雙面的，中間穿著鍊子。

「是啊，雙面的袖釦，一般配戴這種袖釦的大多是有錢人。」

「為什麼？」孩子們都很疑惑。

「因為這種袖釦一個人是無法配戴的，一定要有人幫忙才戴的上。大多數的有錢人不是都有佣人或管家？所以這種東西也算身份品味的象徵。」

已經吹完頭髮的老爸，回答了艾倫的問題，撥撥頭髮，開始穿起早就準備好的禮服。

「老爸，我們家沒有佣人也沒有管家，那要怎麼辦呢？」小小的歐琳，很直接的提出了問題。

「是呀，」學長微笑著的看著女兒，「該怎麼辦好呢？」

兩位父親們輕輕的笑著，拉挺襯衫，繫好腰帶，套上外套，扣上釦子，整理袖口。

替彼此整理領子、衣裝，戴上小領結。

「手過來。」

爸爸低低的卻很溫柔的聲音響起，拿起銀製的鍊釦，慢慢的，輕輕的，替老爸的兩手別上袖釦，重新整理了袖口；然後，舉起自己的手，換成老爸用同樣的動作，輕輕為爸爸別上一個人就無法配戴的飾品。

「好了，不好意思，我們會盡快回來，家裡就拜託你們了。」

盛裝的兩位父親這麼說著，輕聲向孩子們說再見，收拾好被拿出來把玩的袖釦。

「我們出發吧。」

玄關裡，優雅微笑的爸爸，紳士的牽起老爸的手，悠閒輕鬆的前往夜晚的聚會。在這個家裡，

只要有重要無法推卻的宴會聚會，總是能看到這樣的景象——一個人，看著另一個人，為自己在袖子別上雙面的美麗袖釦，對孩子們來說，這是只要想起來，就覺得能分享到幸福的回憶。

多年以後仍是如此。

「爸，好了嗎？」不放心兩位年紀大的父親開車，準備好車子的艾倫這麼問著父親們。

燈光下，兩人的臉都有了皺紋，曾經黑亮的頭髮變成灰白或全白。

輕輕的動作，溫柔的動作。彷彿不管經過多久、重複過多少次，那動作都是一樣專注、不變的，為彼此別上依舊美麗，閃爍著光芒的袖釦。

不管是什麼材質，總是要兩個人才能使用的袖釦。

「我們出發吧。」

溫柔的向彼此微笑，由兒子擔任司機，如同過去般的前往夜晚的聚會。

結婚二十週年的紀念日

所謂靈感，大抵上都是既無由來又無道理的念頭，姑且不論好壞，有時靈感出現卻非當下所需、偏偏還覺得「這想法真棒！」的時候，集中力就像左腳踩右腳的馬——

「……親愛的？」

「啥——是！是！什麼事!?」

學弟本來是端著學長喜歡的熱可可前往頂樓儲藏室——學長想翻出一些舊的小道具和節慶裝飾品捐給附近的教會——順便整理舊物，看看有沒有什麼孩子們可以用的東西。

學弟把學長翻出的東西帶去樓下打包、跟孩子們討論一下課業以及手工賀卡的內容，心想學長就算翻出來這時間也有點晚了，便沒有繼續拿東西下來打包的念頭。而是在廚房洗淨雙手，炒香可可粉後，在煎奶油白蘭地焦糖的同時把牛奶放進微波爐裡加熱，等焦糖的香味揉合酒香在夜晚如同惡魔形跡招搖，才快速地將三者混合。

此時原本上樓的孩子們又高高低低的在門邊探看，早已不是孩子的樣貌，湊在門邊深受引誘的饞樣，卻還是帶有幾分稚氣可愛，那是唯有在家人面前才會顯現的天真模樣。

「爸爸，你這樣我一定會胖得嫁不掉！」歐琳笑得燦爛，與口中的抱怨全不相符——當然跟手上的動作也不相符——只是眼神調笑般地露出幾絲撒嬌般的哀怨，小口小口喝得幸福不已。

「喔，那很好啊，你老爸一定會誇獎我幹得好，這樣他就不用因為放狗咬那個娶你的小子，還要心疼因工受傷的克里夫。」

萊伊一聽轉頭便在艾倫耳邊嘀咕「人不如狗」，學弟眼角看著表情不變，沒吐槽萊伊以前因為克里夫被別家的孩子欺負就挖空心思欺負回去的事情。

人不如狗又怎樣？親疏遠近一分，覺得值得、覺得氣不過什麼的，自然也就動手了，反正真有那天學長放克里夫大概也只是想把人弄得灰頭土臉，咬是不會咬，一群狗用力撲上去身上會不會黑幾塊之類的，就當讓學長消氣的入場費了。

學弟轉念一想又多看了萊伊兩眼，看得已具青年風采的少年縮縮脖子，拉著妹妹哥哥很是精乖地退場，順便回報老爸的現在位置。

不在頂樓，而在書房。

……這是累了？

身為配偶，學弟回想伴侶方才那開心雀躍得彷彿變成冥王星人的模樣，完全不覺得那人會短時間內撒手收工。

樓上的東西也沒少到短時間就翻完，至少在學弟看來，學長既然開始翻整，大概也會把其他家裡用不到但可以捐出去的物品全都出清一輪，有沒有這個毅力「全部整理」再說，但多半會給自己定下一個「到老子不想幹了為止」的期限。

所以照常理論，最少最少，也是「我要睡覺啦！這麼累還不如我直接捐支票！」

學弟端著學長的超甜可可和自己的巧克力紅茶前進書房，本想敲門的動作在門板前一頓，臉上一絲絲浮現的好奇之意牽扯手上的動作，轉而悄無聲息地開門，待看見那個熟悉的背影，學弟的嘴角不由浮上幾分興味。

這種兼具緊張、神祕、興奮、愉悅、忍耐的情緒，全部濃縮在眼前連呼吸都謹慎輕緩的安靜裡，散發一種「幹壞事」的氛圍。

無聲卻有感染力與戲劇效果，看得學弟心裡的惡劣習性也蠢蠢欲動。

然後，老梗卻又理所當然的，學弟沒湊過去看，而是選擇驚動異常專注的學長，看究竟是對方告訴自己這次又有什麼靈感，還是最後像貓躲起來卻露出尾巴那樣被自己抓個正著。

學長反射性地問完也覺得這問題蠢得不需要回答，學弟那不論過多久，偶爾還是會覺得有點賤的微笑挑在脣邊，學長當然也只能嘿嘿嘿。被嚇到的剎那尷尬隨著心跳平復，才想起這根本就沒什麼好藏的嘛！

「你喜歡的甜度，今夜限定。」學弟將杯子遞去，正想問學長在忙什麼，眼角掃過電腦螢幕就不由一愣。

……情趣用品購物網站？

學弟眨眨眼，視線移回捧杯啜飲得和歐琳表情極其相似的學長身上，看對方在自己注視下露出小奸小惡宛若頑童的笑容。

還笑得挺得意挺挑釁的，就是耳朵紅紅這點可愛得太犯規了。

學弟念頭一起，臉上笑容便從那一絲漫不經心的壞笑蕩漾成春水般的溫柔，湊過去就在學長耳邊親了親。

「——喂喂喂喂！不管你想做什麼都等我喝完這杯再說！」

「本來沒想做什麼，被這麼一說似乎不做對不起學長的期許。」

「我對你現在的期許是再來一杯，而且你沒想做什麼的話幹嘛笑成那樣！犯規！有問題！」

「我也覺得學長你剛才笑成那樣卻耳朵紅紅很犯規，反正我們已婚，覺得可愛就親一個。」學弟說完又湊上去，這次在學長的唇上親一個。「就像這樣。」

「……犯規啦……難得的超甜可可，你不想讓我喝就別給我……」

「包含耳朵上那個和現在這個我也才親了三次。」說著又在對方唇上輕輕吮了一下。

「但可可不夠甜了啊混帳！你這樣我怎麼喝出味道！」

「呵呵。」

結婚多年還是會被鬧得心緒不定，注意力被嚴重轉移到連分辨味覺的餘裕都嚴重不足，學長一邊在心中吶喊「美色誤人！」一邊暗罵自己沒出息，可沒拿杯子的手卻大大方方的調整螢幕，讓學弟能看得更清楚。

「學長這是？」暗示什麼？

「剛剛整理的時候找到以前蜜月時的那些東西，然後我就想啊……」學長眉眼間全是樂呵呵的笑意，是學弟很熟悉的那種不知死活又興趣盎然的表情。「時代進步了嘛……」

「嗯。」

「時代進步了，科技也會進步嘛。」

「嗯。」

「科技始終來自於人性，那這也算是科技應用範圍啊！」

「是沒錯。」身體則是「被應用」的範圍呢。

「所以我就開電腦看看人類智慧的結晶──這也算3C產品吧？」

「……有3C的？」從良多年，真是沒追到更新啊。

「有啊有啊，你看，雖然人體就那樣所以外觀設計怎麼也不可能突破天際，」學長指著其中一個圖片連結下的說明。「但是材料跟以前不一樣了，看起來很好玩。」

「喔……」很好玩啊……

學弟含笑點頭。

「……你這什麼表情？」

「我？」學弟笑容向來多變，此時換上妖豔柔順的微笑看來仍是毫不突兀，只是在這樣的時刻被學長望進眼裡，晃眼間便勾起回憶。「學長財資豐厚，想玩的話全部買下來也是有找。」

「你肯？」唉呦，說得這麼好聽笑得這麼動人？

「這輩子都是你的人，只要你的腰沒問題，我也沒問題。」

「──我的腰哪裡不行了!?」

「沒有不行，我非常喜歡，只是若要把目錄上這些玩一遍……」學弟上上下下的目光把螢幕和學長都掃瞄一遍，看得學長好心虛。「學長，別說腰了，我躺著讓你來，你體力和臂力真的夠

嗎？」

「不要小看我！我都有去爬山的！」

「嗯，我也有去。」但我運動的時候你沒去。

「……」學長略有不甘的咬咬杯子，將已經不熱的可可喝完。「你不覺得有趣？雖然主要應該還是震動為主啦，但他寫的功能到底是怎樣運作，你不好奇？」

「是有一點。」我們好奇的重點果然不一樣。

「咳咳，我當然也好奇效果如何，畢竟也要用了才知道他有沒有虎爛，所以買了當然就跟那次一樣咱們輪著來——我也沒不讓你玩啊對不對？我都豁出去了！」

「看得出來，我沒說不讓你買啊。」

……你明明剛剛還在威脅我。

「話說……你該不會其實很有那方面的需求但一直沒被滿足，才答應得這麼快？」

「不，跟你在一起的每一天我都很滿足。」學弟笑著將學長手上的空杯接過放到一邊，又拖了張椅子緊挨著學長坐下。「但難得你對我有這方面的興致，答應你毫無問題。」

「這麼體貼那怎麼每次我想上你的時候都失敗？」

「為了讓你心心念念忘不了我的身體，」學弟一看學長臉色忍不住發出笑聲。「有執念才有情趣嘛——學長這不是念念不忘地要疼愛我嗎？」

「……我覺得啊……」

「嗯？」

「你今晚說話特別的不要臉……」我覺得我又變成被花魁調戲的老爺了。

「你都開著這網頁打算和我討論買什麼，那種東西留它何用？」

「一起買情趣用品不代表你說話每一句都要調戲我。」

「難道我還要用買實驗室設備的語氣和你討論買什麼？」

「——也對！」學弟不了解學長悟了什麼，只知道學長雙眼發光。「說得也是，我們應該以愉快的心情開明的神智來討論！來來來，我們來丟骰子，我記得我抽屜有兩顆——」

「學長，骰子和目前購物討論內容的關係是？」

「點數大的人可以買一樣。」

上不封頂是嗎？

學弟微笑地拾起骰子，心思已經飄到要怎麼排假的事情上了。

兩位父親沒有在這種計畫上刻意保密，但畢竟孩子們都離家就學，而且也不會直說「我們要進行一個充滿性愛道具的旅行」，其自然坦蕩的態度讓所有人都以為這兩位只是又要出門進行「普照大地」的甜蜜——但有點可恨的——旅程，除了送上祝福，沒人想知道這兩個的計畫。

學長並沒有那麼想過個「只記得又換了張床」的旅行，他對物品本身的興趣高於使用，若說當年第一次用這麼多種道具還有滿滿的羞恥心，至少現在他可以把科學方面的興趣和羞恥心分開。

所以他接收包裹的時候毫不害羞，打開來研究兼清洗消毒也不害羞，可是轉頭看見學弟的臉，羞恥心又開始輕巧地撲騰起來。接著憑藉不甘心所造就的虛偽膽氣，惡狠狠地把學弟從頭到腳露骨地掃了一遍。

學弟機不可見的訝異剎那後，很配合地露出嬌羞靦腆的羞澀笑容，溫婉柔順的略略含首，愣是讓學長不知道是嚇得還是酥的軟了半邊身子。

一把年紀的老男人還能笑得這麼清豔簡直沒天理，演技這麼好讓人怎麼活？

學長怔愣糾結的時候手中的東西被抽走，學弟含羞帶怯地湊過去貼熨著學長的脣，先是輕蹭，抿脣淺啄的逗弄溫存醺染成一種柔軟的熱度，含蓄纏綿的吮吻在脣上流連，並沒有太久。

學弟退開後轉頭就開始笑，笑得肩膀顫抖——學長全程都是愣的。

「你——」

「老爺不滿意？」

「我——」你這混帳連一個吻都可以演純情癡心大閨女你是要我——「……滿意。」

……真是怕了我說不滿意你繼續演……

「別這樣，都快出發了，我也得鍛鍊一下演技讓你滿意。」

「不用了，說得好像我沒辦法讓你滿意只能展現演技。」

「不，我只是在思考配合這些『道具』的風格，哪種比較讓學長心動。」學弟說完把學長處理好的最後一樣道具收拾妥當，原本以為學長是老樣子因為害羞所以沉默，沒想到轉頭望去，學長正滿臉認真的盯著他。「學長？」

「沒辦法比較。」學長本來只是認真思考哪種比較喜歡的問題，意識到自己說了什麼，心裡莫名多了一股理直氣壯的豪氣。「這輩子還沒看完，比較起來不科學啊。」

「那好，我再努力。」

相視一笑，轉頭分工收拾的表情似乎各懷鬼胎，又帶著某種悠然愜意的愉快默契，彷彿可以理所當然的持續到永遠。

在他倆出發的那天，學弟很拉仇恨的在FB寫上：

『天天都是結婚紀念日——我們去渡蜜月了。』

訊息之下，是以巧克力製成，糖絲、金箔點綴，看起來如夢似幻的薔薇花束照片——學弟親手製作。

巧克力薔薇纖薄易碎，花瓣入口即化，白巧克力的味道卻濃郁芳醇。

綿軟的奶香化在口中，極淡的酒香伴隨薔薇香立時綻放，讓人分不清是薔薇本就如此甜美，還是糖份經由味覺將薔薇香氣也醺染得甜美了。

學長吃得非常滿意。

因為不是開車而是在火車包廂裡，所以學長毫不猶豫的拉下學弟手上的書，將花瓣餵進學弟口中。

學弟無法看見自己被偷襲後的表情變化，但他知道自己的淡定在學長面前沒什麼掩飾的作用。

如同此刻，他眼中的伴侶露出惡作劇般的笑容，那表情裡卻也是十足真心的想跟他分享甜食的美好。

甜味擴散，熟悉的手指還未抽離，學弟臉上的笑容自眼角滿溢而出。這樣的突襲多年來從不缺乏，學長總會塞點好吃的甜食到他口中，即使通常都被甜得皺眉，讓學長對此有些淡淡遺憾，但只要他有吃到，那種蒐集狂達成一項計畫的滿足愉快就會從學長身上輕巧的散發出來。

漫無邊際的想著，學弟輕輕啣住那隻手指、夾在齒間，舌頭捲纏著指尖像要搜刮走任何一絲甜味，學長怔了怔，第一個反應不是抽回手指而是看向門口。

右手握住脣邊的手，學弟發出笑聲，相當欣慰學長的反應和信賴。

「我當然有記得鎖門。」

學弟緩慢地舔舐著，潮溼的痕跡從食指指尖移動到指縫，學長聞言露出『難怪你這麼肆無忌憚』的表情，心想還算照顧自己羞恥心的學弟果然不至於道具到手就惡劣全開，待回神手指已被含住。

溫軟的唇舌吸吮吞吐，擬似著某種未言之事，學弟垂眼專注於唇舌上的模樣愈加虔誠，慢條斯理的動作間便曖昧越甚。

彷彿有朵細小的火苗落入心臟，搖曳款擺，逐漸茁壯，熾熱之感在血液中流淌，學長覺得熱了，學弟眉眼間的虔誠讓他總是甩不乾淨的羞恥心浮出水面，與此同時，心癢的感覺被舔舐吸吮的力道勾動，身體裡的某種物事被抽絲剝繭地拉扯直至暴露，學長臉紅紅，抽手扯著學弟衣領便吻上去，一個僅僅在脣上吮一下啃一口的吻，接著就發出一串又害羞又得意的哼哼哼。

「怎麼了？」

「好歹老爺我現在也算是個膽色兼備的人了。」

「既有色心又有色膽嗎？」

「當然。」

「我沒說美色兩個字你沒意見？」

「老爺沒有美色無所謂，老爺包養的是個美色就行。」

「我記得不久之前你還說不想工作求包養。」

「唉呀，學弟，說實話這麼多年過去你也還是養不起我耶，不過既然是你，被養得貧困點我也認了。」學長嘿嘿嘿地在學弟臉頰拍兩下。「反正美人你沒錢也還有別的東西可以養我嘛！」

語畢學長極其自然的從學弟外套的內側口袋又翻出一小袋包裝精美的糖果，得意非凡地在一臉無奈的學弟面前拆開，裡面玫瑰花形狀的夾心棉花糖做得小巧可愛，一口一個就把剛才還親吻調戲的美人放一邊，喜孜孜地坐回原位蹺腳吃糖。

「怎麼發現的？」

「你每次想討好我的時候家裡就充滿糖果香，那味道大風吹三天也散不完，」學長又放了一顆在嘴裡細嚼慢嚥。「如果要出其不意的拿出來給我驚喜，那至少絕對有一包再你身上的某個地方——哼哼哼，果然一翻就有啊。」

放心，我絕對不會嫌棄你老用這種手段——學長邊吃邊補充，不管學弟是否煩惱招式被看破，學長本人倒是很滿意這種方式——年年糖果不重樣多好！純手工製作限定品，沒有任何不明添加物，學弟失心瘋起來成品是要多美有多美，收到的時候多爽多虛榮啊，不只好吃而且別人吃不到！

糖果被發現的鬱悶在學弟心頭稍縱即逝，短短數息，笑容便重回那張對西方人來說如同妖怪一般看不出實際年齡的臉上，學弟站起來直接欺身壓上，拿走被學長捧在掌心的糖果，低頭就狠狠地

吻了起來。

不是方才那種勾引誘惑的挑逗之吻，而是充滿熱度與侵略性，慾求清晰的令學長忍不住輕輕一顫。殘留在齒舌間的棉花糖如同融化的雪，潮溼的甜膩感滲入身體，剛才壓下的躁動捲土重來，退去的紅暈又刷染回臉上。

「既然你瞭解我，我當然也不至於就這樣讓你逃跑啊。」氣息在極近的距離間交融，學弟一下一下地舔著對方的脣。他的確不怎麼喜歡甜食，但染上香甜風味的學長不在此列。

「其實我也沒想逃跑，」學長舔脣的表情略有遺憾。「拿走變態手上的糖後當然是先到旁邊吃一顆算一顆，你看我現在哪有時間吃糖？對你而言我就是那包糖好嗎？」

「怎麼這麼說呢？」學弟笑不可抑——到底有多喜歡甜食？

「嘖嘖，你每次要吃我的時候表情都超糟糕，」想想這樣說好像有點過份，學長默默覺得有點小心疼，抬手又在學弟頭上拍兩下。「好啦，我知道你很深情，全世界那麼多變態我也只跟你結婚啊。」你看我現在不都自暴自棄隨你啃了？

這種安慰法實在讓人哭笑不得，然而學弟卻非常喜歡，學長被那太過耀眼的笑容刺激得瞇起眼，謹慎地打量這個臥舖包廂，窗外的景色仍在飛馳間自近而遠，不需要計算就知道在下車之前他們還能幹很多事。

「當年失心瘋陪你在博物館來一發，衛生問題什麼的通通跳過，沒想到有朝一日來震火車了……」而且依然是道具PLAY，人生真是太刺激。

「呵呵，那麼，要猜拳決定先後嗎？」

「……」

之前丟骰子輸太多次，讓學長對於跟學弟對賭又產生久違的心理陰影。挫敗感和賭徒都會有的意氣之爭在胸口互砍，誰輸誰贏都砍得賽場支離破碎，最後最後，終究賭徒的那一面險勝少許，學長深吸一口氣，完全是一個輸到脫褲的賭徒下定決心賭最後一把的樣子——事實上也像所有告訴自己賭最後一把的賭徒那樣輸個精光！

「老子就不該想不開跟你賭……」摀枕頭。

學弟邊笑邊半降窗簾，讓車廂留有微光，拿出行李箱裡的東西又漫不經心地扔在床邊，看學長停下碎碎唸和摀枕頭的動作，停頓片刻才回首望向他。

凝視著對方的雙眼，學弟笑意嫣然，緩慢地一件件褪去身上的衣物，不多的布料被隨意拋落在地，日光的痕跡薄薄覆蓋在學弟赤裸的肉體上，在學長眼前一覽無遺。

「我不年輕了，」學弟輕輕一笑。「或許哪天我會因為蒼老而恥於在你面前這樣赤身裸體。親愛的，我現在看起來怎麼樣？」

「很棒。」學長答道。心意外的平靜，想笑的感覺以及對享受的期待在心頭湧現，沒有提起自己比學弟年長這件事。

「要不要摸摸看？」學弟跨越本就短狹的距離，爬上床，笑容幾乎貼在學長脣上地呢喃。手指潛入對方衣裡，貼在腰腹或輕或重的摩挲，感覺學長脫衣服的細微動作。

學弟沒有在此刻移開停留在學長雙眼上的注視，只是停留在這樣的距離等待對方和自己一樣完全赤裸，感覺那手以久違的謹慎撫摸他，帶來短暫的溫暖和一點點的癢。

學長什麼都沒說。

他們會做愛，不頻繁也不稀少；偶爾會共浴，但學長卻無法回想起上次一起洗澡是什麼時候。指尖掌心的手感無比熟悉，卻在這時候無比清晰的感受到對回憶的陌生。

他記得現在，總是嚷嚷我老了，這時候具體得讓他想不起十年前學弟的身體摸起來是什麼感觸，他只記得很好、好得讓他被壓制的時候咬牙切齒迷醉沉溺。

過去很美好，現在也很好，比他更認真運動的身體老化得比較慢，但學弟確確實實的老了。

跟著他一起變老，或許就跟哪天學弟再也不會這樣脫光衣服站在他面前，這雙現在很穩很暖的手也將再也無法做出任何一束精緻甜美的薔薇，但他們還是能繼續一起變老，逐漸返回初生之時的無能為力，彼此幫助直到他們再也無法一起老去的那刻。

「我摸起來怎麼樣？」學長問道。

「非常好。」

「我想也是。」

學長開懷地發出笑聲，這聲音又隨著流轉的氣息被吞沒瓜分。既然在渡蜜月，過得跟全世界同品種的蠢蛋一樣蠢也無所謂。

充滿漂浮感的快樂氣氛夾雜在溼黏熱切的吮吻聲裡，一時難以克制的情緒搖搖晃晃地落回地面。學弟激切卻不急躁的吻從被吻得略微紅腫的脣轉移到頸脖，邊舔邊看學長抖著手去勾他剛才亂扔的保險套，在對方差點就拿到時惡意一咬，壓抑的呻吟響起，學長眼角發紅地瞪著胸前的髮璇，看那個不時露出惡魔尾巴的傢伙抬眼一笑。

笑著伸手拿起那盒全新的保險套，下流得始終如一但又很帥氣地用牙齒撕開保險套，替彼此戴上套子的同時不忘猥褻即將穿新衣的小朋友。學弟跨坐在學長身上，漂亮的手毫不掩飾服務過程，坦率的狀態已經從炫耀技術變成一種拷問。

那隻能做出漂亮糖果的手似乎想把發紅硬挺的肉莖揉捏成一朵花，先仔細的將材料融化，然後揉搓按捏成想要的形狀，一片一片地散發甜香，最後化開在唇齒舌間，混和著淫潤的唾液絲絲嚥下。

情趣用品網站的贈品潤滑劑飄散出如同果酒的氣味，學長看著學弟將自己的下體弄得一片淫漉，又隨著口交上下吞吐舔吸的動作變得更加潮溼。

那溼亮滑膩的面積被愛撫揉弄陰囊與大腿內側的手擴大，被學弟有些混亂的鼻息吹拂得又涼又癢，腰一下下晃動也不知道是想被吞得更深還是想閃躲那種難耐的癢意，然而這種糾結很短暫，學弟驟然停下，吐出潮溼堅硬的器官、套上保險套，在學長不滿而又困惑的目光中替對方細緻的擴張，然後把連接著動物尾巴造型的電動按摩棒緩緩插至深處。

可離線遙控震動模式的按摩棒在體內安靜蟄服，學長仰起頭放鬆自己去適應，他覺得學弟想玩的絕對不只這樣，接著訝異地看學弟將與尾巴成套的黑貓耳朵戴在頭上。

這視覺衝擊太過強烈，以致於學長甚至一時沒發現按摩棒開始震動，等他忍耐著刺激免得發出呻吟，跨坐在他身上的學弟卻慢條斯理地將手指沾滿潤滑劑，擴張起自己的後穴。

「你——!?」

學長只來得及說一個字，因為學弟用空著的手執起他的手，放到唇邊細細舔溼，然後就像他想的那樣，他的手指被塞入一個溫暖的所在，試探地動了動，身上的軀體瞬間繃緊一些，如同預料卻缺乏實感。

如同在賭場輸得傾家蕩產卻在離開賭場之後發現買的彩券中頭獎，大起大落的刺激讓學長腦袋恍惚得幾近空白，高興的快要不無法分辨情緒，只是本能的動著，感覺手指在學弟體內抽插揉按的撫觸，渾然忘記身後還含著一支人造的凶物。

花了點時間，等待讓這一切略感漫長，待學弟沉下身體用後穴將他吞沒，那種身心滿足的快感幾乎擄獲他全部的知覺，緊接著那幾近遺忘的物事兇狠地震動起來！

「啊……」

學長忍不住發出嘶啞的呻吟，旋即咬住嘴唇將那些聲音全都努力嚥下。火車哪有隔音可言，害怕被聽到的同時性慾隨著學弟在身上起伏搖擺的動作直見高漲，讓他乾脆將枕頭蓋在臉上，遮掩聲音也阻止自己去看學弟此刻太過誘人的姿態，以免被前後夾攻太快繳械。

悶沉溼熱的壓抑喘息讓肉體拍擊的聲音異常清晰，但或許只是失去視覺後聽覺刺激在想像中變得銳利，身體很熱，包裹他不住吞吐收縮的腸肉更是軟熱，彷彿想將他全身的血液都聚集在那裡一般地吸吮蠕動，融化他的魂魄，幾乎忘記身在何方，僅存的意志力全用在忍耐呻吟。

下身幾欲噴發的衝動無力控制，學弟不想這麼早結束、也無意停止遊戲，他緩下動作，起伏頻率慵懶得近乎停止，低頭介入學長和枕頭之間，如同賴皮的貓索討注意，貼上親吻，舌頭在唇上一遍遍留下自己的味道。

一手捻揉對方的乳首，另一手悄無聲席地將無線遙控上的『驚喜』打開。

學長被電到似的震顫，牽動上方陷入學弟體內的器官，他死死抓住學弟的手臂，後穴裡原本累積的快感如同溫水，震動雖然強烈但規律，比不上前方的刺激的侵略性，而現在震動更強、頻率多變毫無規律，學弟極輕的呻吟貼在耳邊，隨著他難以控制的掙動，聲音或柔軟或緊繃的從耳畔落到胸前，帶來些許痛覺的啃咬讓神智清醒少許。

接著，腦袋再次一片空白。

學弟壞心地將按摩棒緩緩抽出，看學長用枕頭死死壓抑呻吟、忍耐得渾身顫抖，學弟一邊向外抽出，一邊用毛茸茸的仿製毛皮搔弄穴口腿根這些柔嫩敏感的部位。

因為體位關係難以重點照料令學弟覺得頗為可惜，手卻毫無猶豫地將幾乎完全抽出的玩具狠狠地插回原處，太過強烈的快感讓學長的身體瞬間繃緊，無法發出任何聲音，而後癱軟顫抖的身體開始逸出嗚咽般的呻吟。

學弟知道學長已經射了，他撐起自己，給彼此換上新的保險套，繼續殘酷但溫柔地刺激這個身體，操弄玩具的手熟練地朝對方的敏感處推擠，然後他放開手，將震動強度又調大了一些，看學長後方延伸出的黑色貓尾在難耐蹭動時繞上腳踝，又被雙腿下意識地夾住磨蹭。

那感覺身體爽得近乎難受，心裡上則是又爽又怒，學長好不容易重新壓抑住呻吟，抬手抓了枕頭就往學弟臉上砸，砸完因為身體牽動，酥麻快感從尾椎直竄腦門，忍下的呻吟又被逼出幾聲，發紅的眼角幾乎快哭出來。

笑著接住枕頭，學弟拿下頭上的貓耳朵戴在學長頭上，親暱的吻落在脣上，深深纏住對方的舌葉不住吸吮，被前後夾攻的快感美好得令人絕望，學弟再次包裹助他不斷起伏的動作，讓另一處的敏感一次次重重地朝按摩棒碰撞擠壓，理智再次破碎。

吻堵住了所有聲音，帶來輕微的窒息感和自暴自棄的安心感。

學長抬手抱住學弟，心想反正也不是第一次自暴自棄。

✤ ✤ ✤ ✤ ✤

有花堪折直需折，莫待無花空折枝。

學長覺得自己下車的時候活像是會走路的甘蔗渣。

還好他們是坐到終點站，已經沒有那麼多的乘客會注意一個迫切需要輪椅的行人，至少不會讓他覺得尷尬。

可是他真的不能去找張輪椅嗎……

學長苦著臉實在不想走，說走不動好像也沒那麼糟，但走起來就覺得腿一定是別人的。自暴自棄被折成甘蔗渣所以也怨不得人，學弟照舊是玩起來便藏不住惡魔的尾巴……

不過，確實是手下留情的服務狀態。

學弟將學長扶到一個好站人少有牆靠的地方待著，才去找計程車。好在即使是終點站這種鄉村地界，車站附近還是有幾台應付奇妙觀光客的計程車，兩人上車前往預訂好的民宿，學長翻出訂房資料便是一陣沉痛。

「學弟，當初民宿主人介紹環境問我們有沒有想玩什麼，可以提前讓他們準備的時候，我好像爽爽地說……全部。」

「然後？」

「我覺得我現在不可能騎馬……」學長難過地望著紙張上的湖光山色。「划船翻船的話我連游泳都沒辦法。」

「……不會翻船的，學長。」

「請多加善待殘障人士，身為一個總是被關在小房間的可憐人，我非常想奔向大自然。」

「我想你跑是跑不動了，在大自然中進行其他運動比較有可能。」

「什——」學長用表情極盡所能的控訴。「目標不是道具實驗嗎⁉反對野合！」

「我原本說的運動是散步健行之類的，不過既然提起野合……實驗環境不需要建立對照組嗎？」

既然學長提起實驗，學弟自然配合地以實驗應對，但只要提到實驗，就絕對難不倒學長！

「你以為虛弱的實驗體能獲得正確的數據嗎？換個場所有什麼用！我！很！虛！弱！人家連續實驗的實驗體都可以換手，我呢⁉」

不管你上我還是我上你消耗的都是同一份體力，哪有人連續實驗只抓同一隻的⁉是同一群好嗎⁉別說我身為實驗體的友善待遇了，我身為人類與配偶的待遇呢⁉

配偶是終身職業，就不能別一次讓我工傷退休嗎⁉

「學長，首先呢，我不需要其他實驗體的反應，我在乎的只有你。」學弟朝學長挑挑眉，順便提醒對方「換實驗體等於外遇」這件事。「第二就是——我當然會把你養得好好的，事實上，你已經很久沒有喊腰痛了。」

「……求善待。」

「當然，我們要一起過一輩子啊。」

計程車司機有良好的職業道德，即使他完全聽不懂、只知道那是中文，但對話中高低起伏的音調聽起來很有趣，讓他忍不住從後照鏡向後多看了幾眼，直到兩位乘客的對話到一段落，司機才輕輕地打開廣播音樂。

有著捲捲大鬍子的司機用帶著方言腔的英語介紹城鎮，適度透露對外來旅客的好奇，在經過某些商店的時候說出只有當地人才知道的笑話，至於其中的某種行銷意味則盡在不言中。哈哈呵呵的笑聲從車子裡飄出去，惹得牧羊犬猛然抬頭一陣困惑。

學長在車上又小小的瞇了片刻，下車時學弟拿行李他負責伸懶腰，覺得自己算是復活了，沒辦法騎馬但騎腳踏車或許可行。等完成登記兩人拖著行李抵達房間順利卸貨，學長撲在床上將方才騎腳踏車的念頭壓扁——他現在只想把自己攤平，再追加個熱水澡泡一泡……

然後他就可以當顆澆了水的馬鈴薯，把自己種在舒服的床上，結束這個不漫長可是好疲勞的一天。

「要不要先去泡個澡？」學弟光看背影就知道學長現在最渴望什麼，他打開行李將容易皺的衣服先掛起來，走到床邊摸摸學長的頭。「泡個澡，泡完出來我幫你按摩一下，這時間你想睡也可以再瞇個一小時，睡到晚餐我叫你？」

「……」感覺好像不會再亂來？學長用第六感偵測了一下氣氛，覺得學弟是說真話，也就拿出大爺的架勢，舉起手虛弱地揮兩下。「准了。」

學弟摸摸鼻子沒再接什麼話，只是先倒了杯水給學長補充水分，然後乖乖挽起袖子洗浴缸放熱水，擦乾手出來看學長還趴著可是杯子空空，又拿起水壺把水倒個半滿，轉頭繼續將衣服和帶來的零碎用品一一放置妥當，至於那小半箱的情趣用品則跟當年一樣通通留在行李箱，放在床邊不起眼的位置。

學弟只拿了一樣出來放在學長手上，是個據說會變色的體感溫材質自慰套，然後進浴室確認水位，等水終於放好關水出來，就看見學長呆然地捏著那個自慰套，在望向他的時候眼裡總算有點精神。

「給我這是什麼意思？」

「網站說這會變色。」

「喔，我知道啊，」學長摸出手機開始翻找資料，沒多久便將螢幕朝向學弟，示意對方過來看。「那天消毒處理的時候我就順便紀錄了一下，變色溫度跟對應的顏色我都拍下來了，大概會有點色差，你想看變色過程的話倒杯熱水放進去就可以了。」

「……學長，我記得賣點不只有顏色。」

「欸，喔，我看看……」學長翻找手機裡他當初拍下來的說明書照片，邊看手又邊將東西握在掌心捏了起來。「喔……你說的是這個啊。」

學長又開始翻照片，最後相當不滿意的點開一張。

「不好拍，只剩這張勉強能看。」學長點點螢幕中的某個區域。「感熱微塑型指的應該是這樣，看不出來的話把這個拿去繼續捏，連續捏個10分鐘以上變化會比較明顯。」

學弟接過學長扔來的人工製品，看學長自己拿了衣服就飄進浴室，關門。

好吧。

學弟把自慰套扔一邊，捏十分鐘這種事也太蠢，至於是倒杯熱水還是把這當洗澡小鴨一樣的扔進水裡變色，學弟兩者都不想選。

他撿起學長放置床上的手機，好奇地翻看還有什麼實驗紀錄照，等學長泡完出來發現學弟不只在看他手機裡的照片還看得一直笑，頭髮都沒吹就湊過去，看完對上學弟的視線，啊哈哈的又跑去吹頭髮。

「其實畫得不錯。」把偽陽具畫成草泥馬，惡搞得很有喜感啊。

「感謝欣賞。」學長心情複雜地乾笑兩聲，突然造訪的靈感讓他有點困擾，腦中學弟下面那根戴上鬍子眼鏡裝扮成草泥馬的模擬畫面讓他很想笑，但如果滿足好奇心需要付出生命……

那還是睡覺吧。

吹乾頭髮撲床上的同時抓回自己的手機，哼哼兩聲也不知道是讚嘆床撲的美好，還是叫學弟快去洗澡、洗完回來給他按摩，總之學弟完全能理解，洗澡回來便把學長按摩得繼續發出哼哼哼，等學長覺得自己舒服的像團棉花，也就不介意學弟稍稍不老實的雙手。

會那麼老實的學弟一定不是學弟，不是被穿了就是生病了。

摸也就摸了，親親舔舔什麼的不太妨礙睡眠，反正學弟知道他是真想睡就不會太過份。

棉被的重量覆蓋在身上，柔軟的吻一下下在脣上流連，溫暖愜意，學長醒來按掉鬧鐘的時候才發現自己就這樣睡了一小時。

抱著他一起睡的學弟這時候才惺忪地睜開眼，乖巧慵懶的模樣讓學長忍不住伸手去摸，小心肝甜甜軟軟覺得「能看到學弟這一面真得意啊」的感慨第N次的飄過，看著看著又在鎖骨肚子大腿這幾個地方摸了摸。

「學長？」學弟醒來被這麼摸也只是笑了笑，換了個姿勢把一雙腿都放在學長面前任撫摸。

「沒……就是突然有感我是捨了短裙細肩帶才摸到這條腿的啊……還好也算美——嗯，好腿……」

不改口還好，改口反而有種一語雙關的笑點，學弟但笑不語地抬腳在學長身上蹭了蹭，明確暗示好腿們的用途廣泛絕對不是只能摸之後，便下床換好衣服再把睡得整個人都酥了的學長拉起來整裝。

學長本來還想多賴皮一下，可惜肚子不爭氣地發出聲音，想起還有沒吃完的棉花糖正想低頭翻找，學弟握著他的手就緊了緊，這才想起……起床不就是為了吃晚餐？

「啊哈哈，沒辦法，血糖降低就會先找糖嘛！」學長拉著學弟出門，走著走著又想起火車上的對話。「話說回來你這次藏了幾包糖出門？」

「嗯～其實不多。」

「騙人！」

「因為直接做好寄到這裡，請老闆幫我藏好了。」學弟在前往餐廳的走廊旁若無人地在學長嘴角親一下。「所以你就每天努力的找吧，糖果通通都在旅館裡。」

「你——那些都是我的啊！被別人吃掉怎麼辦！」

「也不是每個人在路邊看到一包糖，就會想撿起來吃下去，畢竟外包裝什麼說明都沒有。」學弟聳聳肩。「大部分的人多半拿起來看完又會放回去吧？再不然就是拿起來詢問民宿的工作人員。前者你會更容易找到，後者的話你就吃不到了。」

「……我應該帶克里夫出門的。」雖然不在乎這些糖在物質方面的損失，但他的精神面現在飽受間熬啊!!吃不到也好想知道學弟做了哪些種類！這個卯起來就很失心瘋的傢伙，滿屋子的糖果絕對是每包口味都不同！

「可惜克里夫沒來。」這麼一說學弟才想到旅館主人有兩隻邊境牧羊犬，雖然旅館主人答應下來就應該沒問題，但學長會不會在這短短數日內跟這兩隻牧羊犬變成戰友呢？

「唉，我又不是需要找復活蛋的小鬼，你幹嘛不讓我跟民宿老闆每天領取就好？」

「拿了就吃那多沒意思，這樣跟我平常做好拿給你又有什麼差別？」

「……一個被玩一個不會啊……」學長嘀咕抱怨，知道這只是不甘心的吐槽，能偷懶他很想偷懶，但轉念一想，又抓住一抹靈光。「也就是說你也不知道糖果在哪？」

「嗯，不知道。」學弟眉毛一挑就知道學長想什麼。「所以我也會一起陪你找。」

「那你找到之後——」

「唔，拿去勾搭有趣可愛的小朋友？」

「喔——果然是到手就不值錢啊～」可惡，你老公我在這裡！勾搭什麼小朋友！他們有我好玩嗎!?

「嗯～可是我偶爾也很想被學長討好啊。」

「討好你再獲得食物的行為是寵物好嗎！」

「可是沒有誘餌學長你都很少這麼做。」

「學弟，」學長在即將走進餐廳的地方停下。「你討好我是為了什麼？」

「想看你開心的表情。」

「我覺得我每次做好我自己，跟你分享的時候你都非常開心。」學長仰頭望著學弟，覺得學弟在某些時候真是傻啊。「我相信我平常創造的驚喜不論好壞都讓你感到快樂，所以我不需要『討好』你來確定你是否還喜歡我——你當然愛我啊，我這麼好的男人獨一無二！我本性發揮配你正好！」

「我不需要討好你？」

「理論上，」學長的表情有點糾結。「討好這個詞我覺得不太好。但你這本性有點沒救，所以討好變成驚喜什麼的也只能慢慢改。」

「那實際上？」

兩人又開始往前走，被帶到一個靠近表演舞台的座位。

「實際上，」學長咳咳兩聲。「身為一個有劣根性的人類，不得不說被討好很爽。」

「所以嘛，學長～～～」

「囉唆，平常討好你也只會變成懷疑我別有居心，」說著說著有點臉上發熱，幸好這種充滿氣氛的燈光最不適合辨識顏色。「……我在床上不就經常討好你……還有什麼好不滿的……」

那到底算討好還是算討饒呢？雖然話題扯來扯去好像全都是擦邊球，但沒多久這種尷尬就變成莫名其妙的笑意，學長尷尬片刻回頭盯著學弟好像在生悶氣，漸漸嘴角似乎開始有些抽動，發現對方也沒好到哪裡去，笑聲就像被戳破的氣球驟然爆破。

快樂的大笑毫無理由，至少剛才的對話哪裡也找不到能讓兩人一直笑的點，但就是想笑，笑聲又因為對方發笑的傻氣表情而持續，等到民宿的服務生開始倒水、倒佐餐酒，勉強止住的笑聲仍不時的從肩膀與咳嗽聲中發揮餘威，透過燭光凝視彼此，都知道剛才的對話正被對方放在心上。

「那麼晚餐會有驚喜嗎？」學長覺得學弟應該會安排什麼。

「唔，我也很好奇學長有沒有發揮創意準備點什麼。」

「哼哼哼哼哼。」你等著，禮物是有沒錯——我請五星級甜點師傅做的特大號糖果花束！怎麼能每次都是你送我糖果花我卻沒送過你呢呵呵呵呵呵～～

學長腦中已經浮現學弟不得不認命吃完整束花的表情，反覆確認這的確是他第一次送學弟糖花當禮物，對於學弟會吃完這件事又多了幾分信心。

不懷好意表現得如此明顯，學弟幾乎瞬間理解學長送他的禮物跟糖果有關，臉上不由得露出苦笑，看得學長心情更好、好得差點沒湊過去親一個。

學弟倒是直接湊過去親一個。

「喂喂喂！這裡是餐廳！」

「登記住宿的時候跟老闆說過我們是來度蜜月的，親一個沒什麼。」學弟順著學長的視線向著周圍一掃，注意到那些投來促狹微笑的以及散發厭惡排斥氣息的客人，語氣愈加的不以為意。「被歧視是抱有偏見的人不對，沒道理委屈自己。」

學弟此時不是用中文溝通，學長望著對面那位，覺得之前有感學弟年紀大了涵養變好什麼的都是錯覺——這不是有仇必報不說還錙銖必較嗎?!

學長向來亂飄的靈感及時煞車，把吐槽嚥回肚子裡、深呼吸，再正經不過的用英文說：

「我害羞。」

能把害羞說得像求婚也是多年相處下來被學弟鍛鍊出的本事，而這很顯然獲得了在場有幸聽見之人中，大部分的「夫人」的好評。竊竊私語間夾雜了「你們好可愛！祝你們幸福！」、「祝福你們的蜜月假期」之類的祝福，帶著戲謔笑意的聲音讓整個餐廳的氣氛都撒了一層糖，因為其他受刺激的男士或女士們也不願落於人後，細碎的調笑聲之間愛語傳音，連刀叉偶爾碰撞的聲音都輕快得像歌。

「突然有點同情現場的幾個單身人士啊。」

「他們大概不願意獲得弱勢保護計畫吧。」

「會吧？」學長一臉「你這傢伙怎麼會有這種想法？」的質疑。「保護計畫簡單想想，能做的不過一、讓閃光組降低光害，等同妨礙；二、將保育動物進行圈養，促進交配——前者等於報復，後者等於脫團，怎麼會不願意？」

「不願意變成弱勢族群啊。」

「死要面子活受罪啊……算了，反正也沒有這種計畫。」學長擦擦嘴，盤子裡的飯後甜點是特別版，想當然爾是學弟製作，雖然其他桌的客人向服務生詢問甜點讓他很爽，不過嘛——

「只有這點驚喜的話，不及格啊。」

「我好歹送出一部份了。」

學長眉毛一挑，點頭，非常乾脆的說你等等就跑出去，片刻之後捧著一大束非常惹眼的花束再次出現在餐廳入口，走路走得比平常帥氣三倍——若不是要維持形象，學長早就小跳步嘿嘿嘿地把花塞到學弟手上——現在當然就只能笑得很頑皮但比較有儀態的走過去，知道他們這桌一開始太惹眼，現在他帶著這麼大一束花，注意力不可避免的又集中過來……

站在學弟面前、咳咳兩聲，單膝跪地，將那束完全由糖果製成的沉重花束捧到學弟面前，把學弟眼中的驚訝盡收眼底，心情瞬間好得彷彿智商只剩下十。

「當年你先求婚，那時候我就想哪天一定要來試一次——你知道，一般都是男士負責求婚，難得我們有這種機會，還不用先離婚再求婚。」

餐廳裡響起一片笑聲。

「二十一年前你求婚，然後到今天我們結婚二十年，」學長聽到一片讚嘆，仰頭望著學弟卻也有種恍如隔世——二十年居然就這樣過去了。「二十年後的今天，換我向你求婚，問你願不願意跟我過一輩子——親愛的，你願意跟我結婚嗎？」

學長覺得學弟的笑容剎時間宛若星空，燦爛、深邃，似乎永遠不會改變，那雙笑的非常明亮、眼角卻已經出現一絲絲魚尾紋的雙眼凝視著他，接走他手上的沉重花束。

「即使你知道我不怎麼吃糖，卻還是很頑皮的給我整束糖果花。」學弟說出口，現場的聲音瞬間變得精彩豐富。但此刻，世界就只剩下一個人的臉和聲音，他笑著親上去、把人拉起來。「但是沒辦法，我愛你，就算你天天變著花樣騙我吃糖我還是想跟你結婚啊。」

祝福的掌聲中學弟抱住學長，比平常更軟更低沉的醇和嗓音貼在學長耳邊補上「我很喜歡」。真的是因為整理舊物才有了靈感嗎？真的是因為想做實驗才有這個突發旅行嗎？

他們每年未必會在結婚紀念日的時候出門旅遊，也未必會大張旗鼓的慶祝結婚紀念日，但是二十年來誰也沒忘記過。

事情剛開始的時候學弟沒意識到，等學長把假排出來他就懂了。

跟二十年前不一樣的旅館，同樣帶著一箱情趣用品，雖然這些東西也因為時間演進而有所不同。他們出發，期待彼此提供心照不宣的驚喜，然後在這一刻學弟覺得自己果然贏不了學長。

我很喜歡，這世界上最愛的人就是你了，學長。

學長打算這麼做的時候，就沒打算在今晚收到學弟的驚喜，他很清楚學弟在這種狀態下不可能拿出任何準備好的東西——不論是開心到忘記這件事抑或維持氣氛，學弟大概都不會展現他今晚在餐廳準備的驚喜了。

等學弟難得的開心到瘋、露出難得與自恃絕緣的表情，巨大的滿足感和成就感盈滿全身，學長覺得學弟此刻的表情足以讓看的人重返青春，因為他現在跟小鬼一樣只想拉著學弟到只有兩個人的

地方，未必是找地方做愛，就是想兩人獨處，覺得做什麼都很好。

舞台的音樂表演早已被兩人拋諸腦後，勉強在餐廳又待了一下，原本試圖在民宿庭園散步的計畫也大幅縮短，卻足夠情緒慢慢沉澱。等自然而然地返回房間、學弟把沉重的花束拋在床上，空下雙手的兩人雖不至於立刻激動的脫衣服，仍令人情不自禁地唇齒纏綿。

擁抱的手在彼此身上撫摸，先是貼在頸脖，又不約而同地滑到腦後，讓氣息更加接近，方便舌頭在對方口中尋找熟悉的敏感點進行攻防，乾渴於是從心口蔓延到唇舌，促使人去吞噬自身所需，溫度、氣息、唾液，接近的慾望似乎正無盡擴大，卻又轉瞬化為寧靜幽火，一點一點地漂浮燃燒，沿著難以吞嚥的唾液流淌向其他地方，將學長的最後的惡作劇化為灰燼，學弟順著頸背的線條將灰燼向下抹向尾椎，再充滿暗示性地捧住伴侶的臀部輕輕抓揉。

不太下流，但有點想罵混帳。學長心裡咕噥兩句，將發軟的身體貼得更近，這麼多年來他都沒斷過想罵的念頭，同樣的，學弟也總是會知道他這微小的糾結而發出低沉動人的笑聲。

那聲音在身體裡迴響共鳴，細微的顫動從裡而外，有些癢，又被滾燙的吻吮去。

吻從嘴唇移動到臉頰耳畔，兩人自然而然地脫去彼此的衣服，讓任何一方主動時都能親吻到想貼近的地方，鎖骨也好，胸膛乳尖親吻之餘想又啃又舔也無所謂，越靠近床赤裸的範圍就越多，彼此的下體早已鼓譟隆起、微微挺立，在空氣中毫無遮掩地暴露，展露欣喜興奮地貼蹭碰觸。

床做為終點的地位無庸置疑，撲床的樂趣不論年齡總是難以捨棄，顧慮學長的年齡，撲倒的力道輕柔得讓學長想笑，陷下彈起的短暫過程中他感受到壓碎什麼的觸感，來不及思考，低頭凝視他的學弟已經拿起香甜花束，將花朵一朵朵地摘下。

盒裝糖花或許不需要用到鐵絲等支撐物，但花束絕對是需要的，留在床上容易受傷，所以學弟摘下上面各式各樣的糖花，或整朵、或破碎，巧克力的瑪格力特和重瓣桔梗，軟糖和棉花糖做的小丁香花與滿天星，翻糖做的玫瑰與葉材……

拆掉包裝紙、扯開緞帶，裡層襯的蕾絲也是棉花糖和翻糖做的，銀色的巧克力糖珠黏在上面如同珍珠，跟著散落的花和花瓣落在學長身上、床上、或者是學弟自己的大腿上，學弟拆完整束花、將鐵絲扔下床，低頭一邊吮舔手指一邊看學長對他笑得……挑釁。

「把最喜歡的東西和最討厭的東西放在一起，你吃得完嗎？」

「我會吃完的，」有的巧克力已經開始軟化，學弟用手輕輕一推，便在學長身上抹開一片。「至少今天，來自於你的餽贈我會全部吃下去。」

學長挑眉，想看清楚學弟臉上的表情，可眨眼間他的視線裡只剩下一雙擅長說話的雙眸。漆黑的瞳眸彎起，沒有浪費時間，只是伸出舌頭侵入他口中情色地舔了一遍，便又一點點地向下吮噬。

按在胸口上的手幾近虛懸，淺淺貼觸，似撫摸、又好似在糖果叢林中尋找落腳處，若有似無的觸感在點在身上，竟比學弟在頸側啄食軟糖的觸感更撩人。

呼吸不由自主的粗重幾分，慾望從未退去，只是匯聚在已經完全挺立的性器上，學長難忍地曲起腿磨蹭學弟的腰身，小幅度地抬起腰讓翹起的肉莖與學弟的硬挺碰觸頂蹭，一陣陣地帶來飲鴆止渴舒爽刺激，學長正想把學弟拉得更近，對方啃食的位置已經移動，一股力量再次將他壓制。

抓在手臂的指掌緊了緊，又有幾朵花在壓制間碎裂的觸感從腰腹間傳來，那種失去從容的感覺讓學長很好奇學弟的表情，也很懷念這種狀態下學弟總是格外熱情率真的親吻，可惜現在什麼也看不到。

牙齒從皮膚上刮走糖果的力道有些痛，軟熱的舌撫平這些。時間越久，被汗水融化的糖便越多，黏膩的感覺逐漸增加，被進食的感覺愈加明顯。

頭髮的撫觸、呼吸的吹拂、舌頭安慰似的舔壓……那些曾感覺到疼痛的地方敏感而脹熱，唇齒舌尖所過之處一片溼滑，被汗水模糊經過的痕跡，只留下點點紅痕取代花朵曾經綻放的位置，色香漸漸壓過甜香，學長忍耐得渾身顫抖。

乳珠被學弟含糖球一般地啣在口中舔弄，酥癢蟻噬般地自心口竄動到四肢百骸，毫無自覺的淺淺呻吟隨著喘息擴散至房間，跟火車上的痛快比起來……太慢了。

學長忍不住又想蹭上去，再失望懊惱地被鎮壓，他聽見學弟的笑聲，勃起到難受的性器從尖端到根部被指尖輕輕劃過，學長顫抖地發出略感滿意的嘆息。

「親愛的，你的羞恥心呢？」

「二十年前被狗啃了。」一新種的幼苗總是沒長大就被採收啊。

學長的反擊讓學弟深感滿意，只猶豫了一下，終究沒拿任何道具出來。他們的旅行還有幾天，難得的求婚之夜，學長不需要除了他之外的刺激。

輕觸的手改為覆蓋，不輕不重地猥褻下方的囊袋，畫圈似地用掌心揉搓把玩，再貼著豎起的柱身撫上，學長的下腹驟然一緊，啃咬的感覺突然從腰側傳來，似乎不再執著於糖花，脆裂的聲音卻再也聽不見。

先是腰側，然後是小腹，靠近根部的地方被舔了一口，學長的身體幾乎瞬間繃緊，脣舌沒有靠向重點、一如既往的惡劣，在大腿內側咬了一口，又吸含似地用口包覆咬痕，一口一口地含吮……

空氣裡的芳甜愈加濃郁。

與糖果截然不同的淫糜甜味，讓回過神的學長終於意識到那是什麼，他不再像以前那樣緊張，被狗啃的羞恥心卻留有殘渣，在胸口重重跳動得他頭暈目眩。手指在身體裡進出彎曲的動作被那處的肌肉包裹，敏感熟悉地描繪手指的每一絲細節，如若親見的感覺將學長雙頰燒灼得幾欲滴血，啃不乾淨的羞恥心遇火瘋長。

已經發洩過幾次的身體不由自主地變得更熱更軟，不久前才享樂過的肉穴淫媚地吞吐手指，吸吮一般地含緊，學弟滿足地看著早先沒能清楚欣賞的美景，用手指稍稍撐開溼潤發亮的入口，低頭在不斷汨出晶亮液體的尖端親了幾下，然後在學長掩藏期待的害羞注視中，將他一把拉起！

「你——你幹什麼!?」

學長手軟腳軟腰軟，被拉起來後整個人都撲在學弟懷裡，本來想揍人，可是性器相貼的感覺實在太好，想著自己揍人沒力氣算了吧，腰偷偷動了動，感覺熟悉的電流竄得整個背脊都酥了。

「換你動了，」學弟邊說邊惡意地握住兩人的陰莖重重一捋，然後在對方的屁股拍兩下，發出響亮羞恥的聲音。「白天是我，現在換你自己坐上來了。」

「……那你怎麼不往自己身體裡塞點什麼再要我坐上去？」

「學長希望我塞什麼？」學弟笑著反問，看學長的臉瞬間變得更紅，接著眼睛才漸漸亮了起來。

「那個串珠型長得像一把金平糖的跳蛋如何？三十變頻。」學長把學弟反推在床上，探手打開

行李箱，拿出跳蛋外又拿出小惡魔外型的震動乳夾。

笑笑地夾上去，在兩者之間鍊上細鍊，跳蛋不怎麼需要擴張便順利塞進去，學長低頭在被夾得發紅的乳尖親了親，然後打開了所有的電源。

聽學弟發出悶哼，很好，雖然想問學弟還要不要自己坐上去，但問完之後的結果似乎哪個都令人害羞。

顫顫地扶著學弟的性器坐下去，太過漫長的前戲讓耐力搖搖欲墜，學長坐到一半差點就射了，性器滴滴答答地晃落幾滴液體，撐著身體大口呼吸的忍耐，學弟抓握在腰間的手猛然發力！

被貫穿的快感奪去聲音、射精的高潮感讓大腦一片空白，再次抓回意識的時候學長聽見自己的呻吟，超過臨界的快感非常難受，舒服的悅樂疊加成複雜的焦慮，不想要了，身體卻又漸漸適應這種更加貪婪的狀態，由下而上的衝刺直入深處，當每個敏感點被重重摩擦，從腳指到肉穴都不由自主的緊縮。

下面被咬得太緊，學弟悶哼一聲，抓揉著對方的臀肉狠狠按下，變得越加豔麗的呻吟出現了泣音，斷斷續續的嗚咽控訴從發軟無力的身體裡傳出，肉體拍擊的聲音每每掩蓋了這些細微的哭訴，學長知道不管有沒有聽見學弟都不打算回應，只好開口求饒。

「……嗯……不要了……今天已經……好幾次了……啊嗯……」而且、明明、我才是求婚的那個啊嗚嗚嗚……

「是嗎……？」學弟再次重重挺入，頂戳著最深處細細碾磨，壓迫得他體內的跳蛋在深處不斷翻攪震動，學弟舒爽地嘆息，再次沉重緩慢地攻擊對方的弱點，學長終於忍無可忍地用力一咬！

「唔……怎麼，不是很舒服嗎？」

「……羞恥心長回來了……」學長恨恨地邊咬邊拉扯學弟胸前的乳夾，感覺學弟的身體忽緊忽鬆，總算覺得心情好過很多。「今晚求婚明天就沒辦法出門也太丟臉……」

「呵呵……可是我很長臉啊。」

學弟沒再給學長任何發言的機會，他扯下自己胸前的乳夾，抽出身後不住顫動的玩具，翻身把學長壓回床上。

趴臥的姿態，抬高的臀部，學弟再次深深挺入，塞填到極限的窄道被擠出黏稠的液體，在動作間一點一點的淌落，彷彿要將陰囊也推進窄門的深度帶來令人瘋狂的快感，學長抽搐一般地顫抖，想要爬離侵犯的源頭，又被捉回來、再次狠狠貫穿，舌頭舔過的溼濡感從腰椎直到頸後，灼熱的氣息最後留在頸椎上一下下地啃咬著皮膚，如同野獸制服自己看中的獵物。

「既然這麼喜歡讓我吃糖，那就到我吃完為止吧。」

花了多久的時間吃完學長不知道，他只知道天又亮了，而他還在緩緩的被搖晃，模糊地想著學弟這快五十歲的傢伙居然還能熬夜做愛真不科學，補充水分之後似乎又在浴室磨磨蹭蹭被強迫來了一次，等學長一身清爽感慨自己終於可以不用再動了，剛才讓人憤恨的體溫卻又再次讓人依戀起來。

學長緩緩陷入沉睡，學弟撐著眼睛把已經是昨晚收到的花束放上FB，寫上『第二十年結婚紀念日的求婚禮物，現在忙完正要睡。其他靜待更新。』然後將手機放到床頭櫃，將學長摟近一點，在額頭上親了親，閉上眼睛。

晚安，我永遠的美人，謝謝五十四歲的你，祝我們二十週年快樂。

代課

任何事情都有所謂的旺季，像是考試的旺季、旅遊的旺季，在學術界也有所謂「研討會的旺季」。

研討會的旺季有不少機會可以與考試時間重疊，對教授們最大的好處是——這個時間只要把考卷發下去，關門放狗（放研究生），教授人在哪裡一點都不重要，最好不要來。

教授的出現會增加作弊的難度，答題的恐懼，寫著寫著耳邊忽然傳來一聲教授的冷笑─就算是愉快的笑聲也沒有比較好─本來就不存在的信心瞬間土崩瓦解，超過一個小時的寫出來的答案立刻虛幻一百倍。

學長學弟非常瞭解學生的心態，所以大多時候他們不會出現，而當他們提早宣布會出現在考試會場的時候，所有的學長姐立刻明白這一屆的學生不知道是惹毛了其一還是其二，或者根本兩個都惹毛，才會讓這兩個教授主動公布說要親自監考。

親身經歷過的學長姐永生難忘X教授監考時的冷笑、Y教授監考時的歡樂笑，更重要的，這兩個教授都會很好心的問你……

——你確定嗎？

——要把握機會喔。

這種炸彈根本炸一隻等於炸整個考場，被考卷炸得皮酥肉爛的學生再被關鍵句回鍋一下，地圖兵器可以輕鬆掛點一半的學生。

不過，除非這屆的學生太過份，學長學弟是不會利用公告讓全系『禁止提供幫助』，畢竟他們這種時候都很忙。

研討會開始的季節要趕課，研討會季的中段會重疊到考試，季末雖然是暑假，但研究加上下學期的課，學長每年總會感慨一下他都沒時間出去玩。

所以自從學弟也升上教授、他們倆在同一所大學任教，想當然爾，學長去開研討會的時候，學弟幫學長代課；輪到學弟開研討會的時候，學長也會碎碎唸地走進教室打開學弟的課本，邊上課邊秉持學弟的慣例欺負學生。

「啊，對了，」學長大口吃著學弟做的手工豆花，在學弟糾結的眉毛中把不兌水的黑糖漿往碗裡加，抬頭嘿嘿笑。「大後天我要去研討會，記得幫我代課。」

「下禮拜？」沙發上的學弟眼神有些好笑。「你忘記我也要去？你那時候不是問我要不要去，訂旅館的時候訂了雙人房？」

「……欸⁉真的耶，啊、糟糕，怎麼辦啊？」

「我是安排好了，目前的進度先考一次，之後的進度交報告。」

「唔唔唔唔唔～」這不就是說沒有研究生可以借我了嗎……「我家的研究生都跑光了……」

「跑光了？」

「有要去面試的啦、去學實驗的啦、要跟我一起去研討會的啦、還有要代替我去參加研討會的……總之，沒人了。」

「沒了？」

「剩細菌跟老鼠了。」

「那些比較重要吧？」

「我還有新生啊！」學長困擾地咬湯匙。「可是小碩一沒本事代課啊……怎麼辦……」

學長大大的灌下一口豆花湯，靈感福至心靈！立刻轉頭對著樓上大喊——

「萊伊～下來一下！」

萊伊應了一聲，走下樓。

「老爸？」

「萊伊，幫老爸代課。」

「……啥？」

「幫老爸代課。」

萊伊連眨好幾下眼睛才確定自己沒聽錯，連坐在一旁的爸爸都擺出一副「很遺憾，但這是真的」的表情！

「——什麼鬼！我又不是學生物的！」

「但你看過生物課本啊！」

「你要我代的又不是生物課、不對！就算是生物課也不行！」

「兒子！這是老爸我一～生一次的請求耶！你怎麼可以這麼狠心！」

「不狠心也沒用！不會就是不會！」

「放心～萊伊你那麼聰明，五章的進度我今天就可以教會你，然後接著你只要上台念課本，絕對不會有人敢問問題！真的！」

「念課本是絕對行不通的！」還五章勒！

「放心他們超笨的！你用念的他們也聽不懂！」

「——這絕對不是笨不笨的問題。」老爸，你這樣太看不起人了。

「不然是什麼問題。」

「職業道德的問題。」

「噢～萊伊，」學長搖頭再搖頭。「我可是上課第一天就對他們說——我對你們沒有太大的期待，而且啊，道德能解決困境嗎？不能嘛！對不對!?我就是覺得他們很笨嘛！」

「重點是為什麼會找我代課！」難道學校的研究生都死絕了嗎!?

「……這一切的開始都只是一場誤會……不過既然——」

「……我不要。」

學長眼睛一轉，笑了。

「那我去拜託丹尼爾，反正他就在樓梯轉角嘛！」

萊伊差點就想揪住老爸的領子用力搖，深呼吸之後……認了。

「……只有五章？」

「五章很多了，兒子。」

您還知道多啊……

「課本呢？」

「我去拿。」學弟看伴侶生怕一轉頭萊伊反悔跑掉的模樣，主動幫忙拿書。

「別這樣嘛～兒子，我把甜點的份都讓給你。」

「……隨便啦……」

✤　✤　✤　✤　✤

等學長回來之後，他發現學生還挺開心的，不只挺開心的，還有閒情雅興問他：「上禮拜代課的助教是誰啊？」

等他上完課，又忍了兩個月忍到萊伊回家，立刻把這件事跟萊伊分享。

「萊伊啊，上次你代課之後，大受好評耶！」

「……喔。」真的是被養壞了……這輩子第一次唬爛這麼多人居然一點罪惡感也沒有。

「他們都在說『助教人超好！』然後我就問他們助教人好在哪裡呀……」

「……怎樣？」被老爸的手肘一直頂，萊伊無奈地配合。

「他們說這助教『不會給作業所以人超好』、『上課不會整人所以人超好』——啊、這點我是輾轉打聽來的，還有就是『是帥哥看起來又年輕有為！好棒的人！』這樣，哈哈哈哈哈！」

「喔。」

「兒子，你怎麼這麼冷淡！」

萊伊馬上堆起笑容，以孝親與滿足父親好避免騷擾為最大原則！

「老爸！能讓你與有榮焉！能成為您優秀的兒子真是太好了！看到您這麼開心我也好開心啊！」

「這還差不多。」

「……您開心就好……」

學長心滿意足的摸摸萊伊的頭頂，萊伊被夾在兩個父親之間無奈的被摸，一邊還得用眼神警告丹尼爾不准笑，突然有種偷閒回家似乎比在學校還忙的感覺。

「話說回來，」學弟嘻嘻笑。「兒子你要公平，明年你學校創立紀念日放假的時候，也來幫爸爸代課吧！」

「什麼鬼！」搞什麼！

「爸爸我也要～！」

「——我明年絕對不回家！」可惡！

✤ ✤ ✤ ✤ ✤

學長學弟：「那你創校紀念日的時候，我們去找你玩～」

教授們的個人風格

※　上課的時候：學長的課　※

「教授～範圍好多，考試範圍能不能再小一點或是清楚一點，洩題啦！」

「喔？洩題？可以啊，一個字母一千塊，集滿一百個字母打九折，團購一千送三百，怎麼樣，各位同學有沒有興趣考慮一下？」

「教授～！哪有人這樣的啦！這不叫洩題啦！」

「沒辦法，教授我除了錢，什～麼都不缺。」

「什、什麼⁉什麼都不缺⁉教授你有遊艇？」

「有啊，就一般的，有駕照的話可以租你們喔，會算你們便宜一點。」

「小飛機？」

「那很便宜，一樣，租金可議。」

真、真的很氣人很可惡……這種時候教授臉上微笑的皺紋格外可惡……

「那別墅呢？」

「嗯……租別墅比較貴喔，瑞典、荷蘭、美國、台灣、紐西蘭，你們想去哪玩？這時間去南半球還有機會賞楓。」

台上的教授很認真的思考著，很認真的，替明天不知道在哪的學生們規劃旅遊路線，而台下的學生後悔極了，他們本來只是想鬧鬧看的呀！

「那那那家庭問題呢!?」

「不會吧？你們不知道？我跟X教授結婚很久感情很好這件事，我以為已經不是新聞了。」

「那教授家的小朋友呢？聽說你們有收養小孩子？」

「哎呀，說到這個啊，我跟你們說……」教授的笨爸爸模式turn on，眉飛色舞喋喋不休。

「……教授，你這樣很討厭耶。」學生們對自己造的孽很無言。

「沒關係，」教授的回答簡單明瞭，「我當教授是為了做研究，至於教職這見鬼的例行工作，我沒有任何的期望。」

被人這麼理直氣壯的放棄，也只能怪自己不夠讓人刮目相看了。

「好啦好啦，想團購的話應該知道中午要去哪找我吧？下課！」

※　上課的時候：學弟的課　※

「教授～範圍好多，考試範圍能不能再小一點或是清楚一點，洩題啦！」

「喔？洩題？可以啊，一個字母一千塊，集滿一百個字母打九折，團購一千送三百，怎麼樣，各位同學有沒有興趣考慮一下？」

「教、教授！你怎麼跟Y教授說一樣的話啦！」

「喔？一樣啊，沒辦法，我們除了錢，什～麼都不缺。」

「嗚啊啊！好過份，連回答都一樣！那顯然問問題的答案也會一樣？」

「嗯……我不知道，看你們問什麼，應該都一樣吧？」

「教授家的別墅在哪些地方？」

「瑞典、荷蘭、德國、美國、台灣、紐西蘭。」

「教授，怎麼多了一個德國？」學生舉手了。

「啊，這個是最近才成交的，大概你們問的時候還沒確定，所以他沒說吧。」

台上的教授年近半百仍舊站姿筆挺，風度紳士微笑優雅，但是……但是……還是很可惡啊……一個比一個嚴厲又老奸巨猾……

「……教授，你這樣很討厭耶。」

「嗯？沒關係，我有他一個就夠了。你們是多餘的，討厭最好，省麻煩。」教授臉上的溫柔微笑非常燦爛。

教授……上課的時候理所當然的放閃光是不道德的！

「呵呵……嗯？打鐘了，好啦，下課……不，等等。追加作業，課本第26章、27章、28章、31～37章、39章還有41章後面的習題，此外，就範圍統整後自行決定主題，另外交一篇討論報告給我，每人一份，12號字一倍行距，上下左右還有行數字數使用預設值，格式不合直接視為未繳交，字數不得少於兩萬，圖表字數不算在內，灌水太差一律給E。下禮拜的今天，晚上十二點以前寄到我的信箱，以顯示的時間為準，還有，不要忘記下禮拜的小考。」

教教教授你的作業完全跟你的考試範圍錯開啊啊啊啊！

現場揚起一片喧嘩的哀嚎。

「下次，誰用那麼無聊的問題耽誤我的時間，就全學年等同辦理，下課！」

顯然Y教授的胃勝過全學年學生的人權。

※　午餐的時候：學長的研究室　※

「我去吃午餐，有急事知道打到哪找我吧？我沒帶手機喔，你們也早點去吃飯。」

於是實驗室的研究生就看著Y教授踩著輕快的腳步離開研究室。

「沒帶手機？是打到哪裡啊？」新生的可愛在於無知。

「你是我們學校上來的吧？」

「嗯。」

「他跟X教授的事聽過吧？他們天天一起吃午餐，目前為止十多年幾乎沒斷過，不過一定是一起吃早餐一起吃晚餐，想都想得出來。」

「喔～原來如此，好厲害，真是有夠恩愛啊，所以是打到X教授的研究室？」

「如果他們今天去中庭吃午餐，那就是打到X教授的手機，看到那邊的通訊錄了沒？那不是白寫的，記好。」

「喔喔……不過，聽說X教授的手藝非常好，好羨慕老闆跟他們家小孩喔。」

「……我好羨慕他們家研究生……」

「嗯？為什麼？」

「因為X教授心情好做得多的時候，就會分給他們或是幫他們準備一份，泡茶泡咖啡的時候也會泡他們的份……那、那超好喝的啊！」

「真的假的⁉那個X教授欸！」

「你現在知道為什麼沒人叫他魔鬼教授了吧？人家這個認真教授不是幹假的，其實真要說，他也不會很嚴，只要不是上課時間，他對學生都不錯。」

「真好……尤其是附帶美食的這點。」

「深有同感。」

※　午餐的時候：學弟的研究室，天氣好的時候　※

「今天天氣看起來不錯。」

研究室的學生看著自家老闆打量天氣景致，滿臉微笑，拿著馬克杯的手簡直就像在拿高腳杯，悠閒又優雅，很幸福的在等人。

學生們在心裡嘆息，在這間研究室最糟的不是老闆心血來潮會想作弄學生或是惡作劇，也不是老闆脾氣很差之類的問題，而是必須忍耐這種渾然天成的閃光，直到你麻木習慣為止。

然後每天中午都會出現的主角Y教授出現了，輕快的腳步，從來都不會忘記跟學生打招呼，一如以往的走向結褵超過十年伴侶，而X教授聽到聲音就輕輕回頭，對Y教授揚起，輕輕瞇起眼睛的、無比溫柔的微笑，也是十多年來如一日。

「今天天氣很好，我們去外面吃吧，想去哪坐著吃？」

X教授常常這麼問，而Y教授則比較常這麼回答。

「看到哪裡心情好，就在哪吃囉，散個步吧。」

於是兩個教授就輕聲細語的聊著，出門尋訪有吃飯靈感的地點。

「真好……感情這麼好。」

「是啊，看到他們感情這麼好，真是連嫉妒都提不起勁啊！」

「沒錯，天天有，為什麼這麼好的人是同性戀啦……好可惜喔……」

「是啊，好可惜……」

於是說前一句話的學姐，有點驚訝的看著說後一句的新生學弟。

※　午餐的時候：校內的任何地方，天氣好的時候　※

兩個教授坐在校內的休閒椅上，觀賞著風景，聽著耳邊的聲音，吃著午餐。桌上被X教授鋪上簡單的桌巾，放著照季節準備的茶與茶杯，有時可能是簡單的三明治但有很多種類，有時可能是潛艇堡，但大多數的時候，兩位教授的戶外餐桌是個夢幻的異空間，美麗而且把學校附近各大餐廳踩在腳下的美味程度眾所皆知。

於是，兩位教授的用餐身影和餐桌不知不覺成為學校的風景，偶而會有學生或其他教授們上前打招呼，小小的打劫一兩口食物，或者，是被誘騙的貓兒和學校裡的野生鳥類。

從十多年，變成數十年，當兩人已經是榮譽教授還享有學校的位子的時候，學校裡還是能常看到這樣的景象，花白的頭髮，做工細緻的休閒西裝，年老的教授們在學生眼裡仍然非常帥氣。不同的是，如今決定方向的權力是交給倒下的枴杖，兩位教授可能討論討論就往一個方向走去，也可能Y教授放著枴杖自由倒下，然後X教授緩緩的蹲下、撿起，帶著微笑拿給Y教授，繼續往前走。

※　喝下午茶的時候：假如在校內的露天咖啡座　※

四十歲到五十五歲的時候是這樣的——

「年輕真好啊……果然還是外國的女孩子敢穿，這種天氣就該是短裙細肩帶嘛！」

座位旁的其他學生為之側目，不自覺齊刷刷的一同看向，坐在一邊怡然自得品著咖啡的X教授。

「通通看著我是做什麼呢？我有這麼好看？」低沉的嗓音極富魅力，帶著愉悅感的玩笑話，即使有了年紀還是能讓一旁的女同學臉微微紅心跳加快，這讓孤家寡人還輸給同性戀教授的男學生們非常吐血，卻又不由自主的想還好教授是同性戀。

「教授……你都不介意嗎？」一旁的男同學既小心又好奇的問著。

然後響起的不是X教授低沉優雅的聲音，而是Y教授明亮從容的悠閒聲音。

「嗯……你是做好被當掉的心理準備這個問題嗎？如果沒記錯你的名字，你上次小考很差喔，尤其是第十章的答案寫得特別差。」

「嗚哇！」教授你是鬼！怎麼這種事也記這麼清楚啦！

「哎呀呀……」X教授現在的微笑不只愉悅還很開心，「可是我的部分你寫得不錯，這種差別待遇有什麼特別的原因嗎？」

聽到這種話，於是Y教授正式的回頭了，周圍的視線也集中到，這個即將被好奇心淹死的男同學身上。

「不不不不不，沒沒沒沒有任何特別的原因！」我嚇都快嚇死了我哪敢啊！

Y教授「哼嗯～」了一聲，臉上滿是「我覺得你非常有趣」的表情，男學生心想今天該不會魂斷咖啡座吧……

正當氣氛非常緊張的時候，傳來杯子清脆的碰撞聲，X教授手上的咖啡杯，輕輕碰上了Y教授手上的杯子。「你覺得那個幾分？」X教授帶著微笑，手指向某個方向。「我覺得還不錯。」

Y教授先回頭看了一下，然後才完整的回到自己的位子。

「85，腿還不錯。剛剛那個也不錯，滿有趣的，只是現在的學生膽子怎麼都這麼小……」

「不錯吧，滿好玩的不是？膽子小的學生也別有樂趣啊，既然玩了就讓他低分飛過吧。」X教授邊說邊喝乾手上的咖啡。

「也是，反正是小考。」

原原原來是在說我嗎……？男同學一邊覺得自己很沒種的，在心裡一遍遍悲情的覆誦著我很好玩我很好玩……又一邊心想還好被玩所以教授好心的讓自己過了……

「那個啊……你也知道，我就說而已。」Y教授這麼說，無所謂的悠閒語氣裡，隱藏著只有某人才聽得出來的小心翼翼。

「我知道啊，看看也是種樂趣，你看短裙細肩帶，我也可以順便看帥哥啊。」

「你這人實在是……」

「就看看嘛。」

「也是啦也是……」

於是兩個教授又重新安靜下來，悠閒的轉著空杯。直到有課，或是到了預定離開的時間，才雙雙站起來，悠閒的回去研究室。

在校內咖啡座的下午茶時間，五十五歲到六十五歲是這樣的——

「果然，要看就是要看短裙細肩帶嘛！」

不知不覺，這裡也變成教授們的老位子，進可攻退可守，方便觀賞戶外景致又方便工讀生幫你續杯咖啡，風向好光線佳，而每次到了教授們可能會出現的時間，學生們也總是有意無意的把位子留給他們。

兩個教授偶爾會拿著一兩份學生的作業或是期刊出現在咖啡座，就像有人會帶著書籍報紙一般，看得不是很專心可是還是有進度，而Y教授也常常一如往例的，在自己的伴侶身旁讚嘆短裙細肩帶。

舊生早已習慣這樣的景象，大學四年讀上來研究生就更不要說了，時不時牽連到自己還能搭上兩句玩笑話，如果一路上來讀到博士班，那是什麼反應都不會有。只要教授們出現，總能輕易判定今年的新生是哪些，因為會好奇也會驚嚇的只有新生而已。

而等新生被嚇完學長姐才開始說明事情真相、八卦以及注意事項，這種習慣不知不覺也成為另一種新生入學的傳統。

而不斷替學校寫下短期新傳統的兩位教授則完全缺乏這種自覺，他們只是覺得……嗯，這樣很好啊。

至於那個好什麼就真的不用再問了。

「你還是一樣有色心沒色膽呢。」聽完讚嘆，偶爾，X教授會帶著飽含笑容的聲音，這麼說著。

「欣賞要什麼色膽？就算有也用完啦……」Y教授會笑著這麼回應，轉頭看著X教授。

「那還真是，非常榮幸哪。」X教授這麼說完後，通常有60％左右的機率，會需要躲避Y教授的糖包攻擊……同樣的，Y教授嗜糖的驚人甜度也是個眾所皆知的特色。

六十五歲以後是這樣的，此時，兩位教授的頭髮已摻雜上點點片片的銀白——

「啊……真好啊……」Y教授不知所云的讚嘆，表情輕鬆。

「好什麼？」X教授低低的溫柔聲音，在年齡裡覆蓋上了些許的沙啞，別有一番動聽的滋味。

「都很好啊，喝了這麼多年連缺點都沒變過的難喝咖啡也很好，學生也很好啊。」

「是女學生吧？」

聽到X教授這麼說，Y教授很奸詐很愉快的笑了。

「最近年紀大了，開始覺得男同學也很不錯啊。」

「唔……」

「今天好像是我贏了。唔，有夠難得。」

「我本來以為你會說裙子不夠短之類的，像是至少要再短10公分才夠看。」

「唉，我老了嘛……」

「老了？」

「我可以說，你不行。」

「真是有夠任性啊。」X教授嘴上這麼說卻還是笑得很幸福，然後，把加好糖的咖啡推到Y教授的手邊。

※ 喝下午茶的時候：假如在街道或廣場的露天咖啡座 ※

如果是這種的下午茶，兩人會散步走過去，往往，在抵達目的地之前學弟……也就是X教授，會有點如臨大敵。

因為他可愛的伴侶Y教授向來喜歡亂買東西。

當然，Y教授也不是真的就這麼喜歡買東西，他只是……他只是很容易那邊看看、這邊看看，很容易被各式各樣的東西給勾引過去，然後那個東西也許就會得到一個Y教授！偶爾，Y教授也會對東西說出奇怪的感想——奇怪感想自然是用大家都聽不懂的中文說，這樣，比較安全。

接著，就會像大部分亂買東西的人，看著看著，就會想買了。

很多時候，真的，是很多時候，Y教授嘴裡說的「就看看嘛！」還是可以信任，真的，請相信他。只是，當然，這也有必然的風險，但即使有著必然的風險，X教授還是沒辦法拒絕這樣的要求。

散步就是為了四處看看，而且，更重要的，他知道這樣四處看看對方會很愉快，在想買又明知不能買的時候，那種求助的「請把我拖走！」的眼神也很可愛很有趣。

所以，嗯，這也算是自作孽不可活一個願打一個願挨吧。

總之，如果兩人前往街道或廣場的露天咖啡座，重要的也許不是目的地，當然，在咖啡館或是咖啡座裡也會發生有趣的娛樂——Y教授也許會在老闆的慫恿下，為有鋼琴的咖啡座來段午後的即興演奏，而通常，這會附帶被拖下水的X教授。對於有幸聽到即興演奏的人來說，教授們的鋼琴與歌聲，就像下午的咖啡與茶，雖然不是非常的必要，但就像入口的喉韻，有著悠久的香氣與甘甜。

※　研究室與研究生　※

考試的時候，Y教授家的學生——

「禮拜五要監考喔，別忘了。」

「老闆的課要考試啦，監考的人夠嗎？」聽說要監考的研究生翻起行事曆。

「不夠的話就去X教授家請求支援，沒問題，我先去看看需要多少人監考。」

「欸？這樣不要緊嗎？不用問老闆？兩邊都不用？」第一次監考的研究生新生有點惶恐。

「你知道什麼叫一家人嗎？」當leader的博士生拍拍中規中矩的好孩子。「這就是一家人。」

到了X教授的課要考試的時候——

「欸，聽說X教授的課要考試了，學生哀得好厲害。」還沒學會X與Y實驗室求生之道的好孩子新生，在下課之後回到實驗室這麼說。

「嗯？要考試啦？你打分機過去問問人夠不夠，要不要幫忙。」

「幹嘛問，人不夠不會自己過來請求支援嗎？」不明所以的新生覺得多此一舉。

「不會。」博班的leader斬釘截鐵的回答。

「咦咦？為什麼？」

「因為這就是X教授家的家規，乖，去問。」

「既然X教授都這樣定了為什麼還、」

於是博班學長擺出非常不耐煩的、嚴肅的、有殺氣的表情，湊近臉，用兇惡的眼神打斷一千萬個不懂事的為什麼新生。

「因為，這就是一家人。你想讓老闆心情不好嗎？再囉唆就強姦你，還不快去！」

Meeting的時候——

借小間的會議室，兩家人一起meeting，然後meeting一次有夠久。

不管是否有心向學，對學生而言長時間的meeting之後除了疲倦還是疲倦，但是兩位教授的精神看起來還是很好——好得很見鬼的那種好，會後，拖垮學生精神力的教授們，就這麼的野放學生，自行愉快的離開了。

「真是，我都快睡著了，怎麼教授精神還那麼好。」X教授家的新生這麼說著，很快就獲得Y教授家新生的點頭回應。

「因為我們是備戰狀態神經緊繃，教授根本無所謂，反正他問問題你就得回答，答不出來也得答，負責聽的人當然不怎麼累。」Y教授家的leader學長，似乎有當年Y教授還是研究生時的精神，雖然口氣是「你們怎麼這麼笨啊！」的態度，但還是做了回答。

「那幹嘛兩家一起？就是人多才會花這麼久的時間，各meet各的不是很快很方便？」

「不，對教授來說這樣才省時間又省事。」

Y教授家的學長這麼回答自家的新生，然後Y教授家的新生看到X教授家的leader學姐朝他點點頭。

「孩子，這就是一家人。」因為這樣才方便教授一口氣瞭解兩邊的進度行政等等的事情，而不用回家再從頭說一次，浪費他們相處的時間。

下午茶的時候，Y教授的研究室——

下午的時候聽到電話，Y教授家的新生發現，舊生們都變成非常踴躍接電話的狀態，然後有一定的機會，接完電話的人會很開心的拿著杯子跑出去，其他人發現的也會跟著拿杯子出去。

終於有一天新生忍不住問了這是怎麼回事。

「啊……嗯……這個嘛……」良心不安的博班學長欲言又止。「你還記得我上次跟你說，X教授泡的茶跟咖啡還有食物都很美味吧？」

「嗯，然後？」

「教授偶爾心情好的時候會做比較多的量這我也說過吧？」

「欸？難道!?不會吧！為什麼都不告訴我！打電話來不就是要分我們一起吃下午茶嗎!?」

「首先，東西不夠，」博班leader沉重的按著新生學弟的肩膀，朝他微微點頭。「第二，你也去了我們實驗室誰留守？這是個很現實的問題。」

這問題真的超現實的，真的是有食慾沒人性啊！

所以呢所以呢——

「既然這樣為什麼那麼麻煩還分成兩個實驗室，這樣比較麻煩耶！」兩家的新生在某次meeting後，發出這樣的感想，讓兩家的老人不住搖頭。

「比較麻煩？你們是看到哪裡去了？不，一點都不麻煩。」

「嗯？不麻煩？」新生臉上滿滿的困惑。

「他們，是兩個教授，對吧？」學姐諄諄善誘一步一步的慢慢說。

「嗯。」

「兩個教授，兩間研究室，兩間實驗室，沒錯吧？」

「嗯，這有什麼不對嗎？」

「你還不懂嗎？一個教授再厲害，他也只是一間『大的』研究室，和一間『大的』實驗室。」

「啊……」

「所以兩個教授，比其中一個去當助理或助理研究員好，對吧？多了一倍的空間。」

「呃嗯……」新生們呆呆的點頭。

「好，那麼，兩個教授，等於兩個小的研究單位，等於——兩份經費。」

「咦耶耶耶!?」

「有沒有，發現了喔？教授要報研究員或助理的薪水，但是教授可以自己去搶錢！」

「但但但但是……」就算可以自己去搶也不一定搶得到啊學姐！

「學校有給最低的經費，其他的要搶要寫計畫。這就是老闆厲害的地方了，他們——從來沒搶輸過！目前為止只要有交計畫通通都有過！」

「哇……」小朋友們於是發出了高山仰止的讚嘆。

「所以，兩個教授，兩個研究室，兩份經費，兩份人力——也就是我們，你看這樣做合作計畫多方便，有沒有覺得跟對了老闆？」

「有！」小朋友們臉上出現了頓悟的表情，看得老人們又開始搖頭，所以小朋友們又出現了疑惑且虛心表情。

「所以呢……偶爾，嗯，真的是很偶爾，」Y教授研究室的leader認真的思考遣詞用字。

「嗯嗯。」

「我們呢……也會有……」

「嗯。」

「兩倍的麻煩。」

……好吧，凡事都有他的代價，偶爾也不是那麼的糟嘛……

永遠的七歲

天空清澈的藍色讓雲朵顯得特別白，也特別近。

美好的天氣。學弟把目光從天空收回，放回手邊正在整理的論文稿件和電腦數據上，正當腦中閃過「這麼好的天氣，晚點帶著點心和克理夫，找學長出門野餐吧。」念頭的時候——

「轟!!!!」

爆炸聲似乎讓房子都震動了一下，克理夫狂吠著又嗚嗚嗚的從樓下跑上來——他的主人在聽到聲音的第一時間就往聲音方向衝，從他身邊經過，克理夫又轉身跟著主人往樓下跑。

學弟這時候已經六十五歲，自然不可能像年輕的時候衝得那麼快。比起擔心自己，他更擔心他現在七十歲的伴侶。

跑到後院，大部分的煙塵已經散去，學長用防火毯壓在爆炸點上，身上穿著長袖和較厚的棉質衣物，臉上帶著完全看不到表情的防護面罩，戴著厚手套的手揮動著散去最後的不透明煙霧。

沒有火藥味、沒有刺激性化學物質味，倒是有水氣的味道以及一些類似溫度劇變產生的氣體味，撫過臉上的氣流冷熱交替。

學弟飛快的把學長從頭到腳看一遍——很好，看起來沒受傷，衣服都沒破。

至於炸到翻土的草皮、還釘在樹上的破片、腳邊的碎塊，學弟用愛的濾鏡全部過濾，人沒事，那就什麼問題都……

於是，在學長安撫克理夫的時候，學弟開始向被驚動的鄰居道歉。

因為被圍觀，倒是不用他邁著老腿挨家挨戶道歉。受到驚嚇的鄰居對這位信用良好的老先生報以體諒的微笑，安慰他並且花樣表示「小心安全」之後，紛紛返回自己的家中、關門關窗。

大概還是偷偷看著這邊吧……？學弟這麼想著，走回學長身邊，看學長撐著膝蓋站起來、掀起臉上的防護面罩，「呼～」的舒一口長氣。

「學長。」

「嗯？啊，抱歉，嚇到你啦，我也沒想到會這麼大聲。」

「……親愛的，你已經七十歲了，不是七歲。」

學弟覺得頭有點痛——這哪裡是音量問題？誰在自家院子玩爆裂物爆破？

「當然，我七歲的時候哪弄得到這些玩意？」嫌我幼稚？學長眉毛一挑，哼哼兩聲嫌棄回去，一搖一擺走近實驗地點，把滅火毯拿起來放旁邊，蹲下去開始察看地上的殘骸。

「所以，能告訴我為什麼要做這實驗嗎？」

「我沒告訴你？？」學長驚訝一下，恍然想起自己好像真的沒說過。「喔，我答應給社區小朋友的科學夏令營帶個實驗課，但我覺得那些老樣子太無趣了，就想試著弄個安全環保的煙火玩玩——這不就回家實驗看看嘛。」

「配方實驗出來了？」

「沒～有～呀～好遺憾啊～」

「你這爆炸嚇到很多鄰居，」學弟說完，學長心虛的嘿嘿嘿笑著，湊上老臉給學弟親一個。「你夏令營還做這個，就算沒事家長也會抗議。」

「這樣啊……」學長遺憾的站起來，搥搥腿。「嘖，可惜我現在也沒改進配方的靈感，不然這樣，學弟～～」

「嗯？」

「配方交給你！我們明年帶小朋友玩！」

……

「那就交給你啦～」學長笑得一臉褶子每個皺紋都散發出愉快的光亮，哼著小調吹著口哨特別颯爽的帶著克理夫往家裡走，打算弄個三明治等學弟煩惱完一起出門野餐滾草皮。

哼哼哼～～真是特別喜歡學弟認真不服輸還死要面子暗搓搓的給他解決問題，這種明明煩惱到爆炸的小模樣超級可愛。

等學弟過生日的時候，再把『放棄計畫』這件事當生日禮物告訴他吧，嘿嘿嘿。

說早安

睜開眼。

雪白的花在空中緩緩的轉圈，像落下的竹蜻蜓，卻似乎比羽毛更輕，在盛夏的和風裡，飄散宛若太陽的碎片，白潔刺眼的不似凡人的樹。

學長也是，忍不住瞇起眼睛，過了好一會才發現他沒必要這麼做。

他抬頭，低頭，四處眺望，仔細的讓手滑過鞦韆的麻繩，然後，輕輕地搖晃鞦韆，一下一下的搖著，如光羽散落芬芳細雨穿過他的身體，鋪了一地，也落在鞦韆上，眷戀的隨著鞦韆擺動幾下，又落在如茵綠地。

「這可真是全新體驗啊……」

一邊搖著，一邊微笑，看著自己的墓碑，挺滿意現下既悠閒又美麗的畫面。

總覺得做了個好長的夢，看看天氣，看看墓碑，怎麼醒來就是七月了呢？

坐在鞦韆上的鬼魂歪歪頭，生前具備的邏輯思考依舊存在，因為親身經歷過而且不相信自己會睡過頭，顯然什麼頭七啦百日啦什麼八拉八拉果然是唬爛，不然中間怎麼會完全沒有看過那傢伙的印象？

一想到那個彆扭的傢伙笑著在墓碑前盪鞦韆的樣子，突然很遺憾那些習俗是騙人的……很遺憾自己居然讓那傢伙什麼都沒等到。

離開的那天……有沒有嚇到他呢？雖然總是跩得二五八萬看起來無所不能……可是他現在好嗎？

風停了，鞦韆依然輕緩地搖盪，想著想著，學長突然有些不甘心。

怎麼死了還要這麼擔心你啊混帳。

真是太混帳了。

最混帳的是罵了這麼多年等死了還是只能這麼罵——而且照樣很擔心一點都想不開。

發現自己居然不怕陽光的學長，跳下鞦韆，走了幾步，又多走幾步……似乎可以離開？

——好像也沒辦法變成地縛靈的樣子。

邊走邊冒出這樣的感想，學長離開墓園，輕鬆飄上路過的計程車搭便車。

你在哪裡呢？現在好嗎？

看著那麼多的活人、那麼多的景象，最讓我眷戀的不是活著的生活，而是活著的我能讓你發自內心的微笑。

現在好嗎？

我正要去看你。

✤ ✤ ✤ ✤ ✤

從一台車，換到另一台車。

生前有點怕鬼，等自己變成鬼，果然是沒在怕的。

想著要去看他，換車換個幾次又開始有點猶豫。

是不是應該先去看看歐琳艾倫萊伊還有那一大票小鬼頭呢？

這麼想想似乎很有道理，家長本來就應該是排在最後的關心對象……不過歐琳住哪兒啊？

想著想著，歐琳似乎越住越遠，艾倫也是……萊伊應該還是住家裡吧？

學長站在路邊，好多好多的人從身邊經過，眼前的車川流不息，該去哪裡呢？

鴿子飛過天空，小孩子的氣球飛了，遛狗人牽著狗努力減速，送貨員收起簽收單揮汗如雨……

好吧。

學長苦笑著看準一輛公車飄上去。

都變成死鬼了還是誠實一點。

看著公車的景色越來越熟悉，上下車的客人越來越面熟，學長有種近鄉情怯的寂寞。

再怎麼誠實他也不會看到，不用害羞不用尷尬的誠實，從沒想過會有令人失落又寂寞的情緒。

跟著人群一起下車，一起換車，看著每個人的臉，學長決定試著飄到車頂吹風。

以前的日子果然過得很爽。

✤ ✤ ✤ ✤ ✤

站在校門口，學長先是認真聽著學生的對話，然後推論出現在大概是幾點。

還不到中午。

當鬼之後交通時間似乎縮短一半，這種明明「車速車程通通沒變只有乘客質能改變」而時間居然有差的結果，讓學長在校園裡錯愕了一陣。

一直到鐘聲再次響起，學長才發現他又離題了……

「嗄啊啊啊啊～！反正都已經是個鬼了不要再管合理性啦！難道你要托夢找理學院的人做實驗嗎⁉快醒醒啊！」

吶喊之後似乎冷靜點，尤其怎麼喊都沒人聽到這點讓學長更冷靜，邊飄去學弟的研究室邊吐槽自己這真是太蠢了……不過當鬼要蠢好像也沒什麼不可以……

中午以前，學弟都會在自己的研究室。

以前這種時候，學弟會在研究室準備中餐要喝的茶或咖啡，也可能是果汁或熱可可，會算準時間加熱需要加熱的中餐，而自己也總能「剛剛好」的出現。

所以現在他是一個人吃午餐嗎？

站在研究室門口，想到那樣的畫面……那個頑固彆扭的傢伙一定笑著裝沒事。

手貼在門上才想起自己不需要開門，心想自己說不定可以寫個「新鬼上任的一萬個不習慣」的筆記，放著等裡面那傢伙也來這邊的時候丟給他，還可以順便照著目錄哈哈哈的笑他「你也這樣！」——……？

聽到腳步聲轉頭，學長用力的眨眼，一邊滿意的笑開臉——一邊慶幸還好沒先回家。

「爸？你忙完了嗎？」萊伊打開門走進去，學長也跟著飄進研究室。「我們去吃午餐吧，我弄好了。」

「我說……萊伊啊，」學弟從一堆文件數據裡抬頭，輕推老花眼鏡的模樣，看得學長有種心酸酸的懷念。「你不覺得跨越這種殺人的紫外線來找我吃飯很不健康？」

萊伊露出「我就知道今天爸爸你會這麼說」的表情。

「我今天全程都走走廊跟樹下，外套防UV，」萊伊流暢的推動學弟那有滾輪的辦公椅，推到他研究室的小餐台前。「反正身體微～小的不健康可以靠心靈養回來。」

「喔，心靈，」學弟露出拗不過兒子的表情，笑著拿起餐具。「靠丹尼爾嗎？那應該是用『不小的』不健康換取心靈的莫大滿足。」

挖靠，還是一樣機車嘛！學長邊笑邊腹誹。

「所以爸爸是『微小的』，」萊伊笑得很漂亮很認真，笑得學長大喊「兒子！幹得好！」，而學弟顯然有些氣結。「爸，不可以生氣，我這不是很體貼的來陪你吃飯？」

「不體貼也沒關係，萊伊，」學弟緩慢的咀嚼著午餐。「跟你說好幾次，我沒事。」

「我也沒事，所以來找你吃午餐。」

「怎麼不去找同事吃飯？邊吃邊聊很容易就會生出計畫，多有建設性！」

「可惜一百個同事也沒爸爸的發言有趣啊。」

「喔，沒辦法，你老爸總是說我機車嘛……」

「我沒說喔……」

學長笑著坐在實驗桌上，看著窗邊的兒子和伴侶進行幼稚的拌嘴，看著兩人的笑容，還有學弟以前不常出現的吃驚模樣，每個表情都能讓他露出笑容，都能讓他忍不住專心的看著。

於是，越看越安靜，笑容也變得安靜。

就像大多時候，學弟也只是安靜的笑著，聽萊伊說些什麼。

就像過去的曾經，他們安靜的待在彼此身邊、待在庭園，看著孩子們和搖盪的鞦韆。

看著每一片落下的葉子，覺得自己又多賺到了一個剎那光陰。

靜靜的看著，然後萊伊離開了。

室內只剩下一個人，那個身影坐在椅子上，發呆似的看著對面的位子、轉頭看看窗外，又順著長長的影子，透過自己望著整個研究室，懷念的眼神溫柔幸福又寂寞。

對方看不見自己……學長忍不住那種想離開他面前的想法，卻還是坐在實驗桌上。

這傲慢的傢伙把一切都給了自己，即使是他最討厭表露出的寂寞，所以……我得盡可能看得久一點。

好好看著他真心誠意拿出來的寂寞。

蒼老的身影轉開視線，自嘲又無奈的嘆息，站起身默默推著椅子回到座位，嘀嘀咕估著萊伊沒把他推回座位的不細心。

好吧，連這種得寸進尺也順便懷念一下好了。

跟著學弟走回他的座位，看著對方緩慢的在桌前坐穩、收拾桌面，從抽屜拿出一條薄毯披在身

上，又拿下眼鏡，在桌上趴了下來。

……他以前不睡午覺的。

學長看著那張自己才半年沒看見的臉，那張充滿皺紋的臉與最後的記憶並沒有太大差別，但……真的是老了。

呼吸漸漸發出沉睡的頻率。

小心的在桌邊坐下，學長不確定自己是不是真的不會碰倒任何東西，他不想吵醒他。

學長只是一遍遍的撫摸那隻充滿皺紋的手，怎麼也不敢握住。

✤ ✤ ✤ ✤ ✤

午睡的人輾轉甦醒，準時的不需要鬧鐘或任何計時器材，因為無人在旁而不加防備的臉上，有著年輕時沒有的迷茫。剛睡醒的表情埋進雙手裡，彷彿要把這些屬於美夢的脆弱收進掌心。

再抬頭的時候，已經是平常那個笑得三分優雅三分傲氣，連假的都能笑成真的那種溫柔表情，看得學長連連嘆氣又有些心疼，忍了好久才忍住去戳那張臉的衝動。

「四下無人的時候你放鬆一下是會死喔……」終究還是忍不住戳戳學弟的肩膀。

「雖然把你拱手讓人我不甘心，但你至少讓學生覺得你可愛點嘛！就算是老頭子也不可以輕易把『最受歡迎』的教授寶座送人！你可是衛冕者耶！」

學生們舉辦的票選對教授來說也是虛榮，反面意義的票選—像是最討厭—則是學生表達控訴的管道——當然，這是學生活動，一切非官方。

因為學弟的關係學長有好幾次都屈居第二，而他最不能理解的是，這傢伙明明惡劣得把學生玩弄於掌心之上，又是挖苦又是諷刺又是驚嚇，為什麼學生還會那麼喜歡他!?

真是都死了還是想不通。

老人活動筋骨的喀喀聲，從椅子上站起來把冷氣調低兩度，然後開始泡茶。

接著，學生們開始出現在研究室，帶著有新進度的興奮自信或者困擾失落的各種表情，惶恐的說謝謝拿起老闆泡好的茶，開始報告起各種進度與困難。

……喔~今天是補救日啊！

學長向來不太記得這個日子，不過他實驗室的習慣跟學弟的實驗室向來一樣，在真正的meeting日之前，除了平常的討論之外，學生們可以跟他們約一個這樣一起做個小討論的日子。

他們兩個說這是補救日，但他記得他的博士後說這是招供日——先讓老闆有失敗的預期，meeting那天就不會死得太慘。

是嗎？

學長認真的覺得他們兩個人都很好啊，有哪個老闆會把自己喜歡的甜奶茶分給學生？他們也從來沒有把學生罵哭耶……

學長飄在學弟身邊，一邊回憶著生前怎麼也沒想通的問題——試圖以幽靈的視角反向思考——一邊像以往一樣一心多用的聽著學生報告。

然後聽著聽著又覺得不太對，於是飄回學弟的座位，遠遠的往外望。

他應該多看看這個人才對，這個人倔強起來連作夢都可以說謊，不認真看著聽著誰也沒辦法知道他是不是真的好。

學長雞蛋裡挑骨頭的看著，想知道一開始就看出來的那一絲不好是什麼原因。

身體不舒服？午覺沒睡好？計畫被退回來？唔……還是太久沒整人所以壓力沒發洩？

怎麼也不覺得寂寞會讓學弟看起來、聽起來，都這麼不對勁。

扳手指計算學弟的病史、回想萊伊中午準備的菜色，學長努力思考到底是哪裡不對的時候，他發現學弟已經講完回到辦公桌前拉過椅子，嚇得學長忘記他現在不用往前離開而是可以飄起來，只呆在椅子上不敢動。

而那隻拉過椅子的手穿過他的身體，拿起椅背上的披肩，又撿了幾份PAPER拿在手上，轉身緩緩離開實驗室，才讓學長想起來……他只是個鬼。

被手這麼穿過的瞬間，那種難過、不爽快的心情，差點讓學長決定晚上去學弟夢裡作祟，讓他做個充滿甜食與砂糖的惡夢。

一個人窩在椅子上碎碎念個半天，才驚覺似乎應該跟出去，急急忙忙衝出去不小心穿過兩三個人後，學長才控制住速度邊走邊想該去哪裡找人。

等他到學校的露天咖啡座時，學弟已經在老位置坐下、正笑著跟服務生說謝謝，捧著自己的咖啡卻微笑地望著對面的另一杯。

——慢著！那個笑容你是跟誰一起喝咖啡——唔，好像也沒關係喔……

沒想到防備心這麼強的傢伙也有開竅的一天……新對象是誰啊？

當鬼之後似乎八卦心也變強，明明誰也看不到卻還減慢速度偷偷摸摸的靠近桌子，等靠近之後先是大失所望的忍不住喊出了「神經病！」，才發現自己說錯話了的沉默下來。

看著空杯，就像看著剛才研究室裡那個寂寞的影子。

學長在生前的老位置坐下，低頭落寞的看著空杯，三包糖跟一份奶精就像過去每一日般放在左手邊，兩張餐巾紙壓在盤子底下，總是多要的一杯水放得比較靠近學弟、壓在作業上，剛剛看著空杯的笑容已然消失在報告之後，突然覺得或許不該回來。

不回來就不會看著現在的你覺得自己應該活得再久一點，不回來就不會身為一個死人還想改變活人什麼。

不回來，也許就能讓你忘了我，雖然你根本看不見我回來。

早知道會這樣應該立遺囑交代這傢伙別這麼做，但如果不這麼做……現在他會是什麼模樣？越想越不開心，但坐在椅子上又捨不得離開，萊伊一定是知道他總是這樣才不放心。

正想著「兒子哪裡會這麼好騙！」的時候，學長發現有個長得不錯的年輕人在他旁邊坐下，也點了杯咖啡，用難過的表情看了看他的杯子。

「下午好，教授。」

學弟從報告裡抬頭，給了那人一個笑容。

「你不在我的下午會非常好，現在只能客套的說好，如果這就是你要的——下午好，米歇爾。」

「……都過一年了……」

學長的頭轉來轉去，現在是怎麼回事？

「那我得提早告訴你，假如明年我還活著，明年的回答也一樣。」

「……請別說這麼不吉利的話。」

米歇爾不痛快得近乎任性的神色腔調，讓學弟以及學長都笑了起來。

「米歇爾，我不是十八歲，而是八十歲，甚至，我是八十還要再多個一兩點。」

學長看著始終怕燙的學弟放下報告，把微涼的黑咖啡湊近嘴邊。「我什麼時候離開世界都是理所當然。」

「那你又是什麼時候能想開呢？」米歇爾頓了頓。「我要得不多，只是想陪你……如果你能愛我一點點就好，我是真的喜歡你。」

學長怔愣的看著米歇爾發呆，沒想到還真的會有年輕學生想倒追學弟，而學弟只是笑，邊笑邊搖頭。

「我知道你中意我愛人的方式，米歇爾。」

「沒有人能不羨慕這種專情，教授。」

「那你該知道，」學弟微笑的聲音有著學長熟悉的殘酷——帶著溫柔與惡意傷害的那種。「我只會兩種方法：零和一百——沒有你要的那種，也沒有什麼選擇的問題，因為你不是我的選項，從來不是。」

「那我們……還是可以聊天？」

「我在看報告。」

「我陪你。」

對於米歇爾的堅持學弟以沉默回答，而米歇爾也只是凝視著一個老人的側面，安靜地啜飲咖啡，並且要服務生把桌上的冷開水換成熱的。

這一瞬間，學長知道，學弟不會對這個米歇爾有更好的待遇了。

這個說著喜歡的孩子，甚至不知道眼前的老人最怕燙。雖然某人很會掩飾，但一年的時間足夠去發現這件事。

這個發現讓學長感到安心，也不曉得是為了自己還是為了學弟，這不是嫉妒，但就是覺得安心。

米歇爾坐著、學弟坐著、身為鬼魂的學長也坐著，詭異的組合，卻很平靜。

……也許，放個空杯是為了驅趕像米歇爾這樣的追求者。

學長這樣想著，努力讓自己笑一笑。

老人睡著了。

學長佇立在床邊看著，然後又蹲下來，因為想到被鬼碰到的人都會睡不好，所以中午摸了一下之後都不敢再摸，就怕對學弟帶來不好的影響。

……你都看不見我……

跟了一整天，看這個人在沒有他之後是怎麼度過一整天，看對方式怎麼在乍看之下很正常，但怎麼想都不太對勁的狀態下度過一天。

活著的時候知道對方是真的深愛著自己，死了之後，卻反而希望當初對方沒有愛得那麼多。

「……這樣你就不會寂寞了。」拉著被子、坐在地上，學長望著床上的人，雖然想勸又覺得連夢見聲音都不好。「你答應過我要好好過生活，想開一點……再快樂一點好不好？」

「把你的執念減少10％就好，真的，然後不要在對面放杯子，這樣萊伊才會真的相信你沒事。」

明明知道對方聽不見，卻又忍不住一直說。

明明強烈的感覺到自己該回到墓地，卻還是忍不住強撐著與疲倦近似的感覺，想看對方張開眼睛的一瞬間。

不敢碰也不想遠離，看不到醒來的瞬間也想多看幾眼。

天色卻也就這麼地亮了起來。

學長看見學弟睜開眼，笑了起來。

「早安。」

然後像往常一樣的伸出手，像是看見他一樣，湊上沒有觸感的親吻，讓他忘記疑惑也跟著說早安。

那個蒼老的笑容燦爛得像時光倒流，像那時候他們正值壯年、風華正茂，像很多很多的日子，說膩了晚安，換著說午安、說好不好、吃飽了沒——

說早安。

跟孩子們的，跟彼此的。

下一瞬間，那個笑容消失了，連學弟自己也感到錯愕失落，喃喃說著「我以為我看見你了」，卻又笑了。

「早安，親愛的。」

對著大概的位置，又說了好幾次。

✤ ✤ ✤ ✤ ✤

「爸，你今天心情很好？」

「我好像看見他回來……」學弟歪歪頭，還是忍不住笑容。「我跟他說早安了。」

萊伊露出擔心的表情，學弟卻還是笑得很開心。

想著，或許，又到了該做甜點去的時候了。

影子的旁邊

「嘿、咻。」老人放下報紙、從沙發裡撐起身體，站起來伸個懶腰。看著好久好久以前和伴侶買下的機械擺鐘滴答輕響，不知不覺就揚起了笑容。

「爸？」萊伊看父親起身之後便靜靜站著，忍不住疑惑地上前詢問。「鐘怎麼了嗎？」

看著兒子關切的臉，心血來潮的老人，把原本拍在肩膀上的安慰之手改為放在萊伊頭上的惡作劇之手。一大早就能看到這種可愛畫面，某人還在的話一定會很高興。

「鐘很好啊，萊伊，」學弟笑著收手欣賞自己的傑作。

雖然不信鬼神，但如果學長上了天堂或因為造口業下了地獄，應該都會落跑回地上才對……唔，因為才過一年，也許……

「爸？你還好吧？」

噗嗤。

「我也很好，萊伊。」……也有很大的可能還在天堂或地獄努力觀光，哪天托夢的時候跟我炫耀？

嗯……可能性真高。

「真的嗎？爸，你一直恍神，真的沒事？」

哎呀呀。

「萊伊，就算爸爸真的年紀大了，有必要擔心成這樣？」

「唔……爸，我對你的關心不過是與日俱增而已。」

雖然萊伊被噎到了一下，但長期的家庭訓練顯然相當有幫助；一段既貼心又肉麻的反抗，讓學弟心中莫名的有種「我輸了」的感覺。

真是……他也就算了，沒想到連我都有輸給兒子的一天。

「兒子，能這樣見證你的進步，他一定會很開心的。」真的，如果他在現場一定會笑到打滾。

因為知道父親說的「他」是誰，萊伊一時不知該鬆口氣還是更擔心，愣了數秒才做好決定。

「即使老爸會笑得很開心，也不能這樣轉移話題喔，爸，慌張地轉移話題是老化的證據。」

「沒有，我沒有轉移話題。」嗯哼，暗示我老？

「那不然爸你剛剛是在幹嘛？」

「我在想他啊！就像你會想丹尼爾嘛！」刻意說得很大聲，讓正準備踏下最後一階樓梯的丹尼爾，偷偷摸摸的又躲回樓上。

「唔……」可惡，兒子我關心你，爸爸你就老實的告訴我有什麼關係！「爸你確定你是『想』而不是『感傷』？」

「我很確定我是『想』，可愛的萊伊，」知道萊伊最不喜歡被人說可愛，所以學弟用燦爛慈祥到極點的笑容這麼說著，順便藉由眼角餘光誇獎丹尼爾沒有笑出來。「你確定你要這麼擔心我，而不去關切一下丹尼爾為什麼還沒下樓？」

「那個健康的笨蛋絕對沒有愛逞強的爸爸那樣需要擔心。」

「我剛剛看到他縮回樓上了喔。」

「——咦!?」

萊伊驚慌轉頭，看到丹尼爾沒藏好的衣角、以及他旁邊開心撒嬌的大狗，而這樣的表情讓學弟心情大好，拍拍萊伊的肩膀準備開溜、把空間留給兩人。

「兒子，我出門囉，祝你一整天都平安愉快。」

雖然你大概會說我無聊。

「早安！阿爾傑也早安喔！」

「早安，波涅娃。」

「汪！」

笑著打招呼，毛茸茸的阿爾傑輕巧地走在身邊，藍色天空是初秋該有的高遠，涼爽西風宛如蒼穹絮語時的吐息——清晰，但不喧嘩，甚至是安靜的，斯文優雅。

風撫過身體，腦中浮現一張抱怨無聊卻彆扭暗爽的臉，忍不住偏偏頭又笑了起來，笑得阿爾傑邊走邊疑惑地回頭看他。

你還在的時候，我沒有機會這樣思念你，因為我們一直都在一起。

這樣想你也是種享受呢。

學弟慢條斯理的在站牌旁邊等待、輕輕笑著，帶著阿爾傑愉快地上公車，坐在離公車司機不近卻也不遠的位置，看著車從停止到再出發。

「早安，您今天心情也很好呢，X教授。」司機說道。

「因為今天也想起了他，心情當然也很好。」

「不會感傷嗎？」

「因為跟他在一起的回憶都是幸福的，怎麼會感傷呢？」

「不會覺得寂寞嗎？」

「會啊，」學弟笑著回答，察覺全車的人都在些微的尷尬裡期待他的答案，突然覺得這些人也許比他還寂寞。「但我很高興我會寂寞。」

「為什麼？」

「如果我不愛他，我就不會寂寞了，所以我很高興我今天跟昨天一樣的愛他；因為他用一生給與我許多豐富的回憶，所以失去的落寞是值得驕傲的痕跡。我很高興我會寂寞，因為活著的我就是他的生命，這讓我記得我不是一個人。」

「您真是個詩人，X教授，」司機哈哈笑道，流暢的轉個彎、逐漸減速。「讓人聽得好害羞又好羨慕。」

「你也可以回家對尊夫人做些害羞的事讓今天更美好啊。」車子停穩，學弟帶著阿爾傑站了起來。

「我家那個黃臉婆不一樣，教授，那怎麼能跟您比？」

「你的伴侶從不曾因為變成家人而失去魅力，如果無法感受那就是你的問題。」

「嗯……我加油……我想這是個很棒的經驗談，路上小心，教授。」

「真高興你欣賞，多謝你的祝福。」牽著阿爾傑下車、回頭對司機說再見，學弟等到車子遠去、身邊的人都散光了，才微微彎腰地抓抓大狗的頭頂和下巴、輕輕拍兩下。「阿爾傑，今天也謝謝你陪我喔。」

大狗直盯盯的看著老主人，眼中滿是期待與困惑，這讓學弟笑得很開心，他當然知道一隻狗懂不了太多。

稍稍用力的揉弄阿爾傑的頭，自覺被誇獎的大狗顯得略微興奮，快樂的往前衝刺又跑回來，好不容易才按耐住玩心地跟在學弟身邊、走在樹下，抬頭看著很多很多人對老主人說早安，走路也神氣了幾分。

早上的散步終點是學弟的研究室，阿爾傑總會乖乖的在室內繞一圈，然後趴在學弟的座位旁邊閉上眼睛；學弟則是拉開椅子，看起學生與研究員放在他桌上的數據、報告、以及近一年來因學長過世而轉移到他手上的各種計畫，雖然不會再有一個實驗天才在他身邊嘰哩咕嚕地述說點子，但這樣完成他留下來的各種夢想，就會覺得他一直都在身邊。

電子鐘的數字不斷閃爍，學生與研究員陸續進入研究室與實驗室，除了說早安、分享咖啡與茶，用聊天解決一些實驗問題是工作與樂趣的一部份；而身為教授的學弟也習慣以此來計算上課時間，告訴自己該去上課了，然後什麼也不帶的走去教室。

「教授～」

「嗯？什麼事呢？提出課業以外的問題直接當掉喔。」一邊翻著同學的作業一邊寫板書，一邊還不忘說著與作業無關的正課進度順便滿臉微笑地欺負學生。

「咦——⁉」

「啊，很好，你被當了。你是……」稍稍瞇起眼睛確認，回想一下。「你不是我們系的。」

「……是的。」呼……

「那不構成我不當掉你的理由，安赫諾・萊捷同學，恭喜你成為本學期第一個被當的學生。」

「不、教授，我想問的是——」雖然被記住名字這件事很讓人驚嚇，但還是努力又忐忑的提出問題證明自己很認真。

「所以你是真的有問題。」感想。

認真聽完、點頭。

「好好好，那我們來看看寫作業的同學認不認真，關於這個問題——」

「……」點頭。

於是，時至近午，一如往例的順利下課。

雖然知道是自己放大絕威脅說要當掉學生，但順利奏效的成果感覺好無趣。

沒有可以告狀的另一半，小朋友的膽量似乎也減少到一半以下，現在的年輕人真是沒用啊……

不知不覺在回實驗室的路上碎碎念，臉上的笑容是壞習慣造成的美感；而等他回到實驗室，他可愛體貼又彆扭的好兒子，已經在實驗室等他了。

學弟的腳步頓了頓，不願承認看到的第一瞬間想假裝自己只是路過。

「爸，我們去吃午餐吧。」

「萊伊，怎麼不去找同事吃飯呢？我記得你長大很久了啊……」

「就是長大很久了才曉得要找你吃飯，爸，我小時候每次看到你都想跑。」

「長大了反而比較笨？」

「請說我變懂事——而且今天開了一早上的會，我不想再看到同事的臉了，請陪我聊聊天。」

學弟看著兒子略略沉默，他當然知道萊伊沒有說謊，但他也記得是從什麼時候開始，萊伊每天來陪他吃午餐。

唉……

「萊伊，他的離開並不會讓我瓦解，我記得他並不代表我失去現實，我們都不會忘了他的。」

聽見父親的嘆息，萊伊不由得有些緊張。

「我知道，但是，」

「但是也快一年了，萊伊，你該恢復你的生活，」嘆息的語氣變得認真，但不嚴肅。「我很感謝你的體貼，但我也覺得，『我陪你』的部分還是多一些。」

「我只是……」

「我知道、我知道，」學弟邊笑邊搖頭地上前拍拍萊伊，接過他手中的餐盒、拿起帽子、對阿爾傑招手，然後開始往外走。「所以我們去吃午餐吧，你想跟我聊什麼？不好笑的話要罰你幫我……嗯……罰什麼好呢……幫我寫個系統怎麼樣？我想要……」

兩人的聲音漸漸遠離研究室，偶爾傳來幾聲大笑，人類很容易習慣很多事，所以學弟也不想否認正逐漸習慣陪他做飯前散步的人變成了兒子，他們吃午餐的靈感不再是交給學長的枴杖，但也沒有變成萊伊的靈感，而是由跑跑停停的阿爾傑來決定。

當阿爾傑比較想在某個地方多滾幾圈的時候，他們就在那裡吃午餐；而自從有了阿爾傑的陪伴，以前經常靠近的鳥和野貓變得更神出鬼沒，幾乎總是要看到阿爾傑的動作表情，才發現牠們已經靠在身邊，讓阿爾傑想撲又不敢撲。

通常，不管是老主人還是小主人都不會幫忙困擾的阿爾傑，反而會餵食潛入成功的鳥和野貓，讓焦躁很久的阿爾傑總是嗚咿嗚咿的蹭過來討吃的，然後再笑嘻嘻地拿出早就準備好的罐頭，一片和諧的吃起午餐。

輕鬆結束午餐、散步回實驗室後，學弟會趴在桌上小睡到兩點。這段期間X教授有交代過：

「除非有人拿衝鋒槍進來搶儀器跟數據……」

拉長尾音，挑眉點頭。

於是全實驗室也跟著點頭。

天塌下來並不是最重大的事，因為大家都一樣來不及，所以X教授說了更為切身相關的可能性。但也因為從來沒有人拿著重裝火力進來搶東西，X教授的午休時間也就一直維持在高品質的狀態——伴侶還在的時候是高品質的溫馨閃光時段，伴侶不在之後則是高品質的休眠時間。

睡醒之後一邊替全實驗室泡下午茶，一邊開始把上午迄今的公文、信件、要審稿的期刊處理一下或分派下去，順便看起這段時間出爐的數據或是大家的實驗進度。

Tea time也是良好的溝通時間，在這段時間可以充分討論各種莫名其妙的鬼點子，而實驗室的攻略目標計畫板上的問題則會又多上幾個，可能等研究生或研究員來認領；也有可能在一段時間之後、問題統合了，大家一起受苦受難同生共死。

到了下午三點半的時候，學弟依然習慣前往學校的露天咖啡座；也依舊會帶著一份期刊、幾份助教挑出來可笑的學生作業，坐在老位子上。

點一杯咖啡，放在自己面前；再要一個空杯、留下糖包，放在自己的對面。

「午安。」

從文件裡抬頭，學弟看到一張溫柔又期待的年輕笑容，事實上最近半年他經常看到這張臉。總是很準時的、在他低頭沒多久便出現，用這樣的笑容對他說午安。

「……午安。」一想到這孩子是為何而來，學弟便止不住嘆息。

「我可以坐下嗎？」

「請隨意。」

學弟注視著那年輕的身影坐下、坐在空杯子的旁邊……那孩子總是不曾坐在那個位置上，卻也總是在坐下後，點了跟他一樣的咖啡。

「我坐在這裡，是讓你如此難過的事情嗎？」

察覺到臉上的表情似乎透露出心事，學弟本來想隱藏，但又覺得，讓這孩子看見一小部分是他的義務。

「你知道原因，孩子，我拒絕過了。」

「米歇爾，如果忘記我的名字，我不介意多說幾次。」

「我記得，」人老了，似乎很容易退讓……對自己的縱容暗暗嘆息，一邊心想要是年輕的時候，早就冷哼一聲開始整人了。「但我也記得我說過什麼。」

「害怕挫折的人不配擁有愛情，你不覺得嗎？」

「因為認同，所以我不曾拒絕你同桌的請求，米歇爾。」

「那——」

「但你從來不曾坐在那個位置上。」

學弟指了指對面的座位，潔白的咖啡杯和糖包，拉出纖細又孤單的影子。

「……你不希望我坐在那裡。」

「我不希望你坐在這張桌的任何位子。」

「……我並不是想取代他。」

「沒有任何人能取代他。」

「——但是我愛你。」

「但我不愛你。」挫折又傷心的聲音讓學弟覺得頭痛，用那樣期盼的表情說我愛你，這讓他想起很久很久以前的回憶。「我兒子不但比你大很多，連我自己也不過是快死的老頭，我不懂你愛上了什麼。」

米歇爾努力沉穩卻略顯焦急的解釋自己愛上哪些優點、年齡不是問題、以及那些初次見面與被幫助的美好回憶，這些學弟一句也沒聽進去，他想起的是他去查來的資料，關於米歇爾的資料。

這孩子不是因為打賭輸了或是惡作劇才來對他告白，當然也不是純粹因為聽說他跟另一半之間的浪漫故事而帶著夢與寄託來找他。

米歇爾的資料很完美，不管是台面上還是私底下，當連向他告白這件事米歇爾的父母都完美的接受的時候，學弟覺得他找到了米歇爾愛他的原因。

即使不是很懂，但大概能明白。

這孩子對他的愛絕無虛假，但也許全部都是虛幻的。

然而，學弟也無法對米歇爾說：「你只是太過寂寞。」這樣的話，因為米歇爾甚至不知道這其實是寂寞。

唉……

學弟不是不相信自己的魅力，只是不相信這樣也會有送上門的小伙子。

「……你不想聽。」米歇爾止住聲音，溫柔的眼神是含蓄的抱怨和哀傷。

「我討厭神或天使的聲音，米歇爾，你得變得像個人，然後我就會聽見了。」

完全理解對方的困惑，所以學弟只是起身付了兩人份的咖啡錢、任由米歇爾亦步亦趨的跟著，邊走邊撥了通電話說不回研究室了。

「……你想去哪裡？」因為知道對方鮮少這個時間離開學校，所以米歇爾皺起眉頭。

「這是僅此一次的邀請，米歇爾，跟我來吧。」

學弟用眼角的笑意呼喚米歇爾走得近些，又撥了通電話要萊伊把在他研究室的阿爾傑帶回家，學弟不曾回答米歇爾的問題、不曾注意對方守護他的動作，只是上了公車、坐在兩個人可以一起坐的位置，便閉上眼睛小憩。

他們在街上下車，讓米歇爾驚訝疑惑的是，對方似乎只是逛街而已。

一起進花店買花、買下好吃的甜點、幾件衣服、有趣的小玩具……蒼老優雅的臉正溫柔的笑著，鮮少對到視線的雙眼正詢問他感想，並不是很親暱、也不是愛情，卻是幾乎讓人落淚的待遇，米歇爾即使疑惑不安卻依然感到開心幸福。

他們幾乎逛了整條街，在米歇爾想要勸對方休息前，老人招了台計程車上車。

沒有問自己可不可以上車，因為他覺得對方不會說「不」。

沒有問要去哪裡，因為覺得對方不會回答。

老人只是閉上了眼睛。

於是米歇爾也不再發出聲音，學著他所追求的那位閉上雙眼，不知不覺發出沉睡時會有的呼吸頻率，完全不曉得對方正張開眼睛觀察他。

「這是您的孫子嗎？」司機邊搭話邊把暖氣調的再暖一些。

「不，據他自己說，他想要追我。」學弟搖頭苦笑，要司機把暖氣的溫度調回原樣。

司機似乎也相當驚訝、不知道該說什麼，只好打開收音機；在太陽完全消失以前，計程車停在目的地，老人搖醒了米歇爾。

「這裡是——」

墓園。

因為是看也知道的答案，所以老人沒有回答，只是提著東西、浮現米歇爾曾經遠遠看過很多次的笑容，緩緩的走進去。

「我來看你了。」

放下剛才買的花、蛋糕店的新口味甜點、有趣的小玩具、幾件衣服，學弟緩緩蹲了下來，仔仔細細的看著墓碑。

「我的生日快到了，但是下個月有個研討會，所以我提前帶著蛋糕來看你；因為我好久以前就把生日和心都給你了，所以它現在依然是屬於你的。我知道你不會責怪我又過了一個生日，所以我要謝謝你祝我生日快樂。」

「——他已經不在了！」

「閉嘴、米歇爾，」沒有轉頭、沉穩的聲音也沒有怒氣，卻異常有威嚴，讓想爭辯的米歇爾迅速沉默。「我帶你來是讓你分享我跟他的日子，同時也想讓你瞭解幾件事，」

「第一，不管他在不在都不會改變任何事。不是我無法再愛上任何人，而是我無法用那樣的愛去愛他以外的人；戀愛與對待情人的方法我只會一種而已，所以當然也不可能給你任何相似的東西。」

「……你是為了傷害我、讓我死心、才帶我來這裡？」

「……第二，米歇爾，存在本身是由自己去確立、而無關乎任何事。」

「我不懂。」

「特別的愛情與特別的對象並不會讓你更完整，特例是不足以支撐人生與存在的。如果你需要足以激發你思考的情感，我可以提供陪伴，但不要把這種無用的激情給一個行將就木的老人。」

「——你就是不相信我愛你！」

「我相信所有跟我差不多高的人，做任何事都需要理由或藉口。」無視別人的咆哮也不是一次兩次，老人的站姿輕鬆又無所畏懼。「我判斷、我相信、你愛我是藉口，那麼，讓你覺得需要愛我的原因是什麼？你在用我為你帶來不完美、你在借用一個完美的傳說幹一件你預測會被原諒包容的瘋事，這讓你覺得你有點平凡、有點像大家、你也能判斷並義無反顧的追求某些事，但我必須告訴你——你依舊是具空殼。」

米歇爾的臉在扭曲，但學弟看得出他其實想咆哮「你就是這麼看我的嗎？」、「我不是！」以及「我真的愛你！」這些句子，但這位美青年只是脹紅著扭曲的臉、不斷沉默，然後憤恨踹毀美麗花束、蛋糕、玩具，忿忿轉身、坐上來時的計程車飛速離開。

墓園管理人小心的探頭出來看，接著才緩緩靠近、清理墓前的一片狼籍，看著他相當擔心的雇主笑得一臉溫柔，撫摸被他清理乾淨的墓碑。

「請幫我叫輛車，在此之前，」看著乾乾淨淨的墓碑，想著後天帶個自己烤的蛋糕來好了。「不介意請我喝杯茶吧？」

照預定的在晚餐時間返抵家門，丹尼爾老實的臉擔心得欲言又止、卻仍是閉緊嘴巴沒有多問；而萊伊則是替他拿帽子拿圍巾掛外套、把他推上餐桌，一邊咬著菜一邊問他今天下午翹班的收穫如何？

這個家允許保有祕密，但要說就要對彼此誠實，這個不成文的家規一直被遵守著。

但這本來，只是學長對自己包容的方式、只是自己對學長從未開口的承諾而已……什麼時候，所有的孩子們都這樣做了呢？

忍不住開心的笑了。

傷腦筋……既然身為家長，還是乖乖恪守家規吧。

「爸，湯的味道很奇怪？」

忘記自己正在用喝湯掩飾表情，老人愣了愣，心想臉上扭曲詭異的笑容原來也可被解讀成「湯的味道很奇怪」啊。

「這個嘛……」

米歇爾作夢也不會想到他會成為餐桌上聊天的笑點，但在學弟消去他在某人墳前的行為之後，不論是大笑、苦笑、還是恥笑，的確是所有的人都笑了。

「那爸覺得那小子明天還會出現嗎？」飯後轉移到餐廳喝茶，萊伊對於父親能有這種魅力而自得的同時，也略略困惑於父親溫和的處理方式。

「不知道，」怎麼想，都覺得再出現至少要等下禮拜。「但我答應給他一些陪伴。」

「您真是越來越佛心了啊……」萊伊搖頭感慨，然後想起一件事。「對了、爸，」

「嗯？」

「克里夫都不進來，我本來以為牠是想等你，結果，」萊伊指指面後院的落地窗，年老的克里夫安靜趴伏在鞦韆旁，動也不動。「牠每次不知為何任性起來，好像都只有爸能解決呢。」

老人遙遙望著鞦韆旁的老狗，克里夫似乎有所感覺地抬頭，在轉移視線的同時又不知到牠在看什麼。

學弟笑了笑。

「說得也是，那我陪克里夫喝茶好了，我拿一杯到外頭喝。」

「……爸?!」

「哎、你好囉唆……幫我拿軟墊、外套，杯子我自己拿、留一盞燈就好了，你們各自去忙……去去，別管我。」

拗不過父親，所以萊伊和丹尼爾只好鋪墊子拿外套拿毯子，讓父親坐到屋外的走廊上；在開口留下來陪伴之前，又無奈的被趕走，也就只好摸摸鼻子去忙自己的事。

只要看著地面，就能看到自背後延伸的影子徘徊離去，暈黃的燈光從身後灑落形成的影子，於是只剩下細細的窗框和自己而已。

偷偷摸摸抬起眼皮的克里夫，此時才慢條斯理的站起來，重新趴在學弟的身邊，為主人提供溫暖，也享受主人一下一下的撫摸。

「聽說動物們能看見人類看不到的東西，」

捧著茶杯、很輕很輕的聲音彷若喃喃自語，學弟只是笑看自己的影子和鞦韆重疊在一起，逐漸融入無法區分的黑暗。

「你在那裡吧？」

一陣安靜。

「搖搖鞦韆讓我知道你在那裡好嗎？」

應該不是因為風、當然也不是克里夫，鞦韆輕巧地擺盪起來。

「歡迎回來，真抱歉我讓你擔心了。」

「說要提早過生日是真的，後天我再做個蛋糕補給你，托夢告訴我你比較想吃什麼吧。」

「我傷害到那孩子了呢……希望他真的是我說的那種，因為我無法愛他，所以我會讓他相信事情就是這樣，那對我們大家都比較好。」

「今天……」

鞦韆一直安安靜靜的搖晃，輕柔、穩定地掠過自己的影子。

望著搖晃的鞦韆，學弟捧著杯子微微怔愣……最想說的是什麼呢？

「……我好想你。」

「對不起……明知道你回來，我卻還在逞強。」

「今天在公車上，我也逞強了。」

「因為真的很幸福，所以我不感傷，沒有比曾經擁有你更好的事情。」

「但是，我好想你。」

「也許，有一點點寂寞……」

我好想你……

再等我一下下就好……

克里夫疑惑地睜開眼，看了看左右兩邊人類看得見和看不見的存在，蜷縮在兩位主人的身邊，安適的重新閉上眼睛。

（全書完）

要彩虹4　PG2868

要有光
FIAT LUX

實驗室系列

——學長與學弟（下）・番外篇

【台灣耽美經典作品全新修訂版】

作　　者　Arales
責任編輯　楊岱晴、石書豪
圖文排版　陳彥妏
封面設計　茵萊登曼特
封面完稿　吳咏潔

出版策劃　要有光
發 行 人　宋政坤
法律顧問　毛國樑　律師
印製發行　秀威資訊科技股份有限公司
114台北市內湖區瑞光路76巷65號1樓
電話：+886-2-2796-3638　傳真：+886-2-2796-1377
http://www.showwe.com.tw
劃撥帳號　19563868　戶名：秀威資訊科技股份有限公司
讀者服務信箱：service@showwe.com.tw
展售門市　國家書店（松江門市）
104台北市中山區松江路209號1樓
電話：+886-2-2518-0207　傳真：+886-2-2518-0778
網路訂購　秀威網路書店：https://store.showwe.tw
國家網路書店：https://www.govbooks.com.tw
總 經 銷　聯合發行股份有限公司
231新北市新店區寶橋路235巷6弄6號4F
電話：+886-2-2917-8022　傳真：+886-2-2915-6275

出版日期　2023年5月　BOD一版
定　　價　450元

讀者回函卡

Printed in Taiwan

國家圖書館出版品預行編目

實驗室系列：學長與學弟(下). 番外篇【台灣耽美經典作品全新修訂版】/ Arales著. -- 一版. -- 臺北市：要有光, 2023.05
面；　公分
BOD版
ISBN 978-626-7058-62-6(平裝)

863.57　　111016184